纪实作品

每个人都是生活中的巧匠

灿烂源于心间，成功源于勤奋

苦难是一笔财富

它可以成就非凡人生

良善照我心

莫义君／著

九州出版社
JIUZHOUPRESS

图书在版编目（CIP）数据

良善照我心 / 莫义君著. -- 北京 : 九州出版社，2019.6
ISBN 978-7-5108-8115-2

Ⅰ. ①良… Ⅱ. ①莫… Ⅲ. 长篇小说—中国—当代 Ⅳ. ①I247.5

中国版本图书馆 CIP 数据核字（2019）第 107803 号

良善照我心

作　　者	莫义君 / 著
出版发行	九州出版社
地　　址	北京市西城区阜外大街甲 35 号（100037）
发行电话	(010)68992190/3/5/6
网　　址	www.jiuzhoupress.com
电子信箱	jiuzhou@jiuzhoupress.com
印　　刷	济南精致印务有限公司
开　　本	787 毫米 ×1092 毫米　16 开
印　　张	17
字　　数	210 千字
版　　次	2020年 1 月第 1 版
印　　次	2020年 1 月第 1 次印刷
书　　号	ISBN 978-7-5108-8115-2
定　　价	46.60 元

目录

contents

2018 年 7 月 24 日晚上 9 时的一场暴雨，让望月屯的村民苦不堪言。这样折腾下去，村内哪里还能住人?

望月屯有四个村民小组一千一百多人，几乎家家户户都种植果树，有“水果之屯”之称。然而，这场突如其来的暴雨，让人闻到的不再是水果之香，而是令人几乎作呕的臭气。

位于该屯北面的灯光球场，蓄满了污水，并涌向周边的民房。严格来说，臭气并不怎样刺鼻。排水沟里的污水，在今天接连几场大雨的中和下，早就稀释成一股股洪水。

不过，若在无风无雨的白天，各家各户排放出来的污水，一经汇合到排水沟，就会出现梗肠塞……嗡嗡飞舞的苍蝇，漂着各种垃圾的臭水，村民怨声载道。

这一年来，村民不知道面临多少次这样的场景了。其间，他们多次向上级部门反映，始终无果。

“臭水之所以泡村，是有因果关系的！”黄寿山用车载着闻讯而来的劳记者，穿行于各个村道，“我再也看不下去了。很多人早就以为我黄寿山死了，不会管这事了。我不发飙，个个都以为我是病猫！”

原来，早在当天几场大雨袭击时，已有村民去找黄寿山诉苦了，说他们家真的住不下去了，到处是臭水。当时，黄寿山让他们去找屯支书黄啸文，还让他们去找村委支书黄立平和镇领导，可他们说了，找了也没有用，“只有你二哥才会帮我们说话。”

黄寿山愣住了。他“隐居”已有三年，早就不过问望月屯的事了。三年前，他大病一场，卧床不起，差点就到阎王爷那儿去报到了。经慢慢调理，今年以来，他的病情才有所好转，恢复了元气。从死神那儿活过来，他已然看淡人生，知足常乐，根本就不想再管什么闲事了。时机一合适，他就辞掉屯长的职务，安度晚年。

然而，当很多村民冒雨来找他，东一句抱怨说村道改造是不错的，可就是没有合理规划化粪池，西一句指责某些村委干部没有魄力，竟把集体荒地卖给一些村民，他就有些坐不住了，已经动了肝火。

俗话说，无欲则刚。黄寿山今年虚岁已经六十了，已经活了一个甲子年了，他确实不想折腾这些破事了。早在二十年前，不用村民诉说，他也会跟某些人叫板的。现在已经不同了，他死过了一回，内心已经平静了很多，早就明白身体健康的重要性。

“你再不出山，望月屯就会变得不像样子！上梁不正下梁歪，有些村干部根本就没有考虑群众的根本利益，整天只知道赌钱，哪管我们死活。他们明明也受够了这些臭水、臭气，可他们却袖手旁观……”

脸色冷峻的黄寿山，突然被这句话触动了。这一年来，村民们受尽了臭气、臭水的侵扰，是不是也该帮他们做些事情了？都是乡里乡亲，再不帮他们说话，确实有些不近人情。在最后一拨村民离开后，他给劳记者报料。

在望月屯的东面，有一家商店仍未熄灯。商店地势高，臭水漫不进去，而旁边的几户人家，正忙着“抗洪救灾”。其中一户人家的平房被臭水泡得最严重，各个房间的积水，已有二三十厘米深。

“今晚只有闻着臭气睡觉了！”跟儿子住在一起的七十多岁的老太太说，今天下了几场大雨，每场大雨过后，他们都要清理污水与垃圾，累了一天，满以为今晚能放心睡了，哪知又来了这场暴雨。

劳记者用手机拍照、录视频。老太太家一侧是村里的灯光球场，上千平方米的球场，污水汹涌而来，早就成了一片“汪洋”。

黄寿山自幼落下小儿麻痹症，腿脚不便，整天得依靠拐杖行走，且天还在不停地下雨，他不想拄着拐杖下车，就摇下车窗，与在商店里躲雨的村民聊着。村民的抱怨声依旧如此。黄寿山一阵揪心。

此时是没人知道黄寿山内心微妙的变化的。他在心里骂着这些村民：“当初我跳出来与一些村干部对着干时，你们为何那样不闻不问，为何那样冷漠对待呢？现在自己受苦了，就知道要找我这个二哥了？”

“这么富裕的村子，居然没有一盏路灯！”黄寿山让司机打开车子的大灯，直射球场，便于劳记者拍照与录视频。见到劳记者冒雨走过来，险些摔倒，他就破口大骂：“还水果之屯呢，我呸！”

劳记者有些吃惊，不理解黄寿山为何如此恚怒。黄寿山是望月屯屯长，对臭水泡村一事，他难道真的没有一点责任？

第一章 一语成谶：臭水之痛，莫过于斯

豪雨下了一个晚上。这晚，黄寿山的烟量特别大。劳记者也是一样。他们面对面坐着，已经这样坐了五六个小时了，抽了不少的烟。

劳记者一直在耐心地倾听黄寿山讲述自己的故事，这是他新闻从业以来最长的一次访谈。访谈的场所，就在黄寿山的办公室。虽说他体弱多病，但他的气场仍旧十足，中气充沛，声音洪亮。

黄寿山在三次交通事故中受伤，且每次骨折都是在右脚，每一次他都死里逃生，让劳记者大为诧异。他自幼落下小儿麻痹症，右脚是最严重的，细如麻杆，麻木且没有知觉。黄寿山捏着双脚，忧伤地说："……两只脚都没有知觉了。在这个世界上，没有人比我更加痛苦。"

三年前，第一次接触黄寿山，劳记者对他无甚好感，这是因为他浑身上下透出一股说不清道不明的东西，似阴冷之气又若不近人情之神秘感，或像长年呆在室内未晒太阳的孱弱之气。跟随而来的另一家报社记者韦先生说，这农庄四周虽说被太阳曝晒，但里面却"阴气过盛"，而黄寿山也阳气不足，一脸病容。

韦先生还把自己从外围听到的传言告诉劳记者，有人说，黄寿山的财富来路不正，接触的人非常复杂，甚至有些是有文身的。劳记者也与韦先生有同感，初时接触黄寿山，见他待人接物非常傲慢，似乎他就是“大神”，只有人去拜见他，而他根本不会主动跟你打招呼。众人只会拜佛，佛不会拜众人。呵呵，他居然把自己当佛主了。

一看黄寿山这样子，当时劳记者就暗自发笑。如果不是“看上”他广撒善款并为当地百姓大做善事的一面，劳记者和韦先生等人早就打道回府。再深入了解黄寿山后，劳记者发现他的身上，或多或少也蕴含着一种“富而思进，富而思源”的精神——这也是劳记者跟踪采访他三年的主要原因之一。

劳记者曾接触过一个大善人，这人在省内某地级市一个乡镇居住，已经做了十多年的善事。与黄寿山不同，此人喜欢“扬名”，也喜欢接触媒体记者。确实，他做了不少善事，还成立义务宣传队，团队成员有十多人，他是这个团队的领头人。他们大力宣传国家法律法规知识，特别是有关不能占用耕田建房、邻里关系、赡养老人以及计生方面的政策等，都是他们宣传的重点。

这个义务宣传队常年在各个乡镇巡回宣讲，发放刻录有国家政策的光碟，虽说深受群众欢迎，但也引起当地政府的不满。官方给劳记者反馈说，政府职能部门做的事情，他们却“插手”做了。而且，他们对政策的准确解读，肯定不如政府职能专业部门——这也是他们受到各方诟病的原因之一。

领头人多年不从事农活，整天道奔波着要做令人赞赏的善事，精神确实可嘉，可他依靠什么运营这个团队。那些印制的宣传资料，总得付费吧。

劳记者问及领头人，他们的经费从何而来。常年如此义务宣讲，有些人放弃农活，可谓得不偿失。领头人解释说，他们的活动经费，一是来自社会各界的资助。二是他儿子给予他的支持。他儿子在外地做工程，经常给他一些钱。三是，他做古董生意。

这话解释得很清楚，可劳记者始终认为，这不太现实。这是因为，劳记者觉得这个领头人有时候过于“急功近利”。当然，做善事是值得媒体大力弘扬的，而且主流价值观一直都在推崇传统美德，媒体也一直在传播正念、善念和善事之类的正能量。

然而，当乡镇一级机构不给他填报“中国好人榜”或“全国道德模范”的表格时，领头人就认为有人故意为难他们，并认为自己是符合申报条件的。

他为何在意这些虚名呢？做善事时，只要有群众口碑就可以了，善念流动，善意激荡，善事广种，自然也就美名远扬了。至于官方认定与否，劳记者认为并不重要。何况，评选“道德模范”或“中国好人榜”的机构，有些也不是官方单位，只不过申报材料的表格有一栏是需要官方核实认定而已。

黄寿山做那么多的善事，一直隐藏多年，从未刻意让媒体报道，此点与这个领头人截然不同。因此劳记者认为，领头人有可能对他刻意隐藏什么东西：光是经费来源，就让人“起疑”。十多个农民放弃主业而经常去做义务宣传活动，且他们又不是企业家，如果经常自掏腰包做慈善公益活动，迟早也坚持不下去的。

为名？其实，领头人他们早就有名了，多年前国家级、省级的媒体都对他们的事迹进行报道，名声早就在外。为利？做善事能获得什么利益？常年这样做善事，只会让自己愈加“贫困”。

正如劳记者判断的一样，不久，领头人身负百万债务被人“追杀”。原来，他有时候是“借钱”做善事，或用于其他消费。他团队中的一个成员告诉劳记者，领头人想通过“出名获利”，所以很在意社会的评价度。即，领头人希望得到媒体记者的“垂青”，报道他及其团队的事迹，他再以此名声去“借钱”行善，或用于其他消费……

在劳记者看来，一个人做善事并希望通过媒体报道他们的事迹，以此推动道德建设，与名利并无多大关系。不管做多少善事，也不管出多少钱，哪怕是捐了一分钱帮助别人，媒体报道他们的事情，都是理所当然的、义不容辞的，哪怕他们存在“功利之心”。如果媒体积极地弘扬了他们的善事，这个社会的道德建设，就更加完美了；优秀的中华传统美德，就会更加走得远。

但劳记者并不主张借钱“行善”，也不主张没有任何营收就大张旗鼓地组建团队行善，这是不可取的。在自己力所能及的范围内，经常从事慈善公益之事，也是可以的。在自身困难都无法解决的情况下，就“广播善种”，也是竭泽而渔的一种短视行为。

“某一起”公益机构初在市区成立时，劳记者在应邀参加他们的活动时，见该组织“养”了很多工作人员，就与相关负责人沟通，问他们“何以为生”。

你听该负责人如何说？他振振有词地说，依靠企业家资助是他们常年行善的主要渠道之一；其他的，则来自他们圈子之间的利益。在他们圈子，有很多乐于做善事的人，他们都是企业家。通过互助或抱团做生意，就会产生一些利润什么的，他们可以从中抽取一定的提成，并以此作为公益基金，之后再用公益基金去推动善业。

“重要的是，我不缺钱，在深圳等地创办有实体。”该负责人如此称。半年后，也正如劳记者判断的一样，该公益组织也做不下去了，最终解散了。

三年前，当劳记者与黄寿山接触时，也对黄寿山乐于做善事及其资金来源提出过质疑。农庄再产生巨大的经济价值，常年如此坚持做善事，费用有几百万之多，他何以做得到？光是一个农庄，不太让人相信。

黄寿山称外界多为不实之言，并称自己是一个鳏夫，也是一个“废人”，挣的钱都是辛苦钱、血汗钱，来路很正，也很干净。做善事的钱，是取之于民，也用之于民。他不是什么“大神”，而是专治地痞流氓的“克星”。因在某个行当厮混多年，他只不过是一名普通的师长。

他百病缠身，卧床不出，极少到室外晒太阳，所以他非常虚弱，浑身上下透射出来的“寒气”就特别明显。

俗话说，如人饮水，冷暖自知。“我藏于内心多年的往事，极少对人提起，包括我的儿子和助手……之前有一退休老师写我的故事，书名叫《寿山传奇》，宣扬的东西，让人不忍卒读。我是人，是一个活生生的人，他却把我写坏了。今天，我要把所有的事情都原原本本地告诉你，哪怕涉及到自己最隐私的东西……我要把它们留给子孙后代，告诉他们我到底是个什么样的人。”

黄寿山又习惯地点了一根烟，缓缓地说：“苦难是一笔财富，它可以成就非凡的人生。我就是从苦难中熬过来的，我能够走到今天，就是跟自己勤奋努力有关的。舍此无他。俗话说，流自己的汗，吃自己的饭，自己的事情自己干。只要挥动着自己的翅膀，飞到自己的天空，自己的天下自己闯，就会有灿烂的人生，不一样的生活。”

劳记者点点头。一个人对人生的感悟，与阅历也与心智有关。整天跟各行各业的人接触的劳记者，比终生都没有走出书斋、只知瞎编乱写的作家，或一直没有深入民间、感受百姓疾苦的官员，更加容易理解底层民众的不易。只有跳出自我，用心感受别人的苦痛，也不要“有罪推定”任何人，并对他人艰难地活着的难处产生悲悯之心，一个人才会变得睿智。

一个文明社会的标志，一样需要人性的光亮。多年前，警察在执法时，极少考虑嫌疑人的小孩或老人在场，通常当着嫌疑人的小孩或老人的面，就对嫌疑人采取措施，给对方上手铐，强行押进警车。现在，他们会适当地把小孩或老人支开，再采取行动。如遇到嫌疑人家庭困难的，警方还会捐款进行救助。

劳记者采访过这样一个案例，当警察发现一造假犯罪嫌疑人在家带着一五岁小孩，便穿着便衣上门“催电费”。进门后，一便衣哄着小孩，把小孩带到阳台，之后便与小孩做游戏，蒙住他的双眼。此时，其他人迅速出击，控制嫌疑人，并把他带下楼。

当小孩问父亲去哪里时，警察便说上班去了，很快就会回来，并继续跟小孩玩游戏……原来，嫌疑人离婚后，就独自带着小孩生活。在法与情之间，警察是这样做的：他们爱心接力照顾小孩，让他有家的感觉。得知情况，嫌疑人感动得痛哭流涕，如实供认罪行。

早年涉及报道某些边缘人的“负面新闻”时，劳记者均以毫不留情的手法予以批判，“语不惊人死不休”，文章的深刻性通常也是“入木三分”，对方不被批斗得“低头认罪”他是不罢休的。当他深入当事人的内心世界后才发现，有些人活着确实不容易。慢慢地，他的心智也就宽容、平和、成熟起来。

这是因为，在历经几十年的风风雨雨后，劳记者恍然明白，在这个熙熙攘攘的尘世间，每个人都是一股如涓涓细流的力量，相互交汇后，终成一股巨大的湍流不息、生机澎湃的力量。

就是劳记者周边的这些小人物、这些小角色，在暗淡无光中、在苦苦挣扎中、在浮浮沉沉中、在自我坠落中，莫不是这俗世洪流中的一部分。当他把偏见与傲慢断然抛开，他开始用悲悯的目光看待这芸芸众生了。每个人都有缺点，也有优点，就如黄寿山，如果从他的耐性、勤奋和善良去看，他并不平凡；如果专挖他的劣根，那他绝对体无完肤。

一股股的民间力量在推动社会进步，忽视民间力量存在的人，其心智永远不会成熟。即便他是学富五车、才高八斗的学者，如果他不明白这点道理，也枉活此生了。哲人之所以成为哲人，是因为他跳出自我，包容苦难，理解苍生的疾苦，感知民间的力量，有悲天悯人的情怀……

就在劳记者陷入深思之时，只听得黄寿山自言自语地说，世界上有两件事情最难做，一是如何把自己的思想装进别人的脑袋，二是如何把别人的钱装进自己的口袋。前者成功了，叫老师；后者成功了，叫老板。“终我一生，我的思想还装不进别人的脑袋。因为，我生活、工作及交往的圈子，还不是主流圈子……”

在访谈的几个小时中，劳记者极少插话，任由黄寿山或喜或怒或哀或乐或悲或怨地倾诉着……他感受到黄寿山内心的挣扎，也理解他欲言又止、故意掩饰自己的心理。

你不止一次不留情面地说我的内心非常脆弱，也非常自卑。每次，我都默不作声。我承认自己有很多弱点，但我同时也认为，我的内心非常强大，否则我早就不在人世了。

我算成功了吗？我经常反复问着自己。深夜的时候，我经常摸索着坐了起来，靠在床沿旁，点了一支烟，想起了很多与自己有关的往事。微弱的灯光下，我见到自己穿着一条裤衩，右脚细小得如同一根竹竿——几十年来，小儿麻痹症的阴影，一直让我痛不欲生，有一种五马分尸的痛感。

钱财对我来说，有何意义？若能给我重新选择，我不如做个四肢健全的正常人，过着普通人平淡无奇的生活。现在的我这般模样，真是遭罪！

人到无求品自高。我每天忙碌个不停，还在穷尽一生的精力，没日没夜没命地干着，何欲何求？我经常对别人说，我知足常乐了，可我做到了没有？没有！

都六旬了，我还这样疲于奔命，累断了骨头，操碎了心，身体每况愈下，真是得不偿失。唉，劳苦命的人，操劳命的人，辛苦命的人，永远是闲不下来的。

人怕伤心，树怕剥皮。很多时候，我都想找一个顶梁柱，能够替我分担一些杂事，可这人在哪里？

我儿子黄少楠对我很有意见，经常说我大做善事，帮助别人，老是把钱撒给别人，却对他一点儿的“善意”也没有，一直没有从我这儿拿到什么钱。他说，他是我的儿子，难道他都不如别人亲？我曾对他说，子若强于我，要钱做什么；子若不如我，留钱做什么。他不以为然。

我知道他的怨言来自何处。我帮助的那些人，不论是亲戚朋友，还是素不相识的人，多得不计其数，但他们得到一定的帮助后，都没有感恩之心，有的甚至是白眼狼。如有个亲戚，每年得到我的帮助都不少，但在背后，他老是说我的闲话。

今年，黄少楠在自己的果园内培育良种柚子苗，原本是自用的，可这个亲戚知道后，就来找他要几百株柚子苗，说自己现时困难，没钱买果树苗，这三千多块的果苗费他过段时间就会付清。岂料，柚子苗拿走后，这个亲戚一直没有给这笔钱。相反，还怪话连天，说这果树若长不了果，就是黄少楠害的……

“拿起饭碗吃肉，放下筷子骂娘。”毛泽东以这句话比喻有些忘恩负义的人。以往，我没少帮助这个亲戚一家，现在他得了便宜还卖乖，废话不断，黄少楠怎么不责怪我做善事没有好结果呢？

我“借给”清风村或望月屯父老乡亲的钱，累加起来，至今少说也有一二十万。谁家有困难了，只要来找我，我都会给，几千或几万的给。当时，他们在一个本子记着这些钱。给他们钱时，我说不要登记了，乡里乡亲的，这点忙不算什么，可他们却说了，如果不让他们在本子上登记借款的数额并签上自己的字，这钱他们就不要了。

我随他们便了，本子就放在桌子的抽屉内，每个来向我求助的人都知道。可去年，我突然把这本子烧掉了。黄少楠有些想不通，责怪我钱多了烧身子了，为何这样烧掉它？我没有告诉他我的真实意图。

现在，我可以告诉你真相，在我百年之后，黄少楠有可能会拿着它去追那些人要钱。这点善款对我来说，不算什么，当初既然是帮助别人的，是善款，为何还要追回来呢？

村里有个村民叫黄阿二，好赌。从1989年起，我就带着他到处闯荡。之后，他还跟着我开办双飞粉厂、矿粉厂。很快，他就不再赌博了，做了好人。我到县人民政府成立的征地拆迁办迁坟组做迁坟工时，他也去了。他整整跟了我十八年。

前年的某一天下午，黄阿二的妻子突然来找我，扑通一声跪在我面前，哭着要求我帮助她。原来，她的女儿得了肺炎，反复发作，多次去医院医治，已经花光了积蓄，现在再也没有钱把女儿送去医院看病了。

黄阿二是个好强的人，也是个讲义气的人，可当他女儿病了又病，无钱医治，他居然都没有跟我提及。我有些责怪他，当我见他妻子哭得死去活来的样子，当即给了她一千五百块。几天后，我又让人送去五千块，让她给女儿治病。

不久，黄阿二来找我，说他女儿的病已经好了，非常感谢我的帮助，并要在本子登记借款数额及借款人姓名和借款时间。我马上制止他。他说：“有借有还，再借不难。你的心意我们领了，可桥归桥，路归路，你若不让我登记自己欠多少钱，就是不把我当兄弟！”

有些村民一时没钱买化肥或农药给果树施肥或杀虫，也来找我帮忙。在力所能及的范围内，我能帮就帮。见自己的身子越来越差，也知道自己的寿辰不长，我便刻意安排了一些“后事”，把那个本子烧了。

凑巧的是，一个月后，我见到有一篇文章说几十年前有个贤达，帮助不少的穷人，还资助当时的新生政权，保留着很多人包括新生政权某些领导人写给他的欠条或借据。去世前，在给儿女留下一点财产后，他便把这些欠条及借据全部烧毁，不想让他们与此有任何瓜葛。

我很佩服这个贤达，但我在烧本子前，根本就不知道几十年前贤达所做的事。我烧了本子，目的也很简单，儿孙自有儿孙福，留下的这些东西，可能会给黄少楠徒增很多烦恼。

既然都帮助了，哪里还在乎回报？如果在乎回报，我就不做善事了；若在乎回报，这也不是善事了。

你问我为何要帮助那么多有困难的人，我只能说，我吃过苦，也受过别人的滴水之恩，知道每个人都有困难的时候，如果你在困难的时候帮助别人一把，哪怕一句温暖的话，人家都会振兴起来，或感动于你当时的帮助，奋勇前进。

当然，不是每个来求助我的人，都得到我的帮助。不肖之徒、不孝之子我是坚决不帮的。

村里有个人，叫黄聪明，他一共有同胞兄弟四个。年轻时，他父母省吃俭用供他读书。他也很争气，考上大学，在外地的城市工作，成了一名建筑工程师。

自从在城里工作后，黄聪明就一直没有回家，既没有和他的同胞兄弟联系，也没有照顾他的父母。哪怕父母病重，他也没有回来，更不用说出钱给父母看病了。我们很纳闷，莫非黄聪明一直从事秘密工作，或在某个地方研究导弹，为何那么多年都不回家看望父母？

当黄聪明的父母病逝后，大家都表示要到城里把他押回来，让他跪在父母的棺材前尽孝，但他的一个弟弟却阻止了大家的行动。

出殡的当天，黄聪明回来了，但他居然没有给父母上香、跪拜，也无一点愧疚之意。大家实在看不下去了，牙齿咬得格格作响，如果当时不是在操办丧事，他肯定会被大家一顿暴打。

退休后，黄聪明回老家养老，鉴于他此前的品行，没有人跟他往来，都当他是一个“怪物”。让人愤慨的是，他居然还与自己的同胞兄弟争抢一些早已不属于他的房产。当时，我还以晚辈的身份，与他沟通，希望他正视自己多年来存在的问题。他竟当我是在“讲故事”，独自离开了。也许，这是性格使然，我没有怪他。当年，我还不是那样被人瞧不起？

村民们说，有其父必有其子。待在村里的黄聪明，生活开始出现困顿，每天只得靠捡拾垃圾为生，他两个在外地工作的儿子不仅没有回来照顾他，也没有给他寄钱养老。

有一天，他可能是没钱吃饭了，饿得快不行了，加上村民也没有接济他，他就来到我家门口，转来转去，就是不敢进门。有人告诉我，他是来借钱的，可能知道自己这些年来愧对自己的父母，也愧对众乡邻，所以迟迟不敢进来找我。

人非草木，孰能无情？可我却坚决地说，对这样的人，我一分钱也不给，他饿死也不关我事。他对父母这样无情，我也对他这样无义。他只得灰溜溜地离开了。你问我，他不是有退休金之类的吗？是的，他是有退休金，可能钱被他留在城里的老伴管着。

对于很多事情，有些人只看到其中一面，另一面的真相，你永远不会知道。黄聪明的老伴肯定不会丢下他不管，他的家庭情况如何，他两个非常有出息的儿子肯定没少关爱自己的父亲，可黄聪明为何回老家养老……所有的这些，没有人知道。

当大家习惯地站在自己的角度看问题，对黄聪明一家并没有真正深入了解，难免存在一面倒的认知现象。也许，村民们误解了黄聪明，我也跟着胡乱判断了。此前，他的同胞兄弟并没有告诉村民他的其他情况，我们只是片面地获取一些信息。

在我看来，读书人的家庭，一般是知书识礼的，明是非、懂大体的。黄聪明自己一人回到老家养老，可能觉得自己从这走出去，老了，要回到故乡，感念这片土地，哪怕死了，他也要葬在家乡，但他老伴及儿子不同意，他就自己跑了回来。

你说，他老伴或儿子可能给了他生活费什么的，但他不舍得花，把它藏了起来，或用于做其他事情。此前，不是有媒体报道说一个老人整天捡拾垃圾，生活过得很苦，当他去世后，大家才发现，他买卖垃圾，供了上百个贫困学生读书。

在市里，你还见到有些退休后的老人，不愿意跟儿女生活。儿女给了他们钱，不让他们在外面丢人现眼，可老人仍旧如此。老人明明有了退休金，也有儿女给的生活费、医药费，可他们依旧整天拾垃圾……

世界上，有很多事情是说不通也讲不清的。如果单凭看到老人到处流浪，捡拾剩饭剩菜为生，就无端指责儿女不孝，这是不公平的。任何事情，都得全面了解。

黄聪明病重时，他的兄弟、叔伯、侄子等人都没有照顾他，仍旧认为他自食其果，自尝苦酒。当时我是屯里的一个小组长，赶紧通知他的两个儿子回来。于是，他的儿子把他接到重庆，送到医院治疗。经治疗，他的病情好转。之后，他再也没有回来。

这就是我没有帮助过的一个老人，当时他的年龄有七十多岁。每次想起此事，心里总是有些内疚。

我帮助那么多的人，没有人不说我多管闲事，我一个人能够改变这个世界吗？能够改变望月屯的状况吗？他们说，有些人根本就不值得我帮助，我帮了他，他最终还不是在我背后摆一刀，做个口蜜腹剑、两面三刀的人？

你刚才也听到了，黄少楠就当着我的面发牢骚，说我不该帮一些人，那些人吃了我的饭菜还怪我的饭菜可能会造成他腹泻什么的，生病了会找我麻烦。我只能苦笑。现在，几乎每天都有十几个人在四合院内吃饭，十几二十年来，一直如此。

有些人确实是得鱼忘筌，忘本负义，以怨报德，但我也知道，禽兽与人是有区别的，不是所有的人都是这样忘恩负义、背信弃义的。他们当中，绝大多数人都会知恩图报的。正所谓，有恶也有善，善在世间还是占多数的，阳光还是很明媚的。

我做我的善事，做好自己就可以了，哪管世界如何发生改变？我只知道，我在用自己微弱的力量改变周边的事情，这就够了。咋不是？我用十多年时间，慢慢地改变了望月屯，这就说明，我个人的力量发挥了作用。

如果大家都这样做，这个社会变化更大。

黄寿山猛吸着几口烟。房间内，满是呛人的烟雾。烟雾一如他的心事，经久不散。才短短十分钟，他自己就抽掉半包烟。抽刀断水水更流，举杯消愁愁更愁。一支接一支地抽烟，并没有消除他内心如潮而来的苦闷与困惑。

劳记者静静地看着他，他的五官轮廓非常俊朗。但由于他身体多病，用药过多，他的脸色呈现“激素脸”的趋势。是药三分毒，天天吃药的人，身体难免不受损害。

黄寿山的双眼已经不像三年前那样炯炯有神了，但他浑身上下，始终如一地逼射出一股强大的气场。他已经老了，行走更加不便了——三年前，他做了心脏搭桥手术，现在每天都得定期吃药。人吃五谷杂粮，生病极其自然。至于生老病死，也就不足奇了。

岁月如刀，刻出个体生命历经苦难的痕迹；风霜似剑，每个人都会被它雕镂出沧桑。在人生的河流，泛起的是浪花，沉淀的是砾石，闪光的是金子。

曾有人问：步入晚年的黄寿山，老态龙钟，其励志故事是浪花还是砾石抑或金子？劳记者无法回答这些问题，了解一个人，要从多个角度；看待一个人的功过是非，也要从多个角度，并综合历史事实和所处的语境。黄寿山的善，永远如一盏油灯，闪烁着耀眼的光芒。

劳记者知道，若干年后，他也会像黄寿山一样被时光摧残，形容枯槁，步履蹒跚，气喘吁吁，最终卧病于床，感受儿孙是否尽孝的滋味。至于功名利禄，那都是过眼云烟。

劳记者早就知道自己老了，有一样东西已经让他忧虑。俗话说，人无百日好，花无百日红；人无远虑，必有近忧。也许，这正是自己步入特定年龄的具体象征吧。

每天，我都要抽三五包烟。我明明知道自己的身子是羸弱的，可我还是那样疯狂地吸烟。按别人的说法，这般年纪的人，这样吞云吐雾，是作死的节奏。

这些香烟都是别人送来的。他们知道我抽烟，来找我指点迷津时，就带来了这些烟。我集中把它们放在床头对面的衣柜上，有些则放于一只纸箱内，置于柜顶。我儿子黄少楠及我的助手有时候也会拿去抽。

我都不知道自己要抽那么多的烟做什么，是因为这些烟来得太容易或太多了，不能换钱，要设法抽光它们，还是这几年来烦恼事太多的原因，我要借烟消愁。虽说烟抽得很多，我的牙齿却是洁白的。用五行相克来说，木克土，土克水，水克火，火克金，金克木，莫非我身上的某些“水”是要克掉这些“火（烟）”？

我的文化并不高，只有初中学历。我的理解是，五行作为古代汉族人民朴素的辩证唯物的哲学思想，多用于哲学、中医学和占卜等方面。几十年来，因为我一直对易经文化进行研究与实践，有一套自己非常朴素的哲理常识，并简单地理解世间万物的相互转化关系：祸兮福所倚，福兮祸所伏；物极必反；相由心生；因果关系；表情如何，内心便如何……

我用心观察每一个人，练就了一双火眼金睛。俗话说，言为心声。只要靠近并和我交谈的人，我稍一观察他的言行，就知道他心里有事——我的观察力，比职业记者、专业作家还强。性格即命运；细节决定成败。

三年前，我觉得自己已经没有多少精力再经营农庄了。有媒体记者知晓后，在报纸上写一篇文章，说我准备以一千多万的价格转让或出售农庄，或愿意与其他老板合作经营。有个在东南亚国家老挝创业的老板得知后，便来农庄了解一些情况。

一与这个老板接触，我就觉得他非常膨胀，处处以富人自居。不错，他和股东在老挝确实掘到了一桶金，家财万贯。但他的言行举止，让我感觉到，他的财富守不住。这是因为，创业容易守业难。他已经看不到自己的弱点。

为什么这样说？一个人太过于傲慢，太过于傲气，也过于偏见，更过于自以为是，以为自己一夜暴富后，出入香车代步，居住豪宅别墅，却忘记自己此刻处于何种境地。他和我大谈“亲情理念”，反过来看，他对亲戚朋友不会好到哪里，既口轻又舌薄。

习惯于给人画饼却又处处计较并大肆谈论亲情、友情和兄弟情非常重要的人，其实就是一种虚伪的表现。他的言行举止，处处流露“富人”那种庸俗与卑劣的味道。

锦上添花到处有，雪中送炭世间无。可以想象得到，在他的周围，经常围绕着一些人。他听到的都是些恭维话、违心话。他自我感觉良好，张狂于心，听不进尖锐的意见。他有些迷失自己了。若他事业惨败，不会再有人簇拥他了。

俗话说，良药苦口利于病，忠言逆耳利于行。听不得半点杂音的人，注定会走向极端。与他交流，我还得知，他却不重视如何经营亲情，普天之下，唯有他最聪明。我见过太多的富人，他们低调而内敛，有教养而富有爱心，但我没有见过像他这样的“富人”。

有人告诉我，他只做了一点善事，花的钱也不过几千左右，却大肆宣传。据说，他有一回回国，上百万的豪车一买就是几辆，不知道他是用来装象的，还是炫富的，却始终没有意识到自己要尽的社会责任。

之后，我还在一份报纸上看到他的公司在老挝捐款的情况。呵呵，报道说，该公司给当地的贫困生送去一些书包、文具等，价值可能近万元。该公司总经理等人，还和当地学生、老师合影。

当然，做善事、献爱心不能以金钱的大小来衡量。捐款无大小，爱心无国界。哪怕是一分钱，只要他捐献了，就是一份爱心，就值得大力弘扬。有首歌曲说，只要人人都献出了一份爱，世界将会变成美好的人间……

我不是占卦大师，也不是被人称为预测大师的刘伯温，更不是“驱邪平鬼大王”的钟馗，我只是一个凡人，没有任何超人的神力，但我以自己长年累月积累下来的人生经验判断，他急功近利的做法，会让他很快从高空上坠落下来，摔得很惨。

他给人的印象是，修养不深，沉淀的东西也不多，“钱”多了烧身，看不到自己悬空的危境，但他却装作无所不知，无所不精，做生意无人能及他。我经常说，一个人最风光的时候，也是最危险的时候。他当时春风得意，旁若无人，却没有意识到自己早就众叛亲离。

当时，他问我很多有关农庄的事情，我一一告诉他。他说，他回市里后，会和团队一起商量再做决定，然后再给我一个答复。然而，他自离开农庄后，一直没有联系我。

俗话说，买卖不行仁义在。至今，他连个短信都没有回复我，一点礼貌也没有。这就是一个做大买卖的企业家？点滴细节，是可以看出一个人的内心世界的。

我听人说，三年前，你去老挝采访中国人。得知你是跟随他的引路人老车去的，他就非常不爽，暗中阻拦。他的引路人跟他也是一个县的。早年，老车在国内因赌博欠了上千万的债务，在走投无路的情况下，他卖掉小车，筹集了一笔钱，闯进老挝，开采矿山，加工玉器，意外获得成功。

之后，老车等人通过“传帮带”等方式，开拓了当地市场，让不少亲戚朋友走进老挝，发了大财。随后，国内各个地方的同胞也开进老挝，不仅开采玉矿，还从事其他产业。中国人在老挝越来越多，结果因为一些利益的纠缠，导致大家互相竞争、互相排斥、互相攻击……

有句话说，喝水不忘挖井人。可我听别人说，他早就忘了所有的“挖井人”了。当年，他也是老车引进老挝的。因为一点小事，他跟老车等人有了过节。

你跟老车临走前的一天晚上，他把你们叫到他家，心里酸溜溜地问你何时要去老挝，此次出国回来，就可以有几百万的大财了，到时可以在市区买一套大房子了。

你知道，他的心里早就有了失落感，但你并没有回应他。当晚，他还对你们说，他及其团队准备搞个徒步比赛活动，目的地是重庆，奖金是一百九十八万。他还会买一辆房车跟随，用于应急。只要徒步比赛成功，他就会注册成立一家徒步俱乐部，扩展文化及体育产业。

你们当即明白，他在你们出国前声称要搞的徒步比赛活动，名堂太明确了。其实，他准备这样做，不过是要与老车等人或者说跟你们唱反调罢了。

他声称这个活动是宣传老乡出国创业精神的，计划邀请省电台的交通频道全程参与宣传策划报道。只要有人或团队徒步到重庆，他会从银行取出现金堆放在固定的位置，让第一个抵达目的地的人或团队抱走一大沓钞票，趁势让媒体炒作一番。

你笑笑说，这种策划已经老套，不新鲜了，连三岁小孩早就知道了。此前，你已经参加过市区某房产公司“年终晒钱”的活动，此次策划，与这些公司的如出一辙。不过，你却装作有兴趣的样子表示要全程参与，一是检测自己的徒步耐力，二是愿意做个“随军”记者，写些日记，发微信朋友圈。

你听他怎么说？他说他们要的记者，一定要有写作水平的，还要考核你是否合格呢。呵呵，他把你当什么人了？你当了二十多年的记者，有没有水平他最有发言权。听你的同行说，你经常帮他写材料或起草合同什么的，他认识你多年，你帮助他也不少，在他最落魄的时候，还伸出援手。

如果说你没水平，他此前为何老是让你帮他写材料，把你当作高参，帮他处理很多棘手之事？现在他为何又说要找个有水平的记者？人啊，不能忘本，也不能见利忘义。人啊，在说话之前，要三思而后行。

老实讲，他这些话自相矛盾，也纯粹是废话，这明摆着睁眼说瞎话。听你的同行说，你当时并没有理会他，而是继续装聋作哑，任他表演。这个世间，最可怕的是，有些人在自作聪明之余，却不知道自己的话漏洞百出，言不由衷。

那天晚上，你的同行听了他这番话，也很不舒服。其间，听着他讲述刚刚从某个大脑思维训练营回来的感受。他所说的“摧残、引爆、感恩”思维训练，被你同行认为是传销模式。而你则认为，即便是传销，只要他去接受训练了，就是一种进步，至少比起其他人不进取、不学习强多了。

你的同行还告诉我，你所在的省级都市报在全国非常有名，位列全国都市类媒体二十名以内，发行量、影响力和公信力，以及每年的广告效益，在省内更是任何一家电视台、电台之类的媒体无法比拟的，他这样称要请电台全程参与，把你所在的都市报都看成什么了？

莫非他要避嫌？他认为找你或由你所在的新闻单位策划此次活动，怕别人怀疑你跟他有利益输送关系，给你惹来各种没有必要的麻烦？

事后，有一个在老挝的中国人粟先生这样评价此事：你所在的媒体单位广告刊例价太贵，一个版面十多万，他哪里舍得投入这么多钱。实际上，他也没有多少钱，只不过是咋咋呼呼地“放了一个响屁”而已，所以他最终只有看上电台这种低价位的媒体了。

粟先生这话很伤人。其实，大家都没有怀疑他的决心，他是有心做这种宣传中国人出国顽强拼搏的创业精神的，穷其当时之力，是可以做得非常完美的，最终他还是另有打算，放弃了，当然就引起外界的非议了。

他当时之所以放出这样的“氢气球”，目的不过是希望你看上他的“画饼”，或参与他策划的“蛋糕”，不要跟着老车出国做任何报道。跟着他，会有好果子吃的。事前，他还对你说，兄弟归兄弟，情谊归情谊，他不会是非你跟老车等人所做的事情。老车等人有什么情况，你最好跟他多沟通，双方可以多商量……

唉，一个人的胸怀如此狭窄，不提也罢。想想，你当时出国的目的很明确，就是采写有关所有老乡及中国人的调查报道，弘扬的是中国人在国外打拼的正能量的事情，居然都被他这样“阻拦”。

呵呵，你出国的前几天，他还有所暗示地转告你说，他的亲戚让他小心你。他亲戚的意思是，你这个记者有可能是“两面派”，明明跟他多年，是他的兄弟，居然还跟他的“冤家对头”老车等人走在一起，还去帮助他们。

你哑然一笑，心里也有气。媒体记者不是任何人的家奴，也不是任何人的家丁。他及其亲戚对新闻行当着实不太了解，但他们却装作很内行，肆意评论。当记者是可以随便把自己的人格卖给别人的？你跟随某个人去采访，大力报道中国人的事情，就成了某个人的心腹、亲信了？就任某个人自由摆布你了？媒体的独立性、客观性、公正性，岂可听命于某个人、某个单位或某个组织？

你们团队在老挝做的报道，他还经常“挑刺”，说那些有污点的赌徒，怎么被你们写得那么完美？你对他说，作为读者，你勇于挑刺是好事，至少可以改进你们的报道方式与思路，赌徒做了好人，改邪归正地拼命创业，树立了榜样，是可以值得报道推广的。

你们团队也跟他解释说，一个人犯错，难道就不允许他改正了？赌徒悬崖勒马，回头是岸，成了中国人的创业模范，为何不能成为新闻人物呢？外界也有人批评他，让他“住嘴”，说他不懂新闻就不要说三道四、胡言乱语了。隔行如隔山，有意见直接提，不要转弯抹角说些“不着四六”的事。

事后，他又专门“挑刺”说，你们专门报道的这些小企业、小老板，起不到积极的引领作用的；对有标榜作用的大企业、大老板，你们为何不予以关注。你们解释说，俯视百姓，讴歌平民，从草根人物视角出发，更加有利于团结在老挝的中国人。

他不以为然。你告诉他，你们会关注大企业、大老板的，只要在老挝打拼的有成就的中国人及其企业，你们都要推进报道，并大力弘扬中国人的创业士气。只是，目前还没有到那一步。不用担心，迟早会到他的企业走访的。他却“回应”说：“你们来我的企业，没人欢迎你们的，他也不会接受采访的……”

哎呀呀，他说的都是什么话呀，怎么都没有一点逻辑呢？他的这番表演，搞得让人如坠云雾，一头雾水。他这么极力排斥你们，是不是说你们还不够格？

海外华人对他的各种表现，纷纷摇头叹息。一个经常说免费是最贵的、最有代价的人，居然动辄要求你们团队以及其他人给他提供免费服务，铁公鸡一毛不拔，这都荒唐到了什么程度。是口是心非，表里不一，还是“我眼里已无他人，没人能比得过我”的心理作怪，抑或暴富之后，膨胀之势已然来临使然？

没有文化真可怕，他动手写的一对门联，挂于老挝公司的大门口，让有点文化的人看了啼笑皆非。写得那么疙疙瘩瘩，既不知所云，也不押韵，还好意思挂出来。其中右联用的是唐朝诗人写的一个诗句，意思是说，诗人在游园时，忧伤岁月，感时伤春，园内的鲜花竟白白开放了，柳叶也徒有新芽，这是个怨句。

一个企业用这一怨句作为右联，暂且不说它跟风水学有没有关系，就事论事，它跟企业及企业文化是风马牛不相及的。这是抄袭之后“活用”的败笔之作，已成为中国企业在老挝的“经典佳话”，已成了一个历史笑柄。

很多人都说，他白白交了你这样的朋友了，在半拼凑、半抄写这对门联时，他为何不把它们发来让你斧正一下？如果你看一眼，帮他把把关，把“徒”字妙改为“常”字，意思就不同了，就不会闹出笑话。这也说明，他既不把你当回事，也没有尊重文化，尊重知识，纯粹附庸风雅，自以为是。

你也经常跟我提及，这些年，你见过不少暴发户收藏一些名人字画、古玩宝物，展示于办公场所或自家客厅等处，以示自己有多文雅，修养有多高，企业文化已经被他们充分地运用了。其实，他们在这方面交了不少的学费，也闹出了不少的笑话。赝品当真品收购，真品当柴烧，不懂装懂，反正本大爷有的是钱，爱咋玩就咋玩……

听人说，老车等人对他的言行也大为反感，口口声声宁愿付费服务的人，居然不舍得在一次老乡聚会上掏一分钱，而且还声称自己和团队创办的企业，在老挝中国人创办的企业中是最为成功的，自己就有上亿身家。这样一个夸夸其谈、大言不惭的人，能承担什么社会责任？

这几年他在老挝的情况到底如何，我并不知道，也不想知道。每天来农庄的人太多了，什么样的人都有，可谓鱼龙混杂，富翁、官员、知识分子、平民百姓等，我应接不暇，忙得手脚抽筋。

俗话说，人算不如天算。前段时间，有人告诉我，他真的面临众叛亲离的境地了，两个股东闹着分家。据说这是所在国的重大政令所致，老挝不允许中国无序地开采玉矿了，施行了“禁采令”，大家都扛不住了。

但我认为，即便所在国的政策没有变动，就凭他给我的第一印象，他迟早也会陷入如此僵局，如此劫数。他和我交谈时的种种细节，早就告诉了我，他必然遇到此劫。

之后，我还看到他们公司发表在媒体上的有关“重装上阵”的新闻。那新闻已经告诉外界另一种信息：该公司已经繁华不再，风光不再，元气大伤。此时，只有伤口舔血，独自感受内伤了。我不知道他们是否总结得失、是否反思成败。

就如我们经常看到的一些单位的宣传画册，上面的文字介绍说，这是一个精诚团结的领导班子和团队。只要换个思维去看，就会发现，这不过是一种假象。因为领导班子及团队出现内耗和矛盾，所以才强调或注重这是一个团结的整体。如果领导班子或团队真的团结了，没有必要如此介绍的。

在这篇消息里，我还看到不一样的东西。该公司对外宣称，华人老板可以入驻他们的平台开赌场，但必须接受该公司的统一管理。在国外，很多赌场是合法的，这点我是知道的。可我此前听到，他最反对中国人开赌场，也最憎恨有些中国人以赌博为生，并公开地说，既然是出国来创业的，是来创造财富的，就不要这样以赌博为生了；如果是来赌博的，就没有必要千里迢迢地跑到国外来了，在国内就可以了。

当时，没有人不赞成他这一主张，要求中国同胞自律，不要整天跑到赌场去，要把钱投资到正当行业，以创业为主。现在，他居然允许赌场入驻了。他这不是自打嘴巴、自打耳光吗？思想犯罪，比行动犯罪更加可怕。

从各种信息来分析和判断，他们的公司“病”了，他也“病”了——资金链已经出现问题。不然，他们是不会这样急于让赌场入驻的，这与他原先的价值观是背离的。

我听人说，他和股东们闹矛盾时，还特意把他亲戚的先进事迹挂到网上。很多人都笑了。他们说，他亲戚在国内某个部门任职，该部门一个内勤文员写个文章，介绍他亲戚多年来对社会做出的成绩和贡献，之后把文章发在一个新闻网站上。呵呵，新闻网站是权威的，可稿子又不是记者采写报道的，而是内部人员自写的。

夸张一点说，这样的文章就像王婆一样自卖自夸，公信力如何，那就不用再说了。当然，他亲戚多年来的成绩是得到官方肯定的，也得到百姓认可的，几十年任劳任怨，勤勤恳恳，非常担当，十分敬业，但我也知道，新闻报道与汇报材料完全不是一回事，对吧？

我还知道，媒体报道必须公正、客观、真实。自己人写自己领导的事迹，如何做到这些？既是裁判员，又是运动员，球赛还有意义吗？

他为何在此时转发这个有关他亲戚的稿子在自己的朋友圈，在我看来，理由不外乎两个，一是“你们别惹我，我有亲戚当官，你们惹不起我”，二是寻求心理安慰，给自己一个安全感。反过来看，难道他这些年来取得的成就，靠的都是亲戚的支持与帮助？

我知道你跟老挝的中国人接触特别多，所以我曾问你认不认识他。你说怎么不认识呢，这个特殊群体，有一半以上你是接触并深交的。

你没有对他做任何评价，只是说他真的不容易，他每次转型创业，都成功上岸，赚盆满钵满。也许，你接触他太多，可能已经被他的一些假象所迷惑。别的不说，我光就他“允许赌场入驻”这一事宜判断，就知道他是个什么人的样子，反复无常，说一套、做一套，对吧。哪怕最终没有一家赌场入驻该公司。

跟你交往，我知道你是个深思熟虑、非常冷静的人，你不可能不知道他的“内心秘密”，也知道他在“利用”你，一直没有尊重你，甚至还轻视你，当你是傻瓜，只是你不想赤裸裸地揭穿他，而是给他保留一点儿的情面，因此你和他说话时也颇有艺术，真真假假，假假真真，让他思考。当然，你在人前或人后，都没有说他的“是非”。

你别再笑了。真的，我知道你有这方面的优点。你有时候是在装傻，但心里明白得很，清醒得很，一直保持着文人特有的傲骨与意气风发。你我接触也不是一二天了，已有三年了，我看得出你是个善良、正直的人。这是一种难能可贵的品质。我也经常反思自己一些性格上的缺陷。

其间，我还听到这样的传言，他的亲戚闹着要对他如何如何，双方的矛盾已经到了不可调和的地步。这中间，可能是利益纷争所致，各有各的说辞。还是我刚才说的那句话，一个只会贩卖“亲情”却不会真心照顾亲戚朋友的人，对其他人真的不会好到哪里。

我还听你的同行说，他经常教育别人不要整天散发负能量，要跟他们这些充满正能量的人接触，多报道一些正能量，生活就会阳光起来，世界就会充满爱。

这话说得没错，可他却指责媒体记者接触社会上的阴暗面太多，心理也会阴暗起来，记者就是“是非记者”，就是靠“是非”事件来换稿费的，并以此谋生的。他永远不会知道，负能量其实也是正能量。若批评不自由，则赞美无意义。这些年来，他自己多次就遭受种种的不公，但他通过媒体的报道，批评各有关方面，从某种意义上来说，媒体以他报料的或他自己亲身经历的事情揭露各种丑恶社会现象，让他获得某种公平，本身就是负能量，他居然忘记了！

现在洗脚上田了，成功上岸了，衣着光鲜了，就忘记自己当年如何“光着脚丫、贫困如洗”的境况了。呵呵，数典忘祖，就横加指责媒体整天散发“负能量”。口是心非！此前，我接触很多这样的人。

“不忘初衷，方得始终”，这话容易理解，但“初衷易得，始终难守”，很多人做不到……

据我所知，当年孙志刚之死，南方都市报散发大量的“负能量”，结果改变中国一部收容法典，惠泽多少中国人。所以说，有了“破坏性”，才有建设性。“负能量”也会积极转化为正能量。

经常看新闻的人就会知道，南方周末、新京报、澎湃新闻、北京时间、红星新闻、上游新闻、界面新闻等全国主流媒体，哪一天不是为民“鼓与呼”，哪一天没有散发“负能量”？如果没有“负能量”，这个社会能有进步吗？

俗话说，打仗亲兄弟，上阵父子兵。善待亲戚朋友，以真心换真情，才会善始善终，否则最终也会贱如泥土。做人做事要“仁义礼智信、温良恭俭让、忠孝勇恭廉”，纵使赤手空拳、身无分文，也能行走天下，收获不一样的硕果。孔子晚年的弟子曾子说过：“吾日三省吾身；为人谋而不忠乎？与朋友交而不信乎？传不习乎？”这话所说的意思，再也明白不过了。

我想表达的意思是，善待亲友，当我们某一天遭遇逆境、寒流，输得身无分文，哪个还会站在我们的身后，给我们鼓励、加油？某一天我们真的挂了，哪个给我们抬起尸棺，把我们埋到地下？清明时节，哪个给我们烧香祭拜，洒上一杯白酒？

你曾经轻描淡写地对我说，他宣扬并准备打造的“利益共同体”，是符合当前商业社会的特点的，却与中国几千年的传统美德、思想和文化背道而驰，且越走越远，最后只会让人与人之间沦为金钱的奴隶，物欲的机器，无亲情可言；如果不加以理性地区分，可能连自己的亲人都成了“机器”、成了“工具”。悲哉！

听说，他经常宣扬做生意要讲游戏规则，不能感情用事，不能以道德标准绑架商业行为……这些话，都能理解。但人是什么？人是有感情的高级动物啊，没有感情，与禽兽何异。生意场上，为何有人不讲游戏规则，或掺假造假，或欠钱不还，或携款潜逃，现在为何又倡导诚信，要求做良心企业、良心产品呢？

游戏规则归游戏规则，但如果离开了感情丰富的人，离开了人性，也离开了人情，人就是冰冷的机器，就是一根历经风雨之后就会腐烂的木头。现代化密集的工厂，机器人可以替代工人，但终端也是人掌控吧。“科技发展，以人为本。”这话，又怎样解释？

“家不是讲理而是讲情的地方”，这话也是他常说的。那好吧，讲情，没有错，可他夫人为何又跟着传播大脑思维那一套？那一套，偏偏就是商业模式，是不讲情的。

你还说，很多在海外打拼的中国人，喜欢在网上晒金条、晒枪支、晒豪车、晒豪宅等。甚至，还有些人晒猎杀野生动物与吃野生动物。这些人的目光越来越短视，喜欢单打独斗，不与人为伍，要抱团取暖才能走出困境、绝境，才会走得更久，走得更远，否则迟早会走到尽头的……

钱财不可外露，你所说的中国淘金客这样疯狂地露富，咋不招人眼红，招来生死劫难？这都是一夜暴富的膨胀心理作怪。

此前，国家领导人曾经告诫文艺工作者：不为一时之利而动摇、不为一时之誉而急躁，不当市场的奴隶，敢于向炫富竞奢的浮夸说“不”，向低俗媚俗的炒作说“不”，向见利忘义的陋行说“不”。

同理，这一指导思想，也适合于海外的淘金客。淘金客如此炫富竞奢，与上述的要求是背离的。提倡勤劳致富，科学文明发展，也应该是当前的主流价值观，是决不动摇的。因为它与中国几千年的优良传统文化是吻合的。

对中国人在海外的情况，我知之不多。我曾接触过你的几个海外朋友，谈不上深交，但他们的言行所显露出来的一些细节，足以让我感觉到，有些人如果不加以修炼，真的成不了什么气候。我指的是在老挝采玉的一些中国人。

任何事物都会转化的，这是你经常所说的哲学因果关系转化之原理。当事物发展到一定程度，必然向恶性方面转化；当事物恶化到一定程度时，也会向好的一面发展。同理，采玉行业鼎盛之后，必然走向衰落；衰落之后，必然趋于良性发展……他在最疯狂的时候，却不知道自己已经面临绝境，所以我预判他的“劫数”已到。

我曾问你他如今的事业发展得如何，你说还可以吧，从老挝回来后，他现在到处扩张产业。唉，看得出，他的阵法已然大乱。你多次提及，在老挝的矿主，在该国施行“禁采令”后，已经茫然四顾，不知所措。

不扯这些了，还是谈我对五行相克的认知吧。古人行事，成败与否，均以天时、地利、人和衡量。得道多助，失道寡助。失去民心时，老天也对君王无情鞭挞，天灾人祸相随，洪水泛滥，震情不息，颗粒歉收。所谓五行学说，就是汉族文化的重要组成部分。

你知不知道五行相克？你若问我的徒弟何为五行，何为五行相克，他们可能一脸茫然。我的书柜上摆满了易经之类的书籍，早就积满灰尘，可他们至今都没有翻过一页。他们整天就知道玩着手机，玩着微信。

你说气不气人？7月如火，房子前的名贵树木、珍贵花草都被晒得快枯死了，他们只要拧开水龙头，拿起一根长长的胶管，就可以给它们浇水，可他们就是懒得动，也视而不见……四体不勤，五谷不分。我很困惑，他们这样懈怠，这点小事都做不成，还想做大事。做梦！

“蔫子生豹子。”我是病了，可我的肝火特别大。很多时候，我见他们吃吃喝喝，猜拳划码，而正事没认真做过一回，就算做了，也是马马虎虎，简单应付了事，没有认真研究，忍不住火了，就拄着拐杖冲上前去，把桌子一把掀倒：你们不是来吃喝的，是来跟我学东西的——你们要主动干，这是给自己日后寻找机会的。

他们面面相觑，却又不敢出声，只得不欢而散。此后，他们收敛了，也用心做事了，可几天后，仍旧如此。你说我苦不苦？我用心良苦，他们居然都不当回事。有时候让他们看点有关周易之类的书籍，他们说，在网络上，也可以看这些古典书籍的。

话是这么说，可他们看了吗？没有！其实，周易或易经总结起来，就六个字：简易、变易、不易。事后，我反复思考，知道“人教人不灵醒，事教人才聪明”。即，他们只有遇事了，吃亏了，才会明白我所说的话，才知道我的是正确的，才会总结得失。唉，算了，还回到五行相克这个话题上来吧！

五行相克就是事物的相互克制、制约或抑制的关系。五行在中医理论中，是指构成天地万物的五种基本物质，用以说明世界万物的起源和世界是物质多样性的统一体。五行中每一“行”都有“克我”“我克”的关系。

你说过，凡是受过一定教育的人，没有不知道哲学的概念。至于易经文化，你自然知道一二。水为财，也许因为我身上蓄积着“水”，自我涉及易经文化，搬迁无数的无主坟墓后，自然就被人称为大师。

其实，我是因为很多善举而得到大师之称的。我的善举，早就得到民间和官方的认可。

几年前，我应当地官方相邀，带人加入政府拆迁办迁坟组，并帮助他们选定一块公墓用地，我把墓地起名为“万灵阴德公墓”，让成千上万的无主坟冢有个家，解决以往管理区或其他机构在征地时，随便把无主坟墓安置在某个山坡等地就草草了事的做法。

这些年，我经手迁移的无主坟，不下两万个。我对自己做这一行所取得的成就是满意的。我经常告诉别人，“上帝关了这扇门，也会打开另一扇窗”。我是个残疾人，却因祸得福。这几年，省城一家独立学院的教授胡图，就无数次来到农庄，向我了解一些传统民俗文化，还要拜我为师。对我从事的这一民俗行当，他兴趣颇大，惊叹它是少数民族地区的瑰宝之一，拟申请立项研究。

他来意如何，是否申请立项，所言是真是假，我无法得知，也不想去考究。当你告诉我，邻县某地已对流传于民间几千年的“师公剧”申遗，我有些亢奋。我认为自己所从事的易经文化，也是传统文化的一部分，要世代传承下去。可会是谁接我的班呢？

举目四望，我发现“前不见古人，后不见来者，念天地之悠悠，独怆然而涕下”。我的内心一片死灰，也一片悲戚——这也是我整天对徒弟生闷气的根本原因之一。

我的儿子黄少楠和孙子黄富顺对这一行当置之不理，内心甚至是排斥的；而我的这些门生，却“身在福中不知福”。他们虚度光阴，碌碌无为，我能不心急如焚？

对于“富贵”二字，我是这样理解的：我因为富裕了，吃穿不忧，才受到别人的尊重、尊敬；我因为富足了，才成了别人的贵人，别人才另眼相看我，佩服我有本事。我的儿子、孙子及助手，根本就没有明白“富贵”二字的真正含义。“富”字在前，“贵”字在后，有富才有贵。

如果没有我黄寿山的富，哪来他们的贵？他们身在“贵”处，却没有拼搏精神，也没有感恩之心，让我异常焦虑。

我已到了耳顺之年纪，说实话，我的物质世界是富足的，但我的精神世界，却是贫瘠的，空虚的。我的灵魂也是孤独的，没有人愿意听我倾诉，也没有人愿意分享我的快乐与苦痛。

不停地吸烟，就是我排遣内心虚空与苦楚的唯一办法。人老了，孤独感愈加强烈，如一根银针扎破心坎。多数情况下，我更加喜欢白天的热闹，喜欢白天的农庄人来人往；晚上，是我最孤独、最痛苦的时刻，我听到树叶落地的声音。

对付孤独感，一个正常人很容易做得到，可以到处走动，自由自在，无拘无束，还有益健康，可我一个残疾人，就难上加难了。年轻时，我习惯了孤独，忍受了寂寞，饱尝了酸楚，可到了晚年，我已经无法战胜孤独感。它就如刀尖一样，剜着我的心房。

不瞒你说，我的房间就是“卷烟厂”。除了烟，我每月收到的鸡鸭鱼肉，不计其数。最高时，一个月收到数十只鸡鸭。我一年做这一行的收入，也不少。抽烟可以暂时麻醉我，但那些财物呢，对我又有什么用？

你是一个老练的记者，也是一个出色的社会活动家。你跟我接触的这三年，早就知道我的很多情况了。我隐藏多年的“秘密”，在你的面前，终究是，藏也藏不住，掖也掖不了。

善于观察、勤于思考是职业记者的一个特点，已知天命的劳记者也有这种习惯。

近三十年的新闻从业经历，他走南闯北，见多识广，上至达官显贵，下至平民百姓，他无不接触。他对黄寿山所说的每句话，都进行分析与判断。对自己的文字负责，已是他多年养成的职业习惯。反复核实，才不至于落人笑柄。

他知道，黄寿山从事的这门行当，跟他爷爷等人当年从事的“道公”基本上无区别。当年，大凡村子或周边几十公里的村镇有人办红白喜事，总是免不了要请他爷爷等人去驱神送鬼，陪着守棂的孝子孝女孝孙度过漫漫长夜，让死者飘荡不安的灵魂在九泉之下得到永世的安宁。

在劳记者的记忆中，他爷爷等人操办的很多白事，主题都是健康的，积极的，向上的，向善的，向美的。

夜幕降临，他爷爷等人就在搭建的简易棂棚内，敲敲打打着铙、鼓等乐器，各色“师公”曲目中的人物一一粉墨登场，丑末净旦生，个个栩栩如生。如《十五贯娄阿鼠》中一出“棍打箱子”，捕快扮演者每次挥起铁棍作势而下，躲藏在箱子之内的鼠盗之辈，就应声弹跳而出，暴露在众目睽睽之下……如此反复数次，倒也让人觉得，当盗贼是最可恨、可憎的，犹如过街老鼠，人人喊打。

这些用本地语言演唱的古典曲目，通俗易懂，朗朗上口，男女老少无不通宵达旦地观看。

劳记者还记得，他爷爷等人编撰的台词，都是来自周边乡村发生的已经有些久远的真实的故事。登台演出后，扮演者以本地话念唱，互相对台词，粗话、脏话、俚语、偈后语之类一股脑儿上，逗得观看者如痴似醉，笑得鼻涕眼泪一起流下。总结起来，这些台词有的句式押韵，逗乐有之，诙谐有之，针砭时弊有之，寓教于乐也有之，妙趣横生，让人怀疑这不是在办一场丧事，而是在操办一台喜剧晚宴。

通常来说，节目都要到次日凌晨四五时才结束。结束之时，都会有主家张罗着甜酒、汤圆、糍粑之类的食物，供观客消夜。

这些陈旧的曲目，至今仍镶嵌在劳记者的脑海里：奉劝儿孙“百善孝为先，无后为大”，要继承中华民族几千年的传统美德；当家儿媳妇应尽孝道，悉心服侍风烛残年的公婆，公婆膝下承欢之时，也要体谅儿媳妇持家之难处；

小时偷针、大了偷金的因果关系造成的悲惨下场；儿子因犯罪被送上断头台，临死前要吮一口母乳，结果咬断母亲的乳头，他以此告诫世人，慈母败子，慈父败家；规劝为人之子要远离赌场，不嫖不赌不贪杯不贪色不贪财不恋权不要游手好闲，“读得书多不用忧，不耕不种自然收”，劳动创造财富，勤俭方为持家之道……

与黄寿山接触时，劳记者发现有些传统的民俗文化已发生嬗变，并慢慢湮没于现代文明之中。黄寿山等人在少数民族地区从事的“吉祥符”，有其生存的温室与土壤，但还能走多久、走多远，至今仍是个未知数。在少数民族地区，目前很多传统民俗在慢慢消失，已经成为一代人的记忆。

以前，在农村地区有一种习俗，大凡背着小孩外出的男女老少，见小孩不停哭闹，都会摘几根路边的茅草打成结，绑于小孩的衣服或扎于背带上。也许是哭累了，也许饿得哭不出声了，也许小孩在背上摇来晃去，如同摇篮，很舒服，睡着了，就不再哭闹了……

不论是嫁进门后不久就生下第一个小孩的媳妇，还是已生育一两个孩子的妇人，只要她们生下小孩，不管是男丁还是女孩，只要坐月子满三十天，都要带着孩子回娘家一趟，或走亲戚或赶圩集，跟亲戚朋友见面。这种习俗叫出月。

对于“出月”，她们特别讲究，为防止小孩哭闹，都要摘撷路边茅草，打结扎于自己或小孩的身上，予以“驱鬼”。特别是刚生下第一胎的妇女，非常重视这一习惯，她们出门时，家人还特意交代她们不能掉以轻心。为了给自己及小孩上“双层保险”，有些人每间隔一段路程，就把路边的茅草原地打结，用以“驱魔赶鬼”，祈求平安。

不仅是妇女，就是其他人，只要出门，也都会这样做。其实，小孩子哭闹，以现代科学来说，不外乎四种情况，一是生病了，二是饥饿了，三是受到惊吓了，四是不适应新的环境。

早年，有些山区群众不太了解这些情况，就固执地认为，小孩一出门就哭闹，是因为小孩怕鬼。传说中，鬼怕茅草，摘了茅草打结扎于小孩的衣服或背带上，厉鬼之类见了，就躲得远远的，小孩就不会哭闹了。

这种习俗何时流传下来，无人可知，但如果追溯其历史年限，相信并不会很短。随着现代文明进入乡村，也随着现代医学的不断发展，但凡小孩哭闹，都会及时送医处置。慢慢地，“茅草驱鬼”之类的习俗，已经没有多少人知道了。

劳记者还知道，到非洲各国闯荡的淘金客，在国内通过货柜发送矿山设备等机器到目的地时，都会请有名的道公、师公或法师“洒净”（民间一种避凶趋吉的民俗仪式），过“油锅”，跳“火海”，挂寓意吉利的红布于机器上。之所以做这种仪式，就是寓意老板在异域创业时，能够平安无事，发家致富。

但也有些人不是这样做，他们通常到一些寺庙等处烧香跪拜，寻仙问道，祈求自己的投资顺利，并在短期内改变自己的命运，大发特发。

“洒净”这种仪式其实很简单，道公之类的人员到了主家后，架起一口大铁锅，往锅里倒大半锅的油，并用木柴烧开。他们绕着油锅走了几圈，边绕边念念有词。之后，又在不远处烧起一堆火，绕着火堆走了几圈，开口“念咒”。淘金客按他们的意图，象征性地绕着油锅走一圈，猛然跳过火堆（也称“火海”），再把开了光的红布拿去张挂在机器等上面后，整个仪式便算完成了。

这种仪式，即便是在非洲各国采金，他们在开工前，也会简单地搞一番，之后呼朋唤友大吃一餐。这种习俗，来源于何时，已经无法考证。但在农村地区，凡是做生意的，都会请人来“洒净”。如果投资失利，或者生活不如意，他们更加注重这种仪式了，目的就是让人能够安全渡过难关。

对于类似黄寿山这一行当，劳记者知道它们的市场还很活跃，但他更加明白，那都是“昙花一现”的前期表征。也许早就意识到它正走向没落，黄寿山的情绪非常低落。

特别是目击“臭水泡村”后，他更加明白黄寿山“为民请命”的真正原因了。

在去年望月屯的巷道改造工程开始时，我黄寿山第一个跳出来指责清风村委支书黄立平和望月屯支书黄啸文等人的工作过于简单，竟要把全村的生活污水排放到几个池塘。为何不挖个化粪池，让污水进入此池后再排放到其他地方？

你听黄立平等人怎样说？“没地方可挖。”

“谁说没地方？那几块荒地不是集体的吗？就在那儿挖。”我遇事容易冲动，且情急之时，一点儿也不会顾及别人的面子。我突然冲着黄立平和黄啸文大叫。

我一点儿也不害怕得罪他们。这两个年轻人是我的侄辈，十多年前，我当屯长时，还带着他们在屯里搞得风风火火，告诉他们如何与村民相处，并指点他们如何做群众工作。当时，他们也是村民小组的负责人之一。

我就是他们的师傅，不管是创业经验，还是治村资历。我经常告诫他们，治村要走群众路线，“水能载舟，亦能覆舟”。一个村干部如果脱离群众基础，高高在上，就像鱼儿离开水面，寸步难行。

黄立平和黄啸文期期艾艾，不知所云。最后，不知谁说了一句：“荒地已经卖给村民了……”

什么？我一听，叫了起来：“把国家土地卖给私人，谁的胆子这么大？”

那几块荒地加起来有十多亩，早就变成几个村民的住宅地，村民准备用于建房。卖地所得的钱款有二百多万。卖集体荒地所得的钱款，除了留部分在村委用于其他开支外，大部分则分给全村人。至于卖地的主意何人所出，我至今还不清楚。

俗话说，凡事反复，则必有妖。“你们考虑过排污问题没有。这种杀鸡取卵的做法，是给自己也给子孙后代留下麻烦的！”我以一人之力，坚决反对卖地行为。黄立平等人喃喃自语地说，这是集体的荒地……

也许是势单力薄，也许是卖地一事早就是既定的事实，村委没人管，镇里虽说来人协调了，结果还是不了了之。我一不做、二不休，干脆把此事反映到县国土资源局。上面来人调查了，也明确指出村委没有权利售卖国家土地，这是一种违法行为，要严肃处理，最后事情还是没有尾声。

那时的我失望了。我想不通，当年我的搭档当上了村委干部后，人却变了，变得不可理喻了。我当屯长，无非希望自己在做群众工作时，不能走过场，搞形式，要做到踏石留印、抓铁有痕。

当年，我做群众工作很细致，也很耐心。望月屯有个村民小组组长，每次开会总是迟到，会上，他总是跟我抬杠子，说些难听的话。不仅我，就是其他组长和村民代表也非常反感他。因为每次来开会，他都是这样，光提出问题不解决问题，而且签字领了误工补助，拍拍屁股就走人。大家都感觉到他说话如同放屁，不负责任。

我知道，要当好屯长，当好村民小组长，当好村委领导干部，只有大公无私加铁面无私，才能取信于民；要善于做群众工作，只有俯下身、沉下心、察实情，方能做到顺民意、聚民心、暖人心、筑同心，群众才看到希望。

古人说，为天地立心，为生民立命，为往圣继绝学。村里的干部倘若不为百姓立命、为群众呐喊，立心于天地，还不如回家种番薯。

对于这个跟我们经常唱反调的组长，我决定让他慢慢意识到当组长要有责任感。随后，我在他父母生病时看望他们，他病了我也如此。有一次，他风湿内伤，我还买了药去看望他。我关心他的疾苦，想他所想，急他所急，他终于被我的精神感动了。

此后，只要望月屯开会，他不再迟到了，积极融入这个大家族，不仅提出问题，还勇于解决问题，不再像以往一样把问题抛给大家了。他的怪话确实少了，干劲十足，把我当成知心人，无话不说。

可你看看，现在的这些村屯干部，哪个会做群众思想工作，哪个又做到这点了呢？该管的不管，不该管的管了；不该做的做了，该做的不做，吃吃喝喝，还参与赌博。这样的干部，还能带领群众走上致富路吗？

有一年清风村雨田屯闹“独立”，要单独成立一个村委。作为村委前任领导，宋一方等人居然没有做好群众的疏导工作。事后，我知道事发当时，他们也向村委等上级领导及时反映了，但他们担心得罪人，一直不敢去做群众工作。

我知道，事发前后，明山县、凤鸣镇等各级领导，均前来做雨田屯的群众思想工作，但群众有抵触情绪，并固执地认为，被人贱卖的上万亩山林若不回到他们手上，他们就要这样闹下去。

见村委领导没有回应他们，事后，雨田屯七八个村民小组组长及村民代表，都没有参加清风村委的任何会议，表示要“分村”，让镇里委派领导干部来村委当领导。

这种“分庭抗礼”的事情，岂可允许在体制内发生？我当时很震惊，却又不好插手劝阻。因为，我生长于望月屯，不是雨田屯村民。

其实，原因是这样的：宋一方在与望月屯相邻的雨田屯出生，该屯有一千多人，土地很多，山林也很多，但在多年前，宋一方等人把该屯一块上万亩的山林承包给一个老板，一年的承包金才一万多。群众认为里面有猫腻。

更加让雨田屯的群众吃惊的是，不久，这个叫天子岭的山林，莫名成了其他屯的。雨田屯的群众愤怒了，挨家挨户集资打官司，每个人集资八十块，一千多人，共集资到了八万多。官司从一审打到二审，从镇里打到县里，又从县里打到市里，再从市里打到省里，结果还是输了。

因为官司输了，雨田屯群众就迁怒于宋一方等人，决定以“分村”的方式抗议他领导的村委。

我见宋一方等人没有作为，心里很急。刚好雨田屯群众代表来找我询问该怎么办。我明确告诉他们，“分村”的方式绝对不行，已经违反国家法律、法规，要尽快回归村委，接受村委领导。

我还指出他们的一些说辞是不符合事实的，“有何证据能证明宋一方等人贱卖上万亩天子岭？既然没有证据，就不要到处造谣，如果宋一方等人起诉你们，你们就会承担诽谤、诬告等法律责任。有什么事情，可以通过正当渠道反映。村委解决不了，就向镇上反馈；镇里处理不了，就向县里……”

我还告诫七八个村民小组组长：“有理不在声高，你们这样冒险行事，迟早会出事的。这样的事情，我帮不了你们。你们再这样‘任性’下去，只会害苦了上千名群众。”经我反复做他们的工作，他们终于理性分析自己所做的事情对错何在，此后不再闹事了，慢慢回归村委管理了。

事后，凤鸣镇领导来到村里，当面表扬我，说凤鸣镇如果多几个像我黄寿山这样爱管闲事的人，多了几个会做群众工作的人，凤鸣镇会更加和谐、更加文明。

在宋一方等人的任期内，我确实帮他们做了不少的群众工作，可他们似乎并不想得罪亲戚朋友，都不想做“恶人”，老是想做好人、“和事佬”。而且，他们对我意见也特别大。这可能跟我让他们出丑有关。

1992年5月8日，雨田屯因为与其他屯有土地纠纷，虽说法院已经确权了，可雨田屯群众表示不服。他们声称，不想再通过正常渠道申诉，要在自家门口“搞搞震”。有人说，事发前，只要村委干部耐心做好群众工作，接下来，就不会发生数十名群众被带走的事情。

事发前，县委政府来人做了大量的群众协调解释工作，其中县公安局领导等人还深入群众中调查，听取群众的意见。结果，有些人煽动不明群众干扰执法，最后警方只得采取强制措施，把妨碍公务执法的一些人带走。此后，群众的维权方式便趋于理性了。

在此事发生前，群众也找我去询问如何解决土地纠纷之事。我严厉地批评他们："这种事情要通过正常渠道诉求，要相信人民政府。而且，法院已经判决了，纠纷的土地已经确权。如果认为不服，可以向高院申诉。以这样的方式围堵其他村民的出入，损害其他人的利益，这种罪不责众的心理是错误的，你们的行为已经触犯了法律，再不离开，谁也救不了你们。"

让我失望的是，有些人没有听得进我的话，继续煽动群众闹事，并说就这样闹下去，"目前，已经有人失败了"，谁也不敢把他们怎么样。谁知，这话还没过夜，凌晨时分，数十名群众就被警察带走。

事后，有不少群众向我抱怨，说宋一方等村领导当时为何不出面给他们做思想工作？如果他们来做工作了，可能大家就不会被带走了。被带走这事，影响很大，让他们抬不起头，脸上无光。因为在县城，他们还接受各有关方面的法律法规的宣传教育工作，最终才明白自己的行为错误所在。

我还是那样跟他们解释，宋一方是雨田屯人，这种发生在自己屯里的事情，他更加不好出面了。话虽这样说，我还是觉得宋一方等人做群众思想工作，浅尝辄止，而且怕"得罪"人，不敢得罪人。

他们有可能这样想，此事发生前后，如果他们到村民中做法律法规的宣传工作，肯定被父老乡亲说成"反骨仔"，是政府的"传声筒"，日后不好与村民相处，所以宁愿躲起来，也不敢露面。

这样的村委干部，能怪村民不诘责吗？在我看来，此起事件在未发生前，村委领导干部是可以解决的，只因他们群众工作做得不到位，也不敢做，事情越闹越大，导致极坏的影响。可以说，他们也负有不可推卸的领导责任。

回想当年，一代伟人毛泽东就善于做群众思想工作。《毛泽东选集》之类的书籍，我看了多遍，熟知里面的要义。从群众中来，到群众中去，走群众路线，永远不会过时。敢于担当，才不愧于这个时代。

说起来，真是让人痛心。宋一方等人并没有从此起事件中吸取教训，仍继续脱离群众。在巷道改造工程中，宋一方及其家人开的建材店，成了该项目所需建材的特供店；其他村委干部，也在工程中"受惠"了：有些人提供河砂，有些人负责招工和施工……

唉，几年了，望月屯一点儿变化也没有，还是我"执政"期间的那些成绩。他们没有作为，也没有突破，让人看了十分着急。其实，群众意见是大的，可群众提意见了，他们却没有认真听取，仍旧如此。

唉，说起此事，我怨言很多。所以，我希望你耐心听我讲述，重复也罢，啰嗦也罢，我只想把这些事情的前因后果表达清楚，便于你执笔写作时，素材更加充分一些，细节更加生动些。

去年，全县的巷道工程改造是由我的朋友徐一鸣负责的。他是副县长。我跟他联系时，他说挖个化粪池需要投资二三百万，国家投入是没有问题的，可村民的工作难做。荒地已经卖掉，想让他们退还荒地，已然不可能，有些人已在上面建房。

徐一鸣的意思非常明确，不是工程队不想建化粪池，也不是没有国家这笔资金，而是村里的实际情况早已存在，众怒难犯，县里、镇里也是鞭长莫及。下一次有什么清洁乡村工程项目时，再另想办法吧。

然而，当我提及就这样把污水排放到池塘，岂不是二次污染？池塘旁边原本好端端的休闲场所，岂不变得臭气冲天。村民坐在树下乘凉，见到原来清澈的池塘突然变成一潭臭水，与清洁乡村工程岂不相悖？

没人理会我的苦衷，也没人呼应我的投诉。他们认为，我提出的意见是多余的。

巷道工程改造的投入资金是八十多万，共涉及四个村民小组的巷道。大部分资金是由国家投入的，不足部分由村民筹集或捐款凑齐。

工程如期完成后，几个清澈见底的池塘日渐变样，水质天天变黑，我气得几乎病倒。我逢人就说，你们会自食其果的。真是一语成谶：今晚，村民终于知道什么叫臭水泡村了。

其实，早在巷道改造工程完工后，村民在目睹污水横流、臭气冲天的巷道以及池塘水日益发臭的情形后，就很佩服我去年顶撞村干部的豪气了。可世间是没有后悔药卖的，村民再懊悔得断了肠子，事实已经无法改变：一遇雨天，遭殃的，始终还是他们。

他们能怪谁呢？只能怪自己没有像我一样有着坚定的立场。他们已经没有勇气面对我了。若当初与我并肩作战，奋力抗争，要求买地的村民退还荒地，结局就不是这样了。现在的他们，自作自受！

可怜之人，必有可恨之处。对于我来说，有些村民有时候是没有必要值得可怜的。但我的心地有时候又是柔软的，亲不亲家乡人，甜不甜家乡水，当村民来找我诉苦，如何解决这臭水沧村的问题时，我居然记恨不起当初对我冷嘲热讽的那些人了。

怎样处理这“顽疾”，我不敢说胸有成竹，至少也是深思熟虑之后才谋划的：当媒体曝光历久难解的问题后，我相信相关部门是会出来处理的。

凌晨时分，劳记者还在听着黄寿山倾诉。透过玻璃窗户，他见到几株果树被暴雨裹着的阵阵狂风袭击着，树枝发出怪异的响声，几乎被摧毁。

烟已经抽了快一包了。也许是累了，黄寿山停了下来。跟劳记者倾诉几个小时，他这么大的年纪，体力还能撑得住，不得不让人惊叹。劳记者跟他面对面坐着，早就觉得自己的精力扛不住了。

黄寿山陷入了深思，似乎想起很多往事，想起很多与自己有关的人或事。我是谁，从哪里来，到哪里去……这个他根本就不知道的哲学命题，被他反复提及。他认为自己走到这一步，确实不容易。有时候，他都为自己感动。

他曾经恨父母生下他，恨他们“谋杀”他几次。他是在别人的嘲讽、挖苦、奚落、侮辱中坚强起来的。伤害他的人有很多，其中包括自己的父母兄弟姐妹，但他在成功后，对他们是感恩的，也是报恩的。因为，是他们的残忍，也是他们的歧视，锻造他压不垮、打不烂的个性。

黄寿山多次对人说，宰相肚里能撑船，将军额头能跑马。经受大风大浪之后，他觉得为人处世要豁达大度，待人处事要宽厚仁慈，只有这样，无垠的福报才会更多。相反，气量狭小，小肚鸡肠，锱铢必较，睚眦必报，是成就不了大业的。

就如窗外的树枝，暴雨再怎样猛烈，狂风再怎样凶悍，始终也无法摧毁它——劳记者是这样想的。

第二章 “江湖救急”背后，大有原因

一个人做一件好事并不难，难的是做一辈子好事。返乡创业的第一年，黄寿山就规划村容村貌，并掏了上百万打造四个休闲广场和一个灯光球场。此后，他接二连三在村里做善事。

有一年，他就给镇里的中学捐资七万多，奖励二三百名品学兼优的贫困学子。校长说要请媒体来报道此事，他拒绝了。

“老吾老以及人之老，幼吾幼以及人之幼。”对于清风村望月屯、雨田屯和竹叶屯十几个村民小组上百名六十多岁的老人，他每月每人都发给一定的养老补助。连续四年均如此。

村风不好，赌博成风，清风村各个村民小组内斗也很厉害，他一面组织人员围堵赌场，一面出资成立“雷雨篮球队”，让各组的年轻人参加竞赛。这支篮球队，他先后资助了七十多万元。其中，他出资近二十万元建设的灯光球场，更是立下汗马功劳。

他先后打了三个水井，铺上水管等，就花了几百万，并在其中一个水井上建了一个水塔，抽上澄澈的地下水，“半卖半送”供给清风村六千多个村民。

他租地创办农庄后，也帮助不少困难村民，其中有一两个常年吸毒的年轻人。他辟出一块地给他们种植果树，不仅树苗，就是肥料等物资，他也是免费提供的。他的目的，就是让他们远离毒品。

逢年过节，为了丰富村民的文化娱乐活动，他每次均出钱赞助，还设多种奖项，奖励参加竞赛的村民。

凤鸣社区某个自然屯建设灯光球场，除了上级拨款，群众还积极筹资，干劲很足。他并不是该自然屯的人，但他也捐了一两万。群众开工时，他还请他们吃饭，还买了十几二十条烟送去。

其他村屯的村路硬化等，他也成千上万地捐款，毫不吝惜……算起来，他已做了几十年的好事。这些好事对他来说，他是不愿意提及的。

“不忘初衷，方得始终。”当他看到村风大为改观时说，“我在梦里也笑醒了。这就是我大做善事的根本目的。取之于民，也用之于民。做任何事情，要做到天道平衡，自然就有福报。”

前年，劳记者来农庄调查，黄寿山拒绝接受采访。他说，人怕出名猪怕壮。劳记者撬不开他的嘴巴，就绕开他，从外围入手，获知很多素材，于是推出了不一样的新闻报道。原来，他是当地的大善人。

如他预料的一样，劳记者的报道，让他“一夜成名”。于是，一些有困难的人就慕名来向他求助。他也没推辞。能帮的，他尽量帮。谁都有困难的时候。然而，当困难的人越来越多的时候，他有些困惑了。

他记得，市安监局有一领导姜先生到鱼生县当驻村第一书记，入户调查村民的贫困情况时，发现当地村民有一小孩患了白血病，花了不少的钱。姜先生一面发动当地各有关单位捐款帮助这个贫困家庭，一面驱车来找他。

姜先生跟黄寿山是老乡。黄寿山感动于姜先生的大爱，毫不犹豫地捐了几千。姜先生还让媒体记者大张旗鼓地报道，“捐赠一分钱也是爱，传播正能量，义不容辞。要让更多人的心灵得到净化”。事后，有人非常不解，并指黄寿山跨县献爱心，有扩大知名度之嫌疑。

黄寿山没有言语。区区几千元，对他而言，不值一提。这些年来，他在村里村外所做的善事并不少，所捐赠、所赞助的资金少说也有几百万，他何时又到处张扬了？

他是一个低调的人，即使做了很多好事，他也不想让人知道。不过，去年村里搞的巷道工程，却让他沉不住气。

池塘的水原先是清澈的，还养有很多鱼，可自从生活污水往池塘里排放后，水质变了，鱼儿也死了。

说黄立平和黄啸文没有正直之心是不对的。人都会因为环境的改变而改变。早年，他们与黄寿山齐心协力搞休闲广场时，是有雄心壮志的，也是有豪情万丈的。

开始筹划着修建休闲广场时，他们早晚都到黄寿山家，与黄寿山商量如何运作，如何发动群众；夜深了，他们还在与黄寿山推心置腹地规划如何打造一个美丽乡村；发动群众捐款修建广场时，他们不辞辛苦地挨家挨户进行宣传；开群众大会并发起捐款活动时，他们鞍前马后，让黄寿山省心不少。

黄寿山认为，村容村貌改观了，村风就会好起来。他这一想法，是不是从别处学来就不得而知。

早在此前，美国佛罗里达州一个警察局有个履新的黑人局长，对整治“街风”很有方法。上任之初，他得知一个街区吸毒、卖淫、嫖妓、打架、斗殴等现象治安非常混乱，多任局长久治不下。于是，他就让人每天时刻要保持各个街道的清洁，放置漂亮的垃圾箱，定时清理垃圾，并把居民沿街的窗户擦得锃亮。

黑人局长葫芦里到底卖的是什么药？其他局长上任时，都是增派警力，雷霆出击，抓捕一批嫌疑人，并让他们坐牢，以此威慑嚣张的犯罪气焰。结果，抓捕一批又一批，犯罪嫌疑人还是像割了的韭菜一样，一茬割了，另一茬又长了出来。

让人诧异的是，这一年年底，该街区的犯罪率大幅度下降。原来，黑人局长这个整治街区治安的招数颇有新意，原理来自这样的启示：某个地方的环境如果乱糟糟的，再有素养的人也会“随众”，随手乱扔垃圾等；某个地方的环境如果一尘不染，相应的距离就有一个垃圾桶，再不讲卫生的人到了此地，也会自觉地讲起文明，遵守规则。

环境可以造就一个人。中国古代“孟母三迁”的故事，说的也是这个道理：在乱坟丛中，孟子玩筑坟墓或学别人哭拜的游戏；于是，孟母把家搬到集市附近，孟子又模仿别人做生意和杀猪的游戏；孟母认为这个环境也不好，孩子会受到影响，就把家搬到学堂旁边。

黑人局长刻意营造外部环境，让街道洁净如新，窗儿明亮，慢慢地，就让街区居民感受到环境的巨大变化，从而减少了犯罪的发生。此招，确实达到预期效果。

黄寿山当初治理村风的出发点是否如此，谁也无法可知。劳记者访问他时，他也没有解释其中的原因。他只是说，当他振臂一呼，说要搞好村风，没有人不同意的。其中，黄立平和黄啸文是他最得力的助手。

“望月屯赌博的人不少，吸毒的呢，更不用说了；打架斗殴的人，也不少；到街上敲诈勒索或收保护费的也有。我们的村风出现了问题。我们要改变它。怎样改变？我认为，先把外部环境搞起来。所以，我要出钱修建几个休闲广场，当然我也希望大家有钱出钱，有力出力。人心齐，泰山移。众人拾柴火焰高……”这是当年黄寿山在群众大会上的发言。

当时，他没有慷慨陈词，也没有强迫村民一定要捐钱，更没有要求群众认同他的治村行为。他有这个财力，也有这个能力。村民捐不捐钱对他来说，并不重要；重要的是，村民要有参与建设家园的积极性。

他从二十多岁起就当村民小组组长，之后被大家推选为望月屯屯长。虽说当了屯长，可人微言轻。况且，他还是一个残疾人，很多人在背地里用难听的话骂他是个“二癫佬”“二拐”“二怪”“废人”等。有些人的言语，还极尽嘲讽、讥诮、挖苦之能事。在他们眼里，他这个废人就这样了，不会成什么大器的，不用家人养能找到一口饭吃就算对得起天地了。

黄寿山知道，做农民的思想工作得有办法，要想取得他们的大力支持，自己必须要以身作则，率先垂范。如果你不出钱，也不出力，只注重眼前利益，村民是不会跟随你的。还有，“收买人心”是关键的一着棋。

早在开会前，他就让人把大量的香烟、糖果、瓜子、饮料等东西摆到会场，供大家随意取用。烟是高档的，玉溪之类的，二十块一包，有十几条之多；糖果也是名牌的，口感很软的是村民很少见到的那种；至于瓜子，奶香型的，孤陋寡闻的村妇，确实大开了眼界；饮料是大牌子的，叫王老吉、康师傅等，不是村口代销店卖的那些山寨货。

喜欢抽烟的男人，不仅现场随便抽，一支接一支，还可以随手拿走一包；吃零售的妇女，就嗑着瓜子，吃着糖果，顺便塞几把到口袋，带回去给小孩；既不吸烟也不爱零售的，则随意喝饮料……

黄立平和黄啸文当时是村民小组组长，知道黄寿山的一套工作思路，所以他们也是跑上跑下的，而且还是第一个捐款。他们此举，就是想把群众的捐款情绪带动起来。

俗话说，吃人家的嘴软，拿人家的手短。有些贪小便宜的村民，明明塞了几包烟进自己的口袋，可现场还是放出冷言冷语：“按人口捐款不成问题，哪怕每人五十块，我支持。我家有五口人，一共是二百五十块，我当场就可以捐。可谁敢保证这钱用到实处？嘴上喊喳喳说要出大部分资金的人，谁知道他到底有多少钱？”

这下炸锅了。有不少人跟着起哄。

黄立平和黄啸文急忙救场：“二哥是个说话算话的人。大家也看到了，他一回村里，就建起一幢别墅，别墅怎么样，相信大家看到了。有没有实力，建议大家先考察再说。据我们初步统计，搞好屯里的几个休闲广场，得投资二三百万。就算屯里的人全部捐钱，也不过是几十万，而缺口的二三百万，始终还是二哥出的……谁出大头，是不需要解释的。捐款是以自愿为原则，多少不限。”

大家于是把目光投入黄寿山。这些目光中，有质疑的，有信任的，有犹豫的，也有将信将疑的。在他们看来，黄寿山年轻时就到外面闯荡，据说是做了很多实业，不过都不怎样顺利，他一下子哪里有这么多的钱？

黄寿山没有跟村民解释他是否有钱，钱又从何而来，而是提高嗓门，铿锵有声地说：“既然大家选我当屯长，我相信大家是对我无比信任的。既然信任我，就没有必要怀疑捐款是否落到实处。大家的捐款一定做到专款专用，如果大家还是不放心，可以选个代表出来管钱。我所出的钱，今天已经落实，第一笔三十万已转到专人账号。大家今晚若有空，可去找黄立平、黄啸文他们查看。”

没人再出声了。捐款如期进行。尽管如此，还是有些思想顽固的村民犹豫不决，其中时任村委支书的宋一方就一直在冷眼旁观，似乎在看黄寿山的笑话。

黄寿山对宋一方这一冷漠的神态看在眼里，他想，宋一方作为村委领导，早就应该尽责地带领村民把村子搞好了。现在倒好，他不仅拖群众的后腿，还无动于衷，他是要看我黄寿山如何出丑的，这样当干部真不该。

此前，黄寿山回家建别墅，当他指挥工人把破旧不堪、不经风雨的泥瓦房推倒，许多村民来围观，指指点点，如同观看马戏团演出。其中，宋一方也来到现场，但他仍旧是一副默不作声、高深莫测的表情。

黄寿山知道宋一方也像其他村民一样，怀疑他是否有能力建房。他们认为，黄寿山虽说推倒了旧瓦房，不过他有可能是建一个简单的平房。当时一层平房的价钱，不过三五万，很多有能力的村民都可以建。他黄寿山若能建个平房，也算他能耐大了。

挖地基时，还是那些村民来围观。他们睁大眼睛，发现地基挖得很深，而且设计的房间很多，四周有七八个。呵呵，“二癫佬”早就离婚，寡公佬一个，只有一个儿子，他搞那么多的房间，是不是要给猪、狗、猫等每只动物都安排一个窝呀！

此时，村民还不知道这已经是一幢豪华别墅的雏形。这些一直看不起黄寿山的村民，哪里知道他早非当年那个穷得叮当响的“二癫佬”了；当年那个疯疯癫癫的管水员，在社会这个大熔炉里摸爬滚打后，早就练就一套处变不惊的功夫；他的脾气，早就没有当年火爆了。

那时候，宋一方也来了。他当村干部多年，经常到镇里、县里、市里开会，世面没少见，瞧了瞧、看了看地基，他一眼就看出黄寿山开挖这么深的地基意味着什么了。他嘀咕着，莫非这“二癫佬”要建二三层的别墅？这别墅得砸多少钱呀？这“二癫佬”哪里来那么多的钱？难道他是在外面闯江湖，靠诈骗为生的，偶尔搞得一单大的，就跑回老家威风一番了？

折腾了几个月，占地几百平方米的一幢三层半的豪华别墅建了起来，在村中分外耀眼。可谓鹤立鸡群。别墅通风采光，舒适美观，宽阔明亮，几十个人可以同时在一楼的大厅开会或搞什么活动，一点儿也不觉得拥挤。除了建别墅，黄寿山还在房子前的右侧建了一个游泳池。这游泳池，他取了一个叫“寿山生态游泳池”的名字，全天对外免费开放。

这下，村民们惊呆了。对，是惊呆了。多年不见的黄寿山，大家从骨子里一直看不起的“二拐”，居然砸了二百多万建起了别墅。实力就摆在那儿，村民们想不服气都难。

不仅村民，就是他的父亲、母亲、哥哥和弟弟等人，也对于黄寿山建别墅刮目相看。他们愣是弄不明白，黄寿山去哪里弄那么多的钱？这个其貌不扬的“暴发户”，莫非当了劫匪，冒死抢了银行，侥幸逃脱追捕？可一个连行走都靠拐杖支撑的人，莫说去抢银行了，就是风轻轻一吹，他也会轰然倒下，需要人搀扶他才能爬得起来。

担惊受怕的家人反复问黄寿山，他的钱从何而来，是否干净。他没有做任何解释。问多了，问急了，他就不耐烦地回了一句：“反正钱不是偷来的，不是抢来的，也不是骗来的；钱是我自己靠智慧和劳动所挣得的，天知地知我知，我没有违法犯罪……”

宋一方有些不服气。他早晚寻思着找黄寿山的岔子，经慢慢观察，他发现黄寿山的钱来路是正的。这下，他服了。

黄立平、黄啸文跟随黄寿山多时，没有不知道黄寿山是个说一不二的人，实力是雄厚的。群众大会当天，他们之所以要让村民从黄寿山建别墅的实力去考量事情，就是希望村民不要急于对一个人的人品轻易下结论，在黄寿山的带领下，休闲广场是会如期开工的。

望月屯第一个休闲广场开工时，黄寿山是全程监工的。

每次有人来农庄做客，他总会习惯地问，村前那条连接休闲广场的村路是否坚实，都二十年了，那条几百米长的路一直没有崩塌，也没有发生凹陷。“那条路，包括村里的几个休闲广场，下的料是最好的。我早晚呆在现场监工。”

当时是7月，太阳晒得地面冒火。他撑了一把伞，把椅子放在碎石堆上，他再躺在椅子上，看着工人施工。

工人有压力了，劝着他：“二哥，太阳大，到处是白晃晃的光线，人光站着就流汗、就喘气，就要昏厥。你腿脚不便，小心中暑。你还是回去吧，或到树荫下歇会。”

黄寿山坚持这样守着。工人有些愠怒了，“我们不会做手脚的。这些年，我们做了那么多的工程，业主单位没有让我们返过工，验收也是合格的。不然，我们根本就领不到工钱，早就喝西北风了”。

黄寿山还是没有回应，也懒得回应。有个工人嘀嘀咕咕地叨着，说这人是不是犯傻了，他自己掏这么多的钱搞公益还这样顶着毒辣辣的太阳坐在这，累个半死，有意义吗？黄寿山当作没听到。当他发现工人搞起手脚，就霍地站了起来，严肃地“纠正”对方，并放出狠话：如果再这样，工钱你就不用领了。

那时候，宋一方也负责工地上的事。他是雨田屯人，既是村委支书又是主任，一身两职，在群众中很有威望，当了几十年的村干部了。望月屯搞这么大的工程，哪能不请他出马的。正是考虑到此点，黄寿山和黄立平、黄啸文等人几番商量后，便请他前来坐镇指挥。

“生杀大权在握”，宋一方就动了一点歪脑子。沙石和水泥的用量是最大的，所以有很多老板来找宋一方。然而，当河砂拉到施工现场，黄寿山却让老板把河砂拉回去，并说：“达不到质量的就不要拉来了。你看你这车河砂，沾满了泥，滥竽充数。”

“你们给的价钱那么低，当然也就这等货色的河砂了。”老板抱怨着。

“我才不管你。不合格的东西我们不要。钱在我们口袋，我们爱跟谁做生意就跟谁做。你不跟我们做，还有大把人等着你撤退后杀过来呢。”黄寿山不冷不热地回了一句。

老板气得脸色发青，只得把河砂拉回去。再次拉来河砂时，黄寿山一看，就放行了。可当老板运来碎石时，黄寿山也要求他退货了。

此时，宋一方受不了了，跑了过来，吱吱歪歪地说，别这样为难人家老板，他挣这钱也不容易。再说，这休闲广场是大家的事情，过得去就算了，何必做得那么认真呢？

“你不认真不等于我不认真。日后这些地方出现了质量问题，群众还是会骂我的十八代祖宗的，说我做的好事竟做成这样。”

宋一方悻悻地离开。有村民调侃说：“我看了一下张榜的捐款表格，支书一家捐的是最少的，估计日后支书他一家不会来这儿乘凉。”宋一方脸色一红。

过了几天，宋一方加大他家的捐款力度。他一带头，其他村民见自己当初捐的钱太少了，便又补捐起来。

原来的几个池塘满是淤泥，也长满杂草，趁着建设休闲广场，黄寿山干脆请人把池塘挖深，灌进从水井里抽上来的地下水，再放进鱼苗。在池塘边，他还买来树木栽种上去。路面硬化了，广场上安上健康器材和供人休息的椅子，绿树成荫，干净如新，村民无不欢欣鼓舞，眉开眼笑。

这时，村民们才知道黄寿山的一片心意。事后，村民统计发现，黄寿山竟出了二三百万用于修建屯里的四个休闲广场。不仅如此，他还整天待在工地，监督工人施工，出钱又出力，真是难得。

不知为何，当村民齐心协力修建村路时，宋一方逢人就说风凉话，一心要让黄寿山出丑。

宋一方说风凉话是有“来头”的，建休闲广场前，黄寿山只是发动望月屯各村民小组组长及村民代表开会，根本就没有惊动清风村委这一层面的干部。因此，他对黄寿山是有意见的。他与其他村委领导一致认为，黄寿山是“狗咬耗子，多管闲事”，不把他们放在眼里。

他们的理由是，望月屯自建村以来，都没有人这样规划休闲广场，他黄寿山是不是借集资和修路时挣些钱，并借机收买人心。当他们发现修建休闲广场时，黄寿山捐了巨款，便又打消了疑虑。

现在，当他们发现黄寿山又和热心群众急于修路，也没有跟他们商量，从长计议，就更加来气了，希望黄寿山惨败在群众的“造反”面前，他们好看他的笑话。

黄寿山没有理会这些闲言碎语，继续按原来规划的目标开进。他知道，这条村路修起来，可方便群众，福泽后人。

原来，望月屯有一条巷道位于村子东面，但路面宽不足二点五米，而且路边种满了竹子，其中还有一棵二百多年的龙眼树拦在路中。若有一辆手扶拖拉机穿行于此路，过往行人及车辆，便动弹不得。

黄寿山倡议把这条长几百米的村路的路面修宽，要达到四点五米或五米左右，钱由他来出，若有村民捐款参与，他也不反对。他一心为民的热情，激起了村民捐款的高潮。此时，宋一方等人却说了些让人心寒的话。

“你黄寿山吃饱撑着了？修路要得罪群众的！你这样做，肯定会有群众起来反对的。你信不信，你这回吃不到羊肉倒反惹得一身羊膻！”宋一方假装善意地提醒黄寿山，让黄寿山见好就收，休闲广场和灯光球场都弄得差不多了，群众也满意了，已经功成名就了，何必再自找苦吃呢？

“你是村委干部，不积极去做群众思想工作，相反却对我说些不三不四的话，这像话吗？村路本来很狭窄了，现在还有些群众挖占路面，再不拓宽路面，日后连你骑单车出门都会感到困难！”黄寿山没有理会宋一方的“建言”，继续和热心的群众修路。

遇到谁家的竹子，他反复和主人沟通商量，做通主人及其家属的工作。最终，竹子一簇又一簇地被他们砍倒。有些群众深明大义，主动让出一些土地。于是，路面又拓宽了，而休闲广场周边的场地，也跟着宽阔起来。

然而，在村路快要修到一户人家大门前的一棵上百年的龙眼树前时，难题就出现了。树的主人公开说，这树是他们家的镇宅之宝，历经多少代了，绝对不能砍！谁砍了这棵树，跟他没完！主人的家属也是如此态度。

宋一方此时偷偷冷笑了：“我就说嘛，你黄寿山这回遇到麻烦了吧。群众要反对了。我早就说了，你就是不相信。不听老人言，吃亏在眼前。这回，你有好戏看了！”

修路的群众为难了，都在静静地看着黄寿山。因为树的主人是个七十多岁的老人，在他的家族中，一言九鼎。即便做通他儿孙的工作，顺利砍了树，老人也不会同意的。这棵龙眼树已有一定的历史，老人有三兄弟，曾与父母同住一室，共享这树每年长出来的果实。

俗话说，树大分杈，人大分家。成年后，三兄弟先后成家立业，各过各的，但这树仍旧是三兄弟的共同财产。只不过，老人的大哥、二哥先后去世，继承这财产的便是大哥、二哥的儿孙了。老人还健在，虽说对这棵树的财产更有处置权，但因为是共同财产，他还得尊重各个家庭的意见。

老人在望月屯有点文化，脑瓜灵活，打得一手老式算盘，三下五除二，噼噼啪啪几下，所有的账目就会很快出来，无人可比。此前，他是村委的财会。当村委财会时，老人把集体的账目管理得有条有理。可当宋一方上任后，一点也不重视账目管理，老人看不下去了，便提出一些意见。随后，宋一方便让人顶替老人的工作。

因为知道老人的底细，知道老人很“抠门”，所以宋一方知道黄寿山他们修路修到老人家族那棵龙眼树时，必起风波。

村民们都知道，老人一直以来都很会打如意算盘，如果要砍树，非得赔偿几万给他的家族不可。修这条路是为大家的，大家捐的款并不多，大部分是黄寿山出的，他先后已经出资一二万。现在，又遇到“拦路虎”，多出几万成本，他们也不知道怎么办才好。

他们把期望的目光投向黄寿山。目光中，既有疑虑的意味，也有动摇的想法。有些心急的村民，便建议硬干，把树砍倒了再说。大家附和着，自发地拿着电锯和斧头，聚集到龙眼树下。他们想，打狗死再讲价，只有这样，才能对付老人。

老人闻到风声，带着儿孙火速来到龙眼树前。他怒不可遏地站在树下，怒目圆睁地喝骂说："谁敢砍了这树，我跟他拼了！"他还训斥着黄寿山，说："你充什么好汉，修这路不就是给你出入方便吗？路修好了，你才好拄着拐杖出来溜达对不对……"

这番难听的话，并没有激怒黄寿山。随后，他主动找老人沟通，说明个中道理。来了牛脾气的老人，很倔强，他认准的理儿，纵使十头牛也拉不回他，他死活也不同意砍树；老人的儿孙更是如此："你说砍树就砍树呀，这树有二百多年的历史，是我们家族的宝树。就算要砍，也得把几万摆上来再说。"

黄寿山反复做他们的思想工作，说："砍树修路是造福于民，此前大家都出钱出力也出了一点土地了，你们这样跟大家唱反调，总不能让后人笑话你们吧。"嘿嘿，你听老人及其他家属怎样说？"装什么好汉？你修了路，群众就买你的账了？吃力不讨好。你不是不知道现时的农民，你就算给他钱了，他也不会认你的情的。我们砍了树，牺牲这么大，日后谁会记得我们？"

遇到难剃的头，黄寿山真是没辙了。此后，他还不死心，又反复登门做老人及其家属的工作，结果仍旧如此。

这条路修到一半终于搁浅了。宋一方等人更加冷眼看热闹了。黄寿山没有气馁，决定从另外的角度做老人的工作。望月屯每次开组长及村民代表大会，作为屯长，他总是恰如其分地表扬老人的聪明与能干，说他会管账，把账目管理得有条不紊，并建议已被辞退回家的老人当屯里某个生产队的财会。

大家不是不给黄寿山面子，可老人的精打细算，并不为各个村民小组组长和村民代表领情，大家都找理由说老人已经老了，手脚已经不利索了，反应也迟钝了，不再适合做财会了。其实，大家心知肚明，老人管账是没有问题的，可有时候做事过于"精打细算"，或做人过于古板。

随后，黄寿山又单独找各个组长和村民代表沟通，说每个人都有缺点也有优点，老人的缺点不少，可他的优点也多，他一心为公管理账目的精神，是我们后辈学习的楷模。现在望月屯没有财会人才，暂时由他顶一顶，日后有人补替再说。几个回合，黄寿山终于把大家的思想做通了。

在村委当财会，老人每月的工资是没多少的，可老人自"被贬"回家后，心情一直不舒畅。这回，他见黄寿山有心力举他，内心受到极大的触动。当财会，工资倒是不多，可尊严却很重要，算数的技术要得到尊重。

其间，黄寿山还在重阳节等节日慰问老人，给他送去温暖，并请老人一家吃饭，谈谈心，聊聊天，但他一点儿也没有提及要砍龙眼树的事。因为，修路的事已经过了两年，大家早就淡忘此事了。

有一回，老人突然摔倒受伤，伤得不轻。黄寿山及时前往看望，给他买了三千多的药品和营养品。老人再也憋不住了，嗫嚅着说：“……这树我可以决定它的生死！你们只管把它砍了……为了大家，也为了造福后人，我老汉支持你们的工作。”

黄寿山喜出望外：“怎么说也得给你们家族一点补偿吧。你开个价吧。”

老人说：“……三百就可以了，我好有个交待。就当你花三百买一棵上百年的大龙眼树，你把它砍下来后，当柴烧或用于做家具，随你便。”

“不行！砍下的树，我不要，你还是要回去吧。”

老人点头了。于是，龙眼树就这样被砍了下来。得知情况后，老人一家及大哥、二哥的儿孙都从外地赶了回来，指责老人贱卖老树了，并说这棵树他们也有财产处分权，为何不经过他们同意，就这样擅自做主处理了呢。随便把这树卖给哪个木材老板，都是几万块。

老人气定神闲且理直气壮地说：“我是这个家族的长老，也是这个家族的长者，我说了算！难道为自己修路、为村民修路、为后人修路，我们都不舍得砍掉这棵大树吗？再说，这些年你们都在外地工作，哪里有空照顾我这个病入膏肓的老人？黄寿山这样照顾我，并且他一心为群众做善事，我为何不把树卖掉呢？我只要了他三百块，你们是不是觉得我独占了这钱，所以要来跟我平分它？”

老人的儿孙又气又恼又怒，却又不敢对老人发作。老人都这把年纪了，只有顺着他的气，不要跟他顶撞，小心不让他生病，就算是谢天谢地了。他如果因为生气病倒了，事情更大了，大家更加麻烦了，何必呢。不管如何，老人家族对黄寿山如此“曲线砍树”，怨意一直未消。

“村路修好后，我还请老人到我的公司来做财会，帮我管理账目，我每月还付给他一定的工资。他一直做了三年。因为他觉得自己年纪越来越大，老眼昏花，手脚迟钝，最后他只得辞职回家颐养天年了。”回忆起这段往事，黄寿山感慨地说，宋一方等人看他的笑话，一直看了三年，最终他还是忍辱负重地把村路给修通了。

“做群众工作，得有一套方法。此路走不通，就得改道而行，不要钻牛角尖。用心换心，以情换情，没有做不通群众工作的。”

早在十多年前，黄寿山还是望月屯十五组组长时，就做了一件让群众佩服的事情。

当时，屯里有个叫黄家心的困难户，一家五口住在一个泥瓦房内。夏天，这间破败不堪的泥瓦房，一遇风雨，就到处漏水，蚊帐、被子等衣物被雨水淋湿，发霉、发臭；冬天，从墙壁那些巴掌大的裂缝灌进来的阵阵寒风，冷得让人浑身颤抖，稍站一会儿，就觉得快要变成一根冰棍了。

黄寿山的父亲当组长时，对黄家心一家的照顾不少。逢年过节，上级部门发放的救济慰问金、衣物等，均是黄家心一家第一个领到。虽说联产承包已经到户后，因为黄家心一家情况特殊，生活仍旧贫困，他家更加不用说要推倒危房重建了。

黄家心身体多病，说话有些口吃，头脑也“时清时浊”。他娶的妻子也是个身体虚弱、病体缠身的人，偶尔神志不清。他们生下的两个儿子和一个女儿，健康状况也不太理想，其中大儿子的言行就很怪异，与常人不同。

有一天夜里，狂风怒号，暴雨疯狂而来，地动山摇。暴雨整整下了一个晚上，有要发大水的征兆。次日，黄寿山一起床，就听到有人说，黄家心家的房子快要崩塌了，住不了人了！黄寿山的家，与黄家心一家的泥瓦房相距只有几十米。他赶去一看，吓住了：黄家心的房子被雨水泡住，摇摇欲坠。

那会儿，黄家心正跟着妻子、儿女用脸盆等东西，把房内的积水往屋外戽。他们根本就没有考虑，这房子随时都会倒塌下来，要了他们的命。好在这房子的墙根还算坚固，还不至于马上就要倒了。

这泥瓦房是黄家心父亲辈、爷爷辈就居住了的，到黄家心居住时，据说已有几代了。因年久失修，断然已经不能住人了。黄寿山想，如果再来一场大雨，这泥瓦房倒塌了，黄家心一家就会被埋在里面。怎么办？

那时，他刚刚当上组长，也想做些事情，做些轰轰烈烈的事情，做出个名堂来。想来想去，他决定发动群众帮助黄家心一家。

第一次开村民大会，黄寿山就提出，黄家心一家的困难情况，大家得用心帮一把，并苦口婆心地说：“黄家心是村上的兄弟，也是自家人，大家这样看着他一家这么苦，住在这个随时都会要了他一家性命的泥房内，相信心里也不会好受。”

一种米养百样人。村民们的思想境界没有像黄寿山那样高，思想也不怎么统一，最终没有人支持黄寿山要帮助黄家心的想法。他们认为，望月屯的集体账号上没有钱，想帮也爱莫能助；清风村的账户上也不知道有没有钱，即便有，也不可能会拿得出来。若开了这个头，以后其他人遇到这种情况，就得按这个规矩去帮，就很麻烦。

重要的是，当年的村民们，都没有种植树果，每家每户还是靠种植木薯、水稻为生，收入不高。大家就算想帮助黄家心一家，能力也是有限。

“现在分田到户，大家各忙各的，无心顾及黄家心一家这种实际情况。再说，这明明是政府部门的责任，他们都不去解决困难户的事情，我们这样做，不是多此一举吗？”有人这样说。

黄寿山还在努力说服群众：“黄家心是不是望月屯的人？是不是咱们的兄弟？若是，我们就不能这样看着他们一家于某一天的狂风暴雨之夜被埋在泥瓦房内吧？若是这样，传出去，外人怎样说我们？手足情深，大家有钱出钱，有力出力，只要帮了他家一把，他们就会渡过难关……”

没人理会他的“演说”。不能不说，他当时的“演说”是很感人的，有些人已经动了心，可在很多村民的强烈反对下，他发起的“建房倡议”就这样夭折了。

虽说如此，可他并没有灰心。只要有空，他就与村民们沟通。他有一股不服输的劲儿，就是不相信争取不了群众对黄家心一家的支持。天道酬勤。只要反复做群众工作，晓之以理，动之以情，没有人不同意的。

不久，屯里又召开第二次群众大会。黄寿山继续在会上提议要帮助黄家心一家建房：“我来出钱，大家出力就可以了。每家每户每天要出一个劳动力……先把危房推倒，再买红砖回来把房子建起来。”

有人冷嘲热讽起来了：“我们家也穷，也需要建房，二哥你能不能帮我建一个？”

黄寿山突然提高声音反驳对方：“你们家穷？那我建议你和黄家心一家对换一下住房如何？如果你不怕死，不妨在下雨天去住一晚黄家心家的泥瓦房。”

那人脸红了，不好意思再发言了。其他人沉默了，却也没有回应是否愿意帮助黄家心一家之事。有人在暗地里议论着黄寿山，说他热脸贴上冷屁股，自己给自己找累，为何要做这种吃力不讨好的事情？一家不管两家事，黄家心一家都是病人，帮了他们也没多大作用。你黄寿山钱多了没处花了是吧，你先把自己照顾得好好的，不给大家添麻烦就可以了，你帮不帮助别人，也是一种美德了。

黄寿山倒不是这样想，将心比心，黄家心一家比他这个残疾人更惨、更苦。如果大家都不帮助他，外人就会笑话他们，说他们黄家兄弟都不互帮互助，望月屯的村风也不咋的。再则，他是个刚刚履新的组长，一旦黄家心一家因危房倒塌出了事，他也有很大的责任。

以黄寿山当年的经济实力，他完全可以请一支建房施工队帮黄家心一家建房。可他认为，只有他一人去帮助黄家心一家，意义并不大。他需要的是，所有的村民都参与此事。只有这样，才体现"一方有难、八方帮助"的传统美德，才体现黄家兄弟互帮互助的团结精神。

此后，就黄家心危房是否重建，望月屯开了五次群众大会。每次，黄寿山都据理力争，陈情"演说"："钱不用大家出，我负责所有的建房资金。大家只需要出工出力就可以了。只有这样，外人就会知道，我们黄家兄弟是多么团结互助……"

最后一次，大家终于被他锲而不舍的精神感动了，愿意出工出力帮助黄家心一家建房。

推倒黄家心一家的危房时，几百个村民一齐上。有手扶拖拉机的村民，则开着车子把其他杂物拉走；有些则动手给黄家心一家搭建临时住棚，把他的家当搬进去；有些则负责设计新房的图纸……

就在大家忙得不亦乐乎时，黄家心的妻子见自家的危房突然被推倒，就跳出来阻拦。村民们跟她解释说，黄寿山和大家帮他家建房，不用他家出钱。她不相信天下会这样的好事，开口就骂："我家房子好好的，为何要推倒？你们要赔偿我家的房子！这个'二拐'是成心害我们家的，不得好死！"她大吵大闹，严重地干扰工地的正常工作。

村民们知道黄妻的头脑不太正常，会间歇性地发作，也就没理会她，可她总是这样跑到工地来，骂这又骂那，也不太安全。于是，大家就做黄家心的工作，让他劝一劝妻子，把妻子暂时管住。黄家心答应了，可一会儿又忘了。

村民们又让黄家心的两个儿子做母亲的工作，甚至还动员黄家心的女儿也来看管自己的母亲，结果还是无法让突然“发病”的黄妻冲到工地上“骚扰”。没有办法，村民们只得让几个妇女贴身“看护”着黄妻。

黄家心的外家倒是感动于黄寿山的大爱，在村民们推倒这间危房时，外家送来一些钱，并参与到劝说黄妻的行列。得知村民们帮助黄家心一家建房，清风村委也从有限的集体资金里拿出二三千元予以资助。

望月屯十五组有个在县城二建公司工作的村民，对黄家心一家危房推倒重建非常热心，他自告奋勇地参与建房的勘察设计。见黄家心一家居住的危房，当年是由黄家心的祖上在一个池塘上填了泥土建起的，他就建议，如果推倒危房重建，得打上松木桩，再铺上碎石，这样才能坚固，否则房子就算建好了，若干年后还会出现倒塌的现象。

“松木需要多少根？石头需要多少车？”黄寿山问。

这个村民说：“大约需要二十多根。石头就准备二十多车，每车大约百十块……”

拉石头倒容易，安排有手扶拖拉机的村民带钱去买回来就可以了。可去哪里找这么多的松木做桩呢？此时，黄寿山想到了一个叫黄详的村民就种了一片松树，可以跟他购买。他当即找到黄详。

黄详在山岭上种下的这批松树，已有二三年了，但因为种的时间不长，每棵树的直径也就二三十厘米，还不怎样成材。一般来说，仍未成材的树木，没人愿意售卖的。然而，做事干脆利索的黄详，听说是给黄家心一家建房之用，二话没说，就砍了树。

黄寿山觉得过意不去，特意买了二十多棵杉木回来补偿给黄详。松木拉回来了，桩也打下了；二十多车石头也拉回来了，全部倒到挖空的地基下，铺得平平整整。随后，大家就动手给黄家心打起地基。当黄寿山让人把红砖拉回来，村民又紧锣密鼓地帮黄家心建房。

十多天后，二百多平方米的一层平房终于建了起来。其间，黄妻不时来“闹事”，但整天寸步不离她的几个妇女，始终没有让她踏到工地半步。加班的这十多天，黄寿山每天出资二百多元让村民加餐、适当补助。

对于黄家心一家的危房推倒重建，黄寿山总共出资近二万。新房落成时，村民们隆重地给黄家心一家操办迁移新居宴，大家仍旧如此，有钱的出钱，有力的出力，其中黄寿山一人出了一千五百，几乎承包了宴请的费用。

当时，黄家心的外家也来参加宴席，连声感谢黄寿山的大力支持与帮助。那天，黄寿山有事外出，没有参加酒席。事后，他听村民说，酒席办得非常轰动，黄家心的外家在参观新居的各个房间时，竟哭了起来。随后，那个傻乎乎的黄家心，精神居然正常起来，也竖起大拇指，咿咿呀呀地说：“……二哥是个好人！”

此后，一贯口齿不清，说话吞吞吐吐的黄家心，逢人就夸村里的兄弟很重感情，帮他家建了新房，并反复念着黄寿山的好。

当然，新居落成的那天，也有了一个小插曲出现。黄家心的大儿子突然“发病”，诘责黄寿山把他家好好的房子推倒了，要求黄寿山赔偿他家的一切损失，否则跟黄寿山没完没了。他母亲这回“没病”，倒是他突然“发难”，让村民们哄然大笑。黄家心一家人往日的言行举止与常人不同，大家早就习以为常，见怪不怪了。

黄寿山并没有计较，而在事后做了一个让其他村民更加吃惊的动作：谁能够帮黄家心的大儿子找到媳妇，他奖励五百块！

这招新鲜，也很刺激。这五百块在十多年前，那可是个大价钱！村民冲着这重奖而去，纷纷当起媒人。结果，有一个村民成功拿到这钱，把一个寡妇介绍到了黄家。

最初，很多村民介绍一些姑娘给黄家心的大儿子，但那些姑娘一看他家的真实状况，心就凉了，就退缩了。这个家庭这么困难，个个身体都有疾病，若嫁了过来，她肯定吃不消，这日子可怎么过啊。如果小孩再生下来，也是这样，岂不更惨？

来的人中，只有一个寡妇愿意落户。寡妇是外地人，已经生育一儿一女。自丈夫去世后，她就拖儿带女地熬着，日子含悲带泪地过着，也不容易，她需要一个男人当顶梁柱。她不嫌弃黄家的情况，就带着一双儿女嫁了过来了。寡妇过门后不久，黄家心的女儿也莫名“失踪”了，听说被人拐到外地了，此后一直未回家，至今生死未明。

相对来说，黄家心二儿子的心智还算正常，但一直独身，三十多岁的人，每天只知道到野外捕老鼠或到江河之类的地方钓鱼，也很让关心他的村民担心。都这般年龄了，还没成家，接下来该怎么办？

“给黄家心一家建房，下的材料和用的钢筋都是最好的。当时，我指挥大家给他家建房，比给我自己建还操心。”黄寿山说，每天看着很多同心协力的村民出工出力，没有计较任何损失，干得轰轰烈烈，他就很感动。

让黄寿山想不通的是，他呕心沥血打造的四个休闲广场和灯光球场，现在居然笼罩在一片臭气中。

早在今年5月，他承包的一个位于村子东面的池塘，就遭受灭顶之灾。这个池塘与村前的两个休闲广场连在一起，他经常给池塘换水。所换的水，都是地下井水。巷道改造工程结束后，全屯的生活污水就直接排放到池塘。见投诉无效，他只得经常换水。结果，换水还是解决不了问题。

养了近一年的鱼，有一天上午莫名就浮上水面没呼吸了。黄寿山的儿子急了，便堵住排污口，并紧急换水。排污口被堵了，污水溢上路面，垃圾漂浮，臭气冲天。他于心不忍，让儿子把排污口疏通，不要激化与村民的关系。之后，他找现任村委支书黄立平反映情况。

我的老天，黄立平竟表示爱莫能助：“每家每户都排放生活污水，你只有找他们索赔，你愿不愿意跟他们较劲？”

这都是什么话呀！黄寿山气得一天吃不下饭。当年是他栽培黄立平、黄啸文的，巷道工程之化粪池无法实施也就算了，现在污水这样排进池塘，导致鱼儿“浮头”，他黄立平也不管，还当什么领导干部。

一个人跟全屯人作对，再怎样傻，黄寿山也不会干这种事的。细想，他认为黄立平所说的，也不无道理。现实是，即使不发生“死鱼事件”，屯里还是找不到一块公共用地用于建化粪池了。黄立平当村委领导，着实有他的难处。有时候，一碗水是端不平的。

第二天，上千斤的鱼浮满水面，白茫茫的一片，全死了。这些鱼，每条已有四五斤。儿子带着人要找黄立平、黄啸文算账，大有要跟他们打一架的架势。黄寿山吓坏了，急忙制止。

黄寿山语重心长地劝着儿子，说：“这架万万打不得的。损失这几万块又算什么，我们也不缺这点钱。在这个池塘里养鱼，你们也知道，都是出于供村民闲时垂钓之用，我们养鱼不是为了牟利。再说，我都几百万的贡献给屯里，还在乎这些鱼吗？”

气是难消的。儿子虽说三十多岁了，也成家立业了，还生养儿子两个，可至今还像个二十多岁的小伙子一样血气方刚，口口声声要讨个说法。和儿子关系不错的一些同龄人，也打抱不平，声称要到黄立平家闹事，要求村委赔钱。

黄寿山举起拐杖，作势要扫到他们身上。“谁也不能乱动！这事就这么定了。就你们几个人还想对付全屯上千人？你们的拳头若很硬，不妨挥拳打到墙壁上试试看。”他怒目圆睁，脸色铁青，“蚍蜉撼树，不自量力”。

他们从来没有见过黄寿山发这么大的火，顿时噤若寒蝉。

黄寿山自有他的想法，“武卫”断然不能解决“死鱼事件”，要想让休闲广场永葆往日颜色，鸟语花香，空气清新，池塘水永远清澈见底，只有“文攻”才是唯一的办法。“文攻”的目的，就是迫使政府出面，合全屯人之力建一个化粪池。

何为“文攻”？黄寿山想到三年前来采访他的劳记者。他要让劳记者报道“死鱼事件”。

与劳记者联系时，劳记者说这种新闻太一般，他此前不知道报道过类似新闻多少篇了。当黄寿山再三说明“死鱼事件”背后隐藏着更大的新闻时，劳记者表示要下来调查。

次日，黄寿山给劳记者打电话，说他不想闹腾这事了。他是这样想的，记者一来调查报道，更加激怒黄立平等人了，也激化他一家与村民的关系。算了，算了，吃点亏又何妨。反正臭气又不是熏他，熏的是上千名村民。他们都不在意，我为何在意呢？

黄寿山住在村前的南面农庄里，农庄离村子还有一二里路。臭气再怎样飘，也飘不到那儿。而且，他建在村内的别墅，自从和哥哥一家有点矛盾后，他就再也没有回去住过。现在，住在里面的，只是他儿子一家四口。地面一层，免费放开给村民们休闲娱乐。村民经常在大厅内的各个房间打麻将、玩扑克或闲聊，或存放其他东西。他们都不对臭气、臭水反感，我跳出来“搬弄是非”岂不是自讨没趣？

这个池塘里的鱼死光后，他再也不投放鱼苗了。这个鱼塘他是打算放弃了。其他池塘目前还没有被污染到，那些池塘还养着鱼，村民还可以去垂钓，忍气吞声做一回乌龟王八又何妨。这几十年来，他遇事隐忍得还少吗？他当乌龟王八的事情还少吗？

如果不是今天接连下的几场大雨，臭水泡村，有村民来找他诉苦，让他重新出山，他断然不会叫上劳记者冒雨来“巡村”的。

在他看来，适时给劳记者曝出更深的内幕，不仅对化粪池落地可能有所帮助，而且对某些人也起到“敲山震虎”的作用。

某些人在黄寿山的心里，永远是一团阴影，挥之不去。古人说，天下熙熙皆为利来，天下攘攘皆为利往。他不怪他们，怪的只是自己的想法太俗套，“利”字太重。人在江湖飘，处处会挨刀。该还的，迟早要还。

前几天，好久不见现身的徐一鸣，突然出现在农庄里。彼时，黄寿山正在忙着。徐一鸣提醒说：“二哥，别再这样搞了，已经有人反映到县里了，说你搞封建迷信……”

“有些官员还来找我做这事呢。”黄寿山平静地说，“今年雨水充足，农庄里七八种水果的收成，少说也有三四百万的收入。扣除成本后，至少还有上百万的利润”。

徐一鸣面无表情，装作充耳不闻。他的眼光扫视着农庄的各个角落，最终落到一棵名贵的玉兰树上。这树长势良好，已有八九米高，买回来时，黄寿山就花了七八万。院子内，还有其他珍贵的花草，在 7 月这个汛期，萋萋而长，争奇斗艳。

黄寿山又说：“去年收益的提成，也麻烦你转告何江一下，让他们转款给我。何江是陆续转了些来，不过已经拖得太久了，还有些余款。”

徐一鸣还是默不作声。他抬头张望四处，那样子似乎是查看有无监控视频之类的东西。他简单与黄寿山寒暄几句，就离开了。

望着徐一鸣转身离开办公室的身影，黄寿山习惯地点了一支烟，抽了一口。该来的还是会来的，也许这一次比想象的还可怕。黑云压顶，狂风怒号，暴风雨迟早是要来的。躲得过，就成仁；躲不开，就是落汤鸡，残生惨烈。

想到此处，黄寿山莫名烦躁起来。如果徐一鸣既不让何江把去年属于农庄的部分收益结清，也没有让人把那笔一百二十多万的贷款及时还给银行，他就中断和何江的承包合作关系。他不想让人牵着鼻子走。

他认为，目前跟何江他们合不合作意义不大了，只要他们离开农庄，以今年预估的几百万收成，他不仅还清银行的贷款，还有上百万的利润收入。

徐一鸣对黄寿山的帮助是很大的。几年前，在黄寿山需要资金周转时，在贷款毫无着落的情况下，徐一鸣给他“救急”，先后数次让妻子给他转来三百万。

当时，黄寿山感动得不知要说什么才好，并表示要给他一定的股份。徐一鸣笑笑说：“不用了，不用了。咱们都是好兄弟，风风雨雨走过了那么多年，知根知底，帮你这点忙不算什么。”

黄寿山还想给徐一鸣打个借条，徐一鸣挥挥手说：“我信得过你。我们结交已有十几年了对不对？”

徐一鸣如此高风亮节，倒也让黄寿山觉得，交这样的朋友是值得的。谁知，此后发生的事情，让黄寿山怎么也想不通。

三年前，黄寿山大病一场，看样子就要作古了。因为糖尿病引发的各种并发症，让他卧床不起，痛苦不堪。随后，他在医院做了手术，病情是恢复了，但他的元气已经大伤。出院回来后，他整天几乎只能躺在床上，已经无法下地了。“美人迟暮，英雄末年”的感慨，让他悲观绝望。

像很多朋友一样，徐一鸣也来看望他，但徐一鸣说了一句让他至今仍不舒服的话：“……我们的事，也该了结了。”

在徐一鸣看来，黄寿山再怎样折腾，再怎样寻求高明医术，即便华佗再世，也活不了多长了。说白了，徐一鸣是来催债的。那三百万借款，他要收回来，而他又没明说，担心在黄寿山病重时出现言语不周，容易引起黄寿山的反感。

黄寿山直截了当地说：“我目前非常困难，而且又病成这样。还是缓一段时间吧，钱我会如数还你的。”

“我还是觉得先前你那个建议挺好的，就把这钱入股农庄吧。”

“可以呀。”黄寿山让人找来合同，让徐一鸣签字画押。徐一鸣犹豫了，低声说：“我让人来签吧。”声音小得如同蚊子叫，几乎让人听不到。

黄寿山说：“我只认你。”

徐一鸣脸色非常难看：“我大舅你是认识的。”

“嗯，让我想想吧……”黄寿山累了，病成这样，他还能与徐一鸣谈话这么久，已是奇迹了。病重期间，每天都有很多亲戚朋友来看望他，耗费他大量的精力。

徐一鸣此次来看他，并跟他聊了差不多一个小时，他是硬撑着体力坚持下去的。他知道徐一鸣担心他死后，那三百万会没了踪影。这种想法是多余的，即使他要咽气了，也会交待家人处理此事。

此后，徐一鸣不时来“看望”黄寿山。他们谈话的内容，多数还是入股合作之事。期间，徐一鸣的大舅也跟着来。黄寿山还是那样说明：“我只认你徐一鸣，你签字可以。其他人我不认识。”

徐一鸣的大舅火了：“你想吞了这钱？”他还想往下说，却被徐一鸣制止了。

让大舅离开后，徐一鸣对黄寿山表示歉意：“大舅是个乡下人，没文化，没教养，不懂事，请你见谅。”

黄寿山说：“没什么。”他累坏了，让助手给他吃了医生开的药。之后，他点了一支烟，说：“这些年，我既带着人给政府迁坟，又搞这个农庄，累得病倒了……真心话，我已经不想劳心农庄的事了，希望有能人接手。”

徐一鸣说：“我倒是有个想法，让人承包农庄的果园，也省得你再操心”。

黄寿山想了想，说：“你要推荐人选过来？”

“我认识一个人，他做过农庄，有经验，不妨让他来试试。”

第三章 “致富”新招：二万尾鱼被人钓光

徐一鸣提出让人承包农庄果园的想法，与黄寿山不谋而合。从 2012 年返乡创办农庄，黄寿山折腾了二三年，先后投入了一千二百多万，农庄也有些起色，但当附近的农民都在大面积地种植水果，大型的农业公司也以各种创新的模式参与市场竞争，他已力不从心，心力交瘁，是进还是退，让他茫然四顾。

最明显的就是，他觉得自己早就江郎才尽，毫无建树，也无所作为。若不是靠做“冷门行当”补充生活开支，他根本就熬不下去。比如说，他率先种了沃柑，没多少人与他竞争，批发价是七八元一斤，上市时，客商就守在果园内等着抢购。当很多农户及农业公司发现沃柑得价，便也大面积种植，并大获丰收，他就没了优势。

见很多农业公司在自己的果园搞起生态旅游文化项目，搞得红红火火，他也坐不住了。明山县本来就是水果之乡，村村盛产水果，乡乡瓜果飘香，镇镇更是果树成林。特别是凤鸣镇，更是水果大镇，哪个村庄不是连片种植各种果树？

有眼光的老板于是升级换代农庄或果园。如附近的主力军农庄，上规模、上档次，旅游、观光、餐饮、休闲等综合设施，花样百出，每天游人如织；有些农家乐，也疯狂地砸钱，基础设施建得比城市的公园还漂亮，一看就知道老板不差钱。如在“万灵阴德公墓”附近创办的几个农家乐，远远一看，那气势就很让人震撼。

他苦心经营的这个农庄，在经历一定年限后，已趋于老化，跟不上时代的发展步伐了。如何让它摇身一变，变得更加漂亮，升值空间更大，这是他日夜苦思冥想之事。三年前，劳记者已经提出对他这个农庄的一些看法，并建议他到宝塔县那水镇一大型农庄取经。

次日，黄寿山让司机载上他，前往那水镇劳记者所说的那个基地参观。在基地，他是开了眼界，拓展了视野，但他认为不能生硬照搬这个农庄的经营模式，人家投资上百个亿的生态旅游乐园，他即使拼了老命也永远跟不上，而且他又没有那么多的资金。取其一点精华就可以了。

然而，到实际操作时，他却犯愁了。即如何重新定位自己的农庄，是继续以往那种传统的生产模式，纯粹种植果树，树上结多少果就卖多少果，有赚就赚，亏了就认，每年就这样苦守着这份家业；还是更换果树品种，加大投资力度，扩大种植规模，出其不意地夺取市场；抑或对农庄进行转型，大胆地融资或引进股东，推出旅游观光、亲子游园等项目？

他反复思忖，始终也没有一个满意的结果。最后，他想到一个“净身出户”的办法，让人承包果园。承包者只要愿意每年都交六七十万的土地租金，出资护理果树，承担承包期间的风险。至于承包者如何折腾果园、如何规划农庄，那是承包者他自己的事情了。只要收获季节一到，他只需按每斤水果收取三两的算法“收租”，双方是可以长久合作下去的。

对黄寿山的这套承包方案，没人愿意接受。承包者是这样想的，自己出资承包果园，最终的角色也不是老板，充其量就是一个管理员。管理员是需要风险自负的，比如犯错，但数百万的巨大风险，就让一个“管理员”去承担，代价未免也太大了吧。

当徐一鸣提出要让人承包果园，黄寿山认可了。这是黄寿山求之不得的事情，他只想专心做自己的“指导课”。这个行当，是他最喜欢的，他想在晚年把这一行发扬光大，就可以安然地了结残生了。

徐一鸣介绍来的人，姓何名江。何江确实做过农庄，但他接手后，自作主张地做很多事情，而且事前也没有跟黄寿山沟通。这让黄寿山有点介怀。

何江原先是住在农庄的房间，他的房间离黄寿山的也就十几米的距离。而且，他的办公室与黄寿山的仅一墙之隔。后来，不知道怎么回事，何江搬到农庄右侧前的一排平房，与工人住在一起。

农庄占地上千平方米，有十八个房间，是一个四合大院，大院内外以现代风格装修。院子内有卫生室，有会议室，有办公室，也有培训中心，还有上百平方米的饭堂。中间的位置，是一个供客人祭拜的香炉厅，也如同会议室一样宽阔，有几百平方米。

香炉厅立有一块桃木牌，上面书写着一行大字——“元始天尊神位”，它的周边是用质地上乘的原木镶嵌了类似八卦的图案。牌子下方是一个硕大的香炉，几乎每天都香火不断。

对于这个硕大无比的香炉，黄寿山最乐于给来访者介绍一番，并称小寺庙之类的香炉，都没大院内的这个大，喻示着他们的善念、善心、善意是无比宽广的。

然而，对于何江来说，黄寿山的胸襟并不代表他就有人格魅力。用何江的话来说，他不太喜欢香炉厅内飘出来的阵阵烟雾和香火气味。有时，有人在厅外的铁桶内烧字符，四处飘散的烟雾，也让他受不了。

最初每次开会，何江都会和管理层及工人到农庄的办公室，请黄寿山坐镇指导，听取黄寿山的意见。时间一长，何江就省了这道程序——单独主持会议，或在平房的会议室单独进行，似乎有意回避黄寿山。

得知情况后，徐一鸣带着何江来到黄寿山的面前，用教训的口吻对何江说：“二哥在农业方面是个专家，你们得尊重他。”

何江承认错误，但也表达他的一点疑惑：我何江既然已经承包果园了，是可以单独决策一些事情的。如果每次都让发包方黄寿山这样“垂帘听政”，这承包合同还有意义吗？他黄寿山始终是个坐收利益者，亏损与他无关，他永远是个赢家，却要管那么多闲事，累不累？他这样做，岂不是蛋炒苦瓜闲操心，多此一举？

何江这样发牢骚，黄寿山十分理解。但黄寿山明显觉得，有些事情并非他想象的那样简单。至于徐一鸣与何江是什么关系，他不是很清楚，也不想深究。何江入驻前，他曾让人去调查何江的底细，似乎也没有发现什么问题。此前，何江与徐一鸣没有任何交集。

随后，黄寿山想到这样一个有些让他不安的问题：莫非何江就是徐一鸣的代理人，徐一鸣一直躲在幕后指挥何江？黄寿山不敢再往下想，因为他对徐一鸣太信任了。彼此交往这么多年，他们之间无话不说，情同手足，他认为自己不能“以小人之心度君子之腹”。

黄寿山还想，也许是自己太过于疑虑了，所以才造成何江不敢放开手脚大胆去干。此后，黄寿山不闻不问果园的事情。没过多久，何江却干出了一件让人大吃一惊的事。

那天，黄寿山应一客户朱先生之邀，到朱先生在县城附近的老家做客。朱先生是做建材生意的，前几年做得还不错，在市区、县城买房、买车，建别墅，还在外地开了分公司。彼时，他的儿女也考上了外地的大学。

谁知，好日子并不长久。建材生意再也不像前几年那样好做了。朱先生欠下了一屁股的债，房子和别墅只得抵押出去。车子也在半路上被债权人“抢走”，用以抵债。屋漏偏遭连夜雨。偏偏此时，在外地读书的儿子与几个同学宵夜时，喝了点酒，与邻桌几个人发生口角。一时间，双方打起架。因出手太重，他儿子把对方打伤，被警方拘留；女儿也给他发来信息，说莫名病了一场……

一直以来，朱先生的妻子过得顺风顺水，如水般滋润。因为日子过得好，她肤色白嫩，脸庞红润，有贵妇的富态。如今，她突然遇上这种事，几乎天天都得面对催债的社会闲杂人员，她的精神快要崩溃了。

朱先生劝慰着妻子，让她冷静地面对。既然事情已经发生了，就得随机应变，共克时艰。兵来将挡，水来土掩。困难是会过去的，只要他还有一口气在，只要大家一起迎难而上。

就在此时，有人告诉朱先生，你现在做生意做得很不顺，莫非老家的房屋布设出了问题？他不太相信这玩意。他读书求学，从小学到大学，明事理，识是非，晓大体，知道很多道理，也相信科学。

遇到家道中落，朱先生宁愿相信自己判断市场失误、时运不济所致，也不相信是跟其他有关。然而，妻子却对此深信不疑。妻子的压力太大，让她找个心理安慰，也不是不可，于是他找到黄寿山。他们希望黄寿山按照民间的习俗，写个“吉祥符”贴于门板中间，起到避邪镇宅之作用。

黄寿山一进朱先生的家门口，就明确地告诉朱先生：“什么符也不用贴。”

“此话怎讲？”

“一棵树，是要历经幼苗、枝繁叶茂及至被风雨腐蚀而慢慢衰亡这些过程的。做生意也是一样道理，由盛极衰，是符合天地之间万物的生长规律与逻辑的。”

朱先生顿然一悟：“你是说，创业容易守业难？你也面临这样的困境？”

黄寿山说：“人生总是不会一帆风顺的，风风雨雨，起起落落，是很正常的。中国改革开放的总设计师邓小平都‘三起三落’，何况我们这些凡夫俗子。你今天抓住机遇了，自然就走运了，钱财就会像水一样流进来；明天风云变幻，凄风苦雨，漫长的人生道路上就会出现各种暗礁，让你防不胜防。这就需要我们认真正视它，克服它……”

朱先生吃惊不小。此前，他接触一些所谓的大师，发现他们在施展如簧巧舌时，破绽百出，逻辑性不强。对于黄寿山的逻辑思维和生活哲理，朱先生不是不懂。他的亲戚朋友也如此劝慰他看待商海的得与失。他们所说的话，与黄寿山的分毫不差。

问题是，朱先生早就感悟到的东西，为何却那样郁郁寡欢呢？他对黄寿山了解不多，黄寿山是不是高人，是不是棋高一筹，对他来说并不重要。死马当活马医，请黄寿山来家里“走走”，顺便贴个“吉祥符”，权当给妻子一个交待，让她的心理有个依托。

此时，朱先生莫名发出“听君一席话，胜读十年书”的感叹。在他人生最落魄的时候，黄寿山用哲理般的语言指点他，他受益匪浅。重要的一条还是，黄寿山不像某些大师一样，装神弄鬼，大吹大擂，故作高深，趁机讹你钱财。

而朱先生此时也有所不知，黄寿山面临的困境，比他的更加痛苦——

原来，早在助手把黄寿山抬上山坡时，黄寿山就接了一个电话，有人告诉他，何江和工人把种在农庄西面的已有二三年的野果树砍了。他一怔，马上与何江联系，让他马上停工。同时，他还给徐一鸣打了电话。

徐一鸣表示不清楚此事，说他在开会，等会他了解了情况再说。

那上百亩的野果树，是黄寿山的看家宝，是他从山上移栽过来的，他尤为爱重。小时候，他在山上经常看到这些野果，果实有白的，也有红的，还有紫的和粉的；咬进口里，酸酸甜甜，清脆可口。之所以移栽，是因为他预测水果市场不久之后的消费趋势：在品尝各种培育的优质水果后，消费者会特别追求野的水果，并成为潮流。

就如，当城里人吃腻了“饲料猪”“饲料鸡”“饲料鸭”“化肥菜”之后，认为这些食物重金属超标，农药残留，不安全、不健康，就开始把目光转向了农家系列食品。他们宁愿多花些钱，也要吃土猪肉、土鸡肉、土鸭肉、土鱼等；至于农家青菜，他们更加追捧。

这个世界有很多让人难以理解的奇葩之事：有人为了一把有机肥种出来的青菜，一大早就驱车赶回乡下，把它带回城里。来回油费上百块，一把青菜不过三五块——从某个侧面也可以加以印证，大家更加注重食物安全了。

种上那些野果树，黄寿山就是基于这样的考虑。人无我有，人有我精。野果树是他在水果市场生存的杀手锏。现时什么水果品种都有，但原汁原味的野果，却很少。物以稀为贵。当野果上市时，肯定会有大价钱的。

偏偏这一梦想，被何江腰斩了。得到消息，黄寿山恨不得马上赶回农庄，可接了朱先生的活儿，他不好中途变卦。他的内心早已掀起怒涛，因怕在朱先生等人面前失态，他只得强忍着，没有对着手机爆粗口。

当黄寿山赶回农庄时，天色已晚，那上百亩的野果树早就被工人砍得乱七八糟。他心里泣血，几乎瘫在地上。他根本就阻止不了何江砍掉野果树的行为。在回来的路上，他不停给何江电话，希望他慎重考虑这种野果的前景。

何江哪里听得进黄寿山的话，他有些不耐烦地解释说，现在全世界都知道沃柑是个好的水果品种，成了水果市场的畅销货。种沃柑才有前途，才有希望。这种毫无不起眼的野果树，只会浪费珍贵的土地。再说，他已经承包果园了，是个承包主，爱种什么果树是他的事情……

“承包合同没有要砍掉果树换种其他果树的条款！”黄寿山冲着手机大吼。何江没有说话。不知道何江是有意的还是故意的，他的手机只传来砍树的声音。

黄寿山急忙与徐一鸣联系。徐一鸣回复信息说："他现还在开会。我已跟何江沟通了。何江种果多年，他说种沃柑有前途，相信他是有判断力的。"

黄寿山心凉半截。他甚至怀疑，徐一鸣是与何江串通一气这样做的。前些天，何江跟他提及要换种沃柑之事，他没同意。随后，徐一鸣便来到农庄，也提及此事。黄寿山还是原来的态度。

砍野果树的这一年，是果农大举种植沃柑的一年。暂且不说全国各地的果农都在种沃柑，就是只有六七十万人口的明山县，各个乡镇也都在疯了一般种上这优质果树。一邻之隔的澄州县、宝塔县、鱼生县等地，亦如此。

事后，徐一鸣感叹地说："形势所逼。但愿何江这个选择是正确的。"

去年，沃柑大获丰收，价钱也一路飙升。何江特意把几个沃柑送到黄寿山的桌子前，大有"示威"的味道。

"胜利的喜悦只是暂时的。"黄寿山平静地说，"大家跟风上的结果，你不是不清楚。你种过果，也吃过这种亏。"何江脸色极不自然。

此后，徐一鸣也对黄寿山说，这年头什么都是快餐式的。果农一窝蜂种沃柑，是按市场规律办事。什么得价钱他们就种什么，是由市场经济引导的，政府职能部门也无权干涉。早些年相关部门引导果农种植其他农作物，结果到了滞销、烂市的时候，果农就横加指责相关部门乱指挥。再说，今年沃柑的收成也不错，快餐式的东西嘛，能够解决一时之计就解决一时之计吧。有钱挣就行了。反正没有亏本就好。

话说到这份上，黄寿山也不好再说什么了。他不想因为此事影响与徐一鸣的交情。沃柑烂市是迟早的事。果不其然。今年一上市，价钱就狂跌。

这时的何江才慌张起来。面对其他果树的投资款以及租金，他束手无策了。他向黄寿山"求救"，黄寿山也回天无力。

"要不要向银行抵押借款？"何江还是没有放弃一丝希望。黄寿山很痛苦，果园要全军覆灭了？他的内心开始挣扎着。对何江虽说有意见，但在大是大非面前，黄寿山的头脑还保持着清醒：果园虽说承包给何江，可他自己也有利益于其中。

如果当初不砍掉野果树那该多好啊！至少不用承担那么大的风险。举目四望，野果市场没人涉足。如果野果在前两年上市，至少可以持续销售三五年。当有人发现其中的商机时，我黄寿山早就赚得盆满钵满了。哪里像现在，沃柑种植已经饱和，已经失去竞争优势。这样下去，只有等死。要不，只有砍掉沃柑，换种其他果树。

在何江面临困境之时，徐一鸣也来到农庄，跟黄寿山商量如何渡过难关。徐一鸣解释说：“何江是我的朋友，我不能看着他输得这么惨。当然，我也不能看着你二哥一筹莫展，急得像热锅上的蚂蚁一样团团转。你起水了，我才有机会收回那三百万对不对？”

“你有什么办法？人工、肥料、农药以及租金等，缺口有一百二十多万，其中租金六七十万。这么大的一笔钱，我目前已经扛不住了。”黄寿山实话实说。

“只有考虑通过银行贷款了。”

“你门路广，不妨疏通一下。”

不久，有一家商业银行的职员来农庄调查。黄寿山知道，以徐一鸣在县里的身份，协调银行给农庄贷款是双手抓田螺十拿九稳的事。不久，各种手续办妥，银行就放了一百二十多万的款下来。黄寿山随即把钱转到何江成立的公司账户上。

奇怪的是，迟迟不见何江对果园进行投资。至于租金一事，他也没有吭声。黄寿山慌了：何江跑单了，我黄寿山岂不就完了？在黄寿山追问下，何江才说：“一切按常规护理果树。至于租金之事，我会交的。”

黄寿山还是不放心，又与徐一鸣联系。徐一鸣告诉黄寿山：“何江没有不良嗜好，既不嫖也不赌，吃吃喝喝的事他哪里做过？钱在他那儿，我相信他会处理好的。他是本地人，有老婆也有小孩，他的身份证我们也都知道，他胆敢跑单不是找死吗？他即使逃到天涯海角，也会被缉拿归案的。”

其实，黄寿山所说的“跑单”是另外一种含意。他隐约觉得，这笔贷款是有备而来。但他又不敢胡思乱想。你不给我入股，也不还我钱，我就把“贷款”拿走。反正贷款你是要还的，银行追的是你。

黄寿山想，如果事情是按他这样的逻辑推理发展下去，那么就糟糕了。

对徐一鸣的为人，黄寿山多少也是清楚的。

徐一鸣原先在镇里当党委书记，后调往八仙岩管理区任职。而后，再调任县人民政府副县长，分管安监、矿山等行业。黄寿山和徐一鸣有过交集，知道他工作很有魄力，雷厉风行。

管理区是个肥缺，因为它是县级管理区，属于副处级单位。之所以在凤鸣镇设管理区，一是八仙岩旅游景区在省内颇有名气，每天往来的游客不少；二是它位于城乡大道的中端，即在县城和市区的中间，经济较为发达；三是省市两级旅游部门入股参与管理的花卉界，也落成于八仙岩景区附近；四是很多从市里搬迁出来的国有或民营的大型工业和企业，就在云集在附近，工业兴镇、旅游兴镇的气息早就很浓了。

管理区筹备开发前，由一名县委常委、副县长兼任管理区主任，常务副主任或其他副主任，则是从擅长搞经济的其他乡镇党委书记调过来的；管理开发并成型后，这一定位一直未变。当时，徐一鸣在管理区只是第二把手的角色，但他搞活经济的管理思路，还是比较新颖，是主任倚重之才。

有一回，黄寿山率领助手搬迁管理区内一些无主坟墓，当时是7月，太阳毒如太上老君的炼丹炉，散发出来的热量，似乎要地上所有的物体烧焦了一样。热浪如烧红的电烙铁，阵阵袭来，皮肤都快要被点燃了。

他们把从无主坟墓内挖出来的骨头、骨瓮等，用纱纸吸干水分，再慢慢擦抹干净。因为这些坟墓常年埋于地下，雨水浸泡，骨瓮破损，骨头已经浸湿，早已不成样子了。

俗话说，术有专攻，业有所长。尊重死者的尸骨，是他们这一行的必修课。开挖前，他们在坟前摆上祭品，烧香行礼拜谢，之后运用挖掘机小心翼翼地开挖。接着，再依靠人工慢慢挖出骨瓮，严防机器操作不当把骨瓮挖烂了。

挖出骨瓮后，若仔细检查，发现有破损的，还得买一个新的换上。至于骨瓮内的骨头，若浸泡雨水已久，他们还得用纱纸慢慢擦干，让它们在太阳下晒干，而后再轻轻地把它们放进新的骨瓮。即便骨瓮内的骨头没有被浸泡，他们也都要用纱纸轻轻抹擦干净，再小心翼翼地放进骨瓮。

当把装有骨头的骨瓮迁移到其他地方埋葬时，他们还得郑重其事地做一场下葬的法事，上祭品，烧香拜谢，以示尊重这些魂灵。挖前或葬后，烧香拜谢的仪式没有一道流程不是严肃对待的。行有行规，道有道法。没有规矩哪成方圆。少了一道程序，就意味着对这些亡灵缺乏敬意，也对自己的职业缺乏专业精神。

特别是对于开挖的坟墓或挖出来的骨瓮、骨头，他们自始至终都是充满敬畏的，就如同善待一个初生的婴儿一样。这其实很容易理解，做泥水匠、木匠的，每月的初一或十五，都得烧香祭拜他们的祖师鲁班，以示对祖师赐予他们一门谋生的手艺的尊敬。

同理，正是这些埋葬于地下若干年的先人的骨瓮、尸骨，让黄寿山等人延续了这远古又洪荒的丧葬习俗，并因此获得了相应的报酬。所以，他们在擦抹尸骨时是不能马虎了事的，要让它们慢慢晒干。因年代已久，有些骨头几乎呈粉末状，若用力过度，就会化成粉末。

三百六十行，行行都有祖师。问及丧葬礼仪行当的祖师是谁时，黄寿山毫不含糊地说，在讲究厚葬的中国，大名鼎鼎的孔子就是他们这一行当的先驱。此前，外界对孔子是不是祖师曾引起争议。

有的说，在孔子之前，已有人从事这一行当；有的说，从现有的古籍资料记载，他当之无愧；有的说，中国最早的丧葬，应在盘古开天辟地之后……众说纷纭，莫衷一是。

作为儒家学派创始人，孔子的贡献与地位是无法改变的。据说文解字之解释，“儒”即为“人需”，而这个“需”，就包含丧事的概念。

有人说，孔子还是个“风水大师”，据《礼记 · 檀公》记载：“子张曰：司徒敬子之丧，夫子相，男子西乡，妇人东乡。”夫子相，说的就是孔子看风水选墓地之事；在《论语 · 子罕》中，孔子则说：“出则事公卿，入则事父兄，丧事不敢不勉，不为酒困，何有于我哉？”这话的意思是说，他上班效命于王侯贵族，回家后则悉心照顾父亲兄弟，而给他人做丧事时，他一丝不苟，异常严谨，从不敢贪杯。

因此可知，孔子在从事殡葬业时，很注重职业道德与操守，以丧户利益为上，每次张罗丧事，他喝酒总是点到为止，不能过量。

中国近代大学者胡适曾说，孔子年轻时的职业就是相丧，即看风水；近年，还有国学研究者提出，孔子的早期固定职业，就是替人办丧事。

对于这些奇闻轶事，对于他们这一行当的祖师是谁，黄寿山当然知道。如果他都不知道了，还能让人称他为大师吗？这就好比一个人，如果都对自己的父母或自己的生日、家史都不甚了解，还称得上为人之子吗？除非这个人就是弃婴，被好心人领养，他确实不知道生身父母是谁以及自己的生日的确切日期；或在他出世后不久，父母就因疾病或其他意外事故等而英年早逝。

那一天，黄寿山吃力地蹲在地上，慢慢擦干挖出来的骨头。他全身湿透，如同下雨。他的助手也在配合着做其他工种。刚刚荣升为管理区常务副主任的徐一鸣来到他的身边，慢慢蹲下来观看他如何擦拭骨头，不仅没有架子，也没有嫌弃什么。其间，徐一鸣还询问黄寿山一些迁坟及丧葬礼仪的民俗知识。

见徐一鸣作为领导干部，并没有轻视他们这些粗人，也没有避讳凶煞之类的民间传说，黄寿山大为感动。此前，郑之俊等人也查看他们做迁坟工作，但他们都没有这么长久地蹲着跟黄寿山交流一些丧葬习俗等问题，体察他们这种工种的卑微与粗鄙。

特别是管理区、县各部门以及县征地拆迁办那些公职人员，每次在黄寿山等人开挖坟墓前，顶多站在远处观看、监工，当黄寿山等人挖出骨瓮，擦拭人的骨头、一一晒在地上时，他们总会躲得远远的，是不愿意见到那些充满阴森与晦暗之气的尸骨的。这种活，跟他们无关，是黄寿山之类的粗人干的。

在民间，还有一种非常恐怖的说法，见人迁坟或捡拾尸骨，最好远离，不然会有晦气。甚至有传说，常年捡拾尸骨的人，不能生儿育女，即便能生育，也不会有男孩，会断了香火。夸张的人还说，从事捡殓尸骨工作的人，其三代都不得好过。据说，这与业障有关。

这种流传于民间多年的说辞是否准确，至今没人知道。黄寿山及助手几十年来一直干这古老的职业，生儿育女的倒是不少。而且，以生育的男孩居多，有的人儿孙满堂，家业庞大。其中，他们的第三代发展势头也不错。

有人称，在民间，每一个行当都有业障，即佛教中所说的妨碍修行的罪恶。屠户经常杀生，见多了鲜血，心理就会有某种障碍，而其下世及子孙后代也会变成牛马等动物，或变成妖魔鬼怪之类。如何消除业障，在做到一定程度后，有人积德，有人改行，有人信佛，有人放生，也有人行善。

按民间所言，捡拾人骨头的迁坟工或丧葬大师，也有业障，但他们又是如何消除的？用黄寿山的话来说，积德行善是消除业障的方法之一。

显然，在农村出生并受过高等教育的徐一鸣，是知道民间这些没有任何科学根据的说法的，见黄寿山把一些人骨头擦干净，之后放到一旁的干净的纱布上，暂时还来不及放到其他地方晒干，徐一鸣也凑近前，仔细观看。显然，他并没有像其他官员一样走开。

黄寿山及其助手吃惊不小，便对他说：“你是领导，就不要靠近我们了，这样对你不好，会有晦气的。”

徐一鸣笑笑说：“我阳气足，不怕这些寒气很重的人骨头的。不接触你们，根本就不知道你们工作的艰辛。”

黄寿山猛地怔住了，久久说不出话来。严格来说，黄寿山是被徐一鸣这一举动感动了。这样体察民情的领导，这样不把他们当下人看的干部，与从坟墓内挖出来的尸骨“零距离接触”，徐一鸣的为官之道，也不会差到哪里去。

就是从那时起，黄寿山很欣赏徐一鸣的为人。

为何有这样的感慨呢？原来，黄寿山曾接触一些官员，发现他们廉洁自律的觉悟，确实不咋样。“吃卡拿”似乎是他们的常态，有利益就上，遇事了就退缩，不敢担当。当年那个天天来钓鱼的领导，就是这方面的代表。

黄寿山仍未返回望月屯创办农庄时，已在离镇里有几公里的花卉界，租了一块上百亩的土地搞生态农庄。农庄不仅种果树，养有上百头肉猪，还挖有一口面积有三五亩的鱼塘，投放了二万尾鱼苗。

鱼儿长到四五斤时，县交通局一位领导几乎每天都开着一辆皮卡车来钓鱼。这领导跟黄寿山在工作场合见过几次面，还互留电话和微信，也算混得面熟了。见这个领导早晚蹲在农庄，黄寿山纳闷了，领导不用正常上班吗？拿着国家俸禄，不干公事，却跑到荒山野外来“修炼心性”，这管理制度是存在漏洞的。

后来黄寿山才知道，该领导不是不用“上班”，而是相对自由些。当时，城乡大道修建，县里成立领导小组，作为交通局的主要领导，他是领导小组的成员之一。指挥部设在附近，他要坐镇指挥，协调征地、拆迁、迁坟等工作。指挥部的工作是有阶段性的，没事做的时候，大家就闲着。正因为有了这种空闲时间，他才得以经常来农庄钓鱼。

如果把这事放在今天，该领导是不敢这样脱岗半刻的，胆子也不敢这么大的。他有几个脑袋敢这样给自己放这么长的假，钓这么久的鱼？这几年，体制内外，从严治党，讲政治、守规矩、讲纪律，八项规定抓得这么严，一些官员因违纪、违法而被惩罚、法办。现在的领导干部若在上班时间不务正业，以公家资源做自己的私事，哪怕在电脑上玩游戏之类，都要被处罚。你拿的是纳税人的钱，是个单位人，也是国家干部，干的却是私事，没有职业道德，迟到早退，开除是没有商量的。

该领导之所以有些胆大妄为，与当时的环境也是有一定关联的。他根本没有理会黄寿山的感受，认为“硬吃”黄寿山的几条鱼是治不了他的罪的。但他应该想到，他这样做，影响很坏。

该领导每天钓上来的鱼，都有十几二十斤。黄寿山也不好说什么，人家是领导，有这个爱好，你一个平民百姓哪里管得住。你若公开问他要“门票”，每天都问，就很容易得罪他。“门票”也没几个钱，日后还得与他打交道，抬头不见低头见，何必撕破脸呢？

此前，每次需要黄寿山去迁坟时，他都“二哥长二哥短”地喊，很客气，也挺会尊重人的。黄寿山担心跟该领导过不去，日后他们再做迁坟之事时，领导有可能会给他穿小鞋。况且，该领导都是这么大的一个人，也不是小孩了，应该知道自觉、自律之类的行为准则的。

让黄寿山不爽的是，该领导胃口越来越大，钓上来的鱼就用水桶养着，傍晚时分就用车子拉回去。这么多的鱼，他一家肯定是吃不完的，何况天天钓几十斤的鱼，天天吃也会腻的。他肯定是送给亲戚朋友享用了。

黄寿山看在眼里，疼在心上。这可是他投资的鱼塘啊，是他花钱买回来的鱼苗，这样辛辛苦苦养大的。如果是公益之类的鱼塘，他随便让人垂钓，也没有任何意见。

在不好当面提醒该领导的情况下，黄寿山让人把大门锁了。门都锁了，看你还识不识趣，脸红不脸红。结果，还是没有奏效。

该领导还是来了，把皮卡车停放在附近，爬墙进来，照钓不误。如此风雨无阻，一直有一二个月。

这年秋后，黄寿山让工人放水“打塘”，发现投放的上万尾鱼苗踪影全无。

他敢保证，鱼苗放进池塘后，没有病虫灾害，也没有发生鱼塘被污染事件；有人在三更半夜来偷鱼的事，也没有出现；他的工人更加不敢背着他，把塘里的鱼打光的。那时候，他的一个得意门生，就整天呆在农庄，农庄发生屁大的一点事，门生都会知晓得一清二楚，并及时转告他。

事后黄寿山得知，该领导把钓到的鱼，全部放到自己承包的鱼塘。该领导承包的鱼塘，就在县城附近。黄寿山想：“你把我的鱼钓到你自己的鱼塘里养着，换个‘致富’的手法，这跟抢有什么区别？”

“我的钱既不是大风刮来的，也不是从树上摘下来的，都是我辛苦挣来的，你为何不把我的钱当钱看？这个农庄我先后投入了一百多万，不仅要收回投资成本，还要有一定的利润，不然怎样养那么多的工人，交租金。可这张鱼塘的鱼，就被你这样钓个精光，你也太欺侮人了。”

黄寿山想过要到县里、市里举报该领导，但他冷静再三后，便作罢了，否则该领导就不会那么好过了。

这事没过多久，黄寿山又遇到一件更加让他气愤的事。

当时，镇里一名领导在过年前，给黄寿山一个电话，说他要宴请上级领导，也要给干部职工发些福利，麻烦他称好两头大猪送来。该领导强调，这两头猪的钱他会结付的，一分也不会少。

黄寿山跟该领导的关系不深不浅，不疏不远，不浓不淡，彼此是在迁移无主坟墓的过程中认识的。接到电话，黄寿山没说什么，反正养殖的肉猪在过年时，也是要卖出去的。

为了维护关系，他特意选了两头各有四五百斤的大肥猪，优惠给该领导，明明要收一千三百五十的，他只给该领导报价一千。该领导说：“二哥也太给面子了。忙完年前的事后，我就把钱送来。”

话是这么说，可几个月过去了，该领导哪里有结款的意思。黄寿山也没有催，人不仅贵有自知之明，还要有诚信之心。钱倒是不多，区区一千块，该领导工资收入不低，这点钱是有能力付的。

有一次黄寿山忍不住问起此事，该领导反应挺快，接过话头就说：“哎呀，我竟把这事忘了，回头就付款。”

结果，该领导的“哎呀”还是没有下文。有一天，有个朋友给黄寿山电话，说他们正在县城一家酒店吃饭，黄寿山认识的一个领导已高升了，当上县政法委副书记了。

未等黄寿山反应过来，该领导已用朋友的手机跟他打招呼了。黄寿山心里有气，就笑嘻嘻地说：“恭喜你高升当上大领导了。不过，像你这么行为不端的人也能当上领导，全县几十万的群众恐怕都会有意见啊。”

众所周知，黄寿山是个幽默风趣的人。该领导一听此话，没有在意，这样一个带刺的“黑色幽默”，他权当黄寿山是即兴逗乐之言。往日也知道黄寿山经常开玩笑。

但他哪里知道，黄寿山“话里有话”，做人要讲诚信，那一千块都这样赖着，还能当个好干部、好领导？当领导是要率先垂范的，自己都做不到，还能让其他干部职工严格要求自己吗？群众又怎样相信他们是为人民谋幸福的？

古人说，人而无信，不知其可也。该领导的工作确实很忙，事无巨细，都得用心管，这是事实。有时候忙起来，他记不起还有些事情要处理，倒也无可厚非。

但黄寿山却不是这样认为，你就算再忙，忙得一塌糊涂，忙得昏天暗地，连家也顾不上，钱终归是要结的吧！现在的微信那么发达，我电话催款了，你可以直接通过微信转款不就可以了么？一千个理由、一万个理由，那都不是理由；理由只有一条，你习惯了白吃白拿，占我的便宜。

至今，该领导也没有结清这笔款。“人无诚信不立，业无诚信不兴。”黄寿山不知道该领导是否明白这句话的意思。

经历这两件事情，再反观徐一鸣的为人，黄寿山就觉得徐一鸣愿意低下身姿，与他们这种卑贱的捡殓工相处，说明他做群众工作也是个好手，绝对是个好的领导干部，廉洁奉公。当今社会，清官还是占多数的。在主流生活中，强光还是普照大地的。极个别官员的丑恶嘴脸，并不代表全部。

就是从那时起，黄寿山与徐一鸣频繁接触，表扬他们对管理区的无主坟墓迁移工作做得很好。有一年，黄寿山的母亲过世，忙于公务的徐一鸣还特地前来吊唁，送上花篮，予以奠拜。徐一鸣的人情味如此之浓，让乡邻大为赞佩。

更让黄寿山诧异的是，徐一鸣一直没有把他当作异类看待，而是称他为特殊行业的奇人。并开玩笑说，如果国家有对民间这种收殓工评定职称的，他黄寿山绝对是个市级职称。徐一鸣还说，一个能在逆境中成就一番事业的人，本身就值得大书特书，何况是一个残疾人。

尽管如此，那时的黄寿山，还是与徐一鸣保持一定的距离。黄寿山想，捡人骨头的活儿与其他工种还是不同的，无论徐一鸣怎样认可与支持他们的工作，并与他们一同劳动，但都无法改变这一工种的社会地位。再者，徐一鸣还是个官员，他不敢太多接触，免得引起别人的闲话。

两万尾鱼被钓光，两头肉猪被“硬吃”，这两起事件对黄寿山来说，伤害是存在的。徐一鸣是官，我黄寿山是民，民是弱势，官是强势，双方根本就不平等。强弱相处，高低自见。交往太深，并不一定是好事。

正是遵循这种交往与做人和行事原则，黄寿山能不见徐一鸣的就不见，能不跟徐一鸣合作的就不合作，着实躲不开的，他也只是巧妙地应付了事。

原则真的永远不能改变吗？非也！黄寿山确实是个讲原则的人，可当某些有利于自己的东西呈现在面前时，他也把持不住。

第四章 一条美丽的“神鱼”

“大师”这一称谓不是随便得来的，也不是自封的。在当今的俗世洪流中，有很多奇怪的社会现象，有钱的人说没钱，没钱的人说有钱，你要是在江湖上没有两下子功夫，人们哪里会当你存在？

黄寿山被人称为大师，是有一定缘由的，也是得到需求者的公认的。“哪怕是现在的易经大师，也没人能够超越我。我这几十年来，至少已经迁了二万多座无主坟。”黄寿山说他自学成才，从二十多岁起就干这一行当，“背景是，全国各地都在搞管理区，明山县不甘人后，也快马加鞭，搞起管理区”。

那一年，黄寿山已经四十岁了。

迁坟需要才华吗？黄寿山有才情吗？对于这个问题，外界莫衷一是。迁坟是个体力活，是个折损阳寿的累活，是不需要才华和智慧的。如果你硬是把它往才华上靠，那就是他能够运用千百年流传下来的传统民俗获得生的技能，不菲的财富，以不一样的智慧造就自己不一样的人生。

黄寿山能够在冰冷的坟墓丛中掘得第一桶金并被人称为大师，其中的过程非一般人所知。在农村，只要是一个四肢健全、头脑正常的男人，哪怕没有职业，哪怕他已经饿得快不行了，他也不会去碰那些埋在地下已有一定年限的冷森森的尸骨。

路过某个墓地，若还有其他路可走，你不会选择靠坟墓的这条道走的；再跟你有意见的人，也不敢随便挖你家的祖坟；没有人靠近一座坟墓前不心生恐惧和寒意。

用村民的话来说，碰了这些尸骨，会有霉气的。那些埋在地下多年的尸骨，糜烂了，毒蛇、蚂蚁等到处爬行，甚至有的还有可能带有病菌、剧毒。吃饱了没处撑了，干吗要去捣鼓那些尸骨呢？哪怕一碰就变成泥沙一样洒落地面的尸骨，也是寒气碜人的。

可以想象，这些埋在地下少则三五十年、多则数千年的死者，有的可能是因疾病而亡的，有的可能是因斗殴而殁的，有的可能是被人投毒而逝的，有的可能通奸被杀的，有的也有可能因自然灾难而死的；生前，有的可能大富大贵，出入以车代步，有的可能饥寒交迫，疾病缠身，有的可能卑微渺小，苟延残喘，也有的可能衣不遮体，食不果腹……凡此种种，不一而同。

但它们都有一个共同的特性：逝去的生命，消失的亡灵，与天地融为一体时，散发的始终是，阴冷的东西，看不见摸不着的灵魂，或演化而来的一种精神的东西。

死者为大，这是中国人对死者的尊重；入土为安，同样是对死者的极大尊重。当他们尸骨被人捡拾，一样需要得到尊重。每个人都需要敬畏天地，敬畏天道，敬畏国法。在黄寿山看来，尊重这些历经一定年限的尸骨，就得怀有一股敬畏之心。

常年接触这些尸骨，倘若没有一个过硬的心理素质，超人的胆量，也干不了多久的。空洞的坟墓，冷冰的骨瓮，潮湿的地面，只要风吹草动，你就可以想象出一个妖魔鬼怪随时要出现的场景。哪怕死者生前跟你是兄弟朋友，是你的至亲，当他被埋进坟墓，尸体腐烂，血水渗进泥土，之后只留下一副骷髅，并被捡拾装进一个瓷瓮，你还是可以感知到，一个活生生的人就这样变成一堆白骨的，生命何等脆弱。

“如果我不是一个残疾人，受尽了各种白眼，而且被逼得没有去路，我是不会去做这个行当的。”多年后，黄寿山承认自己误入此行的真正初衷，“有一技之长的人，谁愿意整天捡着那些尸骨，搬来挪去？”

与其说黄寿山自学成才，不如说是他因高烧落下的小儿麻痹症，创业惨败后，在走投无路的情况下，他不得不去做迁坟师。行走极不方便，自然就干不了体力活，粗活、重活、脏活他更干不了，于是这门延续了数千年的传统“技艺”，就让他有了一个施展自我的生存舞台，让他有了活路。

世间万物，似乎都在遵循这样的规律：有阴必有阳，有高必有低，有左必有右，有正必有邪，有山必有水，有强必有弱，有凹必有凸，有善必有恶，有失必有得……天地之间，阴阳是相对的，是平衡的，也是统一的，完全符合唯物辩证法的相对论、统一论。阴阳合一，水乳交融，必能和谐相处。

“我是命硬之人，全身阳气，也就适合从事这种迁坟之阴事。”黄寿山自得地说，“如果我不残疾，可能我的人生又是另外一种境地。老天给了我痛苦，也给了我欢乐；我的人生残缺不全，却又以某种姿势丰满着我。”

古人说，山不在高，有仙则名；水不在深，有龙则灵。在一个既没雄伟之山，也没逶迤之河，且地势并不钟灵毓秀的小山村，他能让各地的官员、商人、百姓等人来找他指点迷津，解答他们内心积郁多时的心病，他觉得自己积德行善、助人为乐也是一种幸福，他的道行比同行更高。

但他从来不敢以大师自居，也意识到自己的学识、素养等是个短板，因为他只上了初中，还得时刻加强修炼。然而，当他几乎每天都见到有人来找他“寻医问药”时，他还是觉得自己前世遭遇的苦难，就是一种福报。

职业不分贵贱，不分高低，翻弄尸骨并把它们安放到另外一处更加适合它们栖息的地方，他认为他们的工作是高尚的，是受人尊敬的。

倘若不受人尊敬，也不认为他有一定的道行，那么，“大师”一词是不会被人喊出口的，别人也不会请他指点一二了。道可道，非常道；名可名，非常名。他因为修炼了善道，帮助别人，所以从某种意义上说，他也是得道之人。

“积善之家，必有余庆；积恶之家，必有余殃。”黄寿山的农庄几乎每天都门庭若市，人气兴旺，财源滚滚，他认为就是最好的明证。他说，事实胜于雄辩。有没有道行，百姓的口碑才是关键。

其实，大师是这样炼成的……

两岁时，黄寿山突发高烧，持续不退。那年代，缺医少药，能活下来就是个奇迹。当时，他的父母焦急万分，六神无主，一面用湿毛巾敷他的额头，一面把他送去赤脚医生处看病。

中草药是治疗的首选，但药到并未病除，黄寿山的右脚始终还是落下了残疾。对于幼年这场疾病的事，黄寿山至今已没有印象了。事后，他多是听父母及奶奶等人说的。

那时，他的右脚畏缩、发炎、流脓，父母非常痛苦。正因为痛苦，对他也就特别尖酸刻薄，认为他是多余的人。那年代，贫穷限制了人的想象力，也限制人们对生活的美好愿望的努力。当有些人被贫困挤压得喘不过气时，恶毒的念头就会滋生。

父母生育了黄寿山，恩重如山。但在黄寿山的记忆中，父母并未善待他，甚至还涉嫌谋杀他。

“这些，都是我奶奶告诉我的。”黄寿山说，两岁那年，他被父母扔在路边三次，每次都是奶奶捡回来的。

第一次是母亲狠心下手的。当时，母亲背着他到十几二十公里外的县城求医、打针，此后发现不管吃什么药都不管用，他的双腿萎缩如旧，而且针口处发炎流脓，整天病蔫蔫的。父母觉得他已经没了生的希望，家里又困难，不如把他扔掉。若遇到好心人捡回去养，算他命大、福大。

某一天上午，母亲背着黄寿山回娘家的时候，偷偷把他弃在路边。奶奶见母亲回家时，没有背着他，就意识到什么了。奶奶疯了般哭骂着，“他是从你的肚子里掉下来的一块肉啊”，并追出村外，到处寻找，终于在一个偏僻的路边把他找了回来。

此起事件中，奶奶没少大骂黄寿山的父母丧尽天良，可生活如壕沟，始终也迈不过去，命运仍旧无法改变，陷于困顿的父母，仍然认为他活着就是给全家拖累。病成这样，即便能把他养大，最终能不能行走，或就算能够高一脚、浅一脚地行走，作为农民，他也干不了农活、养活不了自己，更加不用说找媳妇成家了。这样下去，父母既要花钱给他治疗，又得整天让一个人护理着他，何苦呢。

第二次，父亲把他背到很远的地方，一样狠心地把他扔在灌木丛中。奶奶没见到他，就又追问。父亲瞒不住了，照实说了。村干部也干涉了，严厉地批评与教育他的父母，说弃婴属于违法犯罪行为。作为村里的干部，你知法犯法，让人痛心。

这一次，他又被找回来。事后他听奶奶说，他被扔在灌木丛中饿了一天，太阳又大，被晒得昏迷不醒，也快饿死了。奶奶痛哭流泪，把他抱得紧紧的。此后，她就整天带着他，不让他父母接触，生怕他们又要干出同样的事。

真是防不胜防，第三次把他抛弃的还是父亲，父亲趁着奶奶外出干活，把他留在床上时，就又把他抱走了。这当中，母亲是知情的，也参与了。事前，他们是经一番痛苦的商量后才下的决定的。

这一次，事情闹大了。奶奶没见到他躺在床后，就去找村干部哭诉。村干部找到他的父母，押着他们去把他找了回来。父母垂头丧气，长吁短叹，也黯然流泪，知道自己已经涉嫌犯罪。可面对这样的家境，他们也一筹莫展，愁眉紧锁。

因为这一年，他的弟弟也出生了，家里又多了一张嘴。爷爷早逝，父母除了要养活奶奶一个人，还得咬紧牙关把他和姐姐、哥哥、弟弟四人养活。一家人的重担就落在父母身上，他们已穷得没有退路了。他们辛苦做了一年，可他们每年从生产队挣的那点工分，连他们二人都吃不饱，余下的五张嘴又怎么办？

贫困并不是弃婴的理由，也不是涉嫌杀人的借口。可面对现状，父母也想不出更好的办法。农活劳顿或夫妻二人因生活琐事或其他事情发生争执之后，他自然也就成了出气筒。他稍有病痛需要打针吃药或有不安分守己的言行，很多粗话、脏话就从父母的嘴里喷了出来，并动手打他。下手之重，也是罕见的。随手捡到什么就用什么打到他身上，他浑身伤痕累累。

那时，奶奶就是他的庇护神，他一直睡在奶奶身边八九年。父母一出手打他，或一张嘴骂他，奶奶就出面护着他，并指责他父母心如毒蝎，虎毒不食子，“他是你们的骨肉啊，你们怎么下得了手，骂得出口”。从二岁到五岁，他几乎都是在奶奶的背上或怀里度过的。其中，大部分时间他是孤独地与一张烂床为伴的，被空洞而昏暗的房间吞噬所有的童真的。

乡下的赤脚医生的水平毕竟是有限的，且当时仍未有一次性针具，每次给他打针，都是用酒精烧或开水煮，以便消毒。烧或煮的时间不够，针头带有病菌，就容易让人感染。他落下小儿麻痹症后，打针吃药是常事。有一次右脚疼痛，赤脚郎中给他打针，他的针口处感染，上火化脓，更加不能下地爬行了，只能呆在床上。恶臭满屋，更加惹怒父母了。

那时，他已经六岁了。六岁的小孩是不懂什么事的，可他过早地被生活欺侮，饱尝生的折磨，死的羞辱，他早就有了大人般的古怪情感。整天躺在床上，张望着空无一物的黑乎乎的房子，他觉得恐怖就如化脓的伤口，无休无止。无人与他说话，他孤独得快要疯掉了。苦闷、压抑、烦躁等各种情绪泛滥而来，而肢体的疾痛更加让他难受。

奶奶找来草药给他敷上，或煎成水给他喝下，病情还是没有好转。奶奶陪着他说话，背着他晒晒太阳，但他的内心仍旧没有见到阳光。他想自己这辈子就这样完了。

这时，他很想吃一块肉。天天躺在床上，饿得发慌，有时候一整天，他只能吃一餐。父母各忙各的，很晚才回来，奶奶也还有其他事情要做，没人照顾他。即便有时候奶奶能照顾他，可父母也不允许他有“一日三餐”，到了晚上，他能有一碗只有几颗米浮在水里的稀饭吃，就已经是不错的了。

家里除了他，其他人都能正常一日三餐，也都能吃得饱。对他这种病号，父母是“特殊照顾”的。姐姐、哥哥和弟弟偶尔还能吃上一块肉，而他一个月或半年能够吃一小块，已经是谢天谢地的了。姐姐他们偶尔想偷偷送点吃的给他，可被父母发现后，就被一顿呵斥，或一巴掌。此后，没人敢再“接济”他。

他对父母的怨恨，一点点、一天天地累积起来。他哭过，一个像废物一样的人躺在床上，动弹不得，无法挣扎。即便有时想寻死，准备咬断舌头，却没有一点儿的气力。房间内，只闻到他伤口化脓后散发出来的恶臭，他感到黑暗已经把他吞没了。

就这样，他躺在房间内有半年之久。一个正常的人整天呆在黑暗的房间内，迟早也会变疯的，何况一个身体本来就有病的残疾人。

有一天，他突然闻到一股香味飘进房间。奶奶在厨房内煮着一条大花鱼。

原来，母亲到村前的池塘洗衣服，突然一条大花鱼跃出水面，跳到岸上，一张一合地张着嘴巴呼吸。母亲有些恐惧。在当地，有这样一种传说，若遇到大鱼跃出水面，跳到岸边，这必是一种不祥之兆。传说这是一种神鱼，有毒的，若有人拿回家煮食，就会暴毙。

在贫困落后的农村地区，还流传着这样的愚昧传说，如果你被飞过天空或停栖在树上的鸟儿屙的屎落到头上，在接下来的几天内，必然有一场大难，并会殃及家人。要么大病一场，要么莫名身亡。

正因知道这种传说，母亲恐惧地犹豫着，最终她还是把大花鱼放回水里。大花鱼一进入池塘，就不见了踪影。然而，当她洗完衣服准备回家时，那条大花鱼又莫名地跃到岸上，任它如何挣扎，也跳不回水里了。其他妇女远远见到了这一幕，不敢到池塘边洗衣服，赶紧躲开。母亲被吓坏了。难道她做错了什么事，要被老天惩罚了？

想了又想，母亲最终克服了巨大的恐惧心理，把大花鱼拿回家，一称，竟有八斤二两。她让奶奶杀鱼，要煮给他吃。

当一大锅香喷喷的鱼肉端到床边，黄寿山两眼发亮，再也顾不上有没有鱼刺什么的了，就狼吞虎咽起来，恨不得一口就把所有的鱼肉都吞进腹中。他早就饿得昏乎，有气无力，两眼发暗。奇怪的是，奶奶没有像往常一样慈祥地看着他吃东西，而是转过脸，无声地哭泣。他也不知道什么原因。成年后，奶奶告诉他，母亲捡回这条大花鱼，就是想要鱼肉毒死他。他笑了。母亲愚昧的行为，偏偏救了他。

大花鱼为何跃出水面，现在看来，也许受到自然界各种因素的影响，比如地震、水里的氧气缺少、水温升高等。至于它为何二次跃出水面，他更加相信它在水里已经受到某种挤压，或者水质出现问题，它已经无法适应环境了，于是它要跃上水面寻求生机，不料却又从一个绝境中逃到另一个绝境中，始终还是无法活下来。

他每次跟人提及此事，都会有人说，冥冥之中注定有“仙鱼”帮他。对此，他则这样理解，一个不该死的人，你就算挖空心思下毒，他也死不了；一个想死的人，他就不悬梁上吊，或跳河自寻短见，他的心早就死了，谁也救不了。

此前，他见有公开报道，有一对再婚的夫妻，妻子出轨后，与情夫先后三次下毒要谋杀丈夫，结果每次都没得逞。其中一次，丈夫准备吃下有毒药的食物时，突然不小心碰倒饭碗，饭菜掉在地上，家里养的黄狗冲上来抢食，结果中毒身亡。于是，这起案件才东窗事发，真相大白。

这个男人命硬，毒药难侵，不会死于人手，但可能殁于疾病，这就是命。就如母亲用大花鱼“毒死”他一样，她的无知和愚昧，于无意中救了他。从医学上说，花鱼肉有治疗伤口、补充营养之类的疗效。但在民间，有人说它若跳到岸上，就是带有毒药的神灵。母亲见识有限，奶奶也是如此，有些农民也是如此，他们没见过这么大的花鱼，所以他们就认定，他吃了这锅鱼肉，必死无疑。

他事先不知道吃了跳到岸上的大花鱼肉“会死”，若知道了，他断然也不会沾半块鱼肉。那时，他整天饿得前胸贴后背，严重营养缺乏，见到这么鲜美的鱼肉，哪里还顾得上什么，大口大口地吃着。这一晚，他睡得特别沉，也特别香，伤口发炎引发的病痛，似乎也没有了。

这晚没有吃完的鱼肉，他就把它放在床头一侧。次日，他又继续吃着。这锅鱼肉，整整让他吃了两天。此时他发觉自己有了精神，伤口处的脓水似乎也要干了，它的周边脱掉一些死皮，露出光亮的红色的肌肉。

在黄寿山看来，母亲已经改变对他的看法了，不然，这锅鱼肉不会让他一人独食的。当他得知真相并非如此，又加剧他对母亲和父亲的怨恨。现在再谈及此事，他又特别感激、感恩母亲，正是母亲的愚昧无知，他的病才得以很快地好了起来。

见没法“毒死”黄寿山，父母变本加厉地折磨、辱骂他。他只要一犯错，就会被罚着跪地板，轻则扇耳光，重则被棍子劈头一顿暴打。晚上，还不让他吃饭，罚他站在黑乎乎的门外，任他嘶声痛哭。纵使天怒人怨了，父母也无动于衷。父母可以给姐姐等人吃肉、吃干饭，就是不允许他享受这样的待遇，他吃的永远是青菜和稀饭，只要饿不死就可以了。

有时赶圩回来，父母买些糖果分发给小孩，姐姐他们可以有二三颗，可分给他的就只有一颗，甚至没有，就好像他不是他们的亲生儿子一样，目光充满敌意与歧视。他曾在心里愤愤地哭喊：“你们既然如此残忍地对我，又何必把我生了下来啊？”

如此“内外有别”，连姐姐他们也看不下去了。他们经常偷偷把一些东西分给他吃。有一年春节，家里过得很隆重。当天晚上，他不知道做错了什么事，又莫名被父亲一顿打骂，饭也没有吃上一口，就被撵出了家门。寒冬腊月，数九隆冬，他无家可归。弟弟找到他，和他走到一个晒场。晒场上堆放着很多草垛，弟弟就把其中一个草垛中间的稻草取出，做成个可以挡风的临时的窝，让他在里面过夜。

次日，弟弟偷偷藏了一块肉到口袋，带来给他吃。因为担心父母发现“罪证”，弟弟还把裤子洗了，等到裤子晒干后，他再穿上，才装作若无其事的样子回家。饥肠辘辘，他们就去偷挖人家地里的红薯，再躲在无人知道的野外，窖红薯充饥或果腹。

弟弟对他的好，他铭记一生。当他有钱后，他就在县城一新开发的小区，给弟弟买了一套一百二十平方米的商品房。当时该小区商品房的价钱为每平方米两千块，现在这个地段的房价，已经涨到六千多每平方米了。弟弟再三婉拒他的情义，一直不愿意收下这套房产。

几经他做工作，弟弟终于答应收了这套商品房。目前，他正在给弟弟的商品房装修。

哥哥对他的情，是有些不似弟弟的那么深，但他也没有忘记。多年前，哥哥供自己的三个小孩读书，经济窘迫，且哥哥外出打零工，收入也不高。于是，他就让哥哥一家到他家吃饭，一吃就是几年。

让他想不通的是，哥哥一家每次吃完饭，不知何故，哥哥一和嫂子有了口角，他们就放下碗筷，不声不响地回自己的家，既不收拾桌面，也不洗刷碗筷。见哥哥建起三层楼房，一直没钱装修，他便掏了几十万帮哥哥装修。当房子装修完毕，哥哥却不冷不热地说着："谁让你装修的？"这话很伤人，让他感觉到，一个人真心感恩，有时候也会遇到寒潮。

哥哥对他有成见，也不是一天两天了，但他从来不计较，也不在意。多年前，他通过哥哥担保向银行贷款一千五百元到守北村承包上千亩荒地。因到期未能及时归还贷款，银行就追哥哥还。哥哥跟他联系，让他想办法及时还款。其时，他在外地打拼，非常落魄，还没有翻身，这钱他暂时还不起。

哥哥恼怒了，就把他放在家里值钱的电风扇、板凳等东西全部拿走，甚至连他唯一的一条短裤也捡走。他有一次从外地回家，只见自己的房屋空无一物，心里凉透了。当时，父亲在收割稻谷时，想把他那台在市区买的双马牌电风扇拿来吹一下掺杂在稻谷里的杂物，也遭到哥哥拒绝了。

彼时，哥哥已在望月屯其他地方开发了几十亩荒地，按理，不差一二分土地，可哥哥却把他门前那十多棵种了龙眼树的地方“占”了。外人实在看不下去了，就对哥哥说："你弟弟是个残疾人，你不照顾他还这样对他，有些过分了。"弟弟也劝说哥哥不要那样做，“二哥不容易，到处招人白眼，活得艰难”，但哥哥仍旧如此。

哥哥有自己的理由，说黄寿山是个天生天养的人，既然他外出多年，并把自己的小孩扔在老家让母亲等人带，他既然不在意兄弟情，也帮不到家里人什么，更加不会在意这些东西了。他黄寿山在外地享起清福，根本看不起老家这些不值钱的东西。

本是同根生，相煎何太急。黄寿山理解哥哥这样做的难处，也希望哥哥能包容他，手足之情，骨肉相连。“我哥哥再怎么样，也是我哥哥；我再怎么样，也是他弟弟。外人提起我时，肯定会这样说，望月屯的黄某某，不是黄寿山的哥哥吗？黄寿山的哥哥不是黄某某吗？人家肯定不会这样说，刘某某是黄寿山的哥哥。什么是同胞兄弟？就是打断骨头还筋连骨，骨连血，血连肉，分不开。”

几年后，黄寿山连本带利把三千块还给哥哥。满以为哥哥会原谅他，谁知当他在老家建别墅时，两兄弟闹出来的事情，天下人皆知。

原来，在他推倒旧房子并打下别墅的地基时，哥哥就对其他村民说他是个骗子，不会有钱建房的。“这房子怎样建，也是靠贷款建起来的，到时不要找我们麻烦就可以了。我被他坑过一回，不会再帮他了。你们想想，‘二拐’哪里有那么多的钱建房？”哥哥当时是这样诋毁他的。

不仅如此，哥哥还“教唆”黄寿山的儿子黄少楠，让他远离自己的父亲：“你父亲混来混去，还不是这个‘二流子’的模样，混不出个什么名堂。”用黄寿山的话来说，正因如此，黄少楠成家后，也从心底看不起自己的父亲，带着前妻到广东打工。得知父亲建起别墅，黄少楠还不太相信，回家一看，他才知道父亲闷声发了大财。

当时，哥哥根本就不相信黄寿山有那样的实力。别人怎样怀疑他，黄寿山都不会当一回事，可当他听到哥哥说他是个骗子时，他伤心落泪，最终忍不住火了，就跟哥哥吵了一架。过后，他也后悔当时太冲动。

像哥哥一样，亲戚朋友也怀疑黄寿山是在“虚张声势”。当时的风言风语，包括最难听的话，每天都飘荡在望月屯的上空。“他哪里有什么钱？充大头的，听说他要用银行的贷款建房的。一个在社会上行骗的人，大家就不要相信他了。到时，大家就看他怎样还这笔贷款吧……”

当黄寿山请一个亲戚到市里拉红砖回来建别墅，亲戚迟迟不答应。一问，才得知亲戚也担心一旦把红砖拉回来，黄寿山不会及时结算，有可能要拖欠很久，甚至还不了货款，到时就白忙活了。黄寿山问，建这么大面积的别墅，要花多少钱买红砖，亲戚说大约需要三万左右。黄寿山把他叫到跟前，生气地说：“我还以为是三百万！这钱够了没有？”猛地掏出五万砸到亲戚的面前。

推倒老房子时，黄寿山就请一个同学负责建别墅。这个同学是他从小学到初中的哥们，可对方也是拖拖拉拉地没有动工，催了多次，对方总是推说很忙，迟迟没有动静。原来，村里有人偷偷告诉同学，说：“‘二癫佬’哪里有钱，你们到时会白白打工的。”黄寿山脸色陡然一变，就问建这别墅造价需要多少钱。同学吞吞吐吐地说：“按目前这种设计，建成连带装修得花二百多万。前期打地基，至少得有二十万……”

黄寿山终于明白什么了，次日，他把一麻袋的钱扔到同学的面前，粗声粗气地说：“这是五十万的现金，你先拿去开工！钱不会少你们一分，但你们得按国家的设计标准下料，材料要最好的！”同学睁大了眼睛，顿时惊呆了，他弄不清一夜间，黄寿山从哪里拿来那么多的钱。

次日，同学招来五十个工人，把重型机械开进村里，大张旗鼓地施工，保证在八个月内如期完成别墅的建设工程。这幢别墅，共打了三十九个桩。地基所用的钢材都是超标准的螺纹钢，水泥等也是超标号的。这一系列动作，让闲话不断的村民呆若木鸡。

别墅建成后不久，黄寿山又买了一辆二十多万的北京现代牌越野车。村民的眼睛瞪得更大了：黄寿山在垃圾堆里捡到别人当作废铁扔掉的一大团黄金了？

黄寿山有个徒弟，一直跟随他十多年了。黄寿山建别墅时，就负责在工地监工。回忆上述这些事情时，他是这样说的：当时，他天天呆在别墅的工地上，听到各种各样的杂音。俗话说，歪嘴和尚念歪经。那些话，你说有多难听就有多难听，没人不在背后说黄寿山是准备贷款建房的，一个连解决温饱和走路都困难的人，能建得起一二百万的别墅？

“我那时也不太相信，更加不知道师傅是否有实力建房。”这个徒弟说，当黄寿山把一麻袋的钱砸到那些人的面前，不久又买了小车时，他才相信黄寿山在花卉界迁移无主坟墓，掘得了人生的第一桶金。因为那时，他还没有跟随黄寿山，“师傅在外面如何艰难挣钱，我知之不多”。

让这个徒弟遗憾的是，新居落成大吉的当天，黄寿山摆了一百桌酒席，宴请亲戚朋友吃饭，唯独哥哥一家突然“失踪”了。当时，黄寿山无法面对亲戚朋友，登时发呆了，像大病初愈，脸色惨白；当晚，他痛哭落泪，伤心欲绝。

黄寿山另外一个助手也感叹地说：“你知道外人当时怎样说他哥哥一家‘失踪’这事吗？黄某某，你是黄寿山的哥哥啊，在黄寿山入新房的这天，你们一家没有一个人参加，这种事情你都做得出来！你弟弟确实跟你吵了一架，可长兄为父，你难道都没有一点儿的气量和胸怀？黄寿山的弟弟也一样悲伤不已，有几回公开表态说不再认这个哥哥。后来，他们三兄弟还是走到了一起，那都是过去的事情了……”

“那时，我们经常在师傅家里喝茶聊天什么的，非常热闹，他哥哥有时候居然就站在墙后偷听他们谈话，生怕我们说他什么坏话。这事想起来，就让人觉得特别难受。有必要值得如此‘窃听’吗？家家都有一本难念的经，这是很正常的事情。都是骨肉兄弟，没有过不了的坎，也没有跨不了的沟。他哥哥没有理解黄寿山多年在外地打拼的不易，也没有理解他被人侮辱和歧视的酸涩，更没有感受他这么多年来的委屈，就有些不近人情了。”

黄寿山反复思忖后，也知道自己为人处事存在很多不足之处。他外出多年，当了“甩手掌柜”，没有照顾儿子，把儿子交给母亲等人抚育，也没有尽到赡养老人的义务与责任，更无法补偿哥哥等人对他及其儿子的关爱。但他到处流浪，到处闯荡，事业未竟，他心有余而力不足，难道他连一点人情世故都不知道吗？在他心里，他是这样念想的，有朝一日，他脱离苦海，成功上岸，他会好好补偿他们的。

哥哥的脾气很硬，黄寿山的脾气也很硬，硬碰硬，双方也没有坐下来好好沟通，自然就无法理解各自的苦衷。每个人都喜欢站在自己的角度看待问题，处理问题，而且各人多是从自己的利益立场出发，所以兄弟之间存在这样的疙疙瘩瘩，磕磕碰碰，实属正常。如果换个位置去思考，解决问题的方法就会不同。

此后，黄寿山无数次和哥哥沟通，希望兄弟之情和好如初，不让外人笑话，但效果并不理想。

有一年，哥哥的长子跟人在外地投资开手机店，总共投资了七万。长子的合伙人叫阿民，也是凤鸣镇人。阿民有两个姐姐，家里经济条件尚可，作为独生子，家人很快就给他提供了足够的创业资金。

也许是初次创业，经验不足，也许是对市场的判定失误，阿民他们开的手机店，很快就因为赚不到钱而草草地关门了。之后，阿民不得不从广东返回老家，加入黄寿山的团队，成了该团队一名“管家”，干得风生水起。这是后话，暂且不提。

且说哥哥得知长子要跟阿民等人在广东开店创业，虽说家里很困难，可他还是东筹西借一笔钱给儿子，支持儿子创业。岂料，长子等人投资的手机店，很快就关门大吉了。这对哥哥一家来说，真是雪上加霜。

当时，哥哥来找黄寿山诉苦，说长子在外地开店，已经亏得一塌糊涂，这回怕是没钱结婚了，因为儿子已与一女子相恋，女方已经怀孕，再不给儿子成家，既对不起人家姑娘，也延误儿子的终身大事。

哥哥愁眉锁眼，长吁短叹，一筹莫展。磨磨蹭蹭了半天，哥哥最终摊出积压多天于心的难题，请求黄寿山帮忙，要“借钱”给儿子完婚。黄寿山想，是自己的侄子成家，又不是别人结婚，何况往日他黄寿山帮助别人还少吗？黄寿山想也没想，就对哥哥说：“他年纪也到了，就让他们结婚吧，你说要办酒席的六万块，我来出吧。”

仍未来找黄寿山时，哥哥担心弟弟记起往日的积怨，不会答应他，可他想来想去，着实也找不到其他人帮忙了，所以他只得硬着头皮来找黄寿山了。死马当活马医了，黄寿山帮不帮忙就算了，反正来试试看。见黄寿山爽快地答应了，哥哥悬在心上的石头终于落地了。

随后，哥哥接过黄寿山递过来的六万块现金，点了又点后，表示要写个借条什么的。“这钱我会还你的，这钱我一定还你。”哥哥一直重复着这句话。

黄寿山摆摆手说：“借条就不要写了。”婚宴当天，他还拿了几百斤糖果和数十条高档香烟，交给哥哥一家用于答谢宾客。婚宴办得非常体面，宾朋满座，一片喜庆气氛。当天，侄子收到不少的贺礼和红包，约有几万。

此后，哥哥强调自己拿到黄寿山给的现金只有四万，只要他有钱了，就会把这钱还给黄寿山，现在他可以写个欠条什么的。黄寿山就说：“你说多少就是多少了，欠条之类的就不要写了。两兄弟的事情，有就还，没有就算了。”哥哥说：“会尽快还的，不会超过一年……”

一二年过去了，哥哥没有再提及此事。此时，黄寿山听到这样的话，哥哥对别人说，既然黄寿山都能大方地免费帮助别人，几千或几万的给对方，从不计较，也不在意，为何要自己的哥哥还这笔钱呢？弟弟根本就没有念及当年哥哥帮他贷款的事了……

自从哥哥拿走这六万块现金，黄寿山就没有考虑过要回来，权作是帮助哥哥一家了。如今，当他听到别人转述这样的话，他心寒。哥哥咋是这样的心计呢。虽说如此，黄寿山还是没有跟哥哥计较。世间最珍贵的是父母恩、手足情，区区几万又算得上什么，他得设法让哥哥明白他是个重情义的人。

所以，当黄寿山见到哥哥经济困难，没钱装修那建好的三层楼房，他就主动帮哥哥装修房子，并让儿子黄少楠负责施工，结果哥哥还是那样“冷酷无情”，在装修完毕时，竟说些阴阳怪气的话，“我又没叫你掏钱装修，你还是把瓷砖等材料拆下来吧”。黄寿山心里流血，但他没动声色。并想，他与哥哥的隔阂，是需要时间去缝合的。

“人与人相处，距离是美。我知道自己再住在别墅里，兄弟之间的感情也会因一些琐事不断增加裂痕，于是我又到离屯里外一二里的山坡果园内，花了几百万建了一个四合院，独自清静起来。现在的别墅，我儿子一家四口住着，但别墅的第一层，已经成了村民娱乐的场所了。”黄寿山感慨地说，自他搬到四合院，距离是美的效果最终体现出来了。不久，他和哥哥及其一家的感情又热络起来。

至于同父异母的姐姐，黄寿山也没有偏心，一样情深似海，经常帮助她。但他一直弄不明白，为何父母那样残忍地对待他？

黄寿山的童年，一直是在父母的棍棒、拳脚和怒骂声中度过的。他的童年是灰暗的，是悲惨的，心灵也是扭曲的。

现在，黄寿山还记得十岁那年发生的事，这事影响了他一生——他差点呛死于村前的那条沟渠。

那天放学回来，见很多村民围在一起观看两个人下象棋，他便也好奇地凑上去。他爱好下象棋，一下子就被吸引住了。

远处的父亲见黄寿山回来了，就喊他赶紧回家，一连喊了几声，他都没有听到。父亲愤怒了，冲上来揪着他，对他拳打脚踢，还把他按到一个用于灌溉的沟渠。渠里的水很深，没至他的胸部。

“我一抬起头，父亲就又用脚把我踩下去，拼命地踩着我后腰。他一面狠力踩，一面恶骂。沟渠很狭，只容得下我的一个身躯。水也很深，我被呛了又呛，哭喊着，却没起作用。现在，每遇阴雨天，我的后腰总是剧痛不已，这就是当年父亲用脚踩我后腰致伤的缘故。”黄寿山回忆起这段最为悲惨的往事时，表情是平静的，但他的内心却早就翻滚如波涛。

当时，没有人制止父亲的暴行。当他快要被淹死的时候，父亲才把他拎起来，接着又是施暴。父亲打的好像是一个小偷，一点儿都不留情。

这起事件，对黄寿山的心理造成的伤害和阴影，是不会随着时光的叠加而消散的。哪怕是他现在也到了暮年，对人情世故已有了非同一般的洞见，但你若说他没有对自己父亲当时这一行为有意见那是假的。

如此暴力，让黄寿山对父亲产生了恐惧，也让他非常排斥父亲。他甚至认为，他并不是父母的亲生儿，他是捡来的，所以他在这个家庭并不受待见。于是，从十岁那年起，他的叛逆心理越发强烈。

“你硬是让我往东，我偏往西，纵使你把木棍打断了，我的身上到处是伤痕，到处是血迹，我的内心还是不会屈服的。”

也许父母这样对待他了，外人也一点儿不把他当人看，所以经常欺侮他。也许是从三岁开始，也许是从六岁开始，村里的大人小孩就喊他“二拐”或“二怪”（身体怪、心理怪）。他走路一拐一拐的，在三兄弟中又排行老二，“二拐”这个绰号就是这样来的。

至于为何有人喊“二癫佬”，也是有一段“历史典故”的。十二岁那年，他因为跟随母亲上山种木薯，一时偷懒，就被母亲用铁耙暴打。他一气之下离家出走。一路上，没吃没喝也没有休息，他昏倒在荒山野外，还发了高烧。有人发现了他，把他带回家，给他治病。之后，这个好心人要送他回家，免得父母牵挂，可问起他家的地址之类，他总是不说。因为他不想再回家被父母殴打。

见他不愿意回家，好心人就让他跟随他们生活。过了一段时间，他的身体稍一好转，他就偷偷离开这户人家，到处流浪，吃尽了苦头。有一天，他突然想家了，便又独自打听着回家的路。彼时，他在外地流浪已有七个月。

回家后，他担心离家出走这么久，父母会更加毒打他，于是他就装作疯疯癫癫的样子，老是对着天空说话。他想：“我都疯成这个样子了，你们不会再骂我了吧，也不会再打我了吧？”然而，他还是想错了，就算他行为诡异，说话“颠三倒四”，可在父母眼里，他本来就是一个多余的人，哪里还顾忌他有这种“疯病”？

当打骂早就变成一种习惯，父母仍旧没有放过他。“更加让我难以理解的是，我离家出走、生死不明的那段时间，除了奶奶到处寻找我外，父母一点儿也不着急。也许在他们看来，我这样负气出走，最好饿死于荒山，这样就让他们省心了。”每次与人谈及往事时，黄寿山总是这样说。

也就是从那时起，疯疯癫癫的黄寿山，又有了这样的一个外号——“二癫佬”，这是他弄巧成拙带来的麻烦。他时常想，聪明反被聪明误，有些人包括他自己，有时候就是因为太清醒，也太过于聪明了，因此失去了很多做人的乐趣。民谚说，傻人有傻福。他说，做人难得糊涂，有时着实就是一种境界，“傻乎乎”的人，装作什么也不知道，也许得到的回报会更高。

十二岁那年的小聪明，让黄寿山背了几十年“二癫佬”这个外号。无论怎样说，这个诨号，对他就是一种极大的侮辱。

当时，若有大人有意或无意地喊他这个外号时，他就一肚子火气，只因力气太小，他不敢跟他们发作；那些与他同龄的小孩只要这样喊，他就会像受伤的公牛一样冲上去，狠狠把对方揍了一顿；遇到年龄比他大一点的，他也不怕。经常有这样的情况发生，因为别人喊他“二拐”或“二癫佬”，他就和对方打架，拼个你死我活。当有人上来劝阻时，他早就鼻青眼肿了。

每次回家，见他衣服破烂，到处是伤，父母也不问原由，以为他贪玩弄成这样，动辄施暴。他多次有了死的念头。

他是六岁半上小学，当年是 1965 年。上学的第一天，他的班主任兼语文老师黄灿明见他没有名字，就给他取名，叫黄寿山，意为他的生命如一座雄伟的大山一样长寿，永远绽放出绚丽的光芒。此后，喊他“二拐”或“二癫佬”的人慢慢少了起来。

成年后，他才知道，黄寿山为中国常见姓名。寿山的意思一为地名，中国有多座山名为寿山，分布于福建、台湾、湖北等地；二为人名，有寿比南山之意，在中国的文字里有吉祥的寓意，用于人名有祈福的含义。

“从小学到初中，我的成绩都不是特别的好。我个头高，力气大，虽说走路时，还是一拐一拐的，高低不平的，但已经没有人怎样敢欺侮我了。饶是如此，我还是没有多少玩伴，没人愿意跟我这个残疾人交往。”

“我依旧孤独，一个人去学校，又一个人回家。有些调皮的小孩，跟着我回来时，就故意打闹，推搡，硬是往我身上挤，导致我全身失去平衡，有时候蓦地倒在地上；有时候摇摇晃晃的，瞬间就要跌倒，他们马上四处散开，当作是无意碰到的……”

“这时候，奶奶总是神奇地出现在我的身边，她指着那些人的背影，大骂着他们，并问我是否受了伤。她把我搂在怀里，我感到异样的温暖，不禁嘤嘤地哭泣着。我那委屈与屈辱的眼泪，奶奶是知道的，可我还是恨我自己是个‘摆脚仔’，没有正常人的双脚……”

奶奶对黄寿山的一生影响很大。1972 年 2 月 28 日晚上 10 时左右，奶奶因病去世，享年七十三岁。那年，黄寿山十二三岁。

去世的当晚，奶奶特意交待黄寿山，说：“你已经是少年了，长大成人了，更加懂事了，日后的日子还长着，你就不要再莽撞行事，给父母惹什么麻烦了。生死由命，富贵在天。以后，你也不要跟父母计较什么，他们这辈子过得不容易，含辛茹苦地拉扯你们长大，也很苦命。”黄寿山含泪点点头。

他的内心，突然涌上一种天崩地裂的感觉。奶奶走后，他没了保护神，世界可能将会是一片漆黑。

读小学的那五年，对黄寿山来说，是幸福的五年，也是痛苦的五年。他从书本上获取很多知识，懂得很多做人的道理，但他也强烈地感受到，自己这副模样，始终是无法融入正常人的生活的。

他自卑，他沮丧，他哀怨，感叹时运不济，命途多舛。正因为自卑，他把自己的内心紧紧封闭着，极少与人交流，竖起的一堵坚厚的心墙，无人能够逾越。而且，也没有人愿意跟他推心置腹地倾诉，他们的世界里，有鲜花，有阳光，还有雨露，但他们对残疾人却投以藐视的冷眼。哪怕道德再高尚的人，表面很尊重他，但在内心深处，他们也会觉得自己和他根本就不可能是平等的，他永远是弱者。

有时候，他不得不正视这样一个现实，自己本来就是一个土生土长的农民，纵使努力读了书，有可能改变了自己的命运，找到一份工作，但这份工作也有可能不怎样体面；学业结束后，他还得“从哪里来就回哪里去”，像父母一样脸朝黄土背朝天地“修理地球”，日出而作，日落而息，终老于那贫困而又愚昧的山村。

土地是农民赖以生存的基础，离开土地，农民就不会有安全感，所以他们世代以耕种土地为生，生于斯，死于斯，可他这样的状况，断然干不了多大的农活的，始终还得依靠父母养活他。当父母在百年之后撒手而去，谁又养他？

他认为，一个多余的人苟活于世，在那经济条件极其困难的年代，努力读书意义并不大。他曾自暴自弃，也曾极力逃避现实，要当“混混头目”，特别是上了初中后，他要用自己的一身牛力，让人不敢欺侮他。

他打起架来是个狠角色，那时的他，双脚走路还没有像现在一样依靠一根拐杖撑着。他一高一低的脚步，歪歪斜斜的身子，只要费些劲，还是可以去学校或回家的。他有蛮劲，发狠时，同龄人也不是他的对手。一般来说，他是不会惹是生非的，若有人故意攻击他，他就会予以反击。

有一次，有个比他大一点的男孩欺侮他，他双眼一冒火，就冲上去锁住对方的喉咙，如果不是有人上来把他拉开，那个男孩也许会断气。他这一狠招，经常使用。因为他的狠劲，此后没人再敢欺侮他。

1972 年 7 月 28 日，黄寿山上了初中。按理，上学时间要到 9 月 1 日，但在那年代，不知为何，却提前开学了。

初中三年，是他一生中最迷茫的时刻。彼时正是“文革”的中期，学校乱哄哄的，教学秩序非常混乱，一周只上两天课，其余时间都是劳动。劳动课，他也做些力所能及的事，跟大家干得热火朝天。

当时，他的学习成绩一般，在全班中，他的排名位于中间。相对来说，他人不是很聪明，但反应也不至于那样迟钝。因为长得高大，敢管闲事，他被推举为红卫兵，成了大队长。

有一天下课，他见到十几个红卫兵欺侮一个几十岁的妇女。该妇女姓韦，但不知名字。当时韦氏在学校门前的一个池塘上洗衣服，准备回家时，他们就喝令她站着，并把她洗好的一桶衣服倒在地上，用脚疯狂地踏踩着。

韦氏是住在附近村庄的村民。新中国成立前，她家有良田万顷，房产无数，商铺不少，是富有人家，雇有长工和短工，是一名地主；新中国成立后，她家的财产被充公了。丈夫去世后，韦氏就和三个儿子和一女儿相依为命，孤苦伶仃地生活着。

“文革”开始后，韦氏的儿女也因父亲的地主成分被批斗。他们只得外逃他乡。有一回，当地革委会还把韦氏其中的一个儿子抓回来毒斗，当时有人抓起很多蚂蚁放进他的内裤，残忍地折磨着他。这一惨无人道的批斗场景，让围观的人都觉得惨不忍睹，纷纷离开。当晚，他挣脱捆绑，连夜逃跑，否则次日肯定会被活活打死。

韦氏几个逃离故乡的儿子此后再也没有回来，文革结束后，都在外地读书和学习，并成了家。其中有一个儿子在退休后回到村里养老，不久也病逝于老家。这是后话，暂且不提。

再说十几个红卫兵教训韦氏的那会儿，黄寿山见她眼里噙着泪，哀求着说：“我没有做错什么，为何这么大的年纪了，还遭受这么大的耻辱。”她反复说着这句话，老泪纵横，苍老而孱弱的身子在剧烈地颤抖着。没人同情她，他们继续踏踩着地上的衣服。地上满是泥浆，衣服也脏得不成样子。

他再也看不下去了，便冲上前让他们住手，要求他们把地上的衣服拿到池塘去洗干净，再交给她。他是他们的领导，听从了。事实上，他们也被他那一脸的正气镇住了。当她拎着一桶干净的衣服回去时，并没有对他说什么，甚至连个感激的话也没有。

那一年，是 1974 年 2 月 20 日。他十三岁。

十多年后，他因生意失利，家庭发生变故，便到海南省三亚市找他当兵的弟弟投靠。彼时，弟弟告诉他，韦氏有一儿子在三亚市一农场工作，是个领导，她儿子早就把她接来赡养。她儿子跟弟弟经常有往来。有一次，弟弟到她家，她就感动地对弟弟说：“你二哥是个好人，当年我被那些红卫兵欺侮时，是他出手给我解围。我一辈子也忘不了。其实，比起那些四肢健全的人，他的心灵很美。”

韦氏是一百零二岁才过世的。她说的那句话，却让黄寿山至今难以忘却。让他愤愤难平的是，他的心灵美，父母根本就不知道。在他们看来，已经长大成少年的他仍然是一个“废人”。遇到生活上的不顺，或因琐事争吵，或因一时忙不过来，没个人手帮忙，他们就拿他出气。这已经成为一种习惯。

父母以这样的方式发泄着对生活的艰难，是不是想把他打死、不想再养他，没有人知道。黄寿山成年后，也没有问父母，父母也没有告诉他。奶奶在他长大后，是这样说的，他父母之所以下手这么重，之所以骂得这么恶毒，是认为他们觉得他是多余的。

当他为人父亲，也承担家庭的责任后，黄寿山才慢慢明白，当年父母对他的恶毒，是有原因的。那是一个特定的历史时期，也处于一个非常特殊的环境，三年自然灾害，中国城乡居民吃不饱穿不暖的人太多了，饿死的人更加不计其数，加上“文革”的发生。

那个年代对于黄寿山来说，记忆是沉重的，惨痛的，也是悲伤的。他们一家不过是中国成千上万的农民家庭中的一个缩影。从深层次的社会根源去剖析，他是可以理解父母的某些性格缺陷的。

“父亲对我很苛刻，也不舍得对家里花钱，只知道给那些女人花。病重时，他的床头下还压着几千块。我看望他时，就故意气他，把那几千块放到他的手上，对他说，你拿去花呀。他已经动弹不得，两行浊泪顿然从他那张满是皱纹的脸庞上纵横而下。我知道他在想什么，钱代表不了亲情，儿孙尽孝才有意义。当时，我也心酸得流泪。父子之间的情感，在那一刻，有了不一样的滋味。很多人在很多事情上，有时候是分不清对错和是非的，只有到了临死之时，他才会霍然明白，自己要为前世今生的过错承担一定的责任。”

“父亲七十三岁去世。临死前的那天晚上九点，他把我叫到床边，一脸的忏悔之色。他说他对不起我，这么多年来，让我受苦了，也受委屈了。我没说什么。虽说我一直还在恨他，可从那一刻起，我莫名地心软了。人之将死，其言也善。父亲能够在临死前对我表示愧疚，说明他意识到自己此前对我做错了什么。在他病重的那几年，我出钱出力，悉心照顾他，他一直默默地看在眼里。有时候，他还偷偷流泪……”

黄寿山永远记得父亲病逝的时间：2000 年 4 月 15 日；他母亲是在八十四岁那年去世的。时间是 2015 年 1 月 14 日。

黄寿山的父亲早年参加革命游击队，与盘踞在凤鸣镇以及县城的土匪作战。县城解放后，父亲在镇政府当了一名通讯员，并与一名农村妇女结婚，并育有一女。这就是黄寿山同父异母的姐姐。

父亲高大威武，风流倜傥。在镇上当通讯员时，已是有妇之夫的父亲和一名未婚女子有了感情纠葛。当此事传得满城风雨的时候，他也便被辞退回家。

被削为平民的父亲，居然不思悔改，又与其他女人有染。没有一个女人能忍受得了丈夫的外遇。妻子又哭又闹，搞得鸡飞狗跳，最终他们只得离婚。那时，他们的女儿已经三岁。

离婚后，父亲既当爹又当娘，带着嗷嗷待哺的女儿生活。不久，父亲与邻村一女子结婚。该女子即黄寿山的母亲。父母生下黄寿山和哥哥、弟弟三人，仍旧住在那间破旧的泥瓦房内。那年月，自己都吃不饱、穿不暖、睡不香，面对生下的几个小孩，还有一个年迈力衰、体弱多病的老人，在一时看不到希望的情况下，对“多余”的黄寿山自然也就手下无情了。

“如果当年我父亲不在男女之事上栽跟头，那他也是吃皇粮的国家干部。可惜的是，他一生沾花惹草，风流成性，什么事情也没有做成。他恃才傲物，自认怀才不遇，加上生活不如意，久而久之，压抑在他内心的某些东西就爆发出来，我就成了他宣泄的对象。但他永远不会反思自己的得失，他的人生之所以如此不得意、如此不得志，我认为他栽在自己的‘多情’上……”黄寿山说。

在他的印象中，父亲的风流韵事太多了。男人长得帅，从某个意义上来说，其实也是一种“罪”；如果他还是一个多情的种子，处处留情，那就更加是一种“罪过”。

黄寿山说，在他最困难、最痛苦、最绝望的时候，为了女人，父亲居然把他的财产“弄没”了。当时，他有过几次自杀的念头。

“我最困难的时候，出了车祸住院。那时，妻子扔下两岁的儿子，头也不回就离开了我，并投入到另一个男人的怀抱。之后，他们结了婚。此前，他们早有私情，她的肚子已经怀有别人的骨肉。偏偏此时，父亲又把我唯一的一点财产，拿去‘包养’一个有夫之妇；在我住院期间，我家人没有一人来照顾我。如果不是我的堂哥给我垫付医药费，我都不知道自己是否能活着出院，可能早就跳楼自杀了……”

故事还得从头慢慢说起。

第五章 妻子离他而去，他数次自杀

初中毕业后，黄寿山回家务农。那时候，也无人有心思要上高中。“文革”时期，全国各地混乱，谁也不知道个人的命运如何，更加不知道自己的前途在哪里。

那时吃大锅饭，村里分有经济组、蔬菜组和水果组等。父亲当时是个村干部，见黄寿山回来，就安排他到蔬菜组干活，当记分员。可记分员拿的工分并不高，一年只有二分，每分的分值是二毛五，都不够几天口粮。不久，他又被安排去干农活。他年轻力壮，手脚勤快，干的活又快又好。可到了年底，工分仍旧不如其他成年人，只有四分五，总分值为一块钱。对他评分的标准是，他是个瘸子，干的只是正常的一半活，贡献不大。他委屈——这怎么可能，他干的重活、粗活、脏活，并不比他们少，甚至超过他们数倍。

那时的黄寿山，行走还是不太方便，但力气绝对是足的，干劲也是大的，一担上百斤的粪水挑在肩上，他一点儿也不感到吃力，走得稳稳当当。

没有人承认他的工作量，在他们的眼里，他永远是个残疾人。既然是残疾人，就只能照顾性地给他一定的工分。

一年到头也就那点工分，最高时只有六分，他只有喝西北风了。拼命地干了一年的活，他只有这点收入，活得艰难。当时，村里在年底是按工分多少“分米分油分肉”的，他这样的工分，只有几斤米、几两肉和几两油。这点米和肉，都不够他吃一餐。

他气愤极了，毅然罢工了。父亲好歹劝他重回岗位。因为有文化，他不久当上了小队队长。这下，他认为有机会出口怨气并多挣些工分了。年轻是一笔财富，他当时十六七岁，血气方刚，有的是力气，凭气力多挣工分那绝对有优势。以往吃大锅饭，干多干少，大家拿的都是一样的工分。他要求按件计酬。大家也认为此法可行。

每天上午七点半他就出工，干到十一点半，他来回七八趟，就挑了七八担粪水到地里了。见离中午十二点收工的时间还有半个小时，他就坐在田埂的树荫下乘凉。他见到，有些社员在烈日下折腾了一个上午，还挑不到三担粪水，累得都快趴下来了。他独自偷笑：“你们不是老是跟我抬杠吗？这回终于知道自己错了吧！我身残志不残，我也能靠气力养活自己。我并不比你们差！”

他高兴得太早了。年底社员代表与各队队长评工分时，他还是那点少得可怜的工分。有些干活远远不如他的，居然有八九分。歧视残疾人的事件再次出现。他愤愤不平，表示不再干活。

父亲当时是生产队长，是可以说得上一些话的，但在几次的“低工分事件”上，他并没有给黄寿山说话。当时，还有人打了小报告说，黄寿山几乎每天都偷奸耍滑，干半天活就“休息”半天。而且，挑的粪水等肥料，都是减半的。一个残疾人本身就没有什么气力的，连走路都困难，如果跟一个强壮的成年人拿一样的工分，是不合理的，群众也会有意见。

有口难辩！黄寿山即便有一百张嘴，也分辩不过那些社员和队长。

他以不再干农活的方式抗议工分的不合理，结果招来父亲的毒打与恶骂。都十多岁了，父亲还把他当小孩一样对待，还把他当作一个多余的人看待，他觉得他们的家冷如冰窖，这个社会没有一点温情，整个世界一片冰冷。

“每年给我的工分都这么少，是因为我是一个瘸子。我再怎样努力，也是徒劳的。一个残疾人若想获得与正常人同工同劳同酬的待遇，在那个时代完全是不可能的。那时，我反复思考着，一个残疾人真的没有出路了吗？”

不久，黄寿山又被派去当碾米员。工分还算勉强合他的心意。可他的同事，却敌视他，嘲笑他是个废物。动作稍有一点缓慢，同事就开骂。也就是从那时起，他学会了抽烟。他的心情非常糟糕，就以抽烟排遣。当时的电力碾米机，每小时可以碾米一百斤。对同事的敌意，他藏在心里。有一天交接班时，他把钢珠放进机器，当同事开动机器时，机器全部报废了。

查清是他干的后，村里就把他开除出碾米厂，让他赔偿三百块。他父亲东凑西筹三百块赔偿损失。那一年是1979年6月19日。此后，父亲只给哥哥和弟弟吃肉，而对他则实行“封杀令”：只能吃青菜。

“那时，我莫名对易经文化感兴趣，喜欢看一些经典书籍……我不知道这些书籍对我是否有用，但我觉得它们对我来说，就是一种精神寄托。伤心的时候，绝望的时候，我东想西想，居然也能够暂时麻醉一下自己。”

心中无钩不挂事，眼里有尺可量人。“那时，我并不把这些东西当作谋生的手段，也不知道它们对我日后的生活，以及从事迁坟工作有何影响。我只知道，我喜欢看书。天无绝人之路。现在想来，老天不会让我一个残疾人就这样一无所有地死去，它在可怜我。”

黄寿山不仅阅读杂书、闲书，还涉猎了很多著作。他对《毛泽东选集》甚为推崇，并活学活用。此后，有些书，如《四渡赤水》《三大战役》《五次反围剿》他也反复熟读，还能熟记其中的一些情节。

当然，他对毛泽东的两部经典作品《河南农民运动考察报告》和《星星之火，可以燎原》百看不厌。

他的助手万老师告诉劳记者，多年前，黄寿山几乎足不出户，天天呆在床上看书，床上有一半的位置摆满了《水浒传》《西游记》《红楼梦》《三国演义》四大名著及各种书籍，少说也有几百本，堆得很高，其中还有不少的音乐光碟等。他整整躺在床上看了十多年的书，吸取了前人的智慧。所以，他的口才和思辨能力才如此让人赞叹。

“有时候，农庄来了很多人，刚刚口若悬河地指点这一拨人要走出人生困境，又有一拨人来了，他继续以自己的人生经验，滔滔不绝地劝导他们。一天之内，他要跟很多人说话，口才就这样练出来了……如果没有一定的耐力，也没有一定的积累，是做不了这工作的。现在，他喜欢看电视，让人在卧室安装一台电脑，一有时间，他就看一些经典的电视、电影节目。”万老师说。

他这一说法，得到黄寿山多位助手的证实。有几回，劳记者也亲眼目击。黄寿山承认自己有段时间特别喜欢看书，可以平静内心的忧伤和隐痛，从中学到不少的知识。

与黄寿山交流时，劳记者发现他经常引用一些经典名著的桥段和情节，一些歇后语、民谚、古人的名言以及顺口溜等，他不时脱口而出。其中，引述毛泽东一些“走群众路线”的段句，他做到一字不漏。这三年来，劳记者还见他特别酷爱欧美经典大片，经常在电脑上观看。所看的节目，都是中英文对照版本的。

然而，在那个年代，研究易经文化、阅读大量的经典书籍，是解决不了工分的问题的，也解决不了生计的。吃饱饭，能够生存下来，才是硬道理。因此，当村里缺少一个管水员，一年工分是四百分的时候，他想也没有想，就答应下来。

最早告诉他这个消息的是父亲。父亲说，既然你一直埋怨工分少，什么也不想干，那现在村里有个管水员的差事，是适合你去干的。你这副模样，干体力活是干不了多久的，管水员的工作很轻松，也很简单，早晚只需按时把水渠里的水放到各个生产队的水田，一年的工分就有十分。

这样的好事听起来，很让黄寿山兴奋，可当他得知是到离村子几公里外的一个乱坟岗守夜，按不同的时段给各个生产队排放灌溉水时，他立即跳了起来，表示坚决不接受，打死他也不去。

乱坟岗是个神秘而阴森的地方，就算大白天，也没人敢路过那儿；即便路过，也不敢久留。此地草长过人，怪鸟哀鸣，虫兽出没。据老人说，那儿的坟墓，有的至少已有三四百年以上的历史。此地原先是埋葬夭折的小孩的，后来则变成官府的法场，很多犯人在此被就地砍首，就地掩埋。时间一久，法场便又变成“众人坟地”，周边村民均可把死人埋于此。

至于此处有多少坟墓，没人统计，有人说不下于一千几百个。乱坟之处，多为“三煞地”（俗称煞天、煞地、煞人）。因为有一条属于县水利站管理的水渠流经于此，清风村就于此建个水塔房。水塔房不大，可放一张床供人休息，还堆放着各种杂物和工具。水塔房自建起来后，一直没人去住过。偶尔轮流去管水，大家也是在白天时分去的。极少有人在水塔房过夜的。

随着形势的发展，经村委会研究决定，要请一个专职管水员“入驻”水塔房，考虑此地的特殊性，以及这份工作的重要性，村委认为一年的工分可给到最高分：十分。会后，大家就推举又红又专的人选，结果都不适合条件。

有责任心的又太老，有时候可能会犯糊涂，搞错各队的田地灌溉时间，容易引发各种矛盾，民怨极大；太年轻的，就这么快享福，那是不行的。现在，革命生产需要身强力壮的年轻人，他们是顶梁柱，正是干一番热火朝天的事业的时候，若把他们放于此处，简直浪费人才；用处于黄金年龄的中年人嘛，又担心他们在半夜溜回家，误了时间。再说，胆大的人，又没几个。

就在大家都觉得难找一个合格的管水员的时候，父亲举荐了黄寿山。大家一听，就拍着大腿说，怎么没有想到“二拐”呢，他合适干这活。除了腿脚不便，他什么都好，且无牵无挂，村委也有义务照顾他嘛。他不是经常闹工分给得太少了吗？这回这样的工分，他也该满意了吧？

谁也没有想到，黄寿山此时竟是个二愣子，死活都不愿意去“当差”。荒山野岭，乱坟林立，鬼哭狼嚎，哪个不怕。还有，水塔房离家特别远，他一个瘸子每天一高一低地去，又一高一低地回，反复折腾几次，他觉得自己肯定受不了。

反了！父亲气得肝脏都炸了，继续像以往一样对黄寿山动粗。屈服于父亲的暴力，黄寿山最终只得硬着头皮上阵了。当时是1982年2月9日。

“就是从那时起，我的胆子被练了出来。为了方便我来回，父亲还把他那辆破烂的单车交给我。破车就是破车，除了铃铛不响，它全身什么都响。我骑上去，非常吃力，一脚踩下去是重的，一脚踩下去是轻的，不小心还摔倒几回。相对来说，这辆破车让我方便多了。我不用再徒步来回走几公里的路了。”黄寿山说。

然而，住进水塔房并不是一件轻松的事。白天，胆子大些，倒也没什么。水塔房周边到处是大树与杂草，阴冷潮湿，草丛中突然蹿出一只怪鸟，扑通一下，会把人的胆吓破；晚上，伸手不见五指，鬼叫声，狼哭声，此起彼伏，胆量再大，也会被吓得魂飞魄散。

水塔房安有电灯，但灯泡发出微弱的光，犹如没有电灯一样。第一天晚上入住水塔房，黄寿山大气不敢出，听着房外传来阵阵低沉的怪叫声，还听到风吹过树梢发出的哗哗的响声，像有魔鬼掠过树梢，再听着像是有人敲门的声音，他毛骨悚然，几乎被吓得哭了起来。这种感受，比起小时候被父母扔到门外处罚不知道要恐怖多少倍。

荒山野外，即便哭了也没有用，因为没有人听到，也不会有人搭救。此地离村子太远，住在家里时，晚上习惯听到黄狗狂吠声，多少也还有些安全感。因为稍有动静，黄狗还能发出叫声，让人可以警惕到有盗贼或什么来袭了。

现在，黄狗的吠声没了，他可以感觉到一种怪异的安静，似乎有鬼怪倏尔从门外冲进来，或从墙角猛扑上来，要把他的血吸干。他开了灯，但微弱的光线，倒反让他更加害怕。他很想回家，不想当管水员，又怕人家笑话他。你不是经常给一些人“驱神赶鬼”的吗？为何倒怕起鬼来了？

第五天晚上，他的精神快要崩溃了。他怀疑这是父亲要谋杀他的诡计。让他来当管水员，无非就是让他被鬼怪的吼声吓破了胆，死于野外。他绝望了。门外的怪声愈加疯狂了。他一不做二不休，与其被吓死在房，不如跟鬼拼命。

他打开房门，提着马汽灯，发现外面仍旧一片漆黑，那条水渠的水仍旧在静静地流淌着。门前的一棵大树，树冠如伞，投入巨大的阴影，如野兽张开的血盆大口。此时，偏偏马汽灯又熄灭了。他几乎瘫软在地。

忽然，他见到不远处忽明或忽暗地闪烁着奇怪的光，犹如鬼火。“我的妈呀！”他喊出了声。他听人提过，晚上路过乱坟，为防止野鬼摄魂摄魄，可以对着坟头撒一泡尿。这样做了，野鬼就会吓跑了。他哆嗦着站起来，撒一泡尿。

果然，他的头脑清醒很多了。其实这是一种心理作用。尿撒出去，全身轻松，心理负担没了，人的头脑一清醒，恐惧感也就没有了。此时，鬼火还在飘游着，而且越来越大，越来越亮，竟把周边的多个坟墓照得通亮。

长大后，他才知道，他那晚遇到的由小至大、由弱变强、忽东忽西、忽左忽右的鬼火，其实就是磷火。当时他由于科学知识有限，一直以为鬼火就是从坟墓冒出来的，要摄走他的魂魄。成年后，他才知道那地方几百年来埋葬不少死人，尸骨中有磷，其腐朽后就聚积于地下，有的露于地面，随着风儿飘荡，遇到适合它的温度，它就会燃烧。

当鬼火消失时，他的胆子也大如水缸。他横下心来，要探个究竟。用什么办法呢？他想来想去，决定用火攻。他找来很多杂草和干柴堆放在发光处下方，然后点燃。是人是鬼，只要遇到大火，不现原形才怪。就算不露出原形，也会被烧得只留下灰烬。只听得熊熊大火噼噼啪啪地燃了起来，火光瞬时照亮了夜空。

风借火势，火借风势。不一会儿，火势就有快要烧毁这个荒岭的趋势。村子离此很远，没人在深夜发现火灾。黄寿山担心大火殃及水塔房，便用铁铲挖出一条防火带。也不知道过了多长时间，大火熄灭后，四周一片安静。甚至，原先那一阵阵的怪嚎声也没有了。

之后，他发现，满地是一些被烧焦的小虫，捡起来一吃，挺香的。他饱食一餐。那些被烧焦的小虫加起来足有半斤之多。

天快亮的时候，他朝刚才发光处看去，见到一个硕大的古墓立着一块石碑，从上面的隶体文字上可知，这是清代某户人家的坟墓。圆形的坟身，是用五合土做成的，上面没长一根草。欲想用气力撬开墓穴，比登天还难。即便是用炸药，也不一定能够炸得开。下面埋藏什么宝贝呢，这个墓主的家人竟下如此好的材质。

用五合土建房或建坟墓，在历朝历代，唯有家境殷实之人家才有如此雄厚的实力。何谓五合土？即用红糖水、石炭、糯米、草木灰和优质的白泥掺和在一起，以作为房子的地基，或坟墓的主材料。五合土被太阳晒干后，任你用铁撬、铁锹、铁铲、铁镐等工具开挖，或用炸药爆破，都无损它半分毫毛。非富即贵的人家，用大量的红糖和糯米作为建筑原料，已经不是奢侈那么简单了。

黄寿山也知道“五合土坟墓”的坚固，可谓固若磐石。早在白天时，他已经发现此地的坟墓有不少是用这种材质做的。此时，他找来铁镐，要开挖这个发光的坟墓，想看看是什么东西冒出光亮。

他听老人说过，晚上遇到照亮天地间的白灿灿或黄澄澄的光，其地下必有金银财宝。他并不是冲着这些财宝去的，他只想知道是什么东西会像无数只萤火虫一样散发出光芒。就算是鬼怪藏于坟墓内，他也要让它们明白，他黄寿山也不是好惹的。

他挥着铁镐用力往下一挖，却被硬物相击时产生的反弹力震得双手酸痛。一连几次均是如此。而且五合土坟墓居然都没有留下一点儿的痕迹。黑夜中，铁镐击打到坟身上迸发出来的火花，倒照亮了夜空。折腾了半个小时，他累得坐在地上喘着粗气，全身湿透。

“有人说我在当管水员时，挖古墓探到不少金银财富，一直隐瞒了几十年，之后才把它们拿去换钱，所以今天才成了一个暴发户。实际并非如此，我在迁坟时，是见到不少宝物，但我都物归原主地放回原处，并让它们伴随着墓主埋在地下……”经常有人质疑黄寿山，指他之所以能够“富可敌国”，是与他迁坟有关。古墓内没少见到文物之类，他有可能在迁坟时挖到了宝物，不然他何德何能拥有如此之多的财富？

每次遇到有人提出类似的问题，黄寿山总是这样说，清者自清，浊者自浊，他没动就是没动，若动了，也会遭到报应的，“你看今天的我过得多好，事业有成，我不仅有一个儿子，还有两个孙子，没做善事的人，是不会有这样的幸福美满家庭的”。

此前，也有人怀疑黄寿山在当管水员期间，在乱坟岗里挖到宝物，但他解释说，他是放火烧了一次坟墓，予以驱赶内心的恐惧，也试图开挖一个古墓，可怎样也挖不了。之后，那个地方变成了凤鸣镇一个经济开发管理区，他们在政府机构的监督下，搬迁了那些无主坟。

他还说，当管水员的那天晚上还遇到“鬼”，即在他开挖坟墓后不久……他听到空中传来低沉的怪嚎声。他汗毛倒竖。细细辨听，他知道沉闷而瘆人的声响来自那棵大树上。他抬头往上望，只见树梢上闪烁着绿油油的光。鬼！他叫出了声，几乎昏厥过去。发出绿光的就是一双鬼眼啊！

他急忙闪回房间，把门板紧紧地顶上。他恐惧得几乎虚脱了。好在天很快就亮了。趁着凌晨的光线，再往大树上观察，发现那双眼睛已经不见了。傍晚，怪嚎声继续从大树上传来，闹得他心神不宁。这晚，他躲在暗处观察着树上的动静，仍发现那对眼睛，再细细一看，才知道是一只猫头鹰。

他暗自一笑：“这个招人憎恨的夜游神，竟然这样装神弄鬼，都快把我吓死了。”这家伙白天基本是躲在洞穴，因为它的眼睛在夜间才发挥作用，才能看清物体，它只有在晚上出去觅食，专门以老鼠和蛇等动物为生。他知道，在农村有一种传说，不管白昼还是黑夜，只要听到猫头鹰哀号，或徒手捉了它，就会倒霉，不久就会发生暴病而亡之类的事情。

那时的他，是把这些愚蠢的传说抛于脑后的。在他看来，他是一个残疾人，要死早该死了，也不用等到此时了。如果因此倒霉并在几天后去世，他也要在有生之时把它打下来，吃了它的肉再死。

这棵树有十多米高，树冠如伞，上面有不少的鸟窝。它长得也很粗，一人难以环抱。若等到他耗尽气力爬上去，估计猫头鹰已听到响声飞走了。它在夜间的视力是最佳的，任何一个细微的动作都逃不过它的视线。这样活捉，只会惊动它。

天一大亮，黄寿山就找到镇里的一个放映员。这个放映员是屯里的村民，跟他只有一点儿的交情。放映员经常走村串寨给群众放电影，不仅备有一个可放三节电池的手电，还有一把防身的砂枪。每晚收工时，已是凌晨，若路途远回不了镇上，他就在村民家过夜；若还能回去，他就乘着夜色赶。因担心路上有野兽或其他东西袭击，所以他带有两支砂枪。

黄寿山要借放映员的手电和砂枪，把猫头鹰打下来。放映员死活不借，并说虽然今晚没有放映任务，可这些东西都不能借，因为它们太珍贵了。他说的也是，当年手电和砂枪对于一个普通人来说，可望不可即。他担心借出去后，黄寿山会把它们弄坏，或没了踪影。

黄寿山已经记不得他是如何说服放映员的，放映员最终把手电和砂枪交给他，并让他保证不能用它们干坏事。

拿到手电和砂枪后，黄寿山约上屯里有点交情的小兄弟。得知是去打猫头鹰，小兄弟瞪大眼睛，调头就走。黄寿山把他拉住。小兄弟摆摆手大叫："碰到猫头鹰或听到它发出响声，是要倒霉的，打死我也不会去的。"

黄寿山笑笑说："为民除害，就算自己死了也不足惜。这样吧，你也去协助我除掉它。"听此一说，小兄弟犹犹豫豫地答应了。可到了中途，他又踌躇了。说不干了，他要回家。黄寿山又拍着胸脯对他说："反正是我打它的，有什么事情，就由我负责，与你无关。"

那时的黄寿山靠看过的周易、八卦之类的书已经尝试给周边的村民看日子，他胡诌着一些谁也不清楚的咒语，要给小兄弟"解煞"，这才打消对方的疑虑。其实，他一面胡诌，一面偷笑。这兄弟的胆子也太小了吧。

他们慢慢走近水塔房，便又听到猫头鹰发出骇人的响声。这响声在静夜传得很远，胆小的人听到后绝对被吓得半死。也许小兄弟过于紧张，抑或小兄弟从未在这么深的夜踩进如此阴森的墓地，当黄寿山打开手电，一束强光直射猫头鹰的眼睛时，它一时"失明"了。他示意小兄弟开枪。砂枪一响，随着火药喷射而出的大量铁砂，却没有一颗击中猫头鹰。

受到惊吓，猫头鹰凄厉一声飞走了。黄寿山心里怒骂着小兄弟。他没死心，决定第二天晚上再来伏击猫头鹰。小兄弟已经没了恐惧感，也再次来到这块墓地。幸运的是，前一晚被惊飞的猫头鹰还是回到老巢，继续发出恐怖之声。

黄寿山暗喜，他让小兄弟打着手电，让强光照射着猫头鹰的双眼，他自己则端着砂枪，瞄准着猫头鹰。枪响之后，猫头鹰应声掉了下来。黄寿山拎起猫头鹰，发现它很沉，少说也有十几斤。

这晚，黄寿山烧水把猫头鹰拔了毛，动手煮了一大锅。小兄弟不敢动筷，心里有某种恐惧感。他知道，坊间流传，若碰到这种动物，或听到它发出的叫声，就有不祥之兆。现在，居然还要吃它的肉，日后也不知道要遭受什么罪。

黄寿山抱着死了也要饱食一顿的心态，痛快而酣畅地吃了起来。这多年，他受苦受难太多了，要死就这样死吧。他一个残疾人天不怕、地不怕，还怕这鸟东西。在那个饿得发慌的年代，有这等野味果腹，何足惧之？

黄寿山大口大口地吃着，而小兄弟则坐在一旁惴惴不安，最后竟呕吐起来。黄寿山给小兄弟“施法”：妖魔鬼怪，你们只管冲我黄寿山而来，不要为难我这个小兄弟。他什么也没有干，是我把他拉下水的。你们要收拾我，就收拾我这条狗命吧！

这是黄寿山此生吃过的最鲜美的野味。此后，黄寿山还在这片墓地捕杀一些野鸡等充饥。除了小兄弟，没有人知道他在当管水员期间过得那样幸福。偶尔打打牙祭，到了年底，还有顶格的工分拿。当有些村民饿得面黄肌瘦的时候，他却精神抖擞，干劲十足。

也许是过得自在了，他在水塔房内做了不少美梦。有一天晚上，他居然梦见自己狂奔在田野上，前方是红彤彤的太阳，他迎着太阳跃身而起。他很奇怪自己的双脚怎么这样粗壮，以往稍一用力，就可以把右脚整个儿抱到胸口；现在双手稍一往胸口上抱，却十分困难。

啊，我原本就不是瘸子……他欢呼着，狂奔着，身边掠过很多鲜花，那些稻田绿油油。此时，遇见一个扎着两根粗黑辫子的村姑，她的辫子垂到胸口，黑里透红的皮肤，非常耐看，特别是那张圆圆的脸庞，艳若桃花。她的身子很壮实，目光也很大胆。他几乎不敢正视她。她嫣然一笑，跟他打招呼，走进他住的水塔房到处看看……

醒来时，他抑制不住自己反复想着这奇特的梦境。他开始意识到，他已经到了一个特定的年龄。他回忆着，发现梦中的那个女人，似乎是他白天在某个地方见过的。是不是来逛凤鸣圩的某个村子的姑娘？抑或初中时暗恋的某个女生？

思路愈加清晰时，他恍然发现，梦里的那个女人，其实就是他偶尔见过的某个村子的姑娘。因为只是偶尔见过，他连她的姓名、是什么村的、是否婚嫁都不清楚。这是一种单相思吗？他也不知道。他想，如果能找到这么标致的村姑做老婆，共患难、同生死，那真是艳福不浅。

可能吗？他反复问自己，这一生，会有一个体贴他、理解他的村姑，毫不犹豫地走进他那残缺不全的世界吗？像他这样的残疾人，他见过不少，没有多少人是找到真爱的。即便有人找到了，他们的另一半，也非聋即哑，同样是以残疾人为伴。你心地再善良、双手再勤劳，四肢健全的姑娘也不愿意做出牺牲。

他苦闷极了，脾气开始变得更加暴躁了。这样的烦恼事，他是不会跟任何人提及的。就算能找到一个愿意嫁给他的哪怕是残障的姑娘，他家那些破旧的泥瓦房，也找不到合适他们的婚房。

他们一家几口人挤在只有几十平方米的房屋内，已经拥挤得都快住不下人了，这个家庭若再添加一人，岂不是把房屋都挤裂了。

该来的还是来了，来的是不是像梦境中的女人，倒出乎黄寿山的意外。莫非如《周公解梦》中所说的那样，梦见好的事物，醒来后，在现实中有可能遭遇相反的事情？

黄寿山没有研究《周公解梦》。此书传播的观点是，做梦预示着一个人要面临着各种可能要发生的事情，要做好预防措施。梦见血腥的东西，则预示着你会有美好的事情发生；梦见美好的事物，则预示着你不久将要经历糟糕的事情。

这本书既然在民间流传了几千年，有了一定的群众基础，在黄寿山看来，它也是中国传统文化中的一支。远古时代，人类对世界的认知能力是有限的，对于做梦，他们没法用科学去解释。

如，民众中流传的东西，“左眼跳财，右眼跳灾”，估计也是从《周公解梦》中演变而来的。事实真的如此吗？科学对此曾解释过，眼球或眼皮频繁跳动，是因为过于疲劳所致。再往中医学上研究，眼睛不规律地跳动，可能是某种疾病的预发期，要注意防治——从某种程度上理解，也暗合《周公解梦》的某些没有根据的推理学说。

对于做梦，黄寿山认为这是因为“日有所思，夜有所梦”，相应地接近了科学。让他无法释怀的是，为何没人介绍梦里的那个姑娘给他？

“1983年4月25日，经人介绍，我与邻村一覃姓女子相识，并结婚。当时，我二十六岁。在大家眼里，我是个美男子。四年后，我们有了一个儿子。她的长相奇特，是方圆百里都知晓的，有人在背后叫她‘丑八怪’。这话是有些损，也伤害她的人格，但当时的村民就是这样说的。我也因为娶到她，觉得头抬不起来……命中注定，我们的婚姻也是短暂的。”

那时，黄寿山并不在意别人如何评价妻子，也不管她又矮又黑，腰如木桶，能有一个女人愿意跟他生活，他烧香叩谢天地都来不及。你是长得高大、白净，可你跟人家相比，也不过是半斤八两的货色，一个小儿麻痹症，一个又黑又丑，锅对锅，盖对盖，分毫不差，你没什么可以值得高高在上的。

那时，姐姐已经嫁人；哥哥已经结婚，分家出去后，有自己的一间泥瓦房；弟弟体检合格后，已经去海南当兵。黄寿山结婚后，大家勉强还可以挤在老房子内。一家人住在一起，你说拥挤当然是拥挤的，说不拥挤也是不拥挤的，只要一家人心在一起，再狭窄的空间也会变得宽敞明亮。

黄寿山结婚后，父母对他已经没有像往日那样繁言吝啬了。一般来说，有女人的家，女人都会把家收拾得干净整治。让他有些挑剔的是，妻子嫁给他后，比一条冬眠的蛇还懒惰。本来她就是一个不怎样讲究干净的人，嫁进黄家这个大家庭，她觉得还有三个老人健在，老人会收拾一切的，用不着她出手，所以她从来不主动干家务活；即便是农活，她也是一副懒洋洋的模样。

这一年，县城造纸厂附近守北村有一块一千二百亩的荒地要对外承包，一年的承包金是一千三百块，承包期为三十年。得知情况，黄寿山通过哥哥担保向银行贷款一千五百元去创业。他的目的是，大家庭的居住条件有限，他要离家找一条出路。

到了现场，他才发现，之所以没有人愿意承包这块荒地，是因为荒地太贫瘠。重要的一条还是，此地是一块“死人地”。很早以前，有一伙土匪抢劫附近一个村子，因为遭到村民反抗，土匪就把全村一千三百多人杀死，并弃于此处。

这块“死人地”是属于集体的，归村委管。当时村委发包这块荒地时，一年的承包金是一千，结果无人敢接手。荒地上，还长着早已成材的一千棵林木桉。这种树的叶子很臭，但它榨出来的油，可作医药和农药的原料。因此，它的价钱很高，榨出来的油，可卖二千一百至二千三百一吨。

见他愿意承包“死人地”，村委免他三年租金。可是，他承包荒地后，要做什么呢？其实，他早就成竹在胸：种甘蔗；之后，种西瓜、香瓜、萝卜、辣椒等。更加让他欢喜的是，拿下这块荒地，可把这批林木桉砍下来卖掉，稳赚一笔钱。

那时候的人都很傻吗？不知道这林木桉可以换钱吗？为何上千亩的荒地的承包金这么少？

每次有人提及此事，黄寿山总是说，特定的历史条件下，没人有这种商机意识的。当时，该村村民也认为，这么大的一块荒地，能有人承包，每年都按时给一些租金就可以了。荒着也是荒着，让荒地产生一些经济价值，解决村里的一些困难，就可以了。

类似黄寿山这样捡到便宜的事，已经不是单独的个案了。随便上网搜索，案例数不胜数。倒退回十几二十年前，一些山林、荒山、滩涂等，一年的承包金也很少。如果以现在的眼光去看，有些不可思议。但当时的环境是，商品社会的成熟程度仍未高。所以，有些荒山、荒地等一亩地的承包金只需几十块钱，也就不足为奇了。

黄寿山与该村委签订的承包合同约定，从第四年起，每年的承包金按百分之几的幅度增加。

第一年承包金黄寿山是分文不少地交了。但回想此事，他认为自己是有些“空手套白狼”。当他把林木桉砍了换钱，挣了一千块。

随后，他开发荒地，种上甘蔗。当年种植甘蔗，糖厂是实行这样的政策的，赊蔗种也赊化肥，年底砍运甘蔗进厂，“扣杂”之后再一起结清。如果纯粹让他投资这块荒地，以他当时的经济能力，也折腾不了。

用几百亩荒地种上甘蔗后，他还想到用余下的荒地种西瓜、香瓜、萝卜和辣椒等。土质太差，怎么办？用化肥种，成本太高，有没有不花钱的肥料？他想到了积肥。于是，他联系县环卫站，让他们把生活垃圾运来。

那时，环卫站正愁没地方处理大量的生活垃圾。听说有地方可以堆放，有人可以把垃圾变废为宝，高兴得都来不及呢！于是，每天他们都把一车车的垃圾运来，倒放到黄寿山指定的地方。

当垃圾被风吹雨淋一段时间后，他请了几个人来翻弄垃圾，捡走夹杂其中的瓶子、塑料等物。当时请人的工钱很便宜，一人一天也就一二块。再把瓶子和塑料卖掉换钱时，他又挣了一笔。这些有机肥料被放进地里后，西瓜长得很好，又大又甜。

那时，他也不知道在市区的一家单位怎样会看上他的西瓜，每次来收购，总是一车一车地拉。连续三年，地里种出来的西瓜，都被这家单位“高价”收购。与当时当地各处种植的西瓜比，他的品种与甜度是其他人没法可比的，连续三年，每年上市十五万斤，加上香瓜、萝卜和辣椒的丰收，他当时有几万块的存款，是名副其实的万元户。

因为手上有钱，他有些膨胀，到处乱花钱——那时是1985年。有天晚上，他去县城看电影，回家时发现，门口被撬，放在里面的现金被盗。这就是他当时露富的代价。

当时，村里有个老人，六十岁左右，他见黄寿山种的西瓜有销路，也在旁边一块有十五亩的荒地上种西瓜。对老人的身世，黄寿山有所了解。老人脾气古怪，不认儿子，父子关系紧张。

那时的“死人地”缺水，没有水渠经过此地，但离此地五百米处有一条小河。因为种西瓜需要大量的水，所以黄寿山每天都让工人到小河里去挑水淋瓜，每担水一分钱。要淋一天的水，需要挑二百五十担水。

老人养有一头水牛，非常强壮，有一千多斤。每天，老人均用水牛拉着木车，从河里运水回地里。

6月15日这天，这头水牛不知何故，突然受惊，四处狂奔，老人从牛背上摔下来，受了伤，只得呆在瓜地临时搭建的窝棚内保守治疗。一个多月后，他的病情才稍为好转。其间，老人的儿子也不来照顾他，他早晚都在独自流泪。

黄寿山动了恻隐之心，便悉心照顾老人，并让工人打理他的瓜地。有一次他从外面回来，竟得知老人活活饿死在床上，非常凄惨。

第三年，黄寿山的西瓜地出现状况。长在地里的西瓜好好的，到了次日，就有些西瓜被什么东西啃得只剩瓜皮。派人加强守夜，也没有逮到什么东西。

他们说，天快亮的时候，只听到地里传来“卡嚓卡嚓”的响声，就是没有见到有人。

如果是附近的村民来偷瓜，他们会把西瓜搬走的，绝对不可能还在地里饱食一顿的。因为天亮后，瓜地还残留着大量的瓜皮。

抓不到偷瓜贼，外界就传言说，这是鬼怪在作怪。鬼怪之类的东西一到深夜，就大吃起西瓜。他们还劝黄寿山赶紧离开此地。他笑笑：“我经常研究易经书籍，而且还是捉鬼的钟馗，还怕它们？我要弄个水落石出。”

有一天深夜，他蹲在地里观察。半夜时分，“咔嚓咔嚓”的响声照样传来。他到处查看，也没发现什么动静。再细看，发现有几个黑影穿行在瓜地。他一点也不害怕，就上前追赶。它们忽地躲到附近一间低矮而破旧的茅草房。

原来，这些黑影是几头野猪。茅草房是它们经常呆的窝。见被人发现，它们一哄而散，自此再也没有回来。

他隐约感到，他在这块荒地上的鼎盛时期，已经潜藏着某种危机了。他是有这种先见之明的，人在最得意的时候，也就是危机潜伏、危险横生的时候。因为他觉得天下尽在他的掌握中，他看不到自己的缺点，听不进一些诤言。

尽管他的潜意识里，早就有了这种忧患意识，但他怎么也没有想到，他事业的没落期会来得那么快。

人生就像一个多变的苍穹，一会阴晴，一会风雨，一会艳阳，反复无常；又如月盈月亏，循环往复，无以复加。一场意外的交通事故，彻底地改变了黄寿山对妻子的看法。用他的话来说，人长得本来就不咋样，没想到，她的心灵居然那样丑陋。

那一天，他回家看望妻子和年幼的儿子后，便请人开着摩托车把他从老家载到县城，要回“创业荒地”安排工人干活。婚后，他几乎把所有的精力都放在“创业荒地”上，一心要活出个人样。所以，回家的次数特别少。

俗话说，人有旦夕祸福，天有不测风云。当他们快要靠近“创业荒地”还有一二公里的路程时，有一辆大卡车迎面而来，与摩托车“擦身”而过。他的右脚被刮到，痛得钻心。他和车手被撞得飞出好几十米开外的地方。他浑身是血，昏迷在地。摩托车被撞得几乎报废。车手当场身亡。

当他醒来的时候，医生告诉他，他已经昏迷了三天三夜。他至今记得当天出事的时间是，1986 年 12 月 25 日。没出交通事故前，他的右脚还可以用力撑地，慢慢行走，不需要人搀扶。现在被卡车撞到，骨骼便呈粉碎性骨折。他估计得靠人照顾了。

这时候，他没见家人来医院照顾他。弟弟在海南省三亚市当兵，无法离开，情有可原，可父母和哥哥、姐姐他们呢？难道他们还不知道他出了事？其实，他的事情早就传到家里。妻子曾抱着儿子来医院照顾他，这说明家人是知道的。

让他感动的是，在县城工作的堂叔，得知他出事后，便来看他。此后，一直照顾他，还给他垫付了出院的费用。

“住院的半年时间，年轻的护士经常问我，阿叔，你家就你一个人？干吗没有人来照顾你？我无言以对，黯然伤神，潸然泪下。其实，我有几次想一死了之的念头，但每次想到儿子，就又放心不下。我自己一人走了倒轻松，一了百了，可小孩还那么小，当他长大后，没了母爱，又失去父爱，人生何等凄惨！”

回想这段往事，黄寿山声调哽咽了。现在的他，已经恨不起任何人。在外人看来，他父母、兄弟姐妹在当时是寡情的，也是薄义的。细想，他认为这都不是寡情所能解释得清楚的。

就如妻子离他而去，如果站在他的角度上去看，她绝对有负于他。因为在他最困难的时候，最需要她的时候，作为妻子，她头也不回就离开了，还把二岁的儿子扔给他。但若从站在她的角度上去考虑，她的选择没有任何过错。

一个“W”字放在桌面上，你看到的时候它是“W”，但站在你对面的人，看到是清楚的“M”。每个人都有选择幸福生活的权利，她不愿意背负巨额债务，也不愿意承担一个植物人的生活，她是柔弱的，为何非得她遭罪呢？为何非得站在道德的制高点去审判她呢？

若干年后，他是这样宽容大度地看待这场婚变的。对与错是有立场、角度和利益的。你认为对的，是因为你站在自己的利益上去陈述，而他认为错的，也是因为站在自己的立场上反驳的。

何况，当他受了重伤住院，外面就散布了一些闲言碎语，说他本来就这副德性，现在又遭受这等惨景，活下来的概率并不高。即便能够侥幸活下来，他也是一个植物人了。于是，有人劝她趁早离开。

她动摇了。特别是去看望还在昏迷中的他时，她的心已经碎了。这样的家，她已经撑不下去了。抱着一个幼儿照顾一个“植物人”，何时是尽头？在护理他十多天后，她回家了，此后不再在医院出现。

她提出离婚时，居然把离婚协议送到医院让他签字。当时在法院工作的一个朋友周先生转告他，他妻子在他这种特殊情况下提出离婚，至少是不人道的，况且她还有第三者，他可以有理由拒绝签字。

心早就不在了，再睡在同一张床上，也不过是同床异梦罢了。留住她的人，也留不住她的心。他含泪签字了。

最不能让黄寿山原谅妻子的地方就是，她早就背叛了他，与另外一个男人相好了。她提出离婚的时候，她的肚子里已经有了别人的骨肉。

她离开的第二天，窗外倾盆大雨疯狂地下着。停了一会儿，又见到乌云压顶，狂风如刀而来，似乎要摧残着地上的所有物体。不久，天又下起暴雨。他哭了，压抑地哭着。他想到自杀，可动弹不得。

一连几天，他不吃不喝。医生不知道出了什么事，着急了，劝他保持健康的心态，这样有利于病情尽快恢复。他也想开了，他不能就这样离开人世，他还有很多事情要做。他要做出一番事情，让那些耻笑他的人瞧瞧。

住进医院，费用是不用他担心的，因为肇事的卡车司机已经垫付了。照顾他的事情，多数是护士或医生。其中，还有他的堂叔。

当他慢慢恢复体力时，他放心不下“创业荒地”，也不知道有多长时间才能够出院，便通知父亲去打理。

他敢肯定地说，父母和兄弟姐姐没有一个人来过医院看望或照顾他一次。这是他一生中最难以释怀的事。有人是这样说的，当他昏迷不醒时，他们可能来过了，只是他不知道而已。或者，他们因为工作忙或家里出了什么状况，所以特意委托堂叔照顾他。

而他却不是这样认为——护士和医生向他证实，除了肇事司机、处理案件的警察以及他的堂叔，从他被送进医院抢救直至住院半年时间，没有人来看过他。

这么多年了，他没有问过兄弟姐姐当时为何没有来看望他。就算父母在世上，他也没有问过他们。再问意义也不大了。宁愿天下人负我，我不负天下人。他不是那种斤斤计较、锱铢必较的人，也不是那种忘恩负义、没有大是大非观念的人，他理解他们的难处。

就算父亲去打理“创业荒地”时，用他名义去糖厂领取几十万的钱款，并用这些钱“包养”当地一个已有几个小孩的有夫之妇，为他们建了一个砖瓦房，他在知道事情的真相后，也恨不起父亲了。

这对夫妇生育了几个小孩，家里特别穷，住在房屋破烂，不经风雨。男人的妻子三十多岁，颇有一些姿色。父亲入住“创业荒地”后，一来二去，就被这个男人的妻子看上了。父亲正值精力旺盛的年纪，远离老家，干柴遇烈火，根本就没有想到黄寿山还躺在病床上，欲生不能，想死难了。

用身体换钱以改变贫困的家境，这也许是这家女人最朴素的想法。所以，当她的男人见她与另外的男人有某种特殊关系时，始终也是不闻不问。

出院后，黄寿山回到“创业荒地”。他曾追问父亲从糖厂领取的几十万蔗款去向的事，父亲不是说没有领取，就是说已经用于投资了，他手上一毛钱也没有。

此时他发现，与父亲打得火热的那村妇家，竟建起了漂亮的四层楼房。对于这户人家他最清楚不过，穷得吃了上顿没下顿。她家没人经商，也没人当官，更加没有海外亲戚，哪里来的钱建房？

他知道了其中的秘密，但他一直没有怒斥父亲的“博爱”。母亲也因父亲的一些风流事件，闹得全家人不得安宁。父亲呆在“创业荒地”的这半年时间，还与其他女人有染。一怒之下，他让父亲回家了。

妻子扔下孩子跟人“私奔”了，父亲又这样“吞掉”他的财产，看着这片他呕心沥血打拼的西瓜地和甘蔗林，黄寿山欲哭无泪。泪水已经流干了，心里只有泣血。接下来的生活如何开始？现在又需要钱投资，钱在哪里？世界一片冰冷，天地一片昏暗，他看不到希望。

他坐在那个临时搭建的房子内，发呆着。烟一支又一支地抽着，酒一口又一口地喝着。醉了，他放声痛哭。

谁叫你是一个废人？他绝望了，万念俱灰，再次萌生自杀的念头。一瞬间，他想起了堂叔。堂叔在他出院时，帮他结清住院欠下的八千多元医药费。前期的医药费，肇事司机是垫了，结果到了后来也没钱了，只得躲起来。

堂叔可能知道黄寿山内心的绝望，所以在他出院时反复劝慰着他，让他不要想不开，人生总会经历挫折和磨难。堂叔的话，陡然让他燃起了生的勇气与希望，他要直面困难，振作起来。他抱头哭泣，不知过了多久，他的心里终于好受些了。

堂叔在县城一个机关单位工作，与他家往来并不多。逢年过节，堂叔是回老家探望亲戚，但一直没有跟他说过一句话。饶是如此，得知他出事住院，便第一个到医院探望他，并在有空的时候来照顾他，这让他很感动。

这么多年，黄寿山之所以做那么多的善事，并回馈父老乡亲，在某种程度上来说，也可能与堂叔那次在医院照顾他有关。这个世界上，不缺乏温情，也不缺乏关爱，一个从来没有与你打过招呼的人，在你危难时刻，能够雪中送炭，这份情谊就是激励人向上、向善、向美的动力。

那天，他还想到在海南当兵的弟弟。在他看来，家人中，只有弟弟最理解他，最关心他。这个荒地再也干不下去了，只有去投靠弟弟了。让弟弟在海南给他找份工作，哪怕是洗碗的，只要能养活自己都行。至于儿子，就暂时由父母带着。

次日，黄寿山揣着弟弟往日寄回来的信，按上面的地址前往海南三亚市某部。一到部队营房岗哨前，就遇到台风，暴雨说来就来。岗哨前一值班的战士见他全身被大雨淋湿了，就让他到岗位前的屋檐下躲雨，并问他来找谁，是哪里人。

得知黄寿山是老乡，战士就说认识他弟弟，都是来自明山县的。老乡们经常往来。于是，联系他弟弟的连队汽车队。不巧，弟弟出差了。弟弟让战士接待黄寿山，他几天后才回来。就这样，战士把他黄寿山接到营房招待所，照顾他。

这个战士叫罗伟，在部队是个宣传干事，是劳记者的同学。回忆当年的情况时，罗伟对劳记者说："见到黄寿山时，他非常落魄，身上只有五块钱。我还接济他，给他几十块。他一共在部队呆了一个星期。他弟弟回来后，把他接走了。可近年，我却从你的报道中得知他发迹了。他是怎样摇身一变的，我不是很清楚。但我听人说，这些年，他是在老家各地靠给人看日子等为生……"

对于罗伟当年的帮忙，黄寿山印象深刻。罗伟像对待自己的亲人一样照顾他，当弟弟出差回来后，把他接到汽车连队的招待所住了几天。得知黄寿山在老家的遭遇，弟弟很难过，但弟弟没说什么。

弟弟知道黄寿山没有一技之长，且他当时在海南也没有什么社会关系，所以没法帮黄寿山找到一份工作。最后，弟弟只得东筹西借了三千块给黄寿山，让他回家。那时，弟弟已经转为志愿兵，每天开车出差，也没时间陪他。

回家的前一天，弟弟还在反复安慰他，让他不要自暴自弃，也不要自寻短见，要多想想自己的儿子。

“你若这样走了，你儿子怎么办？他那么小，只有一二岁啊。你要替他想想他日后的日子，人不能太自私，也不要太不负责任。每个人都会遇到这样或那样的困难，你越活得窝囊，越是被人瞧不起。改变这一切的，只有一条，继续坚强地活下去，活出个人样。难道你忘记堂叔对你说过的话了？”弟弟当兵后，常年在外地，视野开阔很多，也懂得很多道理。

弟弟这席话，让黄寿命情不自禁，怆然泪下。他同时也明白，生命中的每一道弯，漩涡很多，暗礁也很多，他随时都会溺亡，但只要忍辱负重，逆流而上，没有绕不开的。

然而，初到海南，还没得好好玩一下，黄寿山就得原路返回，他有些郁闷。事实上，他到海南投靠弟弟，也没有心思玩。那时的海南，正是大开发的时期，全国各地的人都去淘金。他确实想在那儿躲避一下现实，可左思右想，还是觉得现实无法逃避。

东山再起是黄寿山当时最强烈的心愿，“创业荒地”他还是放弃不了。尽管他形单影只，孑然一身，内心受了重创，身心疲惫。

第六章 与人合作办厂，屡屡被坑

在经历了很多事情后，黄寿山感悟出，人生际遇是反复无常的，也不会一帆风顺的，有时起有时落，有平坦也会有坎坷，有阳光鲜花必有阴雨泥泞……一代伟人毛泽东当初也是饱受苦难、经历生死才成为领袖的。还有，历朝历代的一些成功人士，也都是遭受百般磨难才成长起来的。

他相信，在经历一场锥心扎肺、肝肠寸断的婚变和父亲“釜底抽薪”的变故，有了弟弟这三千块后，摆在自己的前面，就是一条鸟语花香的康庄大道。

正如他预料的一样，当他从海南回到“创业荒地”，继续种西瓜、香瓜等瓜果，但此时已经遇上行情不好，辛苦一年下来，也没有任何起色。

此时，两个朋友蒙晓宇、蓝海洋找上门，和他联合创办双飞粉厂。当时建筑行业正在兴起，装修材料非常紧俏，开双飞粉厂是顺应形势。他以土地和管理入股，每月工资为二千五百，年底有分红。在当时，残疾人开厂，还有免税等政策。

黄寿山和他们合作，是有过犹豫的，因为搞农业，他称得上专家，但开起工厂，就是外行了。

按照合约，黄寿山出一块土地，并负责工厂的管理和产品的质量，他们则负责投资和市场营销。他们说，他们混迹建筑行业多年，销路不成问题。对他们的为人，黄寿山无可挑剔。那时，产品每天源源不断销出去，供不应求。以此推算，到年底分红，每人没挣十万八万是不可能的。

然而，货款回笼却成了问题。年底一算钱，发现亏损得让人心惊肉跳。来自泰评镇的蓝海洋解释说，他把产品发给客户后，钱根本就追不回来。这样做生意，他扛不下去了，得关闭工厂了。此后，蓝海洋一直没有现身。

这样的解释无法让人相信，随后蒙晓宇就与一些客户联系核实后，才发现其中的秘密。蓝海洋每次发货给客户，客户都是及时结款的，根本就不存在拖欠货款等情况。蒙晓宇要求蓝海洋把吃进去的货款吞出来，以便大家好聚好散。蓝海洋却不现身。

黄寿山也与蓝海洋沟通，希望他回来，三个人坐下来好好商量，该怎么办就怎么办。此时的蓝海洋还是那样解释他没私吞货款。黄寿山很伤心，他只想息事宁人，也不枉朋友一场，然而蓝海洋竟信誓旦旦地说，客户根本就没有结款！

黄寿山并没有再揭穿蓝海洋的谎言，因为他手上有那些客户转款到蓝海洋账号的凭据。三方合作办厂时，是设有公共账户的，但蓝海洋在推销产品时，却对客户说，为了规避一些税费，可把钱打到他的私人账户，而且一直以来，蓝海洋都这样对客户说的，工厂是他一人创办的。

客户没有不相信的，营业执照上的法定代表人就是蓝海洋。再说，蓝海洋在建筑行业混那么久，那些客户基本上也都是他的客户。

眼看工厂岌岌可危，且在追问蓝海洋、蒙晓宇要自己的专职管理工资和工人薪水也没有到手，他们互相推诿。黄寿山恼怒了，就和工人生产出不合格的产品。没有客户再要这样的产品了，工厂终于关闭了。

在结算财产时，蒙晓宇和蓝海洋闹得很凶。蒙晓宇扬言，如果蓝海洋不把私吞的货款交出来，就整死他。蓝海洋担心受到报复，不敢住在家里，就到处躲藏。有一天，蒙晓宇发现蓝海洋的行踪，于是把他拦住，往死里殴打着他，几乎把他打得半死。

警方介入此事后，也无法处理此起合作办厂的经济纠纷。最终，此事也就不了了之。

管理上存在的漏洞，是黄寿山第一次与人合作办厂失败的主要原因。他终于明白，做企业，有时候仅仅是信任合作伙伴还是不行的，还得需要一个铁桶似的制度，对每个合作者及员工进行约束。换了他，遇到这样的管理漏洞，也会见利忘义的。

“用金钱和美色试一个人是否贪婪，人品是否过硬，可以说，一试就灵。我相信，没有多少人过得了金钱关和美人关。”黄寿山说，他没有责怪蓝海洋和蒙晓宇，相反他从自身查找原因，并得出这样的结论：这间只有几百平方米的作坊式的小工厂，规章制度并不完善，漏洞特别多。

这次失败的打击，对黄寿山来说太大了。辛辛苦苦做了一年的工，唯一“挣”到的就是那些已经不值钱的设备了。他出人出力，还出土地租金，换来这样的结果，让他觉得这个社会太阴暗了。

让他呼天天不应、喊地地不灵的桥段，接下来还继续上演。他经常对人说，人生就是一出戏，他扮演的都是悲惨的角色。他的前半生都是悲剧，至于后半生是不是喜剧，他也不知道。“包括此后的一家公司的老板，更是让我把悲剧演得淋漓尽致……”

事情是这样的，当黄寿山仍无法从与朋友合作创办双飞粉厂失败的阴影走出来的时候，有一个老板来跟黄寿山商谈，说他们看上这块上千亩的土地，要跟他合作种橡胶树。所有的投资包括土地租金，都是他们负责，黄寿山只负责日常护理，且还按每月多少钱给他发工资。年底还有一定的分红。

这样的好事，黄寿山没有拒绝。儿子还小，需要他照顾，虽说他已经把儿子放在老家，让父母代管，可每月他要给一定的生活费。跟朋友合作一年什么也没捞着，生活已经捉襟见肘，举步维艰了。他需要钱解决很多实际问题——尽管他担心会发生与朋友合作办双飞粉厂一样的事情。

开始，他每月都还领到管理工资。更让他高兴的是，橡胶树割出来的橡胶水销路也不错，价钱也不低。他天真地想，这家公司年底分红时他会拿到一笔钱。谁知一年后，情势急剧直下。老板说公司亏本了，无法再经营下去了。之后，老板一走了之。

这个老板是广东人，那些割出来的橡胶水经烤胶厂加工后，都是由他销往广东等地，是不是用来制造轮胎等，黄寿山并不清楚，但你若让他相信老板是亏本的，就算是把他按到水里呛他，要让他说假话，他哪怕被呛个半死也做不到。

又是一个像朋友一样的骗子侮辱他的智商，让他暴跳如雷，他发誓要跟这个广东老板拼个鱼死网破。可他上哪里找广东老板？他很疑惑，好好的橡胶林做得这么好，如果继续这样做下去，做个三五年且每年都赚钱是没有问题，为何广东老板竟卷款消失了呢？

这事是发生在 1998 年。那时候，传销之类的东西已经有了苗头，但还不怎样疯狂，没有多少人知道。若老板因为涉及传销案一走了之，还情有可原。问题是，当时传销还没有多少人涉足，老板不会因此而失踪的。难道是涉嫌洗黑钱？一样的道理，“黑钱”二字，那时很多人还没见过。

事后，黄寿山才明白，广东老板是因为借了别人的钱投资，没法按时还款，被债权人整天追着，且债权人还放出狠话，只好离开了。

他理解广东老板的难处，可对方根本就没有体会他的处境，而且在跑路的时候，还不忘要坑他一把。这年，土地所属的村委以他当年不付租金、违反合同为由，要收回土地。他悲愤不已。原来，广东老板一直没有交土地租金给村里。

那时，他完全可以以各种理由把橡胶树卖了换钱，不仅能交了这笔拖欠的承包金，而且还有意料不到的收入，但他实在拿不出任何能够证明这片橡胶林属于自己的证明。再者，他根本也没有想到，村委已经有意把土地出租给他人，并把这片橡胶林作价交给对方经营。

事情到了这份上，怨天尤人也没有办法。他唯一的财产就是，那间简易平房内的一堆已如废铁的双飞粉设备了。

善良是一种可贵的品质，是中华民族优良的传统美德。也许是因为黄寿山太过于善良，不断有人来找他合作投资，利用了他的善良。将心比心，情同此理，情同此心，一个四肢健全的人居然要欺侮一个残疾人，这个社会是不是出了问题了呢？一个正常的人，不要歧视并尊重和同情残疾人应是这个社会的基本公德，为何有些人抹黑了良心，扭曲了人性，就是要利用残疾人的善良，满足自己的个人私欲呢？

接二连三被人利用，黄寿山的心很累，不想再跟人合作做任何事情了。然而，当一个老乡邀请他到市区一工厂承租一个不大也不小的车间开双飞粉厂时，他想也没想，就同意了。

因为有了前几次的经验教训，他与老乡“约法三章”，货款必然转入公共账户。他负责管理工人和产品质量，老乡利用自己原先做建筑的渠道开发市场。

因为觉得自己亏欠儿子的，黄寿山就把他带到身边。

老乡之所以与他合作，是因为看上他有一套设备。这套设备，是朋友私吞货款后扔在“创业荒地”上的。与人合作种橡胶树时，他已把它搬回老家。有一天老乡来屯里办事，见这设备闲着，且黄寿山开过双飞粉厂，老乡自己也在市区各个工地干建筑活，有自己的销售渠道，便邀请黄寿山合伙开厂。

按合同，老乡负责场地租金，并投入前期的资金生产，同时开发产品销路；黄寿山出机器设备，并负责管理二三个工人和产品质量。利益分配很简单：扣除成本后，再平分利润。责任同等，亏损共同承担。

黄寿山以为，有了“约法三章”，义务与责任明确，制度完善，双方合作是会很愉快的。所以，他对合伙开厂投入很大的激情。而且，老乡也反复告诉他：“我不会像前面的那些老板一样坑你的。你是个残疾人，我很佩服你敢干、敢闯、吃苦耐劳、从不认输的拼命三郎精神，将心比心，我会善待我们在一起合作的时光的。”

因为是老乡，而且各自都知道自己住在哪个村子，黄寿山没有不相信老乡的话，所以也拿出自己往日的一些积蓄，用于办厂。爱厂如家，以厂为家，只要是有利于双方的利益的，他都厉行节约，该省的则省，该加班的加班，他从不叫苦也不喊累。那几个请来的残疾人，也拼命地干。因为狠抓产品质量，客户对他们生产出来的双飞粉非常满意。

也许太过于投入属于自己的一份事业了，以致儿子终日在车间附近的大树上爬来爬去，他都不知道。或者这样说，工厂生产的产品供不应求，他和工人根本没有空闲时间，每天不是加班就是发货，累得骨头散架。儿子没人带，工厂内也没玩伴，每天没事做时，就爬到大树上。大树下是一个巨大的臭水池，深不可测，若不小心掉下，就会被淹死。

见儿子天天闲着没事做，经常爬到大树上打发时光，危险至极，黄寿山急忙把儿子送回老家，让父母代为管教。

对于儿子，从某个位置去想，黄寿山认为自己有些对不起他，一直在商海浮沉、起伏，他无暇照顾儿子。很小的时候，儿子的性格就有些古怪，不愿意跟他沟通，至今儿子对黄寿山或多或少也抱有一些怨意，没有母爱，又被父亲这样带着创业，对他不闻不问，任他“自生自灭”，至少他认为父亲是不尽职的。

但黄寿山说，他也有自己的难处，他何曾不想一直把儿子带在身边，好好照顾他，可这么多年漂泊在外，为了生活，也为了让儿子过得更好，他根本就没有时间考虑这些。他理解儿子的感受。他曾跟儿子解释，让他回老家呆着，一是不想让他在外面受这么多的苦，二是不想让别人知道他有一个残疾的父亲，三是他可以全力打拼，为他们父子二人创造不一样的生活环境……

对于黄寿山这样的心声，儿子不太听得入耳。哪怕有一年他回到县城从事迁坟工作，他就让辍学回家的儿子跟他生活几年，可儿子仍旧从自己的角度看待他。有客人送来的烟，他没有问他一声，就理所当然地拿去抽了；没有钱时，就伸手问他。那样子似乎是说，前半生你欠我的，你后半生就归还我吧。

他有些伤心。确实，他错过儿子最美好的童年、少年，特别是在儿子没有母爱的岁月，作为父亲，他发现自己在很多事情上做得并不完善，如果时光倒流，他也许不会那样拼命了，哪怕少几块钱，也要好好地抚育儿子。儿子失去的东西太多，已经无法用金钱置换了。他也无能力再换回来。

逝去的岁月不可重现，人生中失落的一些东西，一样无法打捞了。缺憾也罢，遗憾也行，父子之间无论如何都有一道无形的心墙。

但老乡根本就没有从他的角度体会他做人的艰辛，也没有珍惜他为了更好地合作而忘我工作甚至连照顾儿子的机会都舍去的状况，相反却处心积虑地利用他的善良。

最初，货款还进入黄寿山负责人公共账号，可半年后，这个账号收到的钱越来越少了，工人工资的发放已经面临困境。追问老乡这到底是怎样回事，老乡就说客户资金周转一时出现困难，每个人都会有困难的时候，但客户保证说，等一段时间就把货款转来。

与此同时，产品却被老乡不断地调出工厂，数量越来越大。黄寿山此时有些警惕了，便偷偷与客户联系，似乎也没有发现什么问题。客户说，目前资金确实困难，货款需过几天才能给。合情合理，没有任何破绽。

这些客户会不会是和老乡一伙的？这个问题，让黄寿山寝食难安。不久，他又把疑虑打消，并想：我这样顾虑重重地把人家想象得那么卑鄙、肮脏，并不等于人家就是这样的人。老乡说过他很佩服我，也会善待我，我怎么能以这样的心思揣测人家呢？

不管怎样，黄寿山还是坚信自己的第六感。因此，他决定从源头卡住，不再让产品在没有收到货款的情况下就运了出去。有些客户需要产品，只得直接跑到厂里与黄寿山交钱购买。

矛盾之根从此就在双方之间萌生。老乡横加指责黄寿山截流货款，侵占公司财产，黄寿山则指老乡经手的产品那么多，都没有收回货款，连工人的工资都发不了，再这样下去，工厂只有倒闭。于是，老乡提出清算财产，趁早关闭工厂，遣散工人；黄寿山也觉得不宜再合作了，因为彼此间已经失去了信任。

谁也没有想到，就在大家坐下好好清算账目时，老乡却一纸诉状将黄寿山诉到辖区的法院，指黄寿山没有按照合同办事，截流货款，要求赔偿损失。法院受理此案，双方据理力争。最终，一审法院判决黄寿山赔偿老乡六千块的损失。

黄寿山也不想再上诉，再打一场官场，他折腾不起。这几千块的赔偿款，不多也不少，他日后有钱后就会赔给老乡。而且，他还知道，既然老乡已经退出合作游戏，他也捡不了什么便宜。因为这套设备是黄寿山的，他黄寿山还可以靠它从头再来。

原先口口声声要善待他的老乡，这回就不再那么温柔了。见黄寿山迟迟没有履行法院的判决，老乡就申请法院对工厂内的设备执行原地查扣。

黄寿山是卖了些货物，但所得的货款已经当作工资结给工人。法院开庭后，他着实已经没有钱履行法律责任了。此时的他，生活都成了问题。如果不是靠帮人看日子什么的有点收入，估计都得跟儿子流落街头了。

这六千块的执行款，直至几年后，即2010年法院才强制从他的银行账户划走。让他意外的是，拖了这么多年，这笔钱的银行利息居然也没有。

有人针对黄寿山多年才归还赔偿款之事，指出他自从打了官司后，有的是钱，就是有钱不还，是个老赖。黄寿山这样解释说，那时的六千块，跟现在的六千块是不可能相比的。当年他把一些“保命钱”藏了起来，认为不到紧要关头就不会拿出来救急。再则，法院也一直没有执行，他估计法院是考虑到他是个残疾人，生活没有着落，于是进行人性化执法，缓期执行，因此他才得以这么长时间拖着。

“我明明知道老乡跟我合作时，与他人一起合伙坑我的，可我苦于没有直接的证据对他进行反驳。让我费解的是，他明明在那些发出车间的货物上挣了不少的钱，为何还要把我往死逼？”这是当年黄寿山一直纠结之事，但事隔多年，他现在已淡然处之。

话分两头，各表一处。且说法院原地查封机器设备后，被生活逼得没有任何办法的黄寿山，便胆大妄为地撕毁法院的封条，带着工人偷偷地开工。

那时的黄寿山的法律意识并没有那么高，如果换到现在，打死他也绝对不敢这样做。那时，法院封存工厂设备后，再也没有来查看；而老乡可能觉得再这样追要那几千块已没什么意义，反正他已达到自己想要的结果，也就偃旗息鼓了。从某种意义上来说，这也给了黄寿山冒天下之大不韪撕毁封条开工的机会。如果知道黄寿山这样藐视法律，法院会追究他的刑事责任的。

彼时，工厂的车间对面有一个国有工厂的车间出租。黄寿山认为自己可以单独办厂了，老是受制于人，始终也不是办法。与朋友、老乡等合伙办厂，不仅连兄弟都做不成，结果还反目成仇，于是，他购进一批二手设备，租了一个车间就干了起来。

他想，自己做了那么多的双飞粉工厂，对于工厂管理、产品质量以及销路等，都还可以，自己当老板，辛苦干上一年半载，艰难的生活是会熬过去的。

然而，有些事情并非如他所愿。当产品生产出来后，客户却不知道在哪里。与往日那些客户联系，没人有这方面的需求。此时，建筑材料市场大不如前。他陷入了困境。得知他的遭遇，辖区的残联领导登门看望他，并给予他很多政策支持。

之后，还让他把工厂搬到亭工路供电公司附近一个属于残联的地块上，不收他任何租金，并按相关政策，减免税费。

他独资创办的工厂，就这样开了下去。结果，折腾来折腾去，收益还是不太理想。行情遇冷，是其中的重要原因之一。就在此时，一个愿意救活工厂的半生不熟的客户出现了。这个客户说，他有销售渠道，因为他一直在建筑行业打拼，在市区很多工地上做工……

人世间总是有些事情让人想不明白。有些人的故事，就如水般平淡无奇，而有些人的故事则很曲折离奇，一会儿狂涛骇浪，一会儿柔肠百结，迂回凄婉，任由中国著名的评书大师单田芳说上七七四十九天也说不完。黄寿山只是一个普通得不能再普通的残疾人，可他的故事，不亚于一部传记文学。

每次黄寿山一与他人合作办厂失败结束，就会有“及时雨式”的人物来“救”他，要跟他合伙做生意——这已经是他的故事中，一个一成不变的模板。

这个客户出现时，黄寿山以他多年从事的“面相术”的经验去判断，发现此人“相由心生”，憨厚老实，不会坑人。多年后，他才发现“相由心生”这一“面相术”通常是失灵的，“人不可貌相，海水不可斗量”，相貌凶煞的人，内心并不一定奸诈、险恶；面目慈善的人，也不见得就是一个纯朴善良之人。

有一本世界名著他已经记不得它的名字了，书中描述的那个相貌异常丑恶的人，竟是大善之人，他最后拯救很多受苦的生灵；还有，《羊脂球》一书叙述的一个妓女，随着各界名流逃离城里，在通过一个部队的关卡时，她以自己的身体换取大家平安通关，其心灵又是何等高尚。而那些有头有面的人物，在获得通关前后，还在评论她是个妓女，身子不干净，他们虽说有着光鲜外表，内心却何等肮脏。

现实中，类似的人并不少见。“相由心生”这句话，对于他从事流传几千年的传统民俗文化来说，有时候是失效的。有时候，光看事物的表面是无法知晓它的本质的，对于来求他做事的人，他有时候说起话来还得掂量再三，才开口；不确切的事情，他宁愿不说，或含糊表述，让对方慢慢理会。

再说这个客户，初次与他接触，待人接物确实让人无可挑剔。特别是对他这样的残疾人，对方给足了尊重与宽容。然而，事物的表面有时候总是隐藏着迷惑人的真相。合作半年后，这个客户隐藏于内心的某些贪婪人性，就充分地显露出来。

这个客户确实有销售渠道，也在很多工地做装修工程。但每次发货，货款都没有回来。至今，黄寿山都不知道对方是如何把货款弄走的。当他意识到问题的严重性的时候，对方已经消失得无踪无影。

这下，黄寿山终于走投无路了，连吃饭都成了问题。他想，人不能吊死在一棵树上，可此时的他，已经“弹尽粮绝”了，一切信念与理想都不会起作用了。先生存才发展，饿得发慌，无任何食物充饥，又谈何杀出一条血路。

再也熬不下去了，他厚着脸皮做起乞丐，可没有人相信他，还以为他故意装成这个样子的。即便他挽起裤子，露出右脚，让人看个真切，还是没有人同情他。这是因为，此前的一些流浪汉及“乞丐”把人们的同情心都赚光了，同情心已经廉价了，无人相信乞丐。

那时候，还没有流浪救助站。不然，他会跑到救助站。现在，人们发现街头乞丐，多数打 110 或 120 电话，或通知社会福利机构，把乞丐送到救助站。

现在的流浪汉，已经在救助站得到人性化的待遇——如果他们得知这一切皆是南方都市报推出的报道《孙志刚之死》及后续的大量“负面报道”而改变的，中国一部收容法典也因这些“负能量”新闻而改变，他们肯定满怀感激。

此前，市里的影响力比较大如劳记者所在的都市报，以及其他晚报之类的媒体，经常曝光外地一些男男女女利用人们的善良，骗钱不少。当年，劳记者还“卧底”追踪，参与这些报道。

那些自称来自贵州或云南边远山区的男女，“连哭带喊”地说自己的家里遇到洪灾，颗粒无收，且父母双亡，现在他们已经走投无路，没钱回家，希望好心市民能够帮助他们。他们在一张白纸或红纸上写着洪灾发生的时间及经过，父母以及自己的名字。上面还有当地政府的公章，证明他们是贫困的。

那时的人们，根本就没有想到，各地政府及各有关部门怎么会写一张证明并盖上公章让贫困户拿着“介绍信”到全国各地当乞丐呢？

于是，善良的市民纷纷放下几块、十几块甚至上百块救济他们。然而，当他们明明收到很多钱，也够回家的路费，却没有回家，而在其他街道又故伎重演、如法炮制，就引起人们的疑惑了。这是不是骗局？

有些“残疾人”也是如此，白天躺在一块装有轮子的木板上，由一人拉着满街走，面黄肌瘦，样子很可怜，没有人不同情，于是也资助他们。然而，资助多了，市民就发现了不少疑点。那些“残疾人”的双脚或双手，是不是假的？就算不是假的，整天这样行讨，也总不是办法吧？

还有一些几岁或十几岁的小孩，自称是孤儿，衣衫褴褛，蓬头垢脸，流浪街头，多年没有找到生身父母，现在需要回老家，也需要读书什么的……一番含悲带泪的话语，很让市民尤为牵挂。没得说，只要是有同情心的人，没有不给他们钱的。然而，细心的市民经观察后还是发现，小孩子被人控制着，有些鬼鬼祟祟的大人，就躲在远处，注意小孩的动静。小孩一拿到钱，他们就收缴起来。

如此种种蹊跷之事，让媒体记者起疑了，并进行跟踪暗访，终于揭露了这个行业的惊天内幕。此后，人们不再相信这种街头乞丐了。

在这种情况下，黄寿山再在街头行乞，已经无计可施，有些人直接当着他的面骂开了。别再来演戏了，没人相信你们这些烂招了，还是滚回家吧。有手有脚的，为何不好好劳动，靠手脚养活自己。有些人还朝他啐口水。

他羞愧难当，很想找个洞口钻进去。俗话说，饿死事大，失节事小。这点面子又算什么？当一个人饿得都快要昏倒的时候，你还有耐心去跟他谈尊严、谈人格、谈自尊，已无任何价值。如果不是快要饿死了，谁愿意站在街头，或坐在马路边，面前放着一个缺几个角的瓷碗施舍或乞讨呢？

如果是职业乞丐，倒也无所谓，但对于黄寿山这样一个一直希望在创业行当有所作为的人来说，这样难堪地站在人来人往的闹市，伸手乞讨一些钱解决生活困难，是很丢人现眼的。他是个好强的人，自尊心也极强。

罢罢罢，我还是不去街头乞讨算了，饿死就算了，反正也是贱命一条。谁知，转念想起仍未成年的儿子，他在悲伤得落下眼泪的同时，还是继续呆在街头行乞，一天下来，也只能解决吃饭问题。甚至有时候，从上午七八时至晚上十一二时，饿了一天下来，连一毛钱也没有乞讨到。他只得胡乱闯进一些粉店或饭店，吃起别人剩下的饭菜。

见乞丐影响自己做生意，一些老板便大声恶骂，并用力驱赶他。他险些摔倒于地。也有些同情他的老板，知道他饿得发昏，便用一次性饭碗端来饭菜，让他带走。他躲在某个角落，狼咽虎吞起来。饱食之后，他才猛然醒悟过来，刚才竟然忘记对老板说声谢谢了。不管如何，他对给他干净饭菜的一些好心老板，是充满了感激、感恩之情的。

“这些事情都是真实存在的，即便现在我已经成功了，成为一名企业家，但我也没有刻意淡化和隐藏这段经历。事实就是事实，经历了就经历了，我没有回避它，也没有‘漂白’它……但我在流浪期间，没有做过盗窃等违法犯罪之事，我知道那是底线。”黄寿山回想那段生不如死的日子，心情是平静的。

“至今，我只跟你提及这事。如果我不说，永远也不会有人知道。至今，我的儿子、孙子以及助手等人，也都不知道我这段悲惨的经历。我能走到今天，确实不容易。其中的酸甜苦辣，我样样品尝。”

至于靠吃别人剩饭剩菜的日子有多长时间，黄寿山已经记不清楚了。白天，他饿得全身发软，有气无力，就到处去“找吃”的，垃圾箱内的烂水果，他拿出来后，简单清洗了再吃起来；到了晚上，他就露宿街头，市区一些桥底下，广场或公园什么角落，就是他的“家”；只要发现某个角落有水管漏水，他就蹲下来“沐浴”……

寒冷时，黄寿山随便找一张别人扔到垃圾堆的烂棉被盖上，遇上无情的夜雨，地面断然不能睡了，湿淋淋的，只得转移地方，可被子已经湿了，一个晚上就这样站着或坐着了。天亮了，地面干了，想睡个安稳觉，可城管、清洁工又来了，路人也多了起来……

天热时，蚊子成群，嗡嗡作响，到处攻击；老鼠结队而出，到处乱窜，他晚上根本就睡不成，只得改到白天，躺在街头或公园的供游客休息的椅子上将就。晚上露宿街头时，偶尔不小心“占”了别人的地盘时，就遭到对方的攻击、哄赶。

有一回，因占了别人的地盘，有几个流浪汉没看清他是个残疾人，就想欺侮他。他暴怒着，扬起拐杖，作势自卫。见他身体残障，便作揖道歉。这一夜，他黯然泪下，想起了很多心灰意冷的事情，怨天怨地怨父母也怨自己：一个人活到了乞丐的这份上，受尽了白眼与屈辱，他觉得百念皆灰。

次日，他实在饿得撑不下去了，也不想去吃别人的剩饭剩菜了。因为他从一张废旧报纸上看到，这样“生活”下去，会有传染病什么的，只会加速自己的死亡时间。于是，他决定去借钱渡过难关。

此时，他想到望月屯里有个兄弟一直在市区打拼，生意做得不错，可以去找他借些生活费。这个兄弟在郊区搞水产养殖发了大财，不仅在市里买房、建别墅，还回老家盖起了漂亮的楼房。

兄弟虽说家财万贯，可一见到突然在他家出现的黄寿山，他非常意外。当黄寿山一口气把自己的落魄遭遇讲完，并提出要借二十块生活费渡难关时，兄弟竟然不顾黄寿山的感受，就数落着说：“你连走路都不方便，跑到市里来干什么？干吗还不回老家好好待着？奇怪了，你这样的人还能开工厂，怎么不被人骗……”说完，就从口袋掏出七毛钱交给黄寿山。

黄寿山被抢白得脸色一会儿红一会儿白一会儿青，真想找个地方躲起来。他呆若木鸡，不知道该说什么才好。最终，他还是表示了感谢：“谢谢大哥接济，日后我会还你这钱。”从兄弟家里出来后，他觉得自己是自取其辱，很想把这钱撕烂。别人不理解他也就算了，可连望月屯里的同宗兄弟也这样看扁他，从骨子里瞧不起他，他的心全碎了。

世态炎凉，兄弟是不是有了几个钱后，心理就开始膨胀了，甚至连亲情也淡薄了？自家兄弟这样奚落他，可黄寿山事后并不怎样记恨对方，他时刻告诫自己，在他困难的时候是兄弟帮了他，他不能忘恩负义；做人有时候必须得低调，不计后果地做事，不给自己留条后路，往往是最危险的。

天欲令其毁灭，必先让其疯狂。人生于世，草木一春。此一时，彼一时。三十年河东，三十年河西。今年你有钱并不代表你明年还会有钱，做生意也是如此。百年老店的有几家？穷不过三代，富不过三代。从历史与自然规律来说，万物都有生长周期的，鼎盛之后必然走向衰亡，这是自然规律，也是符合逻辑的。

仁、义、礼、智、信，是中国儒学的思想体系，也是先秦诸子百家学说之一。儒家思想也称为儒教或儒学，由孙子创立，最初指的是从事丧葬行业的司仪。以后，儒家思想以此为基础，逐渐形成了完整的儒家思想体系，成为中国传统文化的主流。

中国儒家文化影响深远，从古至今，就如一条潺潺流淌的小溪沁入每个人的心房。黄寿山也是其中的受益者，并受到这种传统文化和思想的影响。他所从事的易经文化，或多或少源于儒家文化的渗透。只不过，他并不知晓而已。而且，他也没有系统地看过儒家的书籍。不过，他的言行自然而然地已受到它的影响。

受人滴水之恩，必当涌泉相报。对别人的点滴帮助，黄寿山是不会忘记的。兄弟说话这么尖嘴薄舌，他并没有恩将仇报。兄弟留在老家里的老人、兄弟姐妹，这些年来，他能帮助的会尽量帮助。即便与他有仇的人，亦如此。

有人说黄寿山有别人不一样的胸怀，包容别人，宽容别人，理解别人，也尊重别人。这话是否正确，还不好下结论。不过，自从他成功创业并返回老家后，他对家乡的回报是丰厚的。

包括当年望月屯有个本家兄弟，住在他家的对面，逢年过节，一家人呼朋唤友，大鱼大肉。兄弟一家明明知道黄寿山家非常穷，连过节的酒菜都买不起，非但没有送点鱼肉过来，而且也没有唤他过来吃饭。那种凄凉的场面，黄寿山至今想起来还觉得心寒。

这个本家兄弟就叫黄中华，多年前他在市区做大生意，兴旺发达时，有上千万身家，但这两年，他在商海打拼并不如意。黄寿山没有嫌弃他，当黄中华表示愿意回到农庄，要借助农庄这个平台做事的同时，顺便帮忙打理农庄的生意，黄寿山二话不说，就同意了。

黄寿山的出发点很简单，每个人都会遇到困难，让黄中华暂时渡过困境，他就会有东山再起的机会。

第七章 一代名师：搬迁上千座无主坟墓

且说黄寿山从兄弟家借钱出来后，他就想明白了，一个残疾人若想获得别人尊重，只有一个制胜的法宝，自强、自立、自爱、顽强拼搏，而且要有自己的一番事业。舍此无他。失败了并不可怕，可怕的是，自己被自己击败，一蹶不振。

只要励精图治，奋发图强，他是可以活出让人尊重的模样的。他想，既然在市区闯荡数年都不成功，穷得还是回到二十个世纪六七十年代的状况，甚至更惨，是不是换个环境又能起死回生了呢？

黄寿山打定主意，要回县城打一场翻身战，哪怕是借钱也要搏一把。就在他返回县城开厂时，有个多年未联系的朋友孟田野打他的 BB 机，说有个好的项目可以一起合作。

孟田野出生于县城附近一乡镇，早年下海拼搏，有一定的积蓄。孟田野所说的项目，就是加工锰矿石。从矿山运回锰矿石后，在工厂筛选、清洗。当时的锰矿是有市场前景的，一吨成品是数千块，而前期加工的费用是每吨三百五十元。

孟田野客气地说，他很敬重黄寿山的人品，此前黄寿山生产出来的双飞粉质量不错，深受客户欢迎，而且也有管理能力，他想让黄寿山当工厂的厂长。

凑巧的是，孟田野还没有找到场地，见黄寿山已经找到一个，就劝说黄寿山不要再开双飞粉厂了，就跟他加工锰矿石，钱来得很快。所有的投资，都由他出。黄寿山只负责管理工厂，加工产品，保证产品合格，不仅拿到工资，而且还可以拿每次销售款的提成。到了年底，还可以拿一定比例的分红。

这种套路跟以往那些没什么区别。尽管有过多次与人合作办厂被骗的经历，黄寿山对这种来得很容易的合作方式很警惕，但在一番犹豫后，他还是答应了。他想："你孟田野胆敢欺骗我，我就在产品上做手脚，让你亏个精光。"同时，他还多了一个心眼，每次销售出去的货物，都详细地登记下来。

这一年，加工锰矿石的利润很高，每吨有二十五块。当时，他们的产量很高，每台小机器一个小时加工半吨，一天下来，也有上千块的利润。如果加工厂所有的机器正常开工，一个月的利润是三万。

加工厂开了两年，孟田野不仅安排他妻子协助黄寿山管理工厂，还请人做起专职财会和出纳，一切按正规化运作。因工厂效益好，黄寿山买起了"大哥大"。当时的"大哥大"没几个人买得起，几万块一部。能拿"大哥大"的人，都是老板级人物。

但这两年，黄寿山做得并不顺利。孟田野该给他的都没有给，非常亏待他，还欠他七万块工资。拦他追讨几次，孟田野答应结清，随后第一年给三万，第二年付清余下的四万。

加工厂倒闭也是有原因的，一是孟田野暗中安插自己的人做财会，黄寿山根本不知道加工厂收益有多少，当时他估算了，与对方合作的两年时间，加工厂的收益至少是一百多万。但财会却给他一个假的账本，说加工厂一直亏本经营；二是锰矿市场开始萎缩，加工厂的生意日益衰落，最终也如同一些小型加工厂一样寿终正寝。

失去即意味着得到；得到即意味着失去。谁也没有想到，这一年竟是黄寿山人生拐点的重要时刻。

这天，有一男子来找他，让他去迁坟。迁坟处离望月屯有几公里，就在八仙岩不远处。原来，作为省里、市里的重点旅游工程，花卉界早就落地那儿。花卉界有上千亩地，是个以花卉苗圃为主题的公园。因为征地工作已经结束，现在需要迁移那些在征地范围内的无主坟墓，便于工程顺利推进。

此前，各有关部门已经发出通告，要求征地范围的墓主，要在一定时间内搬迁，并列出搬迁的赔偿费用。有些墓主已经按期搬移，但还有上千座的无主坟墓无人处理。显然，无主坟墓年代已久，其后代已经忘记自己祖宗还葬于此地了。如何搬迁这些无主坟墓，投资方曾委托该男子找了很多民间高人，但都不是他们想要的结果。

原来，有些人不愿意做这种工种。挖个壕沟、搭建房间之类的工程，你不来找他们，他们也会主动上门来开口，哪怕垫资都要干。问题是，这挖人家祖坟的活儿，谁敢去碰？搬弄那些埋在地下多年的尸骨，本身就有阴森森的感觉，何况整天与骸骨打交道，哪里还能吃得下饭。他们想，搬移这些骸骨，跟搬尸体并无二样。

愿意接这活的人，开价又太高，迁一座无主坟墓要上千块以上，投资方没有接受。商人投资，首要考虑的是成本，追求的永远是最大的利润；有些人虽说愿意接受投资方一定的价格，可他们又接受不了在一定期限内完工的要求。迁移坟墓，得人工慢慢开挖，或者说，得用铁镐、铁铲等工具施工，费时费力，一座坟墓从开挖到搬走，最快也得一天时间。上千座坟墓，怎么算，也得二三年时间。

时间就是效率，如果移坟的时间太长，一年半载，园区迟迟不能落成开业，投资者是等不起的。时间越久，成本越高。反复权衡后，该男子找到黄寿山，要请他接下这一工程。

得知事情原委，黄寿山答应了。他想，与人合伙做了那么多年的生意，没有一样是成功的。迁坟这种又肮又累的活，正是他喜欢的；上千座坟墓如果顺利接下来，每座以三五百块计，扣除成本后，利润少说也有几十万。

于是，黄寿山开出了合理的价钱，五百块一座，并保证在一定期限内完工。他表明，这五百块仅是迁移无主坟墓的费用，不包括新的墓地占地的费用，以及日后墓主上门要求赔偿的损失等。新墓地由投资方提供。该男子说，他回去复命后，再给予答复。

几天后，投资方同意了黄寿山开出的价格。得知消息，黄寿山激动得彻夜难眠，这可是他一人中最大的一笔大生意。其实，在仍未找到黄寿山前，投资方估迁移一座无主坟墓，最低价钱也得一千；现在黄寿山开的价钱仅是五百，他们当然欣然接受了。

为保证在一个月内完成迁移无主坟墓的工作，黄寿山招兵买马，并雇请挖掘机等大型设备，开进花卉界。

黄寿山和助手们的工作效率，不仅得到投资方的认可，还得到政府相关部门的赞赏。其实他们有所不知，为了赶工，黄寿山等人晚上也加班加点迁坟。黑麻麻的夜空下，在坟墓林立的荒岭工作，没多少人接受得了的。其间，有些人干脆退出迁坟团队。他们的理由是，天天接触这些死人（尸骨），心里会阴暗起来，某一天也会做噩梦，或撞到鬼怪之类。

黄寿山对团队成员要求非常严格，不能碰坟墓内的物品，坟墓内的骨瓮等东西要原封不动搬到新址。若发现违犯者，要交出私占、私藏的物品，当月工资归零，并予以开除。

“上千座无主坟墓，有的年代已久，数百年或上千年什么的都有，家属当年埋葬死者时，放进的金银财宝之类的东西，已经成为文物，我们在开挖时，偶尔发现。如果有了贪欲之心，把这些东西拿去典当或变卖，一夜暴富是很容易的事情。当然，贩卖文物，属于违法行为。正因为知道坟墓内有可能会有这些东西，也保证我们不从中作假，更为了保证对无主坟墓的后人负责，在迁坟时，政府机构及投资方均派人在现场监督施工……”

饶是如此，贪欲横生的工人还是趁人不注意，偷偷把宋代、明朝或清朝之类的铜钱从骨瓮取出来，藏到自己的口袋。有一次，黄寿山就发现一个工人这样干。他怒不可遏，喝令工人把东西交出，放回原处。随后，按原先制订的制度对工人严肃处理，予以开除。

外界有人认为，黄寿山之所以如此“暴富”，与他在迁移无主坟墓时，无意挖中早年旧军阀埋于地下的宝藏有关。

出生于清朝年间的旧军阀，是明山县一乡镇人士，系一代枭雄。他家世代为农，幼年，他家穷得只有一间茅寮房，连他出生找块裹身的破布也没有。有一年，父亲被村民怀疑串通“长毛党”太平军洗劫村子，便被活活打死。随后，母亲改嫁县城一户人家。他只得跟随养母一家生活。有一年，他跑到县城寻找母亲，母亲便供他读私塾。

好景不长。同治八年，母亲病故，且世道混乱，他没法再读私塾，只得跑到中越边境谋生。而后进入衙门当差，专送公文，熟知礼仪与规矩，开阔视野，增长见识。有一次，他打死法国传教士的一条狗，被迫躲到山上的乱坟丛中。

此后，他拉起人马，以“不抢中国人”为前提，入境行劫。之后，他血刃一法军，被法军通缉。

再之后，落山为匪的旧军阀和他的人马，被刘永福的抗法黑旗军收编，数次抗击入侵来敌。因骁勇善战，屡立战功，一步一个脚印，升为大官，直至荣升为一方诸侯，统治一方。当他成为都督后，一言九鼎，牵一发而动全身。此前，他与孙中山等人都有过交集，却分化瓦解中国同盟会，镇压革命分子；他曾得到袁世凯重用，后又参与护国讨袁战争。护法运动开始，他欢迎孙中山南下广州。

旧军阀先后两次印制纸币，总数有三四千万之多，结果他在下野时纸币如废纸一堆，苦了百姓。他主政一方时，曾在自己的家乡明山县城城西方向买地建起一私家花园，护城河水清如镜，深不可测。花园内百花盛开，古树参天，林深草密。之后，他还妙改县名。

大军阀叱咤风云，成为一方领袖。1928 年 11 月，他病逝于沪。随后，他的尸体从上海运回故土，经停于他曾经主政的省城一段时间。不久，又安葬于自己的老家明山县境内一山岭。其时，棺柩途经之处，群众自发相送，一连数日，轰动一时。他的埋葬之地，就在县城城西狮子山。他统治十年，百姓无兵灾匪患；他下野后，兵灾匪患却多了起来。

当旧军阀死后不久，坊间便到处流传他埋葬之地陪葬有很多金银财宝、枪支弹药，或说他在下野并到上海居住前，就把价值连城的财宝等物埋藏于老家某地。神奇的传说是这样的：

某年某月某日一个伸手不见五指的深夜，旧军阀指派一个营长，带着荷枪实弹的大批士兵，押着几大卡车的财宝从省城出发，运到其家乡的某个山头，或朝省城东南方向的山脉奔去……

当工兵们把财宝埋于山洞内，并把洞口封起来时，营长突然令人用机枪射杀这些工兵，把他们埋于离此很远的地方。天亮时，营长率队回来复命，旧军阀接过藏宝图，表扬营长几句，当即提拔他为团长。就在营长高兴得转身离开时，有人却开枪把他及从山里回来的那几个护卫全部杀害了。

于是，藏宝图就仅旧军阀一人知道。正因有此传闻，此后就有不少的民间探险者在省城周边几个县市及明山县各处搜罗旧军阀的坟墓，企图找到他埋藏于地下的财宝，结果屡屡落空了。之后，传闻成了诈骗集团的道具——国民党撤离大陆前，为日后“反攻大陆”所需经费，曾在明山县等周边县埋了大量的财宝。于是，“地下宝藏”的骗局，就这样形成了。

当然，坊间流传的故事是有一定根据的，要知道当年割据各方的军阀，拥兵自重，势力庞大，关系盘根错节，他们称王称帝，哪个不是家财万贯，富甲一方。如几个在历史有名的军阀，目的就很明确，升官发财，要钱要女人，贪婪无比。有些军阀，有的姨太太就娶了几十个，夜夜笙歌，日日狂欢，不知今夕何年。

新中国成立后，为了清理奉系军阀张作霖的财产，新生政权专门成立委员会，可见张作霖的财产之多；直系军阀头子冯国璋，死后遗产是二千多万；唐继尧死前在台湾银行有一千多万存款；曹锟贿选总统时，用去一千三百多万；不知道有多少房姨太太的张宗昌，财产更是多得不计其数……

雄踞南方十年的旧军阀，难道他的财产比起那些大军阀的还少吗？正因如此，民间各路人马自他去世后，都在打探他生前可能埋着的“地下宝藏”；几十年来，从未间断。

事实上，熟知这段历史、也了解这个旧军阀生平的人，无不知晓他尚算“廉洁”。他晚年落拓，东奔西逃，四处躲避，死后的治丧费，是靠在省城一处房产以及新军阀首领等人的捐赠完成的。后人评价说，该旧军阀对于搜刮民脂民膏，尚能克制，亦无罪尤。

因此，说黄寿山挖到旧时军阀财产的说法是不成立的。而且，黄寿山所在的凤鸣镇与旧军阀出生的乡镇离得又远，相距几十公里。对于旧军阀这段历史，他当然知道。明山县山清水秀，群山绵延，气势雄浑，地灵人杰，历朝历代出多少大人物，以及现在出多少厅级或省部级以上官员，他均如数家珍。

如果都不知道自己身边的历史，他岂不枉为当地人了，也就不要从事迁移无主坟墓之类的行当了。当然，熟悉旧军阀的历史，对于迁坟工作是没有多少帮助的。他只知道，埋头苦干，才会有所收获。干这种粗活、脏活，不是靠卖嘴皮子的。

因在花卉界的迁坟工作做得出色，投资方的董事长特意找到黄寿山，表扬他认真负责的工作态度，并请他看好园区开业的日子；不仅如此，政府部门也对黄寿山团队给予高度肯定。因为在迁坟过程中，没有发生一起意外事故。

这一年，花卉界顺利开业，游人如织。这时，黄寿山以他独特的眼光，租下花卉界附近一块上百亩的土地，用于开发生态农庄。

当时他是这样想的，既然花卉界成为旅游景点，那么游人到此后，若发现附近还有一个生态农庄，总会过来瞧一瞧。钱生钱，是最好的投资方式。既然搬迁无主坟墓拿到人生的第一桶金，为何不把这笔钱投资于其他产业呢？

正如他判断的一样，生态农庄开张后，有不少的游人来观光，并采购一些瓜果蔬菜。他在农庄内，还饲养生态猪、生态鸡鸭等，种上不同品种的水果，收入不错。而让他伤神的是，投资的一个鱼塘，基本上是亏本的。

“有一交通局领导，每天都来鱼塘钓鱼，我们投放了二万尾鱼苗，居然被钓个精光。他自己钓来吃也就罢了，可他却把鱼钓回他自己承包的鱼塘，换个方法赚钱。除了鱼塘，农庄内的其他项目都来钱。这是我自己创业以来，做得最顺利的时刻。”

其间，因为在短时间完成迁移无主坟墓的工作，黄寿山的名声开始在县里传播开来，很多人来找他去迁坟。他有些沾沾自喜地想，他受尽了十几二十年的磨难，现在终于盼到头了。古人说，“故天将降大任于斯人也，必先苦其心志，劳其筋骨，饿其体肤，空乏其身，行拂乱其所为，所以动心忍性，曾益其所不能”。

就在黄寿山规划如何在此地经营十年八年的长远目标时，花卉界又开始二期征地工作。他所经营的生态农庄进入了征地拆迁的范围。他烦躁极了，农庄做得好好的，竟夭折了。他此生创业为何总是如此不顺利呢？

这几年，他先后投入了二百万于生态农庄建设。拆迁赔偿的时候，他获得一百八十万，亏了几十万。

不管怎样，黄寿山始终觉得自己也该荣归故里了。这一年是 2005 年。当他带回二百四十万现金重返故里时，他要做的第一件事，就是拆除家里的旧房子，建一幢属于自己的别墅，扬一下眉，吐一下气。他要告诉乡亲们，他黄寿山回来了，当年的他已混出个模样。

早在2000年的时候，黄寿山已经回到老家了，只是当时的他仍未那么高调。

黄寿山在花卉界从事迁坟工作以及在附近创办生态农庄，望月屯的父老乡亲并没有人知道。黄寿山于他们来说，不过是一个踪影不定、游手好闲的浪子。

他们并不在意他在外面做什么事情。特别是黄寿山成年后，呆在村里的时间并不长，即便他偶尔回家小住几天，他们也当他是透明的；即便碰到他了，他们哪里有空关心他落魄与否、贫困与否、富贵与否……

在他们的眼里，黄寿山始终是个可有可无的人，并认定他此生不会有所作为。他的存在，不过是给他们多了一个捧腹不已的笑料而已。天下的残疾人，有几个能够顽强拼搏后，风光发达的？

正因如此，黄寿山就在村子附近的花卉界靠自己辛勤的劳动发财，他们全然不知。当然，也有些村民知道黄寿山在花卉界帮各有关部门移坟，但他们认为，这种拼死拼活的活，干到头发发白，腰酸背痛，顶多也只能挣几十块钱的生活费，发不了什么财；这种不入流的低贱工作，适合“二拐”去做。手脚齐全的正常人，哪个愿意去碰那些让人呕吐的尸骨的。又肮又累，弄不好还会折寿。

当他们见到他建起屯里第一幢别墅后，不得不重新审视起黄寿山。他真的混出个模样来了？这不可能吧。他的钱莫不是抢来的？他的钱绝对不是干净挣来的。不仅村民，就是黄寿山的家人也困惑不已。

更加让村民震惊的是，黄寿山还出资打造屯里的四个休闲广场和灯光球场。见黄寿山这么一心为民，一心为村，早晚均呆在工地，投入的资金累加起来也有上百万，村民们感动了，纷纷把属于自家的一些地块贡献出来，用于扩大休闲广场的面积。村民中，出钱的出钱，出力的出力，很快就把休闲广场建起来。

不仅如此，黄寿山还给上百名六十多岁的老人发养老金，乐此不疲地大做慈善公益之事。有一年的中秋节，他让人购买了上百盒月饼，一一送给清风村的老人。他让人送去月饼的同时，还给每个老人各封了几百块红包。

给老人送月饼和慰问金这样的事情，这是望月屯有村以来从未有过的事情。有些孤寡老人感动得流泪了。此后的重阳节，黄寿山还是如此慰问老人。

这下，村民们惊呆了。得知黄寿山是在花卉界迁坟时走上致富之路，就有些人冷言冷语地讽刺说，看不出来，当年的“二拐”原来这么帅，开始收买人心了。

黄寿山没有理会这些闲言碎语，继续实现他回老家规划的一些目标：从整治村风开始。

第八章 敢管敢干敢碰，村风大不一样

到过望月屯的人，没有不惊奇的，该屯没有一户姓贾的人家，也没有一户人家是姓蒋的。一千一百多人口，目前均为黄姓。清朝乾隆年间，该屯只有贾氏和蒋氏的后人，因一场瘟疫的发生，贾姓和蒋姓人家于一夜间消失。

瘟疫发生前，贾姓和蒋姓就因为一只“神蛙”闹得不可开交。当时，村子南面有一条清可见底的河流，鱼儿成群。有一天，贾姓人家一村民在河边抓到一只少说也有四五斤的青蛙，准备拿回家煮食。这么大的一只青蛙，不仅抓到它的村民惊奇不已，就是全村上了年纪的老人也没见过。此时，蒋姓人家有人说，这是一只“神蛙”，万万不可食用，并要求把它放生。

抓到青蛙的贾姓村民没有理会这一建议，认为蒋姓村民胡言乱语，等他把青蛙放了，他们就趁机把它抓走，自己食用。于是，贾姓村民坚决要拿回家宰了。蒋姓人家制止了，说杀了“神蛙”，会给全村带来灾难。随后，贾姓、蒋姓人家在现场起争执，打起群架。最终，贾姓人家因人口众多，人丁兴旺，占了上风。

就这样，这只青蛙被贾姓人家杀了，吃了。其实，这只青蛙并不是什么神物，因为它在适合自己的环境已经自由自在地活了几年，所以长得硕大无比而已。当时，科学技术仍未发达，且没人见过如此之巨的青蛙，蒋姓村民就认为它是妖怪，一旦食之，后患无穷。

此后，村里有人生病，上吐下泻，全身脱水，最终因医治无效而死。不久，又有人如此染病而亡……当越来越多的村民在疾病中丧命，有人联想起那只青蛙了，认为遭到“神蛙”的报复了。于是，他们烧香拜佛，祈求平安。结果，几百人口的村子，还是没有一人能够活了下来。

村民们根本就没有想到，这是一场霍乱疫病，以当时的医疗水平是没法论断并治疗的。

即便到了清朝末年，这场席卷全国的疾病，有成千上万的中国人因此丧命。一夜间，有的县变成一片鬼城。于是，清政府请来英国等专家，也没有办法解决。当时，欧洲各国甚至世界各地，也发生霍乱，有的城市几十万人顿时丧失性命，空无一人。世界各国专家都没法解决此病。

对于中国出现的疫情，当时的中国医生认为只有焚烧尸体、消毒水源、隔离村子，才控制这场世纪瘟疫。初时，朝野上下没人相信他的话。在混乱的情况下，清政府某些大臣于是抱着试试看的心态执行这个措施，结果奏效了。

几百年前发生在望月屯的这场疫病，被黄姓后人口口相传于世。至于黄姓后人为何在望月屯居住了几百年，这里面还有一段故事：贾姓、蒋姓两姓人家因疾病无一人活于世上后，村子里良田荒芜，断垣残壁，惨不忍睹。此时，居住于附近的一户黄姓人家，就要求两个儿子搬到这个村子居住。

黄姓人家的两个儿子落户望月屯后，大力发展生产，繁衍生息，历经多代的发展，才渐渐形成今天这个规模的人口。虽说历经多代，但黄姓后人一直以来都没有想过，要把望月屯改成黄家村之类的村名。世代保留望月屯的村名，对他们来说，有着积极的历史意义——黄姓后人就是依靠敢于冒险、团结奋发、自力更生的精神气概，开创出一片全新的天地。

世易时移，望月屯的村风开始出现了很多问题。吸毒者有之，赌博者有之，敲诈勒索者有之，碌碌无为者有之，不思上进者也有之……更加让人摇头叹息的是，村干部没有任何作为，群众整天发牢骚。

大海航行靠舵手。群众对村干部有意见是有理由的，上千人口的村子，那个带领大家往前行走的人，就是一个火车头，如果火车头在行驶过程中偏离轨道，群众也会跟着遭殃；如果火车头把群众带到一个生机勃勃的地方，让群众看到了一片果树，硕果累累，群众哪里还会有怨言？

目睹如此村风，黄寿山决定以自己的能力改变它。他曾对很多村民坦露心声，并在公开场合“发表演讲”，望月屯如果再这样下去，年轻人连找媳妇都困难，更不说发家致富了。“大家就这样打光棍，一点都不好玩。一条条地站成这样，听我讲话，硬邦邦的，活得有意义吗？”他一语双关的话语，引得村民捧腹大笑。

“我们必须改变自己！如何改变自己，我认为，首先就是要把村子搞得漂亮。只要村子漂亮了，人就精神了，没有姑娘不找上门来的。现在，村容村貌是搞得有起色了，还得整治那些好吃懒做的人，那些整天只知道赌博的人……”

“既然大家对我很信任，我希望大家第一刀先把赌博砍了！”

敢说、敢做、敢当的黄寿山，就与积极分子黄立平和黄啸文成立了“禁赌队”，发现有人在村里赌博，就上前把桌子掀翻，把麻将、扑克等东西收缴。这一举措，深得村民欢迎。

有一天，有个妇女来找黄寿山，举报她老公和其他村民躲在离村子很远的一个树林内打赌。黄寿山非常生气，带人出其不意袭击这个“赌场”。他当时把桌子掀翻，并把赌具和桌子打烂。参赌的村民生气了，低声骂着黄寿山：“你也管得太宽了吧。”黄寿山回应说：“再不管，你的小孩可能就会厌学、逃学了，并跟着你学会赌博了。”

自“禁赌队”出现后，很长一段时间，村民的赌博现象销声匿迹了。俗话说，马尾不长不扫街，牛角不尖不过界。黄寿山不怕得罪人，也敢碰硬。此后，除了望月屯，他还和“禁赌队”其他成员多管闲事，插手管起清风村另外两个自然屯雨田屯和竹叶屯存在的赌博现象。

最初，有很多人不理解黄寿山这一做法，特别是一些村委领导，认为黄寿山不仅充当警察角色，还涉嫌冒犯他们的权威，但当见到清风村的赌博之风得到有效遏制，他们对黄寿山的热心还是给予夸奖。

在农村地区，只要到了农闲时节，有些村民总会聚众赌博，名曰娱乐。农村没什么健康的娱乐设施，也没什么有益的文化活动，村民精力充沛，闲着没事，他们就以赌博打发时间。

对于此点，黄寿山早就知道。他说，赌博之风之所以在村里出现，与村民的文化娱乐活动缺乏有关。要想让村风很快好起来，得让村民有事做。这事做起来，各个村民小组的村民就会化解积怨，更加团结。

于是，他出资近二十万，在村内建起灯光球场，并成立了由清风村各村民小组年轻人组成的“雷雨球队”，花钱请来专业教练，日夜强化训练队员。当球队训练到一定程度后，他们就参加了友谊比赛。印制的球衣，丰厚的奖金，让这支球队愈战愈勇，愈战愈团结。

每次友谊比赛，男女老少都来观看。纵使互相有仇的，也站在场外，呼喊加油，彼此忘记祖上曾经有过的恩怨。甚至球赛现场还出现这样的有趣现象，两个“冤家”互相击掌为各自的队友叫好……

球队打出了威风，打出了友谊，也打出了名气。当他们羽翼丰满时，便开始挑战各个村庄的球队，当他们把各个村庄的球队打得没有还手之力时，便又向镇一级的球队下“战书”。

战胜各个乡镇的球队后，他们赶赴县城，参加县级篮球比赛。同时，他们也兴奋地拿下了冠军。当他们从县里打到市区一家技校，球队的名声已经响亮起来。此时，清风村各个村民小组之间历代存在的仇恨，已经慢慢进入消融的状态。

不仅如此，赌博风气也渐渐消失。

那几年，黄寿山先后投入到“雷雨球队”的公益资金，已有几十万。与此同时，他在每年春节期间，还赞助村里的新春文娱活动。猜谜语、看花灯、有奖竞猜等游园活动，搞得有声有色，而篮球比赛、拔河比赛，也如火如荼地开展……一股新风就这样悄然进入村民的心田。

最让人意料不到的是，黄寿山还组织村民代表、村民小组组长以及村干部到省内的宝塔县、鱼生县、旧州山和省外的海南、北京等地旅游考察。每次，他均出资几万以上。他要求大家外出旅游时，要带有目的性地考察各地的农业项目，以便拓宽视野，增长见识。

屯里有两户人家，为了一块水田的地界，已经闹了好多年，你若把地界毁了往前移一点再筑成田埂，他发现后便把刚刚筑成的田埂毁了，再恢复到原来的位置……你挖我筑，我筑你挖，争执不下，双方不仅动怒，还动手。

见两户人家为了一点水田面积一直僵持不下，黄寿山便前往协调处理："俗话说，亲兄弟，明算账。这话怎么说都是正确的，但我认为它暂不适合用来比喻你们这块水田。你每年在春种或夏种时，都可以多插上几把秧苗，并收获几斤稻谷，一家人可以多吃上一碗米饭，你们的肚子是饱了，可你说，它的意义有多大？想想两兄弟就为多吃一碗米饭闹成这样子，小孩子受到影响，真的值得吗？让他三尺又何妨？"

黄寿山这番话，直把两家男人说得低下了头，而他们的女人却认为，这事不能就这样"乌龙"了。她们要公平合理地解决这事，屯里解决不了，就到村里；村里处理不了，就到镇里；镇里解决不了，就到县里……

黄寿山摇头苦笑。这两户人家，本来就是同胞兄弟。这块水田地界的争端，与他们的女人不依不饶有关。她们曾在刚刚耙好的水田上，互相厮打，浑身泥浆，丑态百出。

在组织村民外出旅游时，黄寿山特意把两个女人安排坐在一起，并调笑说："不是冤家不聚头，哈哈，你们坐在一起，一路上就要好好商量一下，该如何划清水田地界，不要外出旅游回家后，还在为这事闹来闹去。你们最好是小声点，不要让大家听到了，大家会笑的。"众目睽睽之下，两个女人的脸红了好长的时间。车上的人也笑了起来。

黄寿山又趁机做调解工作："如果你们哪个想多种一分地，我把我家的让给你们。整天为了这点地的面积，闹得两家互不往来，真是得不偿失。都在一个屋檐下，抬头不见低头见。既然是亲兄弟，大家就应该同心协力搞好生产，和和气气，团团结结，才是正道。家和万事兴，和气生财。家人都不和了，整天闹得鸡飞狗跳，乌烟瘴气，想发家致富我认为是不可能的。打虎还得亲兄弟，上阵须教父子兵。这些道理，我相信你们比我还清楚……今天让你们出来参观考察，就是取经，看人家如何合力发展水果种植业。"

在外地考察时，这两个女人真的握手言和，表示不再争那点地界了。一是，黄寿山不时趁机做了她们的思想工作；二是她们觉得自己的视野开阔了，原先争抢"地盘"的想法有些幼稚，拿人家的发展水平与自己的比，那真是一个天，一个地；三是同行的村民和村干部也做了大量的工作。

其实，对于蛮不讲理的女人，黄寿山就"以毒攻毒"。这是后话，暂且不表。

众口铄金，众志成城。当然，组建球队和组织村民外出旅游对改善村风民意之作用，可谓大矣。严格来说，这与黄寿山在此期间敢管闲事的风格，有极大的关联。

多年来，清风村各个村民小组因为地界、道路、山林、土地等纠纷，已发生多起宗族械斗事件。各村民小组之间“老死不相往来”，你不惹我，我也不惹你；你若惹我，我必全力反击。事情一恶化，往往两败俱伤。

此前，有一个小组村民因开的摩托车速度太快，把其他小组的村民撞倒。本来很小的一件事，撞人者只要在发生事故的第一时间跟被撞者说声对不起，而被撞者也不要一从地上爬起来就爆粗口大骂撞人者，并动手打伤人，大家“退一步海阔天空，忍一下风平浪静”，什么事情也不会发生。只因各组原先早有积怨的历史，这桩小事一发生，便演变成一个即将暴发的群体事件。

当时，当事双方纠集各自的亲戚朋友，拿着各种农具气势汹汹而来，要斗个你死我活。火药桶一触即发。得知此事后，黄寿山赶紧出面处理。结果，他一番语重心长的言语，便化解一起矛盾。

忆起往事时，他是这样说的：“撞人者被打伤后，就跑回家跟自己的兄弟说了。他的兄弟等一大帮人头脑一发热，火气一冲上胸口，就冲到现场，要求被撞者赔偿医药费。早就预料到对方来寻仇，被撞者也叫来自己的兄弟，要与对方决一生死。”

“撞人者生怕被被撞者一方打了，当时没在现场。我当时对被撞者一方说，我会让他出来当面向你们赔礼道歉。至于他家属说要报复一事，我在这儿搁下一句话，如果你们双方打死了人，我出棺材钱；如果你们双方打伤了人，我也出医药费。有胆量的，只管冲上来打。”

“不过，在动手前，你们得再三考虑家里的老人与小孩。你们死伤了，老人和小孩怎么办？特别是有老婆的，改嫁还算是件好事，她可能找到比你还好的男人。如果她不改嫁，而是采取过激行为，呼天抢地跳河自杀了，又怎么办？这事不管谁对谁错，我认为双方都要拿出承认错误的勇气。”

一直看不起黄寿山的村民，这回竟被他这番话“吓”住了。在他们眼里，黄寿山算老几，一个“摆脚佬”走个路都成问题，东一脚西一脚，还东管闲事西管杂事什么的，刚刚管了赌博的事，现在又来管打架的事，先把他教训了再说。

结果，没人敢对黄寿山动粗。对一个残疾人动手，哪怕有理，哪怕出了一口气，始终还是胜之不武。就如一个警察，若在执法中对妇女儿童稍为有一点过激行为，就会引起一面倒的舆论指责，因为妇女儿童本身就是弱者。同样，黄寿山是个残疾人，本身也是个弱者。强者欺侮弱者，在道德上、在舆论上，强者在未动手前，早就输了一截。

也许是折服于黄寿山的耐性与勇气，撞人者终于来到现场，真诚地向被撞者道歉；而被撞者也当场赔了一百多块的医药费。

这事虽说了结了，可对于黄寿山来说，各村民小组之间因世代积怨下来的仇意并未消殆。他得让这种仇怨慢慢融化。

事后不久，黄寿山主动发起了一个黄氏宗亲联谊会。经大家推举，他当上会长。该联谊会所有的活动经费，全由他一人承担。至于捐款，他并不拒绝，以自愿为原则，多少不限。

为何发起这个联谊会，黄寿山是这样说的：他要组织一次大规模的祭祖活动，把原先不团结的各组村民聚合在一起。一来二往，大家的心就会凑近了。因为宗亲械斗，祭祖之事已经搁了多年。他要牵头搞一次祭祖活动，凝聚人气，团结大家。

他先是找各个村民小组组长沟通，讲事实、摆道理，费了不少口舌。上辈人的仇恨，不可能再让后辈人这样“延续”下去。冤仇宜解不宜结。再说，各组的一些村民互相通婚的不少，亲连亲，戚连戚，心连心，不互相往来是不行的。五百年前，大家就是一个祖宗，骨肉相连，骨头断了，筋还会连在一起。

大家感动于黄寿山的真诚，“二哥这样做是对的。此前，大家也想开个会、搞个聚餐什么的，让怨气消散，可就是没有人出面组织此事。你挺身而出，我们再不支持说不过去了”。于是，大家一致认为祭祖之事非常可行，也非常及时。

祭祖活动如期而行。因为担心当天祭祖时，会发生意外，黄寿山把各个小组的几十个年轻人召集在一起，给他们发放临时工资，让他们成立“应急别动队”，随时应对变化。同时，还让他们事先做好各自家人的思想。对于顽固不化的中老年人，黄寿山则登门做沟通工作，保证万无一失。

几千人的祭祖规模，惊动了当地派出所。多名民警在所长的带领下，火速赶到现场，准备劝阻村民离开，并把黄寿山带走。早在活动发起前，警方已来找黄寿山了，反复对他进行警告，严厉地要求他撤销这个联谊会组织。

“当时，派出所一个所长对我说，若闹出了群体事件，就拿我去坐牢。他还对我说，各组存在的积怨与矛盾我不是不懂，多年了，没有人能够解决得了。他们如果凑在一起，一喝起酒，就会借酒闹事。你也知道，他们之间怨恨已深，即便是各过各的独木桥，各走各的阳光大道，看似井水不犯河水，没有往来，可只要有一些小小的口角或摩擦，他们就会趁势发生肢体冲突。他说他当所长多年，不知道处理了多少起类似的事件，始终也处理不了，他的头都大了。你黄寿山有多少能耐，能让他们和好如初？”

“我跟所长反复解释说，我已经做了大量的村民工作，还做了应急预案。我保证不会发生任何事情。大家会把酒喝得很痛快，喝酒时有些人可能会骂娘，借机闹事，但尽在我的控制范围。再说，从我调查掌握到的情况来说，没有村民不参加这样的活动。因为我自己还出钱筹备了一个晚会，让大家坐在一起看一场电影，促膝谈心，化解多年的心结。”

“演出的内容是健康的，电影的内容也是健康的。群众的呼声很高，历史的潮流是挡不住的。如果都没有人热心去做这种工作，也没有人积极地把大家召集一起聚餐、聊天，村民世代还会冤冤相报，矛盾更加深重。这是政府相关部门不愿意看到的结果。”

这番道理，确实让派出所领导心悦诚服了，但他们在临走时还是再三警告说：“不怕一万，就怕万一。这种大规模的祭祖活动，还是慎重举行。否则，到时你逃脱不了责任。”

这句话对黄寿山来说，是有一定的震慑作用的。他当时还考虑要取消活动，几千村民坐在一起，万一喝酒多了，有些闪失，他真的吃不了兜着走。几番思考后，他认为安全措施已经做好，所有的顾虑也是多余的。

派出所多名民警来到祭祖现场，见村民精神风貌焕然一新，没有半点动静，便也与“应急别动队”维护起秩序。祭祖开始后，民警们还坐下来跟村民们喝酒、聊天，听到不少真实的群众心声。所领导找到黄寿山，特意夸奖他几句：“真有你的，这活动搞得这么有声色，终于让我放下心。还真看不出来，你这组织能力很强！”

黄寿山心里像喝了糯米甜酒一样美滋滋的。不仅派出所肯定他的工作，不少村民也赞叹他为大家做了一件大好事。他的心里不断涌上一股满足感与成就感，当年那个“二拐”总算让人正眼看了一回了。

当晚，村民们观看晚会，看了一场精彩的露天电影。这是他们多年来没有过的事情。这次祭祖活动，黄寿山一人就投入了五万多元。此后，每年的祭祖活动，他都亲力亲为，出钱资助，与群众打成一片。

每三年黄氏宗亲联合会都要换届，可连续三届了，黄寿山都被村民推选为会长。今年第四届了，他觉得自己年纪也大了，要求“退休”了，卸任了，可群众的呼声仍旧那样高，让他继续连任。理由是，他退下了，没人镇得阵脚。不管谁来当，各村各屯的群众都不会太满意，他只得继续继任了。

现在，他按群众的要求挑选一个人选，以便日后他全身而退时，有个挑起大梁。于是，他就让热心助人、做事干脆利索、雷厉风行且也有一定经济实力的黄详当这一角色，可黄详始终推托着，认为自己功力不够，怕是镇不住各村各屯的群众。

今年四十一岁的黄详，在清风村的山坡上种植了上千株果树，果园的发展势头不错，同时他还在村里开起了娱乐歌厅，服务于群众，在群众中很有口碑。对于黄寿山“选贤”，群众也有不同的声音，但多数是支持，也认为黄详是个非常理想的人选。这是后话，暂且不提。

再说某一天，当黄寿山与劳记者探讨一些深度话题时，他承认自己在通过不断做些好事以“掩饰”自身存在的缺陷，并以此平衡世人一直以来对他的歧视。他甚至还承认自己心理非常自卑，所以他要以公益之心或不菲财力，显示他过人的积极能量。

劳记者认为，从心理学来说，越是自卑之人，越是把自己“虚荣”或“富有”的一面展示于世。黄寿山不太认可此说，因为在他的内心深入，有些隐藏的东西，是要符合天道平衡、儒家理想中“得即失、失即得”的理论的。得到太多，也失去太多；得到不该得到的东西，是需要释放一些东西出去的，这样才会心安理得，否则占有太多的不属于自己的东西，终究要破坏阴阳平衡的规律。

国外，很多“有罪之人”为何拿着圣经向上帝忏悔，目的不过是寻求心理上的解脱，以求赎罪。

见大家的心慢慢凑近了，冰冷的心墙已有温度，黄寿山决定“收拾”那些在凤鸣街上的烂仔。这些烂仔，都是屯里的年轻人。他们辍学后，不学无术，整天跟着一些流氓地痞混，干起敲诈勒索、收保护费的勾当。

黄寿山事后说，他当时若不收拾这些人，村风是不会好起来的。他们每次在凤鸣一带强收保护费后，就回屯里大吃大喝，拉帮结派，到处“炫富”，有些原本就好学上进的年轻人见他们活得“潇洒自在”，醉生梦死，心动了，也想加入他们的组织。

对于这些人的存在，村民们敢怒不敢言。这些人不仅在外面犯案，还回屯里作恶，偷鸡摸狗，搞得屯里一片乌烟瘴气。若有村民制止他们时，他们就威胁村民，或破坏村民的庄稼，竟往水田里撒些玻璃碎片。他们的所作所为，影响太坏了。长此以往，屯里都不知道要变成什么样子。

有一个年轻人原本是个心地善良的人，自从被他们拉拢加入这个团伙后，就彻底变坏了：好吃懒做，坑蒙拐骗，打架斗殴，无恶不作，无所不为。父母苦口婆心劝他悬崖勒马，回头是岸，可他竟动手打起父母。父母伤心绝望，整夜痛哭流泪，发誓再也不认这个不肖之子。

村里的赌场是被活生生地取缔了，可对付这些地痞流氓，还真的不能硬干。怎么办？黄寿山先来软的，找到两个头目，请他们到餐馆吃饭，说明利害关系。对病入膏肓的人说大道理，显然是行不通了。这两个头目根本就不吃黄寿山这一套，并反问：“你要让我们不干这事，那好，你每天拿钱给我们。我们要的钱不多，一次几千块。你这个‘二拐’，有这个钱吗？”

这个团伙那时在凤鸣一带横行一方，过往司机及外地游客，或附近餐馆、商店的老板，哪个不被他们敲诈勒索，或强收保护费？若不给他们钱，他们就砸车、砸餐馆、商店，搞得人心惶惶。他们当中，有些人是长年吸毒的。当地派出所不是不管，此前多次打击，可一直苦于没有证据，抓不到头目。即便抓了小喽啰，他们也制订了“攻守同盟”，没有供出幕后主谋。

黄寿山恨得咬牙切齿，却也不敢作声。向派出所报案，把他们抓起来，有没有证据？若没有证据，他们被放出来后，就会更加疯狂地报复他。他们都是吸毒、贩毒分子，烂命一条，哪个惹了他们，他们就会捅刀子。

这天，黄寿山发现那个年轻人在凤鸣街偷东西，就上前劝说，要把他送到派出所。那两个头目跳出来，威胁要黄寿山的命。黄寿山也放出话来，说：“你们若有本事，今晚我和你们在村前的那棵大榕树下一比高低。我若输了，就允许你们继续作恶；若你们把我打倒在地，我此后再也不会多管闲事。”

那些人龇牙咧嘴，一副暴怒的神色，要揍扁黄寿山。在他们眼里，黄寿山岂经他们一顿毒打？“你这副模样，行走都得靠拐杖，真是不自量力。”尽管如此，他们还是没有发作，决定在晚上再教训黄寿山，给他一点颜色看。

当晚，黄寿山早早就来到大榕树下。那些人一见黄寿山，就怒骂他为何老是跟他们过不去。黄寿山大义凛然地指责着他们，并告诫他们要尽快弃恶从善，不然他们死路一条。“你们在公安局那儿已挂了号，有了案底，迟早要进号子坐牢，坐到鼻孔生草，也没法获得自由。”

这些人哪里听得进这些话，气得哇哇狂叫，上蹿下跳。他们挥着刀具，就杀气腾腾地冲上来，想要黄寿山的命。黄寿山早有准备，背靠大榕树，抡起拐杖猛扫。这些人纷纷倒地。其实这场“比武”，一点儿悬念也没有——这些人都是吸毒分子，瘦骨嶙峋，精神萎靡不振，手无缚鸡之力。不用说打架了，就是被一只土狗撞了或吠一下，也会应声倒下。

此时，很多村民也来到现场，上前把这些人制服了。大家狠狠教训了他们。他们急忙求饶，表示从此不会再作恶了。

其实，黄寿山在向这些人挑战时，已与望月屯的兄弟们商量，并让他们埋伏在附近，见机行事。他对他们说，大家再不齐心对付这些人，日后自己的儿女就被他们教唆，走了邪路，到时后悔都来不及了。俗话说，众人拾柴火焰高；人心齐，泰山移。他们虽说是亡命之徒，气焰非常嚣张，但若大家在该出手时就出手，他们会吓得屁滚尿流的，再怎么样也不敢得罪大家的。正必压邪。群众的力量是无穷的，正义是不可战胜的。

为了让他们走上劳动致富之路，也为了让他们远离黄赌毒，黄寿山还帮助其中的两个吸毒分子。他把一块地免租给他们，免费给他们提供果树、化肥、农药等，让他们洗心革面，重新做人。也许中毒太深，有一人半年后就死了。

“整治村风后，有些劣迹斑斑的人弃恶从善了几年，然而当某些环境适合他们的时候，他们又重操旧业了。这非常让人痛心！”黄寿山事后总结说，火车头的作用失效了。现在有些村干部不敢管事，怕得罪人，特别是村委里几个干部，除了支书外，其他人一有时间就“娱乐”，小赌小闹，消遣时间，并名曰小赌怡情，大赌伤身。

“这样的领导干部，没起到示范带头作用，怎么整治村风？原先那些人怎么不继续走歪门邪道？丑恶的社会现象死灰复燃，是值得让人深思的。”

不管如何，黄寿山对现时的村风还是充满了肯定，打架斗殴的事情没有了，满坡的水果没人偷了，村里村外的环境好极了。他认为这跟他们当年出钱出力改变村容村貌是有关的。

他说，与望月屯不远的一个屯，“现在的社会治安就有问题了，你偷我家的水果，我砍你家的果树，没人管，也没人敢管。这些事情，有的就发生在同胞兄弟身上。农村的基层管理问题，已经面临新的挑战”。

在治理村风中，黄寿山也为自己不够“狠毒”，所以铸了一个终身大错——他没法按一叔辈的遗愿，好好教育他的两个儿子，以致他们走上了违法犯罪的道路。

这个叔辈叫黄河流，在病逝的当天，他把黄寿山叫到床前，反复交代说，一定要帮他好好管教两个儿子。当时，他的两个儿子一个十四岁，一个十六岁，小的叫阿秋，大的叫阿冬，他们都没有读书，整天跟社会上的一些烂仔鬼混。

黄河流打过、骂过两个儿子，可不管他采取何种方式教育，他们始终也没有改，相反越陷越深。慢慢地，他们就跟着一些不良少年从事打、砸、抢、偷、盗等违法犯罪行为了。黄河流绝望了，一夜间长了不少白发。他在家里的发言权根本就没有，父权基本丧失。而两个儿子，只听从他们母亲的。

“所有幸福的家庭都一样，不幸的家庭各有各的不幸。”这句话是俄国伟大作家托尔斯泰在他的著作《安娜·卡列尼娜》开篇时说的，用以对照黄河流一家，似乎也很妥帖。在一个不幸的家庭，每个人都是不幸的。

两个儿子走到了这一步，黄河流认为跟妻子纵容或溺爱他们有关。他严厉管教儿子，而妻子却护着他们，跟他唱反调，挣的钱都是给他们花，动辄开家庭“战火”，闹得鸡飞狗跳，草木皆兵。她不仅在经常莫名点燃自家“战火”，还因一点小事和亲戚朋友唇枪舌战剑，没把任何人放在眼里。家庭教育没有同步一致，一宽一严，甚至针锋相对，就容易出现极端。

见黄河流临死前流着眼泪，黄寿山心酸得也跟着落泪了。当时，黄河流紧紧地抓着他的手，哽咽着说：“我就把这两个儿子交给你了。你要好好管教他们，不然，我在九泉之下也死不瞑目！”黄寿山答应了。

然而，当黄寿山把阿秋和阿冬叫到他家，不让他们再出去跟那些烂仔厮混。他们初时不把黄寿山放在眼里，黄寿山就用拐杖打，他们怕了，表示老实待在黄寿山的身边。

得知情况，黄河流的妻子即他的婶子，却冲到黄寿山的家里，毒骂着他，指责他连自己都活得那么窝废，自己的孩子也没有管好，居然还有能力管教别人。她的话极尽刻薄寡思之意：你把我儿子带坏了，我做鬼也不会放过你。你是什么人我太清楚了，就是一个“二流子”，整天坑蒙拐骗，没有老实做人！

婶子是个心地善良的人，做事干脆利索，干活是一把好手，家里家外，都收拾得整整齐齐，不留任何尾巴，而且也没有拖欠任何人情，自己的事情自己做，她不喜欢让别人代劳，所以也特别累，一累就骂天骂地骂别人。骂了也就骂了，可她的嘴巴特别凶，骂人不留情面，没积口德，得罪村上不少人，也得罪不少自家兄弟。

见婶子骂得这样歹毒，黄寿山心里也有气，气得肝脏快要挪位了。不是他多管闲事，而是黄河流临死前有交代，他不能有负于堂叔的遗言。再则，他也不愿意看到阿秋、阿冬两兄弟就此毁了一生。他跟婶子反复解释，可她就是不听，还跳起来大骂，一家不管两家事，你吃饱了没处撑着是不是，你爱找事做，建议你不如去跳河算了。你这个“摆脚佬”，管得也太宽了。我儿子好坏关你什么屁事，你看不顺眼，就自己撞墙！

这番没头没脑的话，没有丝毫的逻辑，让黄寿山畏缩了。然而，当他见到阿秋、阿冬开始吸毒，他的手脚顿时冰凉、发软，有一种天昏地暗的感觉。这怎么向阿叔交代啊。一个人吸了毒，就会没救了。阿叔两个好端端的儿子，就这样完了！黄寿山流着泪，又去找婶子商量，要把阿秋和阿冬带走。

婶子的嘴巴还是那样毒，骂起人来，却是东拉西扯，毒舌如刀，“你们终于看到我们家死活了吧，你们一直不是希望我们家出事吗？一直不是希望我们家不好过吗？你们早就诅咒我不得好死了……现在，你是来看热闹、看笑话了吧。你滚吧，我不想看到你们这些假装好心的人，你们安什么心，我比谁都清楚”。她拼命摔东西，又哭又叫又闹，噼噼啪啪的拿家里的东西出气。

黄寿山真的很想跪下来求她，让他把她的两个儿子带走，再没人管教，两兄弟真的完了。现在刚刚吸毒，只要让他们慢慢戒毒，还是有希望的。可见她这样闹，这样折腾，他彻底崩溃了。这个世间上，没有谁欠谁的。好心当作驴肝肺，算了，当我没说！

虽说如此，黄寿山还是做最后的努力。然而，婶子并不领情，也不讲理，骂完黄寿山又骂已经死去多时的丈夫，还骂毫无相关的人，骂阿叔家属所有的人，甚至几十年前家族分的一块地，已经铁板钉钉，归属某某人了，可她还说起旧事，并把一切责任都怪在别人身上，说就是这些人害了他家的，她根本就不从自身找原因。

俗话说，良言一句三冬暖，恶语伤人六月寒。遇到这样的人，黄寿山不知道如何解释，也解释不了。你越解释，她越骂得起劲、越疯狂，把你的祖宗十八代全骂了个遍。话如刀一样窜出她的嘴巴，又如刀一样割伤他及其他无关的人。用黄寿山的话来说，这已经不是“蛮不讲理”解释得清楚了，她的脑子就一根筋，别人永远是欠她的，为何总不还她，为何总跟她作对……

“我是按阿叔的遗愿来帮助两个侄子的，可她的嘴巴很臭，不是一般的臭。我阿叔埋于地下已久，应该得到尊重。死者为大嘛，何况还是她自己的丈夫，居然这样被她骂得一无是处，全面否定阿叔生前所做的任何事情，把所有过失和责任全部推给阿叔。我阿叔很苦，听她这样说，我当时很想给她一拐杖，可念她是个女人，我又忍住了。”黄寿山哀叹道。

“她说阿叔死了倒省事，为何不做鬼把两个儿子也拉进地狱，大家一起死……”黄寿山提起往事，心情十分沉重。婶子已经乱了套，对于这样的妇人，他当时再也没有心思帮助了。那时，他才明白，为何村里人个个都躲她躲得远远的。

事后不久，她的两个儿子因无钱吸毒，便到处盗窃。之后，还贩毒。多行不义必自毙。他们都被判了刑，其中一个被判处有期徒刑十五年。还有几年，被判了重刑的阿冬就要出狱了。前段时间，阿秋刑满释放，回到村里。谁都以为，阿秋出牢后，会改邪归正，好好做人，结果没多久，又犯了案，并于9月2日被警察带走。

“阿秋结过婚，生育一儿子，可他妻子知道他吸毒后不思悔改，便跟他离婚，扔下一个小孩……”黄寿山说，一个家庭就这样毁了，让人看了多悲惨，多可惜。现在的婶子，变得像个疯婆一样。这是命中注定的事情。每次想起这些，黄寿山都很揪心，觉得愧对地下的阿叔了。

“如果当时我不顾及婶子骂人的嘴巴，强硬地把两个侄子带走，让他们在我身边做事什么的，他们不会有今天这样的下场！当时，我害怕得罪婶子，也害怕她到处骂人的嘴巴。其实，细想，一个人受点委屈又如何，如果我狠心跟她作对，她两个儿子的结局可能不会是这样！”

“我不知道她是否后悔，但我现在非常后悔，也非常痛心。即便某一天作古了，我这辈子也不会得到安宁，因为阿叔临死前交代的事，我没有做好！当年两个阳光帅气的侄子，就这样毁了……”黄寿山说着，流下了眼泪。

现在，对于阿秋的儿子，黄寿山开始严管了，把他带到身边，让他做事。“我告诉阿秋的儿子，你要做好人，有什么困难，只管跟二爷我说，我会帮你的。”

总结这事时，黄寿山认为，一个会说话的人，让人在寒冷的冬天，也会感觉温暖如春。

“改变命运有很多方式，其中好好说话就是其中之一……从积口德开始，幸福就会悄然启航。”在不明真相与是非前，少说为妙，慎爆粗口。有人坏事于嘴巴，是非不断，恶言相向。他们既对别人不满，对自己家人也不满，一天到晚都在诘责别人，从来不反省自己，这是一种极端的“自我完美主义者”。

当一个人总是逮着别人的缺点不放，刻意回避别人的优点，并把自己看得太完美，太自以为是，自己一点儿的缺点都没有，整天横加指责别人，到处充满了负能量，自然也就看不到世界的善与美，也看不到别人的闪光点。说人之短，即是护己之短；夸己之长，即忌人之长嘛。“一个整天充满负能量的家庭，特别是父母，经常当着孩子的面吵架，会培育出什么样的孩子？”黄寿山说。

他还说，学会尊重别人，也是一种教养。说话和和气气，尤其是对不如自己的人要和气，对有求于自己的人更加要和气，这才是真正的教养。家庭的幸福，就是从会说话开始，否则就会让一个幸福的家庭土崩瓦解。

今年 4 月汛期，省内某个城市，有个妇女带着十四岁的儿子上街，路上因一点小事又突然责骂起儿子，并又习惯地“威胁”说：“你再不听话什么的，我干脆死了算了。这些年，为了你们，我早晚操劳，活得太累了。”儿子也回应着。母亲一怒之下，就咆哮着：“养你有什么用，都不如养一头猪，你干脆跳河算了。”儿子一直受不了母亲的唠叨，突然纵身跳进滚滚洪流。

一个年轻的生命就这样逝去，一个家庭就这样破碎了，留给人们的是伤痛的思考。很多人认为，家人之间亲密无间，往往会口不择言，并以为“打是爱，骂是亲”，“不是自己家里的人，我也不会这样骂”。偏偏就是这样，恶毒的话语就会变成杀人的工具。

有倚马之才之称的梁启超，养育的九个子女成为人中杰，人中凤，凤中人。有一年，当次女梁思庄有一次在考试中只得十六名，梁启超这样安慰她说，能在三十七人中考到第十六，也不错了。再加把劲，就可以超越他人了。

他经常对子女说：“你们将来是否有成就，当然还是看天分。我最佩服曾国藩的两句话：但问耕耘，莫问收获。尽自己能力去做，做到哪里是哪里。”

劳记者曾到过梁启超的故居，极其普通的民房，与其他民房并没二样，但可以想象得到，在这间普通的民房内，梁家的家风是良好的，在这样的环境下，他能不成才吗？而他对子女们灌输的教育观念，怎么不让他的子女受益终生？

正因如此，在良好的家风熏陶下，梁启超的九个子女都出类拔萃，可谓“一门三院士，九子皆才俊”。

第九章 血性男儿，敢替群众说话

也许是因为黄寿山为人做事经常考虑到村民的集体利益，且年轻时他也当过村民小组组长，大家就推举他当望月屯屯长。众望所归，黄寿山挑起屯长的担子。之后，因为工作出色，还被推选为镇人大代表。

未当屯长前，黄寿山就以“硬汉”著称。他不怕得罪人，谁触犯了村里的集体利益，他就跟谁较劲。

有一年夏天，雨水少，各村插下的秧苗受到影响。“抢水抗旱”是当时的口号，只要是有水的地方，各村均组织村民用各种工具戽水到田。那时，终年没有停息的水渠里的水，也只得按时分配取水。即各队排灌分成四班：上午、中午、下午和晚上。每个班各几个小时。

作为管水员，黄寿山把排灌的时间掐得很好。有一天晚上，明明轮到望月屯排灌，但他发现，渠水竟莫名断流了。他顺着水渠一直往上艰难地行走，看见有人把水引到另一个队的分渠了。他把这个分渠的水封住，并蹲在原地等候，他要查看到底是谁干这么缺德的事。按计划，这个队的水已在下午时分排灌了，为何他们还要在晚上跟望月屯抢水。不按制度执行排灌，岂不是乱套了吗？

黑暗中，有二三个人点着烟，打着手电找过来，骂骂咧咧地说：“哪个野仔把水封了？明天我们队的秧苗枯死了，要找他算账！”当一束光照到黄寿山的脸上时，他们骂得更毒了：“原来是你这个‘二拐’搞的鬼，吃饱了没处撑着啦，跑来这儿做什么，找死啊。”说着，又要把水引到他们的分渠。

见这几个人“狗嘴里吐不出象牙”，黄寿山也毫不客气地回应着，并阻止他们引水。

“轮流排灌，这是大家定好的，你们为何要破坏这规矩？现在就你们的稻田缺水？哪个村的水田不是旱得开裂了，禾苗枯黄了！我是管水员，就是要管这事！”同时，他还通知住在附近村子的一个干儿子带人来帮忙。

那些人根本不把黄寿山放在眼里，还在不停地骂着。如果黄寿山不是残疾人，他们早就动手打他了。就在此时，干儿子等人赶到现场，冲着那几个大叫：“哪个嘴巴再不干净，我们就把他扔到河里。”

那些人不认识干儿子等人，以为他们没二下子，继续引水。那些人哪里知道，干儿子是有来头的。他在村里是个粗人，有蛮劲，拉着一帮混混在凤鸣一带没做什么好事。按现在的标准来说，他及其同伙在当地的行径，已经涉嫌黑恶势力了，是要被端掉的。不过，黄寿山自认识他后，就引导他走正道，他于是悬崖勒马，改邪归正，并认黄寿山为干爹。

干儿子一言不发，就带着人冲上前，把他们其中一个人扔到河里。那人一爬上岸来，他们又把他扔下去……如此反复几次，那人被呛了不少的水。其他人见遇到“硬汉”了，都不敢出手。干儿子又喝令他们向黄寿山赔礼道歉。

此后，没人再敢偷偷摸摸排灌了。

对于胡搅蛮缠、是非不断的女人，黄寿山也不客气，该出手时就出手，哪怕做个“流氓”，他也要让她们明白，村民不敢管的事，他管定了。

村里有一户人家，为了多占一点土地，竟把一条“公共通道”挖得越来越小。有些群众看不下去了，就加固并恢复原样。这户人家我行我素，过后又继续挖开，反复如此。

这条“公共通道”有几十米，因被他们挖得很小，宽只有二十厘米，小孩狂跑而过时，不小心就掉到两旁的稻田。不仅小孩，就是大人骑着自行车途经此处，也觉得非常不方便。稍不注意，他们就会连车带人摔倒，弄得一身泥浆，狼狈不堪。其中，有些夜间喝酒回来的村民，就被这条路害得很惨。摔倒在田里，险些被淹死。

有一天，几个村民刚刚把路面恢复原样，刚一转身，这户人家的女主人又开挖了，把路面挖得越来越小。黄寿山闻讯，就赶来劝说，让她考虑大家的安全。“谁家都有小孩，路面被你挖得这么小，小孩若在这条路上出事，你也不会好过。再说，你家也有小孩，难道都不走这条路？你这样做，也是断自己的路。”

不管三七二十一，女人就开骂起黄寿山。有些话骂得很难听，已经超过黄寿山承受的底线。他的胸腔陡然冒火，捡起田里的泥浆，一言不发，就朝女人身上甩去。女人还要骂。他又如法炮制，作势要凌辱女人的样子。女人吓得脸色惨白，又气又羞，在几个水田间乱跑。

黄寿山没有罢休，不停地捡起泥浆，拼命追打着……围观的村民大声叫好，就该这样收拾这样的泼妇。

女人从未见黄寿山这么疯狂，她大叫、大喊、大哭，就像被蜜蜂蜇了一样，抱头奔跑回家。见她弃在地里的水桶等物，黄寿山一时气还没有消，就用拐杖把它们全部打烂。他当时明明知道，好男不跟恶女斗，可他已经无法忍受女人这样骂人了。人一失去理智，就容易顾不上形象了。

此时，这户的男主人听到自己的女人被黄寿山追打在水田里，浑身泥浆，抄起一根扁担，气冲冲地来找黄寿山。黄寿山早就横下心来，要跟男主人恶斗。

围观的村民急忙上前劝止，并指责男主人是非不分，“帮亲不帮理”，他女人是个泼妇，毒舌如蛇，骂人时那么恶毒，极尽嘲讽、羞辱、奚落之能事，太不像话了。他这样纵容女人，实在不该。再说，“你们一家做得也不对，这条通道被你们弄成这样，天理难容。”

男主人自知理亏，只得悻悻而回。

黄寿山在望月屯“呼风唤雨”，离不开左右手黄立平和黄啸文等人。这些年轻人也想有所作为，希望村民过上好日子。一有时间，他们就找黄寿山沟通，商量如何规划村子的发展大计。

就如本书第一章的内容所说的那样，黄寿山和黄立平、黄啸文等人开始规划屯里的公益事业，发动群众修桥补路，建设休闲广场。其中，他投入的资金是最多的。

与此同时，外地老板也看上望月屯一些闲置的荒地，要承包下来开厂或从事其他加工业。黄寿山意识到土地增值了，村民走出苦日子的机会来了。因此，当村委准备换届时，他拿出“规划清风村之十五条可行性报告”，要竞选村委主任。

群众觉得他的“十五条可行性报告”非常亮眼。因为他当选后，他要按规划的内容，把闲置的荒地出租给外地企业，租金及分红等则按“三七比例”分配，即村民平分三成，七成留于村委管理，用于发展村委集体经济。其中最亮眼的还有一条，进行土地流转，推广种植优质水果，把清风村打造成旅游观光的生态文明村。

在该报告，他还提出一个长远规划，在几年内，把清风村打造成第二个“华西村”。此前，他已到“华西村”参观考察，为该村的气势震撼，也为该村的集体经济发展模式赞叹。之后，他还与一名香港投资商沟通，对方愿意在清风村投资。

黄寿山考察过香港老板的实力，知道对方在香港及内地有很多实业，其中在市里，香港老板就开发房地产。那年，房地产开发很火爆，涉及这一行当的老板，哪个身家不上亿？当加入这行的人越来越多，香港老板就开始考虑转型了，要向市区周边地区开发其他产业，打造新型的社会主义新农村。

当香港老板到望月屯来考察后，认为当地的条件非常适合开发，他决意再造中国第二个“华西村”。他这一想法，与黄寿山的想法不谋而合。

认识香港老板，也纯属偶然。

那一年，黄寿山在市区亭工路供电公司附近一个属于残联的厂区内，与人合办双飞粉。这个工厂叫南江区福利矿粉厂。因为是残疾人开办的工厂，该区残联对黄寿山十分关注，给予他相关的政策扶持。

黄寿山与人合办工厂的结果，正如本书前面所述的一样，结果被人坑了。现在所说的是合办工厂期间的事情。那时，每次南江区残联开会，黄寿山都应邀参加。他“人残志坚”的创业事迹，得到南江区残联领导吕先生等人的关注，并作为典型，向各单位及残疾人推广。一来二往，吕先生和黄寿山成了好朋友。有一次，吕先生还邀请黄寿山到他家做客。

一进吕先生的家，黄寿山就发现有一房间的门口被人用木板钉牢，门板中间有一四方形的仅供递进饭碗和盆子之类东西的小孔。小孔被一块铁皮扣着，里面不时发出哼哼哈哈的响声，其间还传来低沉的哭泣声。他当时还以为吕先生家里养了什么动物。

开饭时，吕先生又盛了一碗饭菜，从门板中间的小孔递了进去，有人接了饭碗，吃了起来。之后，不再听到什么响声了。他很纳闷，便问里面是什么人，为何被这样关着。吕先生叹气说：“家丑不可外扬。希望你不要到处跟人说起此事。我当领导干部多年，这样关着她，也是迫不得已。”

原来，关在房间里的人是吕先生的同胞妹妹。几个月前，二十四岁的妹妹从乡下来城里看望吕先生，并让他找一份工作。妹妹从未出过远门，首次进城，吕先生也想帮她在城里立足。于是，他给她找到了一份工作。

当时进厂的收入并不高，且也没有居住处，吕先生就和妻子商量，让妹妹吃住在他家。谁知，有一天，妹妹去农贸市场买菜回来后，不知为何，突然疯了一般狂叫、狂喊，不仅把衣服脱光，还砸烂家里的东西。

这突如其来的变故，把吕先生一家吓坏了，他们赶紧把妹妹送去医院救治。医生检查后告诉他们，这是由于工作压力和心理素质脆弱所致。这需要慢慢调理，让她的神志恢复过来，必要时，还得进行心理干预。

吕先生的妹妹来自农村，没读过什么书，性格内向，不善于与人交谈。在工厂做工时，因手脚笨拙，口讷舌笨，经常出错，所以不时被领班责骂。每次见到领班，她总是不自主地高度紧张起来。时间一长，她的精神到了崩溃的临界点。遇到污浊的空气，她就精神病发作了。

这就如，当年有些人赶春运的火车，要回家过年，长久挤在压抑而沉闷的车厢内，空气流动有限，且还有脚臭气、烟草气味等各种气味混杂在一起，让人受不了。一连多天不下地面行走，吃不好、睡不好，身上带着钱，处处疑心有人谋害他，所以一遇到混浊的空气，也会突然“发癫”。

那些年，劳记者就采访报道过不少此类新闻。有些人突发病症时，不仅撕烂自己的衣服，还把自己随身携带的钞票等东西撒向天空，并跑去向警察求助，称他们被坏人一路跟踪，要谋财害命。还有些是面临高考压力的考生，因睡觉不足，营养也跟不上，也通常急发此症。

得知情况，黄寿山让吕先生打开房门，让他进去看看。吕先生紧张地挥手说：“这万万不可！她发起狂来，力气特别大。我们二人都扛不住。我妻子就因为这样，不愿意住在这里，跑到她单位的房子去了。她有时候发起狂来，打人、砸东西，家里的电器等东西，全被她砸得稀巴烂，成了废品！”

此前，黄寿山看了一些书，也看了一些新闻，知道如何帮助此类病人。让他们有个安静的场所，让他们呼吸清新的空气，再慢慢跟他们沟通和交谈，慢慢进行心理引导，病情不深的人，可以在短期内恢复正常的。

吕先生始终没有同意黄寿山要见他的妹妹。在吕先生看来，医生已经给了建议了，他们也执行，结果妹妹还是那样疯疯癫癫，于事无补。他们准备考虑对她进行心理干预，因担心她伤害到其他人，也担心她跑到大街上后，裸露身子，大喊大叫，丢人现眼，影响极坏，所以他们暂时把她关在房间内。

黄寿山也没有强求，便回家了。几天后，吕先生打了黄寿山的传呼机，让黄寿山到家一趟。黄寿山如约而至。吕先生说，他想把妹妹送去医院进行心理干预，却找不到人。他妻子被他妹妹搅得恐惧不安，更加不敢来这房子居住了，而他也不敢告诉同事或朋友。“你气力较大，万一她发作了，你可以协助我。”

随后，吕先生撬开门板。门口一开，黄寿山见到里面脏乱得如同垃圾场，屎尿满地，又脏又臭。显然，她被关在这个房间内已有几天了。她只穿一条短裤，裸露上身，披头散发，如同一个魔鬼，让人感到恐怖。可能在房间内折腾多天了，她疲惫不堪，已经没有力气乱叫乱喊了。见到陌生人，她仍旧一副惊惶失措的神色。

“我已经记不得那天跟她说了什么话了，也记不得如何协助吕先生把她送到医院了。现在只记得，一段时间后，吕先生给我回话说，他妹妹在医生的心理干预下，已经恢复正常了。她已经回乡下疗养了。乡下的空气好，没有任何压力，她很快就会好起来。吕先生说，他非常感谢我的帮助。”黄寿山告诉劳记者。

真是无巧不成书。几个月后的一天午休时间，黄寿山正躺在福利矿粉厂的宿舍内睡觉，吕先生就赶来向他求助，让他去找人做帮手。原来，有个香港老板到残联谈合作项目，当时香港老板也带着儿子一起来。

简单的会见结束后，吕先生带着香港老板和他的儿子到亭工路一工厂参观，途经矿粉厂门口时，香港老板的儿子突然疯癫起来，几个人都控制不住他。吕先生想到黄寿山就住在里面，便赶紧来求助。

黄寿山翻身起床，想找几个工人，却发现午休时没人在厂内，且即便有人在，那些残疾人也帮不了什么忙。他二话没说，拄着拐杖冲过来，与吕先生等人按住香港老板的儿子。但小伙子二十岁左右，气力特别大，几个人都按不住他，他发疯般要冲到大街上。

他若冲到街道上，情况就危险了，车来车往，不小心会被车子撞倒。就在此时，黄寿山也疯了一般扑上去，把他紧紧地压在身上。终于，在其他人的协助下，小伙子被送到医院救治。

黄寿山纵身向前一扑的一瞬间，被香港老板看在眼里，感动于心。当儿子精神状况恢复正常时，香港老板便来矿粉厂答谢黄寿山，封了九百元美金的红包给他。黄寿山再三拒收。实在推不掉，他只得收下。此后，这九百元美金，他一直没用。

此后，香港老板和黄寿山成了莫逆之交。这几年，香港老板已经回香港打理自己的产业，但他一直和黄寿山保持密切的联系。

严格来说，香港老板的儿子也属于急发性精神病。据香港老板说，他儿子从香港飞到市区没几天，可能还没有适应这儿的情况，或者休息不足，就病发了。他家族此前是没有此类病症的。

当年竞选清风村委主任，黄寿山是信心十足的。这主要是他在市区呆了多年，也走了很多地方，发现有些地方的集体经济发展模式非常好，所以当他回到老家后，就提出了“规划清风村十五条可性报告”，其中之一，就是招商引资，打造中国第二个“华西村”。

他当时想招商引资的第一个企业，就是香港老板在市里创办的房地产公司，要让他把资金投到清风村。这些设想，他都写在“十五条可行性报告”内。

黄寿山的“十五条可行性报告”思路清晰，操作性强，看过的人没有不叫好的。也正因为呼声高，六千多村民选举投票时，他一下子获得了四千多张票。然而因为他不是党员，而且也有人从中作梗，最终落选了。

凤鸣镇党委来人与黄寿山沟通时说：“票数代表民意，你当村委领导是没有问题的。但也有人反映你经常从事封建迷信活动，坑骗群众钱财，这就不符合条件了。”来人口吻之严肃，神情之冷峻，是黄寿山此前没有见过的。

对某些人无中生有的投诉，血口喷人的造谣，黄寿山很不舒服，肚子里的一团火快要喷出胸腔了：“我是凤鸣镇的人大代表，知道人大代表的职责，也知道它意味着什么。所以说，我是不会坑骗任何群众的。若有，请举证。必须得承认，我有个硬件还不具备当村委领导，因为我目前还不是中共党员。不过，我会尽量争取入党……”

来人点点头。

不用猜测，黄寿山就知道是谁跟他抬杠。除了宋一方，还会有谁？黄寿山竞选村委领导，也想让对方下台，因为宋一方主政多年，一直没有发挥主要领导责任，带领大家走出困境。而且，在竞选中，宋一方的票数也是最少的，只有几百张票，其他参与竞选者，比他的还高。他当干部多年，这点票数，不得民心，断然已让他难堪了。

其间，宋一方还到处反映，指黄寿山在选举前到处拉选票，请各个村民小组组长及村民代表喝酒吃饭，拉帮结派，搞山头主义，搞团团伙伙，有意孤立与分化村委主要领导等人。镇里来人调查，没有发现黄寿山存在拉票的实据。

明枪易躲，暗箭难防。此后，黄寿山干脆继续当他的屯长，给村民做些力所能及的事情。这一年，县里规划开发八仙岩管理区，清风村的几千亩土地被征收。当时，每亩土地的征收价钱为二万一。村民对比市里周边的征地价，认为不太合理，坚决不同意签字。

镇里、县里及管理区的各个工作组轮番上门做工作，并强调这是全县一盘大棋，经济腾飞了，对大家都有益处。工作组还做各个村民在各有关单位任职的亲戚朋友的工作，让亲戚朋友也回来疏导大家配合政府征收工作。在村民看来，这种“曲线救国”的工作，让他们的亲戚朋友非常为难，危机重重。

此前，全国各地已经发生类似的事情，有些干部职工如果劝说不了自己的家人配合拆迁征地工作，就会就地撤职，或调离原岗位，或下放到其他边远山区。

县里是不是想模仿外地的经验做法，村民们并不清楚。没有文化的村民，没见过这样的场面，他们纷纷找到黄寿山商量对策。其中，九个村民小组组长几乎天天晚上都来到黄寿山家喝酒聊天，发发牢骚。有时候，他们还跟黄寿山到街上的一些大排档或不大不小且上不了档次的餐馆聚餐。

看起来，大家都在以黄寿山的意见为主，唯马首是瞻。黄寿山知道这样下去，会有意料不到的事情发生。所以，每次他们来找他时，他便要求他们闭口不谈征地拆迁之事。他告诉他们，他不是村委领导，不好发表对此事的看法。虽说他家的土地也被征收。喝酒就是喝酒，吃饭就是吃饭，聊天就是聊天，请不要涉及征地事宜。如果大家要谈，下次请不要来找他。

“你不是镇里的人大代表吗？我们向你诉说这事情，你难道不帮我反映问题？”

“作为人大代表，我可以做这些工作，但不要三天两头往我家里跑，该做的事情我会做的。你们经常来了，慢慢就会引起一些没有必要的麻烦。到时，会有人说是我幕后精心策划，聚众闹事，煽动群众对抗政府……”

正如他预料的一样，各种谣言随后在坊间到处流传。谣言说，他网罗“九大金刚”，组织不明真相的群众，随时对抗政府，达不到征地款多少多少，他们就誓不罢休。不久，工作组来找黄寿命谈话，要求他深明大义，做好群众工作。

他还是如此表达自己的观点，他没有组织群众反对征地，也没有网罗“九大金刚”，是他们自发来找他的。他还让群众去向村委干部等人反映情况。群众之所以来找他，是因为他是镇人大代表，而且他们来找他时，他也请他们不要跟他谈及征地的问题，并生气地告诫他们，若再谈论与此有关的话题，他就哄他们走。此后，他们缄默不语。“你们若是不信，可以去调查。我若说了半句假话，天诛地灭。”

有一天，黄寿山又和九个村民小组组长在街上一餐馆吃饭。酒至中途，征地工作组及村委主要领导突然闯进来。席间，大家猜拳划码，喝得非常投机，但无人谈及征地之事。

随后不久，就有很多咄咄怪事发生在黄寿山的身上。有一天夜里，有个半生不熟的朋友来找他，跟他东聊西扯一些事情。临走时，朋友放下一个袋子，什么也没有说就离开了。黄寿山打开袋子一看，见里面是一叠叠现金，一数，有七万元。

他给朋友打电话，要求他把钱拿回去，不然他要上交到屯里，用于公益事业。他还质问对方受谁的安排而来。朋友支支吾吾地说：“恕我不能告诉你实话，因为我只是个中间人。其实，村委各个领导及每个村民组长都有这样的东西，不单单是针对你的。你若不收下，我也没有办法。我会把钱拿走的。”

事后他才知道，这钱是某个投资商托人送来的。投资商见迟迟不能顺利地推开拆迁征地的工作，急了，就背着政府部门采取这种“放血”的手段，要收买村里各个能说得上话的人。结果，他枉费了心机。

此后，还发生多起类似的事情。“多年来，我先后四次拒收这样的贿赂，其中一次就有十五万元。对于这笔巨款，我直接从窗户扔了出去，钱散落得满地都是。来人只得捡拾起来，怏怏地回去了。说实话，我只收过一次贿赂，数额六万块。当时，我要求来人把钱拿回，但他不承认自己送这笔钱，也不愿意露面。后来，我就当着村民的面，把钱交出去，用于修建村里公益设施……”

当时，不管各方如何做思想工作，村民们还是不同意接受这样的征地款，并与征地人员对峙。此后，还出现几次类似的事件。黄寿山没有参与一起行动。很奇怪，他的手机经常莫名出现信号中断或接听困难的情况。他的徒弟及其他村民代表也出现类似的现象。

黄寿山意识到问题的严重性，干脆换了手机号码。之后，安心呆在家里，什么也没做。他已经做好了应对措施。他镇定自若，心安理得。俗话说，为人不做亏心事，不怕半夜鬼敲门。他黄寿山就是一个普通的村民，有钱后做了不少善事，既对得起天对得起地也对得起群众和自己，任你来什么阴的，他都毫不畏惧。

一天上午，他家突然来了一辆警车，下来两个民警，要请他上车，并解释说所领导要见他，有些事要跟他商量。他的心里咯噔几下，一时乱了方寸。他不知道要发生什么事情，隐约也意识到跟拆迁征地有关。

“若你们不讲清请我去的目的,我死活也不会上车。”黄寿山态度非常坚决。

民警说：“领导有事找你，至于什么事，我们也不知道。你跟领导谈完事后，我们再把你送回来。”

“我不坐你们的车，我有车，我让司机载我去就是了。”黄寿山拒绝坐上警车。

民警说：“不用了，上我们的车吧。能省就省。你不坐我们的车，我们也不好交待……”

看样子，不上警车是不行的了。望月屯离派出所并不远，也就是二三公里。一路上，黄寿山不停地试探民警请他去派出所有何事。民警仍旧闭口不谈。然而，黄寿山一进值班室，接见他的领导就像审问嫌疑人一样对待他，让他很不舒服。

原来，有人举报黄寿山从事封建迷信活动，派出所要调查取证。

黄寿山大怒：“请举报者站出来指证，如果我做传统的易经文化涉嫌坑蒙拐骗群众，我愿意接受处罚。我是给不少群众做事，给他们指点迷津，但他们是自愿来找我的，我也没坑他们钱财。有些群众来找我时，我见他们困难，没有收他们一分钱。”

领导威严地盯着他，继续审问：“你真的这样？你若不说实话，我们把你关起来！”

黄寿山不知道哪里来的勇气，理直气壮地说：“请你注意你的言行！因为，我目前还不是嫌疑人。我是凤鸣镇人大代表，你目前还没有资格审问我。只有人大常委会通过法定程序罢免我的资格后，你才可以对我立案处理……”

领导有些窘态，口气缓和了。之后，让民警把黄寿山送回家。黄寿山说：“我不是犯罪嫌疑人，所以不用坐警车。我若坐了警车，一路回去，群众就认为我犯法了。刚才来的时候，我就不愿意坐你们的车。我自己有车，已让司机来接我了！”

他头也不回，径直出了派出所大门，并让司机来接他。然而，此后发生的事情，更加让他困惑了。

先是村委领导找到他，转达上面领导的意思，说他串联群众，对抗拆迁征地，公开坐地起价。村委领导还特意强调，要注意影响，对于封建迷信活动，政府部门历来是抬头一个打击一个，绝不姑息养奸；而后，又是镇主要领导跟他严肃地交谈，要他认识形势，不要触犯法律底线……

不管是什么领导来跟黄寿山沟通，似乎都在表明这样一个意思：他是“拆迁征地事件”中的主谋。

黄寿山也表明他的态度：“请不要这样抬高我，我何德何能，能够到处串联群众？我一个残疾人，走路都要靠拐杖，怎么串联得那么多的群众和组长？他们自己来我家跟我聊天，我又没有逼迫他们。若你们认为他们是我串通的，明天起，我就把家门关上，不让他们再来。一事归一事，我是不是搞封建迷信活动，你们要拿出实证。”

这期间，还有各种各样的话满天飞，说他若再顽固不化，对抗到底，就把他抓进牢房。饶是如此，黄寿山愈加冷静。此时，他在县城的亲戚朋友，也有领导干部来拜访。领导干部希望他们设法劝说他，让他不要跟群众搅在一起。

此前，亲戚朋友早就知道黄寿山在“征地事件”中，没有“煽风点火”，所以就回复那些领导干部说，在没有任何证据的情况下，就片面指责黄寿山，是欠公正和客观的。即便他帮助了群众，也是他应尽的责任与义务。在村民中，只有他有一定的文化。

黄寿山善于做群众工作，如果你们让他去做群众工作，效果可能会不一样。

而你们从一开始，就把矛头对着他，指他是主要的闹事者，并对他进行打压，他苦不堪言。在县委政府层面的会议上，有人还把他说成刁民，他也不舒服……

得知亲戚朋友被人“施压”，黄寿山的心里五味杂陈，一言难尽。

几天后的一天晚上，黄寿山接到县政法委书记郑之俊的电话，让他明天到镇上来一趟，县里也想听听黄寿山对征地款的一些意见。

黄寿山本想拒绝，转念一想，能跟更高级别的领导见面，顺便帮群众说几句话，也是应该的，没有不妥的。他既是屯长，也是人大代表，群众与拆迁征地办僵持这么久了，也该以更好的方式解决此事了。

对于郑之俊的为人，黄寿山颇为了解。此前，他们之间多次接触。郑之俊的工作方法与魄力，是有目共睹的。他曾在基层工作过，对做基层群众的工作非常有一套。在一些拆迁征地等工作中，黄寿山就见证过他的魄力。干部满意，群众也满意。

次日上午，黄寿山一来到司法所二楼一办公室，就见到郑之俊坐在那儿等他。在郑之俊的周边，是县四大班子的一些领导，以及公检法各部门的主要负责人，还有镇里主要领导和各部门的负责人。如此场面，让黄寿山顿时备感压力。一人孤军作战，难度可想而知。

当时参加会议的还有刚刚调到管理区当副主任的徐一鸣。徐一鸣定定地看着黄寿山，似乎在研究黄寿山的心理活动。其他人也是如此。

黄寿山隐约觉得气氛不对。难道所有的领导都要听他汇报工作？他既有些自豪感，也有一些不安感，不知道郑之俊今天这样安排是什么目的。公检法的主要领导都在场，这气氛显然不同寻常。他猜想着，今天来赴会，不知是凶还是吉。

他一向被别人称为大师，有预见之明，而他偶尔也自诩通晓天机，可今天来赴会前，他居然都不知道有这么多的官员在场，特别是公检法这些强权部门的主要负责人，他事先一点儿都不知晓。他开始紧张起来。

郑之俊见黄寿山进来，就笑着站了起来，亲切地与他握手，客套地说：“好久不见了，你还是老样子。”

黄寿山也与郑之俊寒暄着。谁知他一落座，郑之俊就严肃地说：“知道今天我们找你来的目的吗？”

黄寿山有些纳闷，昨晚郑之俊在电话里，并没有提及有那么多的领导干部要找他，当时他还以为就郑之俊一人找他。他知道郑之俊的工作方法，单独找他谈话，他更加容易把一些真实的情况反馈出来。旁边有其他人，有时候并不一定是个办法。

黄寿山说："无非是拆迁征地的事。你昨晚已经跟我沟通此事了。"

"你说对了。不过，我们今天暂不谈这事，先说说你另外的问题。"郑之俊的语气明显加重，神情也更加严肃了。在座的很多人都做了笔记，由此可见，今天这个会议，是由郑之俊主持的。

"我有什么问题？"

"据我们调查，你串联群众，拉帮结派，煽动群众闹事，阻止政府如期进行征地工作。"

黄寿山提高声调了："我这个样子还能串联群众？不错，群众是经常到我家来串门，这是事实。但我没有任何权利阻止他们什么该说，什么不该说。嘴巴在人家脸上，舌头在人家嘴里，他们发发牢骚，说说拆迁征地款不合理，这也不妥当？"

郑之俊饶有兴趣地听着，但他的脸色仍旧那样严峻。

黄寿山又说："此前，我曾多次劝止他们不要在我家谈及与征地款有关的事情，并生气地对他们说：'若你们再这样讨论，并引起别人猜疑我就是策划者、组织者，我就把大门关了，不让你们再来！'此后，他们再也没有说什么。"

郑之俊问："就这么简单？不要避重就轻！"

黄寿山生气了，大声叫冤："不要忘了，我既是屯长又是人大代表，他们让我代为陈情反映一些不合理的事情也是正当的、合法的。我通过正常渠道反馈给你们，对错由你评判，这何错之有？"

郑之俊说："有则改之，无则加勉。不过，我还是希望你有大局意识，清醒地认清形势。县里在凤鸣镇搞县级管理区，这对发展当地经济是大有帮助的，是造福当地百姓的。日后，包括你在内，都是直接的受益者。"

"群众非常支持拆迁征地工作，也知道搞管理区可以促进区域经济腾飞。可对于征地款赔付一事，他们认为不合理。"

郑之俊脸色一沉，突然大叫："搞了半天，你们原来是坐地起价！那些赔偿标准，都是按国家相关政策执行的。而你们却要参考市区城中村的标准，记住，这是县里，也是镇里……赔偿标准不可能是相同的。”

“管理区是县级单位，离市区只不过十几二十公里。明山县也归市里管辖，是相当一个辖区，标准有何不同？”

“你信不信我今天就把你抓起来，关进牢房里？”

黄寿山也来了脾气，拍着桌子大叫：“县、镇两级人大领导都在这，你可以不明白罢免人大代表的法律程序，但他们应该是清楚的！我替群众如实说话，有何过错？你若把我抓了，我也会让你的乌纱帽掉了。”众人一惊。

郑之俊是个聪明人，虽说被黄寿山“将了一军”，气坏了，可他并没有发作，只是说：“群众的诉求是合理的，但也要看实际情况。我们今天请你来，就是想听听你的意见。如你刚才所言，你是人大代表，是群众的代言人，有什么话你现在可以跟我们反馈……”

“我该说的已经说了。”黄寿山来了牛脾气，起身离座。

郑之俊看了看手表，打了圆场，他笑了笑，以缓和气氛，说：“也到中午了，大家就在饭堂吃午饭，你吃了再走吧。”

“吃人家的嘴软，拿人家的手短。你们的饭不好吃。我还是回家吃一碗粥、送几根榨菜舒服些。”

“我让人开车送你回家吧。”

黄寿山气呼呼地说：“不用了。我自己有车，司机会送我！”

下到一楼时，有一干部低声对黄寿山说：“郑书记今天不是针对你的，他发现有些干部不会做群众工作，趁机发作了。管理区拆迁征地工作搞了几个月了，居然一点进展都没有，县里主要负责人非常生气，责成郑书记尽快落实。”

黄寿山一怔。冷静之后，他后悔刚才一时冲动，冒犯了领导。“舍得一身剐，敢把皇帝拉下马”。得知他在镇司法所办公室与郑之俊“硬干”，村民纷纷赞叹黄寿山有骨气、有血性，但他却认为，得罪这么大的领导，日后可能会有苦头吃。

想想之后，他又觉得郑之俊不会是那种人。与郑之俊接触，他发觉对方做人做事蛮大气的，是个胸怀宽广的领导干部，是不会计较他这样口无遮拦地顶撞的人的。对于领导干部来说，当面听听群众不留情面的直言直语，有时候对于做基层群众工作是有用的。

又过几天，郑之俊主动联系黄寿山。黄寿山有些意外。大领导不计前嫌，难得。正如他预想，郑之俊是个熟悉基层群众工作的领导。

正因如此，黄寿山愿意打开心扉跟郑之俊沟通。这几个月来，一些领导干部到村里来时，一副高高在上的姿态，不愿意倾听群众的心声，一味要强势压制群众，就是要强力执行一些政策，完成任务就可以。他们注重的是结果，而不考虑过程。其实，与群众打交道的过程是很艰难的，也是很漫长的。

此前，黄寿山没少提醒那些领导干部，政策是硬的，人性化执行未尝不可。干部和群众应有鱼水情，群众是有感情的，如果耐心做足群众工作，再三深入基层，与百姓打成一片，群众也会理解与支持工作的。“水能载舟，亦能覆舟”。若硬对硬地干，是达不到预定的效果的。

黄寿山感动于郑之俊对他的尊重。暂且不是说他能左右多数群众和一些干部的思想，至少以他的影响力，也能在群众中说得上几句话。郑之俊来找他沟通，这也说明郑之俊知道如何通过他去做群众的工作。

他还是坚持原先的立场与态度：他只是代表群众说话，因为群众对他很信任，知道他在外面闯荡多年，能说会道，了解政策法规；群众对征地款一亩二万一有意见，可以适当提高一点；因为征用的土地是村里的集体土地，所以征地款分配是这样的，群众三成，村委七成。留于村委这么多的钱，主要是用于发展村里的集体经济；户口是村里的，才有资格分配征地款，已经外出工作、户口不在村里的，或已经嫁出去且迁走户口的，是不能享受征地款的分配的……

他还特意提及，这些意见，村委领导是早就知道的，但他们当中有些人害怕得罪上级领导，所以不愿意从群众的角度考虑问题，而是一味迎合上级领导的意图。群众对此是不满的，也不愿意与他们交流。

“虽说我人微言轻，但因为受群众的委托，我也快人快语地跟村委干部谈过这些事情。可他们没有重视我的建议。甚至有些人还提出，要把征地款全部分完，每个村民都可以享受分配。他们根本没有考虑到集体经济如何发展。”

他还强调了一点，原先县委政府在某些工作层面对他的评价不是很客观，也误解或夸大他在“征地风波”的作用，说他是“钉子户”，并煽动群众对抗政府等，他要求县委政府主要领导在相关会议上予以消除影响。

郑之俊点点头，表示会把这些意见反馈给县里主要领导，并会很快作出回复。

不久，郑之俊反馈信息，县里基本同意群众的诉求，并明确告诉黄寿山，县领导已在相关会议上给他恢复名誉了。黄寿山根据县里的意见，便召集群众开会。此后，群众再也没有闹事。此时，郑之俊才知道，黄寿山在群众中的威望。之后，他要求黄寿山协助官方做好群众的基础工作。征地于是顺利推进。然而，在实际操作时，又起了风波。

原来，有些有背景的人，早年租村里的土地用于其他产业开发，在征地款发放时，居然也参与分配，引起群众强烈不满。村民们认为，这些承租户可以要地上附着物、青苗款、厂房等拆迁补偿费，但不能参与征地款的分配，他们根本就不是本村村民。而那些人自恃在县里有背景，称这些土地就是他们的，不属于村集体的，又否认原先大家一起制订的分配方案。

征地工作又陷入困顿之境。

黄寿山把一切怨气倾倒在郑之俊的身上，指他护短。郑之俊说自己也是刚刚知道这事，他调查清楚后，再作决定。

“拆迁征地事件整整搞了半年，搞得大家精疲力竭。最终，村民只得同意政府制订的拆迁赔偿方案。”回忆当年的事情，黄寿山感叹地说，“最后，村民们为何还同意按一亩二万一赔偿,也可能是因为觉得征地的事情拖得太久了，再也耗不起时间，所以签字了”。

在与郑之俊的接触中，他认为郑之俊的群众基础和方法，是徐一鸣不可比的。郑之俊做群众工作，得体而大方，他会从实际出发，并考虑到方方面面的利害因素，主张领导干部“从群众中来，到群众中去”。因此，他的工作做得四平八稳，群众满意，干部满意，领导也满意。

徐一鸣也有自己的一套工作方法，对于群众的意见，他用心听，并设法为群众解决实际困难，但涉及投资商的利益时，他更多的是从商人的角度考虑问题,认为商人是来发展当地经济的,是造福百姓的,群众利益受损一点是正常的。

如果让黄寿山在郑之俊和徐一鸣之间选择一个人交朋友，他会毫不犹豫地选择郑之俊，但为何这几年跟徐一鸣走得那么近，他至今也弄不明白。是利益，还是友情，抑或信任，他说不清也道不明……

当他与徐一鸣的关系呈现紧张的状况时，他才明白，一切都是天意，很多事情是无法回避的，该来的还是会来的。此为后话，暂且不表。

第十章 调查组清点迁坟数量

不管如何，“征地风波”又让黄寿山掘到了人生的第二桶金。被征收的几千亩土地上，有多少坟墓，他是清楚的。当管水员时，他就在那个位于乱坟丛中的水塔房度过了一段不同寻常的岁月。

明山县征地拆迁办成立迁坟组时，知道他曾和助手在花卉界一带从事迁坟工作，成绩斐然，便请他们“加盟”进来，每人每月发放九百元工资，每迁一座无主坟墓，就按一千二百的价钱计。而后，他也从村里搬到县城，租房从事迁坟事宜。

因为工作量巨大，他当时请了二三十人协助工作。那时他不仅要协助拆迁征地组做迁坟工作，还接了其他单位或个人提出的类似的活，忙得不亦乐乎，这些人手在当时根本就不够用。用他的话来说，当时他每月发给工人的工资及奖金总数就有十几二十万元。

当他发现很多人是来混日子的，就毅然辞退了一些人。

在迁无主坟墓过程中，他发现以往政府部门在迁移无主坟墓时，随便找一块地安葬即可，无主坟墓分散于各处。日后那些地方再开发、再拆迁，这些坟墓又得重新迁移，又会浪费国家的财产。“从情理上来说，也是我们不尊重无主坟墓后人的草率做法。不如找一块地，设个公墓，让它们集中在一起埋葬，岂不是更好？”

县里觉得他这一建议不错，并责成管理区和镇里主要领导处理此事。之后，选定一个准备用于开发的墓地。这个墓地在一个山脚下，山奇树绿，气势非凡，确实是个宝地。它离管理区有几公里，此前已有人准备征用，用于建厂等。但得知此处要用于公墓建设，也大力支持政府的工作。

此后，县里所有的属于拆迁搬迁范围的无主坟墓，均搬迁于此。公墓的名称叫“万灵阴德公墓”。名字是他起的，石碑是政府立的。最让他满意的是，官方还感谢他这些年来对迁移无主坟墓的积极贡献，专门立了一块石碑，上书“一代名师”，落款为明山县人民政府。

搬迁无主坟墓，他做到非常认真负责，每下葬一个无主坟墓，他都在骨瓮内刻上自己的名字，日后有什么事均可找他。用他的话来说，他敢于把自己的名字刻在盛放尸骨的瓷罐底部等处，并把活人的名字以其他形式押在死人的骨瓮内，这是任何一个迁坟师都不敢做的事。

迁移无主坟墓时，他们偶尔会发现骨瓮内的一些财物，如玉器、银圆、铜钱等。对于这些财物，他下令任何人都不能动，要物归原主，相应地迁移到新的墓地。各相关部门也监督他们施工，目的就是防止他们乱来。

“遇到坟墓内有财物的这种情况很少，多数无主坟墓都是腐烂如泥的尸骨。即便偶尔发现财物，那些铜钱什么的，也早就生锈，腐烂如泥……”

有一次，有一个助手在挖一个坟墓时，发现骨瓮内放着几个铜钱，一看是清朝年间的，就趁人不注意，把它们放进自己的口袋。他得知后，二话不说，就一个拐杖打到助手的头上，令他把东西交出来，放回原处。

那个助手还想狡辩，并承认错误，可他没等对方把话说出来，就又一个拐杖打去。当助手把东西放回原处后，他喝令助手立即离开迁坟现场，并当场宣布开除助手，不发他当月工资，此后也不想再见到他。有人不解，助手只不过犯了一点小错误，为何还这样严肃处理对方？

他说，在这一行里混，如果手下人都这样见利忘义，他又如何担当得起“一代名师”的称号。师傅带进门，修行在个人。若不管教好手下人，他们一旦乱了规矩，必然会产生恶性循环，他日后就不可再承揽其他迁坟的活儿了。在这一道上混的人，没有不爱惜自己的羽毛的，除非有些人不给自己留后路，

“捞得一单算一单”，才不会珍惜自己的名声。

身正不怕影子斜。正因为自己站得正，他才没在一次清点坟墓总数中被人陷害，栽了跟头。他说，如果他作假了，那一次他肯定难翻身了。涉嫌侵占国有资金这条罪，只要扣到他头上，他必然死无葬身之地。

原来，有人见他们在管理区迁坟中做得风风火火，不仅拿到拆迁征地办发给的每人每月九百元的工资，还按时领到每迁移一座无主坟墓一千二百元的费用，就开始向各级部门举报，指他们虚报迁移无主坟墓的数量，大肆冒领国家补助资金。

在事先没有通知的情况下，调查组就开进万灵阴德公墓，挖起已经埋下去的骨瓮。一个个骨瓮被挖上来，集中放在一起清点，之后又一个个打开，查看里面有无尸骨……有专人登记，有专人查看，场面严肃。看样子，他们要调查他有没有弄虚作假。

那天，黄寿山也来到公墓，一见这种场面，就知道意味着什么了。你说他当时不紧张那是假的，说他不镇定也不真实。他忐忑不安，却又泰然处之。他多少也是见过场面的人，但他从未见过官方如此阵容。他的精神有些快要崩溃了。

他默默地看着他们工作，不想跟任何人说话，也不想做任何解释。你越解释就越显得多余。事实胜于雄辩。仍未到现场前，得知有调查组要开挖地下的骨瓮，他确实很生气；到了现场后，他却显得十分冷静。

调查组有公检法的人，还有纪检、国土等部门的人。他们都在忙着各自的事情。只要有一个骨瓮内是空无一物的，他虚报迁坟数量、冒领国家补助资金的事实就会成立。

对他来说，无论如何，他也不会做这种缺德事。如果这种钱都敢拿，会遭天打五雷轰的。可谁又敢保证，跟随他的徒弟及那些施工的工人是清白的？

迁坟时，时间紧、任务重，每天工作量那么大，他不可能时刻都盯在现场，就算坐镇指挥，也不可能一一查看骨瓮内的情况。即便徒弟等人有无心之失，无意埋葬了一个空的骨罐，他也解释不清楚。

那天的太阳特别大，让人窒息的气温，快要把地上的植物晒死了。一大早叽叽喳喳就叫个不停的鸟雀，此时也不知道躲到哪里了。也许，它们担心被太阳晒死，可能飞到阴凉的岩洞里去了。

黄寿山像在水田里耕耘的老水牛一样被晒得不停地喘着粗气，他流了很多汗，也喝了不少的水，却无济于事。见有中暑的征兆了，他便躲到车内，让司机开着空调，耐心地等待结果。

调查组细致地检查着挖出来的每个骨瓮，发现没有一个是空的，里面都放着迁移过来的骨头。他松了一口气。

事情并没有完结。随后，调查组还全面核实拆迁征地办发放的每一笔迁坟费，包括给他们发放的工资，历时一个多月。结果，都没有发现任何问题。

“我经手的那些坟墓的数目，绝对经得起时间的检验。”回忆往事时，黄寿山言之凿凿地说。

九百元一个月的工资，在当时并不多，很多打工仔到工厂打工，辛苦一个月，都会有一二千元的收入。当时，县领导及拆迁办也愿意按市场行情给他们每人一千五左右，不含“五险一金”，但他考虑双方长久合作，且搬迁坟墓也是短暂性的工作，国家资金毕竟也是有限的，故他只提出每人要九百，且要求享受这一待遇的人员不能超过三五个。

他是商人，也不是商人，商人做生意永远是追求最大的利益。然而，对于政府部门给予的迁坟待遇，他并没有按商人的需求发牌。迁移一座无主坟墓，前后的成本约需几百，其中包括挖掘原坟的人工和机械成本，从原处搬到新址的运输费用，开挖墓穴重新安葬的成本，水泥、沙石及墓碑等费用……如果原坟内有的骨瓮早就破烂了，他们还得重新买一个，再把墓主的尸骨放进去。

每座无主坟从原处搬到新址，迁移的成本需要几百。在此过程中，他们获得的利润并不高，通常只有一二百，甚至更低。这钱其实就是辛苦钱，是用大量的体力换来的。这种又苦又累的工作，每天都在搬运着充满各种气味的尸骨，谁愿意挣这种钱？现在的人，挖掘一个坑种树什么都有上百元，比对之后，这一二百元的利润并不高。

正因为他为了国家节省迁坟成本，且任劳任怨地协助相关部门做好迁坟工作，不计较个人得失，有所贡献，县里相关部门便给他立了一块石碑，称他为“一代名师”。获此荣誉后，他更加谨慎行事。违反国法的事，你让他浑身是胆也不敢触犯。

他敬畏法律，也敬畏天地，更加敬畏那些或有姓氏或无姓氏的已经埋葬在地下无数年的尸骨。

当时，之所以有人对他暗下杀机，他认为自己有可能得罪了一些权贵。此前，有些不大不小的领导也想参与迁坟工程，并传话给他们，希望分到一点羹。挣这种“死人钱”，拼死拼活也挣不了几个，居然还有人这样开口，他当场拒绝了。

当然，他更加倾向于“内斗”引发的此起风波。因为工作关系，他与郑之俊等人有所往来，但并没有深交。在某些人看来，他们之间肯定有利益输送关系。只要从外围切入，把他搞倒了，郑之俊等人也就跟着倒台。只要郑之俊等人没了官职，那些人就好做事了。

他这个纯粹的“阴谋论”，并没有得到郑之俊等人的回应。有几次，他都想向郑之俊等人求证，但话到嘴边又咽了回去。对于核查迁坟数量的风波，郑之俊等人是知道的，但调查组从调查开始到结束，他们都没有跟他谈此事的有关消息。至于他们是否也受到调查，他更无从知晓了。

直至多年后，他恍然明白过来，制造这场风波的最大涉嫌人，有可能就是徐一鸣。

为什么这样说？徐一鸣那时刚调任管理区主任一职不久，就对他说：“二哥你们迁坟迁得那么辛苦，成本那么高，也挣不到几个钱，不妨跟我们提出来，由我们打报告，往上汇报，可以适当增加费用。”他回绝了。

人家若帮你申请到费用，不给回扣或提成什么的，是说不过去的。在商场，这种手法已是公开的秘密。但他也知道其中的利害关系，有些钱是不能挣的，一挣就出事。以致这些年来，不断有人要给他的农庄申请机灌等各种农业补贴，他都毫不心动。他就用自己挣到的钱，一分一分地把农庄打造起来，至今没花国家一分钱。

黄寿山自力更生的精神，让人佩服不已。更让人敬佩的是，国家对残疾人有补助政策，残疾人每月可领取一百块的生活补助，当清风村委及望月屯的干部给他申请并填表时，他婉拒了，并要求他们把这个指标让给其他有困难的残疾人。

还有一次，徐一鸣在县城给他电话，说有几个朋友在一起吃饭，让他过去凑热闹。他本想拒绝，可不给面子也不太好。于是他去了，还埋了单。

这是他第一次见到那么混乱的场面，饭桌上，很多领导干部搂抱着陪酒女，喝得天花乱坠。虽说他们是逢场作戏，可他不喜欢这样的场面。那年头，全国仍未有禁令打击这种海喝胡吃的行为。当时，公款接待，或私人宴请，大吃大喝，是没有节制的。如果换到现在，哪个还敢这样乱来。

此后，徐一鸣再叫他去作陪，他都婉言推掉。也许是这样，他无意中得罪了徐一鸣。

不管如何，那时明山县征地拆迁办对他们的工作是满意的。甚至有些难题，也让他们出马解决。

几年前，省里一领导老家的祖坟莫名被青山村的村民搬走。青山村的村民认为，该领导的祖坟肯定是个风水宝地，所以才出了这么优秀的官员。而且，此地原本就是他们祖上的土地，他们要拿回来。

随后，他们就把该领导老家的祖坟搬到其他地方，而把他们的祖先葬于此处。该领导所在的村子叫绿水村，该村村民非常生气，但他们明事理，识大体，并没有聚众与对方反抗，而是通过正常渠道反映此事。

县里成立工作组协调处理此事，但迟迟解决不了。原因是，如果采取强制措施，把青山村村民刚刚葬下的坟墓强行搬迁，势必引发群体事件，而慢慢做工作，绿水村村民也会认为政府部门故意拖延时间，偏袒一方。

得知黄寿山迁坟有一套，善于做群众工作，郑之俊就请他去现场查看。仍未去现场前，黄寿山已信心十足地说，这事他来处理，是可以解决的。因为他跟两个村的村民关系都不错，他会跟他们做解释工作。

郑之俊问需要多少费用，黄寿山说一千五百。郑之俊一愣，以为听错了。黄寿山笑笑，说他不会像某些迁坟人一样开出高价的。郑之俊点点头，相信黄寿山能把此事办好。

次日，黄寿山来到绿水村，找了几个上了年纪的老人“闲聊”，并对一些围过来的村民说：“我认为，把这块地让给青山村的村民也无妨，因为他们不知道出人才的内在逻辑关系。如果村里早晚都是赌博的风气，小孩不思读书，再让他们把祖坟葬到西岳华山的山顶，占尽风光，他们的子孙后代也不会成就非凡事业，山沟沟里更不会飞出金凤凰。既然他们认为那是一块宝地，那就让他们试试看。”

随后，他还深入青山村，跟该村老人以及村干部等人一起沟通，反复阐明他的人才论：俗话说，勤耕不荒，懒种长草。村风好，崇尚读书，勤俭持家，尊老爱幼，想不出人才都难。这是因为，“诗书传家厚，耕读继世长”嘛。“现在，你们看看，事情做到这份上，对小孩、对社会都产生什么影响了？即便占了那地方，世代就能出人才？”

因群众工作做得非常到位，青山村有一半以上的村民承认到了错误。见火候到了，黄寿山决定强行搬迁该村的坟墓。郑之俊担心出现闪失，造成群体事件，经请示主要领导后，便让警力前来增援。当时，黄寿山本想不让警察维持秩序，只消夜色降临，他就和助手动手把对方的坟墓搬回原处，再把绿水村的回迁，可想想，当地情况非常复杂，能做到万无一失那是最好的了。

当天傍晚，青山村的群众得知明山县工作组要强行迁坟，便纷纷涌到现场。也许见现场有大量的警察在维护秩序，也可能见黄寿山反复说明村里出人才的逻辑关系，这些群众并没有闹事。不仅顺利地强制迁走青山村的祖坟，还做好绿水村的祖坟回迁事宜。

这天晚上，黄寿山还请前来协助他们工作的各部门工作人员吃宵夜。此次协助政府强制迁坟，扣除成本开支，他所获的报酬并不多，也就几百块。当他做完所有的事情，一回到家，他已经虚脱得快说不出话来。

冒险做了此事，对于是否成功，黄寿当时并没有多少底。但官方对他敢于接下此活，也是大加赞赏。此前，官方找了很多迁坟的人，还开出了高价，都没有人愿意接这活，担心受到群体事件的冲击。

当然，绿水村村民也对黄寿山出手相助给予好评。

最让黄寿山紧张的，还是协助明山县各有关部门迁移烈士坟墓一事。

县城解放时，有不少仁人志士参加了激烈的战斗。战斗中，他们有的为革命牺牲了，之后被评为烈士，被集体葬在管理区附近一公墓。此后，此处烈士陵园成了革命烈士教育基地。每年清明节，附近的中小学校均组织师生来祭拜，缅怀革命先烈。

随着乡镇建设的发展，烈士陵园也面临搬迁的实际情况。在搬迁烈士陵园前，县里各有关部门均对烈士家属及其后人做思想工作，同时也给他们展示了新的墓园的规划图。新墓地比原来的更加气魄，青山绿水，柏树森森，肃穆威仪。

有些烈士后人坚决不同意搬迁，认为，几个烈士坟墓原先就定在此地，现在要换个地方，无论如何也得给他们赔偿。家属提出数十万的赔偿要求。

烈士陵园是公益性质的，是国家投资的，对于家属提出的这个赔偿要求，县里相关部门包括民政局便来做家属工作，并指出，烈士遗体当年是由国家安葬在此处，供后人瞻仰。现在，国家在此地开发，根据需求，要把烈士坟墓搬迁到其他地方，这是法律所允许的。

工作是做了，但做不通。归结起来，就是，没有这样的赔偿金，家属拒绝同意烈士坟墓搬迁到新址。此后，家属日夜派人守着坟墓，不允许政府组织强制迁移。

有一天深夜，黄寿山突然接到郑之俊的电话，问他有没有办法解决这个烈士陵园的迁移事宜。也许是有过省领导老家祖坟迁移的成功经验，郑之俊对黄寿山处理这种棘手的事情是看好的。要不，他也不会在深夜给黄寿山电话的。

黄寿山早就知道烈士陵园迁移遇到的困境了。他对郑之俊说："时间紧不紧？做这种工作，他得花些时间。他跟那些家属有的是认识的，要做他们工作，得费些周折。"郑之俊说："就是时间急才找你，因为管理区拖延太久了。而新建的烈士陵园，成了摆设，群众议论纷纷。"

郑之俊也知道，领导干部都处理不了这桩事宜，却找民间高人，这事传出去，影响也不好。往日，领导干部都在做什么？为何不深入基层，与群众打成一片，听听他们的心声？此前的省领导老家的祖坟事件，坊间已有不同的声音。明明是政府各职能部门干的事情，却让黄寿山去做了，这些干部尽责了吗？这种民间纠纷，官方都解决不了，老百姓又怎样看待领导干部？

其实，省领导老家的祖坟事件，是由县里组织强制搬迁的，之所以请黄寿山出马，只不过是让他去搬迁坟墓内的东西而已。就如公安、工商、烟草或海关等部门进行某个案子的执法时，执行人员发现案件现场某个房间上了锁，无法破门而入，便请来锁王开门。该锁匠开锁的费用照样得给，锁匠与整个执法案件并没有什么关系。打开门锁，收钱走人。

换言之，黄寿山参与省领导老家祖坟事件的搬迁，也不过是县里组织的强制迁坟组中一个不值得一提的从属关系。他们只需把坟墓内的东西挖出，按政府部门的要求把它们运到某个地方，是否引发法律责任，与他一点关系都没有。如果他在强制迁移事件受伤，也有条件与理由要求政府部门赔偿医药费等。

黄寿山参与那么多的无主坟墓搬移，自始至终，与县里各有关部门也不过是一种雇佣关系，或外包关系、连从属或上下也谈不上的合作关系。你给我钱，我就搬迁无主坟墓。

“如果你答应下来，能够处理，一会我就让镇党委书记跟你沟通。他们为了此事，头都大了，不知道如何处理是好。”

“我明天试试看。”

郑之俊挂了电话后，镇党委书记就打电话给黄寿山，问他有何要求，他们会加以配合。黄寿山说，八万多元的费用，这费用包括搬迁到新址的所有成本。镇党委书记答应在次日落实。

次日，天仍未亮，镇党委书记就带着各部门负责人来找黄寿山。随后，黄寿山便组织人员前往烈士陵园。启程前，郑之俊问他是否安排各方力量协助，黄寿山说不用了，他们会解决此事。

黄寿山一行到烈士陵园时，烈士的后人不在场。他们先是按民间传统习俗祭拜烈士，而后开始进行搬迁工作。就在此时，烈士的后人拥了过来，指责他们乱来，不给他们家属一点赔偿款，就不允许他们动工搬迁。

见家属中有不少熟面孔，黄寿山就上前与他们沟通。他说：“继承革命先烈遗志，尊重革命先烈遗愿，是每个公民应尽的责任与义务。我受政府部门委托，现在给为革命事业牺牲自己生命的烈士们换个好的地方安葬，我相信九泉之下的他们也是同意的。现在的这个地方，已有一定年代，因年久失修，场地也有限，有些跟不上形势了。”

现场中，还是有人提出要赔偿金。他们对黄寿山说的这些话，并不感兴趣。此前，各级部门领导来做他们工作时，类似的话也没少说。人多嘴杂，群声鼎沸。即便黄寿山与当中的家属相识，但面对利益时，那些熟人还是选择站在有利于自己的一方。

有人骂着黄寿山，说他是傀儡，肯定是收了别人的好处费才这么干的。于是，有人冲上来，要动手殴打黄寿山。场面开始混乱。黄寿山后悔冒险行事了。早知道如此，他就同意郑之俊的意见，让他派出警察来维持秩序。

似乎也是意识到现场会出现问题，郑之俊果真安排镇领导以及公安干警迅速前来现场处置，并反复劝说群众不要失去理智。

黄寿山又继续说："这个墓地是公益的。早年，烈士们牺牲后，为了弘扬他们的战斗精神、拼搏精神，政府部门特意选了这个地方安葬他们，以供后人瞻仰。目前，这个地方已成为革命传统的教育基地。其实，搬到的新址也是公益的。"

家属中有人提出："你说这墓地是公益的，这是事实，但有商人在此投资开发，就是商业行为。既然是商业行为，就会产生经济效益；既然产生经济效益，为何不赔偿我们家属的损失？"

对于这样的逻辑，黄寿山不知如何回答，但他明确地告诉他们："不管是谁，都不会怠慢这些为国家作出牺牲的先烈的。我可以告诉你们，新的墓地，比这儿不知道漂亮多少倍。先烈们若在那儿安葬，日后，前来祭拜的后人更多。受到教育的人就会更多……"

慢慢地，有些人安静下来了。

那天烈日当空，强光眩目，花草树木被曝晒着，发出痛苦的响声，似乎遇火就要燃烧起来。没有一丝风，空气热得快要爆炸了。黄寿山汗如雨下，快撑不下去了。至于当时他还跟他们说了些什么，他至今已经记不清楚了。

他只依稀记得，当他不断做他们的思想工作后，费尽口舌，说得口干舌燥，他们最终同意不再要求国家赔偿了。他们终于觉得那样的苛刻要求，于理、于法、于情是相悖的。那一刻，他激动不已。

"也许见我们搬迁时，买来很多供品祭拜先烈，仪式感很强，那些家属被感动了；也许是，当我给他们灌输了很多与民政法律法规有关的东西后，他们也就认可了新墓地……反正，那天的搬迁，没有任何冲突。家属们还帮助我们做工作，特别是到了新墓地，他们见到我们早就准备的石碑，上面刻有烈士名字及生平简介等文字，以及用于建立坟墓的水泥、砖头、沙石等，他们就知道我们是在做实事，非常严肃而慎重地对待先烈遗骨的搬迁工作……"

严格来说，黄寿山拿到的八万多元费用，采购石碑、水泥沙石、重新建墓、请人刻字等，就花了不少。最终到手的辛苦费，还有上万块。他没有跟助手分这些钱，而是把它捐给附近一所学校，用于助奖学金。

新的烈士陵园建成使用已有多年，如今的墓园气象万千，庄严肃穆，每天都有游客前来瞻仰。偶尔路过此地，黄寿山总是进去给先烈们烧一炷香。

迁移烈士坟墓一事，让黄寿山名声大震。此后，县各个乡镇在建设公路或开发其他项目时，只要遇到搬迁无主坟墓，都请他协助。当然，有主坟墓的家属或后人，也会让他协助做些搬迁或下葬工作的仪式。

于是，他的业务开始繁忙起来，几乎每天都有人请他出山。没有人愿意干这些活的，又脏又累又苦，甚至在很多人看来，干多了这种迁坟的事，接触的是“阴活”，天长日久，也会折损阳寿。但黄寿山却认为，他的生辰八字非常适合吃这门“阴阳饭”，因为他命大也命硬，在明山县没有人能做得了这种活。

没有人愿意干的活，他干了，而且是独门生意，慢慢地，他就有了积攒，家底也就慢慢厚了起来。正如离任多年的一位明山县领导对劳记者说，在没有理解或接触黄寿山之前，请不要用有色眼镜看待他，他能够发财，命运瞬间改变，与机遇有关，“你不愿意干的活，他干了”。

“黄寿山不是天外怪物，也不是人间神圣，他只是一个做民间灰色边缘生意的普通农民，准确来说，他也就是一个‘迁坟大师’。行行出状元……”该领导还说，既然迁坟需要成本，也需要付出，那么黄寿山付出了，就相应地有了回报，就这么简单。

此前或现在，有人说黄寿山是暴发户，至于是否准确，该领导认为并没有一个统一的标准，即便黄寿山是个暴发户，也是经历非凡的磨难后才走到了这一步，靠的也是埋头苦干、不怕苦、不怕累的精神干出来的。

一分耕耘，一分收获。该领导还说，其在任时，县里各地开发很多地方，有修路的，有开发小区的，有征地拆迁的，而开发到的那些地方，有些有主的或无主的坟墓都需要搬迁，都需要请人做工。当时，没有人愿意做，而黄寿山做了，意外获得了成功。

对于这样的评价，黄寿山不以为然。做任何事情都有风险，他们从事迁坟这一行当，风险也很高，虽说是协助政府部门工作。

多年前，明山县通过招商引资，引来广东一企业开发敢于镇一个石山。

当广东企业投资六百多万拿下这个山头，并准备把重型矿山设备开进矿区时，发现有一清代的坟墓位于矿区内，影响施工和车辆进出。前期，这个招商引资项目并没有提及这座坟墓由谁搬迁。

因为是外地企业，他们不敢轻举妄动，便与明山县各有关部门沟通，指出此处的坟墓也是招商引资部门具体负责的“三通一平”的事宜。大家倒也没有想到，项目中有这个“拦路虎”，如果说是县里负责的也可以，说不是也讲得过去，并大可把责任推给广东企业，由他们搬迁。

然而，本着对外地企业负责的态度，明山县主要领导便责成敢于镇政府负责协调处理此事，尽快把古墓搬迁。在沟通中，企业表示愿意承担搬迁的费用，但政府部门得负责协调村民的思想工作，严防群体事件发生。

从墓碑上的文字可知，这座坟墓是清朝年间葬于此处的，尽管有姓有氏，但因时间已久，其后人已经没人记得此处还有一个祖坟，所以也就没人来祭拜了。这个坟茔因被乱石和杂草掩没，形似一个小丘陵，虽说县各有关部门在对外招商引资前，曾到矿区实地调查多次，但还是没有发现它就是一个坟墓。

附近村庄有些人得知广东企业来开采矿山，便有了想法，称这坟墓是他们的祖坟，广东企业若不给几十万或上百万搬迁费，就不同意对方在此地开工。接到县里的指令后，敢于镇各有关方面便前往现场做村民工作，说新的搬迁地点已经物色，至于搬迁费用大家可以谈，但不能漫天要价，狮子大开口。

有些村民不同意，坚决要几十万或上百万。见反复做工作都做不通，敢于镇政府便采取强制搬迁的措施，结果有人煽动不明真相的人来围攻搬迁队。于是，敢于镇便向县里汇报。县里的态度还是，强制搬迁，不能助长某些村民坐地起价的风气。

然而，原先请来的搬迁工却不敢协助政府部门迁移古墓了。搬迁工说，有些村民已知道他们的身份，并放出话来说，若他们敢动坟墓一块泥土，就会灭了他们全家。就算给他们多少钱，他们也不敢做了。

敢于镇政府又去请了其他人，最终还是无人敢揽下此活。此时，有人想起黄寿山，提议让他来协助搬迁，他是外地人，没人知道。当接受委托的敢于镇人大主席找到黄寿山时，黄寿山便开口说了，这座古墓搬迁的事情，现在闹得很大，全县上下都知道了，哪怕他们再去接手，一样存在安全隐患。

“你是另外一个镇的，那些人不知道你，你只要答应下来，跟随我们进山，到时会有大量的工作人员在场，其中包括有公检法等部门的领导和干部、职工……”人大主席说。

黄寿山说：“安全隐患跟外地人没有任何关系。如果有人要找你麻烦，哪怕你是外省人，也一样找到你。”

“这是强制搬迁行动，是明山县人民政府的执法行为，跟你没有多大关系。你只需去挖走坟墓内的东西，把它搬迁到新址即可。你也知道，这是一座无主坟墓，村民是无理取闹的。严格来说，你就是一个搬迁工，动手开挖古墓，把墓碑、尸骨和骨瓮从此地搬到另外一个地方，并把它埋葬即可。”

黄寿山正色道：“跟我有关系，我参与了，就跟你们有从属关系。我若有意外了，你们也得承担责任。因为，我是你们请来的搬迁工。除非双方有明确的免责声明。”

人大主席说：“看得出，你早就有了搬迁这座无主坟墓的计划。”

“你也知道，在此之前已经有很多人去搬迁了，结果都遇到了麻烦。我会考虑如何规避风险的，只要我同意了。”

几经沟通，黄寿山答应搬迁古墓。条件是，十二万搬迁费要一次性付清，其他事宜如村民和政府等单位的纠纷，与他无关。而且，他不需要当地各有关方面配合。他要单枪匹马完成搬迁工作。

对于其他条件，人大主席在请求各方面领导后均获得同意，但他们不太理解黄寿山提及的其中一条，单独搬迁。他们不太放心，因为政府部门征地拆迁之类的事情，有些意料不到的事情会经常发生，如果没有协调各方力量参与，是很难成功的。

人大主席严肃地说：“这事若搞砸了，你黄寿山得承担责任。”

黄寿山狡黠地笑了笑:“高利润必有高风险，敢于冒险，才会成功。俗话说，不是金刚钻，不揽陶瓷活。没有两下子，我也不敢冒这个险。”

事后，人大主席才知道，黄寿山是这样贸然行事的：当天一接过十二万的搬迁费，未等政府协调各有关部门在次日上山协助强制搬迁，黄寿山就和他的助手在当晚月黑风高之时，开着挖掘机、皮卡车悄然进入矿区，连夜把无主坟墓给挖了。

俗话说，艺高人胆大。没有人不惊讶黄寿山这种动作迅速的搬迁计划，深夜时分，他们没有惊动任何人，省去了动用公检法等部门大批人马前往搬迁现场起保驾护航作用的费用。

虽说是在夜深人静之时迁坟，可那次的风险，却比任何一次都高。黄寿山回忆说，当他们把墓地内的墓碑、骨瓮及骨头捡好并放到皮卡车上时，不知道哪里走漏了消息，有些村民打着火把、电筒，拿着铁棍、水管、扁担、铁铲等械具从远处冲了过来，喊打喊杀之声，响彻夜空。

再不迅速逃走，他们就会被人活活打死在深山。黄寿山暗叫不妙，吓出了一身冷汗，赶紧让助手发动车子拼命逃离现场。他想，幸好挖掘机之类的大型设备早就离开现场，否则这回亏大了。

那些人还一路追赶，甚至有些人还开着摩托车狂追。最终，摩托车在深夜的山路没有优势，被皮卡车甩掉了。为防止有人到新的墓地伏击他们，他们当晚并没有把墓碑、骨瓮及骨头搬到那儿，而是在离此几公里外的地方转悠。在确定没有人跟踪后，他们才在天快亮的时候转回新的墓地候命。

当天上午上班时间，黄寿山通知明山县及敢于镇各有关方面来现场验收他们的工作。见古墓已经被挖平，周边已无那些闹事的村民，且也在新的墓地见到搬迁过来的墓碑、骨瓮和骨头，明山县各有关部门便确认黄寿山搬迁无主坟墓的工作已经完成。

“富贵险中求。我们那次搬迁无主古墓，可谓经历了九死一生。如果逃走不及时，没有人能活着离开，那些人已经疯了。”黄寿山说。

“我们如果出了意外，也没有人会负责的，因为我们是擅自行动的。但我当时想了，如果不连夜行动，而是在次日跟随大部队上山强行搬迁，可能会面临更大的风险，当地的情况，我太清楚了。”

第十一章 火灾来得很怪异

暴雨骤停，烈日仍旧。

7 月 25 日下午，劳记者与凤鸣镇一位领导联系，镇领导大倒苦水：“你不能光听村民的一面之词。巷道改造时，化粪池也在规划之列。由于没地方可建，村民也不配合，此事就不了了之。”劳记者再与黄立平、黄啸文等人联系，但对方均不接听电话。

这时，省里的各路媒体记者也不知道从何得知消息，纷纷赶到望月屯采访。其中，市电视台记者还来了三人，阵容强大，大有现场直播的趋势。臭水泡村引发媒体如此强烈关注，让劳记者意料不及。他相信，应该是村民见到自家门口出现如此糟糕的情况后，心里窝火，便向媒体报料了。当前，国家花大气力治理环境污染问题，村民不是不知道。“青山绿水，就是金山银山”这句口号，就是最好的证明。

前些天，国家环保督查组在全国各地杀回马枪，频频曝光当地政府虚假整改的现象，其中在省内各地，还曝光了各地一些政府“瞒天过海”的整治假象，可谓欺下瞒上。这些事情经媒体披露后，村民肯定看过这些新闻。环境治理是大事，自己身边发生这样的事情，村民自然要向媒体反映了。

市电视台反应及时，当天采访，就在当晚播放新闻了。随后，报纸也报道臭水泡村的事情。镇领导对媒体记者说，他们会去现场调查。最让村民兴奋的是，电视台播放的那则新闻了。它的标题是《凤鸣镇望月屯 排污管道小 臭水泡村群众出行不便》。有些住在市区的村民，看了新闻后，便拍照把图片发回村里，或发到自己的朋友圈。

当这篇新闻作品在网络上二次传播后，村民互相分享，并奔走相告，认为此回媒体曝光了，就可以解决臭水泡村的问题了。

但劳记者怎样看，都觉得这新闻深度还是不够。表面的现象，并未触及事件的本质。报道应该往深里挖，挖出化粪池因何不建，荒地为何被卖，巷道改造工程中存在的一些问题，类似的问题在巷道改造中还有多少，从个案推及整体，还可以以其他巷道改造工程的成功经验作为对比，做大做足这一新闻。

这样流于表象的新闻，村民是解了“眼馋”，可震撼力还是弱了些，也就一个“一事一报”的新闻题材，已经流于一般化，可报也不可报，价值并不怎样高。如果他接手，肯定不是这样简单地报道，至少他要深挖个案新闻背后的故事。

问题是，传统媒体这几年不景气，受到网络媒体冲击，报纸和杂志没人看，广播没人听，电视等也没人关注，公信力尽管还牢固不变，但发行量与影响力已经式微，深度报道已处于边缘化。没有记者再愿意花费大量的时间写深度报道了，花的时间多了，得不偿失。因为，很少读者愿意看长文章了，也不愿意花些时间思考一些事情了。

在智能时代，当一部手机基本上可以网阅天下之事时，人们基本上不太关注太长、“太厚”的新闻了。碎片化的东西，才是他们追求的。

好在传统媒体与时俱进，适应时代需求，传统媒体于是推行融合媒体，做得格外起色。现在，传统媒体借助两微一端（微博、微信、新闻客户端）这类新媒体的二次传播，即采写的内容一次加工、制作、分发，再通过多个网络渠道发布，公信力、传播力和影响力更加得到强化。

在媒体行当浸润了几十年，劳记者知道每个行业要想在新形势下生存并得到迅猛发展，就得励精图治，奋发向上，大胆创新。外界唱衰传统媒体，认为它已是夕阳产业，末路狂花，迟早会被网络媒体或社交媒体软件“吞噬”。但作为一名资深的媒体人，他认为传统媒体只会死而后生，大浪淘金，积淀下来的必是精华。内容为王，新闻为王，故事为王，这才是传统媒体的真正出路。

从百度虚假广告之魏则西之死事件，从广州医生谭秦东被跨省拘捕事件，从王凤雅捐款事件，从吉林长春疫苗事件……所有重大的新闻事件，无不是传统媒体记者调查之后产生了巨大的影响并及时得到纠正的。

有些人在网络上贩卖情怀，说调查记者已经成为一个时代的烙印，无力吐蕊的鲜花。目前，只有《新京报》等纸质媒体还在坚守，其他媒体早就散伙，相应地取消深度部。调查记者在慢慢减少，社会将会因他们的减少而变得更加焦虑。

劳记者认为，当前调查记者之所以少了，是有深层次原因的：一是阅读方式发生变革，原来的读者已经老化，新的读者出现，网络阅读成为趋势，势不可挡；二是待遇少，网络等媒体分流传统媒体的广告，靠广告收益维持媒体产业发展，已勉为其难；三是舆论环境发生变化，都市报之类的传统媒体在野蛮生长期，什么都敢"捅"，现在意识形态的管控非常严格，新闻操作流程更加规范了。习惯于"捅"的调查记者，一时无所适从；四是传统媒体衰落，内生动力有待"井喷"，有人看不到前景；五是公关公司的丰厚待遇，吸引着调查记者另觅出路。

作为调查记者，对于网络上一些贩卖情怀的文章，劳记者通常是理性看待。调查记者陷入进退两难之境地，根本的一条还是体制的问题。多数记者都是有新闻理想和新闻情怀的，现实是，各种环境让他们无所适从，当养家糊口成为难题，理想也会触礁。

明朝嘉靖三十四年，时任兵部员外郎杨继盛因弹劾严嵩被治罪处死，他书写的绝命联"铁肩担道义，辣手著文章"至今流传。1916年9月，时任北京大学图书馆主任的李大钊为友人书写此联，将"辣"改成"妙"而成"铁肩担道义，妙手著文章"，传诵甚广。

不管如何，当今的深度报道已有取代网络碎片化信息的趋势，是为受众热捧的。媒体的创新精神，也是值得肯定的。

此时，劳记者看到《中国报业》微信公众号转发的一篇文章，该文标题是《深度报道调查行业的兴衰》。文内所述的东西，跟他的想法是一致的。

……马云说员工离开单位，要么钱没给够，要么心委屈了，记者们主要可能还是心委屈了。

被誉为“中国揭黑第一人”的王克勤，当年打扮成农民，把笔记本和相机藏在麻袋里，嘴里叼着烟，开着拖拉机，突破封锁报道了定州征地血案，其中曲折艰辛闻者落泪。但当他站上央视的领奖台时，这种荣誉感和自豪感也是无可取代的。

不过这种荣誉感并不能当饭吃。这个硬得像刀一样的汉子，四次因为各种原因被报社劝退，长期只能拿底薪，出门调查大多坐公交，更是曾被人打电话威胁要来“接”他老婆孩子，一家人在荷枪实弹的警察保护下度过了好几天。

这个曾经号称要把调查记者做到80岁的人，后来去做了公益，帮助他调查过的尘肺病人。

2003年连续报道了孙志刚案和非典情况后，南方都市报总经理喻华峰、总编程益中因涉嫌受贿被带走，差点被办成铁案的他们被放出来后，渐渐淡出了纸媒。喻华峰创立了本来生活网，程益中加盟了乐视体育香港公司。

名单上还有很多人，比如孙保罗、郭国松、朱德付、佘刘文、谭庭浩、赵世龙、简光洲、付振中、陈峰、邓飞、龙志、刘建峰、朱文娜、景剑锋、傅桦、仇子明、乐倩、杨琼文、卢广……

他们具体的遭遇，这里就不做细述了，原因想必不难明白。

而那些受惠于调查揭黑的网民，也并没有坚定地站在调查记者一边，反而在近些年一波接一波的污名化记者和妖魔化媒体的风潮中，向他们投去了冰冷的石块。在转发包月阳微博的那57159个人中，又有多少个没跟风骂过记者呢？

因此，对于大部分艰难挣扎的调查记者而言，他们的左耳，可能响着周华健的那句歌：其实不想走，其实我想留；而他们的右耳，则可能是李诞的那句话：人间不值得。

1894年，美国GDP超越英国，成为世界第一，随之而来的不是民主、文明和健康，而是腐败、剥削和污染。贫富差距拉大，底层人民焦虑，社会心态浮躁，环境污染严重，食品卫生糟糕……马克·吐温用辛辣的笔触，将这一切记录在他的名著《镀金时代》里。

面对社会的种种乱象，美国的调查记者掀起了扒粪运动（muckraker），也称黑幕揭发运动。

1905年，25岁的调查记者厄普顿·辛克莱（Upton Sinclair Jr）以打工的名义，卧底芝加哥的一家屠宰场七个礼拜，目睹了病死猪肉制成香肠的疯狂恶心景象，将其写进《屠场》一书中，引爆了美国人的舆论。

据说，美国总统西奥多·罗斯福读《屠场》时，正在吃早餐。当他读到香肠中混进死老鼠时，大喊一声："我中毒了！"就把吃了一半的香肠扔出窗外，后来再也不敢吃肉，变成素食主义者。

《屠场》一书，直接促成了美国国会通过了《纯净食品与药品管理法》与《肉类检查法》，美国食品和药品从此慢慢安全起来。

怀着推动美国社会进步的目的，美国的调查记者再接再厉，写出了2000多篇揭露社会各界丑闻的文章，从市政腐败到经济垄断，从药品掺假到雇佣童工。

在调查记者看来，这个看似发展迅速的社会，道德的血液明显跟不上肌体的成长，社会实际上藏着令人发指的罪恶与黑暗。

揭露假丑恶的扒粪运动，有没有摧毁美国人民建设美好未来的信心？没有。这些揭短反而使美国社会上下达成了改革的共识，诸多影响深远的制度，都是在那一时期建立起来的。

扒粪运动产生了深远的影响和积极的社会作用，调查性报告成为美国的新闻传统。水门事件、越战等美国历史的重要时刻，都有调查报告在背后左右的身影。普利策奖更是成为全球新闻人的诺贝尔奖。

心系天下的不只是美国调查记者，中国文人从来都不缺少"先天下之忧而忧"的家国情怀，也不缺少心怀新闻理想的青年记者，我们需要思考的是，如何给他们更好的社会环境和物质支持。

调查记者并不是一个狭隘的噱头，所有勇于用孤独臂膀揭开残酷真相的人，都是这个社会的守夜人。

传统媒体在面对寒流时，内生动力，锐意进取，但劳记者发现，黄寿山的农庄"涛声依旧"——三年前，他到农庄采访时，农庄与周边其他的农家乐等并没什么区别；三年后，当他再次来到此地，周边的农家乐等已经发生翻天覆地的变化，而农庄仍旧没有任何进步。在消费者对商品越来越追求新异化的今天，农庄没有图变，没有创新，确实让人不解。

市场竞争如此之剧烈，卷烟厂都在香烟的外包装上挖空心思迎合消费者，隔年又推出一个包装，添加一些烟叶，增加一些口感，翻新出品，提高价钱，打的也是所谓的“创新战”。“酒香不怕巷子深”，这种说法是在信息仍未对称的时代；现在，酒香也怕巷子深，养在深闺无人识，再这样“封闭自己”，迟早会被市场的浪潮淘汰、淹没。

“我早就意识到农庄面临的一些实际困境。一个人的智慧毕竟是有限的，大家齐心协力，才有可能让农庄往前走，走得更加辉煌、带回灿烂。目前，要融资或招商，或重新规划它，让它与众不同，它才能生生不息，长盛不衰。说白了，不是我不想创新，而是我的精力有限。农庄如何改变，我已经请了人进行规划。”

黄寿山与劳记者沟通时，承认农庄这几年来一直没有任何变化，其中最重要的一条是，他三年前的一场大病，让他感悟了很多人生的真谛。他一直强调鼹鼠饮河，自得其乐，可内心深处奔突的欲望还是翻腾不已，望月屯发展到一定程度，也面临着瓶颈的问题，指望黄立平、黄啸文等人推进它往前，让它升级换代，似乎已不可能。

此次臭水泡村事件，他知道会让某些人有点痛。其中，最痛的可能会是徐一鸣。坊间传言，徐一鸣去年以前是全县巷道改造工程的相关负责人，他的亲戚承包了这项工程。

他想，如果像外界传言的那样，那么，徐一鸣已经变了。几年前，徐一鸣做事多么公平，多么公正，多么为民，可如今，他变了，变得不可理喻。自从一名女子认识徐一鸣后，该女子的哥哥就当上了徐一鸣的司机。此前，她的哥哥一直在农村当农民。

对于徐一鸣的改变，黄寿山曾含蓄地提醒他的妻子：“你得把自己的老公管紧点啊！”他没有直言自己看到的事情。外面的世界很精彩，诱惑人的东西也多，她得吹吹“枕边风”，尽好相夫教子之职。妻贤夫祸少嘛。

徐一鸣的妻子似乎没有反应过来，只是说：“我了解他。他的工作很忙，我支持他的工作。”她确实支持徐一鸣的工作，尽心尽力教育小孩。小孩也很优秀，考上了北京一所大学。

徐一鸣有个哥哥，也是从政的。前些年，他哥哥因为其他事情险些出事。他为何不从哥哥身上吸取教训呢？前几年，黄寿山应徐一鸣之邀，给两个矿山“洒净”。这两个矿山，一个在旧州县，一个在望月屯附近。

黄寿山前往现场时，两个矿山老板都没有出现，全程均由徐一鸣的妻子操办。徐一鸣分管矿山、安监等，徐妻如此卖力地张罗着两个矿山的事宜，难免让人猜想。

这两个矿山都是开采石头的。因为矿山出了事故，有工人伤亡，于是老板就按民间的说法进行“洒净”，以祈求日后再生产时，能够平安无事。旧州县的那个采石场不属于明山县管辖，按一般人的判断，老板得知徐一鸣认识这方面的人，于是请他联系黄寿山帮他们张罗“洒净”之事。做事当天，矿山老板刚好不在，于是请徐一鸣找人代劳，于是徐一鸣就让妻子帮办了，从中收些手续费什么的。这一切，顺理成章。

徐一鸣的妻子是明山县城一家单位的职工，她先后两次这样尽心地帮矿山老板张罗着“洒净”之事，是没有问题的，可她应该考虑到其中的影响。

黄寿山与徐一鸣深交是一次偶尔机会。那一次，徐一鸣准备得到提拔，组织上发给他一张表格，上面有征求他的意见。大致意见是说，他希不希望调入市里任职，还是在当地继续工作。矛盾之中，徐一鸣来找黄寿山。黄寿山告诉他，服从组织安排永远是正确的。你若显露出贪天之功，就意味着你的工作履历还浅。

徐一鸣于是填写服从组织安排的内容。随后，他被提拔为副县长。于是，他特别感谢黄寿山的洞察秋毫之预见力。此后，他们之间关系过从甚密。此后，徐一鸣却来个一百八十度的大转弯，要“入股”农庄，让黄寿山几乎措手不及。

世间让人不解的事情太多了，你越是费心去猜想，越是百思不得其解，越是惹来麻烦，烦恼也就特别多。黄寿山不想揣度这些事情，他宁愿回忆年轻时做过的一些有意义的事情。他感叹，自己也许真的老了，力不从心了。

人老了的一个重要特点就是，总爱回忆年轻时的勇猛、成绩或成就，不断给年轻人讲述自己当年如何拼搏、如何刻苦、如何努力的故事，希望年轻人也像他一样吃苦耐劳，勤勤恳恳，孜孜以求，并以自己的人生经验，告诫年轻人少走一些弯路。

年轻人的脚步是匆匆的，那是因为他们还没有成功，没有什么人生经验和事业典范是可以值得总结与思考的。他们早晚还在为温饱和小康而奋斗，还在为青春和梦想而拼搏，根本就没有时间停下来小憩，也不愿意浪费太多时间听一听长者或智者的唠叨。对于“老人”的劝诫，他们根本就不在意。

然而，黄寿山发现，在他眼里那个还很年轻的劳记者，居然愿意倾听他讲自己的故事。这么多年来，他几乎“窝居”在斗室之间，鳏寡孤独，除了来找他指点迷津的人跟他交流外，多数情况下，他都是对着自己的内心说话的。

黄寿山的内心有一个“人”，这个“人”就是他自己。他与“那人”说话的方式，就是心语、自语。孤独与寂寞，让他觉得自己“活得人不人鬼不鬼”，一支支的香烟，是他排遣的方法。

现在，知无不言的劳记者和他畅谈，他觉得自己不再孤独，也不再苦闷，他可以和劳记者聊上几个小时，甚至一整天都不疲惫。

臭水泡村的新闻出来后，村委某个干部就对我说了：“二哥，你就不要再拱了。你再拱，事情就闹大了，对谁都没有好处。”他们怀疑我在幕后操纵这事，在他们看来，在望月屯，只有我才有这个实力折腾此事。

他们应该知道，这种民生事、百姓事、烦恼事，没有村民不窝火、没有群众不向记者报料的。其实，他们也深受其害。他们就住在屯里，早晚都看到这些臭水，也嗅到这种臭气，为何那样熟视无睹、置身事外呢？

群众受到臭水的侵害，时间已长达一年多，他们早就不胜其扰，不胜其烦，没有理由不强烈反弹。此前，他们也向各个部门反映，结果都没有结果。寄望于媒体记者，这也是他们最无奈的选择之一。

群众对你们记者的报道非常叫好。现在，还有其他村的村民在整理一些材料，准备让我把它交给记者。村民整理的材料，是有关村里的土地纠纷的。因为有些村干部涉嫌从中干扰。村民到处投诉，一直得不到解决。

从某个方面来说，这次你们记者曝光望月屯这事，确实引起各有关方面的关注了。我不知道徐一鸣是不是关注到这事，是不是打到他的痛处了。据我从内部获得的消息，他知道我这样折腾后，非常恼火。

我不知道接下来会发生什么事情。既然冰山一角已经被揭开，我相信有些人会做好各种准备，誓死要跟我作斗。

那天你也看到了，我在跟你闲聊时，也把黄中华和一个徒弟叫来，顺便跟他们谈起我这些年来隐藏的一些秘密。他们对我所说的秘密，吃惊不小。因这些秘密，除了几天前对你提及外，任何人都不知道。包括我儿子在内，很多人都以为这农庄是我一人独自经营，因为公司的董事长是我，我是法定代表人。

其实，这农庄有几个人的股份，一个是我亲戚的，当初他投入一百万现金；一个也是我朋友的，投入五万。其中，我投入最多。

这几年，徐一鸣先后也投入五六百万——这是我在回乡创业、农庄已经走向良性发展后的事情了。我怀疑他在我困难时给我救急，是有目的的，想吃掉我这农庄。你那天也质问我了，我和徐一鸣是否有见不得光的事情，即我在回望月屯创业前，在拆迁征地或搬迁无主坟墓过程中，我是否帮他洗钱；农庄创办后，在以往一些工程中，是否还与他有什么官商利益输送的勾当。

我可以再次明确地告诉你，没有！我至今没有跟他有任何利益输送，也不存在给他洗钱的情况。这农庄的投资款，上千万都是我挣来的，是干净的。说实话，我不敢得罪徐一鸣，因为我知道他神通广大，社会关系错综复杂。

我不能不防他背后捅我一刀。每个人心里都藏着一把锋利无比的刀，一不小心，有时候会伤及别人，要人性命，有时候也会伤了自己，了结自己。他心里藏着刀，我也一样。只要触及各自的利益，就会刀光剑影，互相残杀。

黄中华曾开过小额贷款公司，并兼营其他生意，懂得如何管理公司。他说自己黑白两道的人都很熟络，但这两年，他的营生衰落了。他要求回来帮我管理农庄，我综合分析后，觉得他是一个比较理想的人选。同时，我也想让他通过我的平台，有朝一日能够顺利解脱困境。

那天，当他听到我提及农庄的一些秘密，震惊不小。他打着包票说，还一百多万的贷款，那是湿湿碎的事啦。他认识那么多的企业家，社会关系和人脉资源都还可以，拉点钱过来解困，应该是不成问题的。

他明白我表达的意思。我的徒弟也明白我的意思。你更加知道我当时都对他们说了些什么。黄中华若通过自己的人脉关系盘活农庄，到时他就有自主权了。不仅如此，只要他解决一百多万的贷款，就可以把何江他们踢走，不再授人以柄，落人口实。

只有这样，我就不会再跟徐一鸣往来了。去年他们承包果园卖果所得的钱不少，但属于我们的提成部分，他们一直在拖着。每次一催，徐一鸣的妻子就给我电话，解释原因，说手头紧张，之后就汇来一些钱。到现在，他们还拖欠我几十万应收款。

黄中华也问我徐一鸣为何投入几百万到农庄，原因是什么。我如实说了。

他及他哥哥遇到困难时，我帮他们指点迷津，他们感谢我，并说这钱是“阴德款”，对他来说“可有可无”，权当支持我。

其实，他的三百万并不是一次性汇入公司账号的，每次几万或十几万这样转进来，一年内累计加起来，才有这么多。转款的人，是他的妻子。此前及此后，我都反复思忖着，这投资款在法律上有无依据。如果他出事了，他给我的这笔钱，会不会被追缴？

徐一鸣当时对我说，若我经营的果园有收益，他们就参与分红；若投资不利，就算了，这钱他们也不要了。一听我提及此事，你就调侃地对我说：“他的钱是树叶呀，随便可以从树上摘下来？钱多了烧了，居然给你的投资款这么高？难怪号称‘气功大师’的王林有那么多的官员、明星接触，他发财是有路数的。可惜，他犯案命丧黄泉了……”

此前，你也多次质问我：“徐一鸣是官员，智商不低，如果没什么理由，他是不会把几百万投到农庄来的。你当他是傻瓜呀！”你说得很对，世间没有无缘无故的爱，也没有无缘无故的恨。徐一鸣是个聪明人，虽说他告诉我，这钱用于投资，可以忽略不计，但我知道，他迟早是会把它拿走的。

正因如此，三年前我一病倒，他就想让人跟我签订合作协议，要让那笔钱有个合理的去处，即有去也有回。我相信，他的钱都不是大风吹来的。当时，我就严肃地告诉他，我只认他，委托的其他人，我不认识。只有他签字，协议才会生效。他只好作罢。

此次我捅巷道改造工程，捅污水氹村之事，他当然明白我在干什么。我在警告他，因为我要让他知道，不要把我逼急了。他如果不是省油的灯，那我也不是吃素的。

此前，我一直没有跟儿子提起这些事情。前两天，我在回答你的一些问题时，便把儿子叫过来，让他和徒弟一起听听我跟徐一鸣之间的是非恩怨。同样，你见到我儿子的神色也异常震惊。他根本就没有想到，农庄如今竟面临这样的困境。

多年来，我们父子之间从来没有这样交换过意见。那天我跟他交流的时间，少说也有半个小时。你也见到了，他提出了不少意见。以往，他哪里会耐心听我讲完一句话。我觉得有些对不住他，也对不住身边的徒弟。

这些年，我只想独自承担农庄内外的一些风险。况且，这种事情也见不得光，我更加不愿意让太多的人知道。事已经如此，我又不得不告诉儿子和徒弟。如果不是你反复追问我跟徐一鸣有何关系，而且早就判断农庄存在一些“灰色路线”，我也不会说出这些事情，我宁愿让它沤烂于心。

事实上，我也想让我儿子提前知道一些情况，让他有些心理准备。他当时对我说，徐一鸣投入的几百万，我又不是骗他的。他又不是小孩，难道不知道其中的风险？今年下半年果园的收成就开始了，我们最好把那一百多万的贷款还清，再还清徐一鸣那几百万，就中止与何江他们的合同。太多的人参与管理果园，迟早会出岔子。

徒弟也建议说：“徐一鸣逼急了，我们就作出反应。他是一个官员，怎么有那么多的钱来投资？还有，他让他妻子给两个采石场做‘洒净’，采石场跟他有何关系？”

当时你也知道，我儿子一听到徒弟这样说，就打断他的话：如果在徐一鸣未给我“江湖救急前，农庄所有的投资款都是合法的，我挣的那些钱也是干净的，并且都是自己的血汗钱，是不用怕徐一鸣来搞事的。”相反，他怀疑徐的钱，是黑钱。

我对他们说，徐一鸣这些钱来路如何，不要妄加评论。他这些钱可以是自己的合法收入，也可以是借别人的。在事情仍没有调查清楚之前，不要胡言乱语，血口喷人。凭我的感觉，他还不至于那样无情无义，而我也不会那样忘了做人的原则。

恩不可忘，怨不可结。曾国藩认为，交友贵雅量，要“推诚守正，委曲含宏，而无私意猜疑之弊”。“凡事不可占人半点便宜。不可轻取人财”。勿以小恶弃人大美，勿以小怨忘人大恩。在我特别困难的时候，他能够出手相助，我岂能忘记他的大恩大德？断然不能！

“与其断其十指，不如断其一指。”我之所以让媒体记者捅一捅巷道改造工程中存在的一些问题，只想警告他，不要逼人太甚即可。我还有王牌在手。

其实，我并不想看到两败俱伤的结局。我知道，杀人八百，也会自损一千。我们这一行当多年来一直在法律边缘行走，在灰色地带苟延残喘，是需要莫大的心智和智慧支撑的。鲁莽行事，只会给自己增加无穷无尽的麻烦。

你应该记得，当我儿子和徒弟离开后，我就对你说，积压多年的心事，当我把它跟我儿子说了后，我自己觉得全身轻松了许多。但我还是担心他乱来，他跟屯里的年轻人吃吃喝喝久了，脑子经常短路。你是记者，肯定见过不少类似这样的事情，我接受徐一鸣这样的投资款，是否合法？

当时，你并没有回答我。我知道你站的立场，也知道你对这种事情的鄙视。但是，我还是想告诉你，除了徐一鸣这些钱，我几十年来所挣的那些钱，都是干净的。

不管如何，事已如此，我也没有什么可以顾虑的了。我知道，该来的始终是要来的，躲也躲不开。出来混，迟早是要还的。

果然，两天后，县环保局来了几个人，说我建的水塔抽上来的水，水质有点问题。他们强调说是群众向他们举报的，他们只是奉命来调查取样而已。

跟他们沟通时，他们又对我透露说，是镇里某个领导举报这事的。我估计是臭水泡村的事惹恼了他。镇领导不给村民解决臭水泡村的正事，却捅我这水塔水质“有问题”的事，真是让人啼笑皆非。

当天，环保局的人取了水样，也仔细地检查了水塔。之后，对我说，从目前目测的情况来看，水质是没什么问题的。他们还问我，这个水塔的地下河来自哪里。我说我不知道、也不清楚，我又不是地质专家，当初打井的人也没有告诉我。

我告诉他们，抽上的地下水，有一段时间水质曾出现一些浑浊的现象。经我们了解，是那些天到处有洪涝灾害，估计河里浑浊的水渗到地下河后才出现那样的现象。因为暴雨一停，过了一二天，浑浊的现象又没有了。

我投资这个水塔及铺设管道等，先后花了一二百万。如果以现在收取村民的水费每吨一块五来计，我估计连续收费十年，都收不回成本。一开始，我也没有打算要收回成本。当初我的出发点就是帮助村民，给他们提供优质的地下水。

当年我回家创业，见望月屯、雨田屯和竹叶屯三个自然屯的数千名村民喝水困难，心一急，就请人来打井。打第一口井时，省一个地质队说保证有水，打不出水，也达不到一定的流水量，他们绝对不收钱。价钱是四千，不包括建水塔之类的费用。我让他们测探，并往地下打，果然有水，但再往下打时，出水量达不到我要求的。如果仅我一家人用，足够了。但若要供应给村里几千人口，这流水量断然不行。

打井队不好意思收钱，但我还是照付。第二口井离第一口不远，往下打，出水量很大，但也达不到要求。最后，我只得让他们盖起来，以作应急之用。第三口超乎我们的意料，才挖到十多米，就涌来大量的地下水。有人说，不用再挖下去了，这样的流水量，足够全村几千人用了。

我查看水质，发现有些浑浊，虽说过了不久它又澄清，但我还是让他们继续往下打，一直挖到三十多米，喷涌出大量的地下水，源源不断。我让他们停工，并建造水塔。这个水井就是现在使用的，在山坡下的一点位置。

水塔以我的名字命名，叫黄寿山水塔，高有三十多米，远远就可以看到它拔地而起，威武醒目，气度非凡。

水塔建成后，我把水管铺到各个村民家。到目前为止，也只是收了二三年的费用。这点费用，可谓杯水车薪。

我不在意这点费用，也从来没有把水塔当作创收的平台。我在乎群众对自己的评价。如果他们说我还给他们做点善事，我就心满意足了。

他们是知道我的为人的。早在几年前，离屯里几公里外有一个石山，一直被一个广东老板开采。石山是集体的，但群众一直未见对方承租这座山头的合同。广东老板滥采滥挖，爆破飞起的碎石就撒落在稻田，土地无法耕种，但他一直不愿意赔偿村民的损失。最为恶劣的是，进出的车辆特别多，路面被压烂，雨天坑洼不平，村民出行极为不便。

那时，群众找过村委、屯里以及镇里等部门反映此事。而且，还到县里投诉。奇怪的是，采石场一直在开工，没有被处罚。村民见正常渠道行不通，就让我出面寻找采石场非法开采和占用集体山头的证据。

我有过被政府相关部门怀疑串联群众、煽动群众等经历，所以对他们的请求，当时我有些犹豫，并不想答应他们。想想，我不出面，也没有人愿意做“恶人”。佛祖说，我不下地狱谁下地狱？反正我又不是今天才被人指责是刁民，前几年在“拆迁征地风波”中，我还进入“维稳对象”之列。

古人说，清者自清浊者浊，勿违约束于明章。我站得正，坐得直，没有违背良心做事，也不坑人骗人，做个为群众申诉的“恶人”又何妨？

群众告诉我，这山头是被村委某些干部偷偷卖给广东老板的。卖了也就卖了，可村里居然也没有收到老板交来的钱。他们去找村委干部，没人理会他们，追问多了，村委干部就这样回应他们，“有本事你们自己去查啊”。

山头都快被炸平了，村里也没有一分钱进账，广东老板这样做，太不把群众的利益当回事了。明明是非法开采，为何县里各有关部门不予以取缔呢？明明投诉那么多次，为何广东老板还是那样明目张胆地开工呢？

说相关部门不过问、不作为是不客观的，也不符合实际的。村民投诉后，相关部门曾来现场调查，并勒令采石场停工。但过后不久，采石场又我行我素。于是，村民怀疑有背景的人参与了这个非法采石场的经营活动，却又苦于没有证据。

我临危受命，决要弄个水落石出。我先是找广东老板了解情况，广东老板口口声声说这山头是经过村委同意承租给他们的，他们是办有合法手续的。我让他出示承租合同或合法手续，他又不愿意出示。我再找村委主要领导，领导表示没人把山头卖出去，村委也没有人跟广东老板签订承租合同。

在群众大会上，村委领导还对天发誓，他敢以人格保证，他是清白的，既没有私自卖掉这个山头，也没有收受广东老板任何一分钱。现在，到处有谣言说他卖了山头，中饱私囊，其实这是恶语中伤，图谋不轨。当群众问他为何不制止广东老板如此行径时，他又闪烁其词，不知所云。

可能知道我介入此事，有一天中午，有一个我认识的但并不怎样深交的本地人，带着广东老板来找我。现在，我已经记不得当时见面的场景了，只依稀记得，广东老板一直没有说话，只是定定地盯着我，像在研究我是何方神圣。

过了很久，广东老板才道明来意，说他来我们这儿投资、发展，确实不容易，搞了这么久，本钱都没有挣回来。他希望我理解他的感受，也体谅他的难处，如有得罪，或招呼不到之处，请我海涵。我一直没有说话，只是静静地看着他。

那天，那个本地人说的话是最多的。他也是凤鸣镇人，是某个村委的，专门帮广东老板“管理”矿山。他的手下有很多不务正业的年轻人，有的“雕龙刻凤”，有的是吸毒的，有的偷鸡摸狗。

本地人对我说：“二哥，我们也知道你是一个正直的人，也是一个敢说、敢干、敢管的人，这些年，你给清风村各个生产队以及望月屯，做了不少善事，很不错。等到我们回过神来，我们也给群众做些公益事。不过，今天我们来的目的，就是希望你高抬贵手，不要再纠缠下去……这样对谁都没有好处。”

他这番话是威逼，也是利诱。我来了气，可不好当面发作，只是不咸不淡地说：“我身体不舒服，需要休息一下，你们还是回去吧。有时间，我们再商量吧。”就下了逐客令。

他们起身离开，趁我不注意，就放下一个黑色塑料袋。我打开一看，里面是一叠叠的现金，共有十五万。那时我还住屯内的老房内，我马上从窗户探出头来，冲着他们大喊："把你们的东西拿走！"此时，他们的车子刚走到院子旁边的巷道。显然，他们已听到我的声音了，却没有回头。

我一火，直接把塑料袋从窗户狠狠地摔出去。袋子一烂，满地都是钱。他们难堪极了，急忙停下车，把钱捡起来。这一幕，有不少村民看到了。这一过程中，我见到本地人的眼神有些不对，散发着凶光。

此后，本地人还来找过我几次，劝说我不要搞下去了，并放出话来："你以为广东老板就一个人在石山开采？他的背后不知道有多少人参与，其中包括有些吃干股的人物。这些人是不是官员，你自己猜。你不要不识相，事情闹大了，对你不利。我也是本地人，非常敬重你，此前或此后，我们都没有交恶，你走你的阳光大道，我过我的独木桥。可你若挡了人家的财路，他们是不会客气的……"

我还是原来的态度，掷地有声地告诉他，群众的事我管定了，不管是谁，只管放马过来，我都不怕。

本地人脸色非常难看，但他也不敢对我怎样。最后，他又说："二哥，如果你嫌钱少，我让广东老板增加，或给你一些股份……"

我鄙视地盯着他，让他离开我家。那时的我，缺这点钱吗？我知道，采石场这件事必须得尽快解决，不然群众就会认为我已经被广东老板等人收买了。

一天晚上，我找来群众代表商量，建议采取非常规手段让采石场停工。只有让采石场停工了，他们才会出示承租合同等手续；也只这样，相关部门才会重视群众的呼声。那么多的稻田都不能耕种了，广东老板一直不愿意赔偿损失，再跟他讲道理是讲不通了。

群众问我有何办法，我就直说了，准备十个卡车的石头，堆放在采石场车辆进出的必经之路，让他们无法生产。我知道这样做的风险很大，如果广东老板报案说我们干扰合法公司进行正常生产、经营，光是破坏生产经营这条罪就有得我们受。我上网查看相关法律，只要涉嫌这条罪，坐上三五年的牢是肯定的了。

但我明白，那么多的良田被采石场飞出来的碎片毁成这个样子，基本农田受国家法律保护，各有关部门也会考虑到农民的根本利益的。再说，堵一堵他们的通道，双方协商解决一些事情后，视情况就可以撤离现场，“鸣金回朝”。

群众说干就干，次日就拉了十车石头堵在采石场的门口。广东老板着急了，但他不敢报警。并爽快地答应赔偿村民的稻田损失。看得出，他是不敢报警的。因为他这个是非法采石场，一报警，警察来了，见现场闹得这么大，对他一点好处也没有。

我当时感到很奇怪，采石场已经开了几年，居然都没有相关部门查处它。它明明是非法采石场，广东老板居然还这样嚣张，他的底气从何而来？他为何三番五次偷偷开工，一点儿也不害怕被执法部门打击。

早在我们介入前，我也知道本地人网罗了一些无业人员，充当采石场的打手。邪恶之兵哪里对抗得住正义之师？我们团结一致，同仇敌忾，决定破釜沉舟，绝不畏惧任何阻力。见到涌来无数的群众，本地人及那些打手哪里敢跳出来胡作非为？

广东老板以为自己赔偿良田的损失后，就可以正常开工了。但我们的目的并不在于此，我们想要的东西还没有到手。我们要他交出承租合同，一心要查清是哪个村委领导把集体山头卖出去的。

他坚决声称没有哪个领导把山头卖给他，也没有跟村委签订承租合同，他是直接到县里办开采证的。最后，他出示了一个工商营业执照，却拿不出矿山开采的相关证明和承租合同。

群众继续堵着路。我对广东老板说：“如果你把承租合同拿出来，证明这山头是有一定手续的，我们就撤。否则，我们会继续堵下去。因为你未经村民同意，就非法占用集体山地。我相信你也不是傻瓜，从广东大老远跑到这儿来，拳头再硬，钱多了烧了，也不敢霸占本地人的山头的。强龙斗不过地头蛇这个道理，我相信你也是知道的。”

他犹犹豫豫，似乎有难言之隐，也似乎有某种顾虑。我继续做工作。他知道再跟我们对峙下去的结果，采石场始终还是开不了，甚至面临关闭的可能，于是他就把一份承租合同拿出来。我一看，合同早在几年前就签订了，是村委某领导签订的，每年承租金仅几千块。

真相大白了！群众气愤得直骂娘，承租金这么低，广东老板每天挣的利润是几万以上，他只要卖出几车的碎石，就可以把一年的租金交了。开个采石场，就犹如开银行或挖金一样，不说普通老百姓，就是低智商的人也知道其中的暴利。村委某领导这样低价“卖山”，卖的是集体的山头，他居然睁眼睛说瞎话，拍着胸脯说没有卖，也没跟广东老板签订任何合同。他到底安的是什么心？

谎言被揭穿，村委某领导躲了起来，不敢面对群众。此时，群众要求村委交出原始单据之类，以便查清集体经济这几年的收支。

此事也惊动了镇里，镇里表示要派人下来调查。谁也没有想到，这天深夜，当村民都还在熟睡的时候，村委办公楼一个房间突然失火了。火光冲天，浓烟滚滚。有人在半夜大呼救火。声音穿透夜空，有些让人恐惧。

村民们闻讯提着水桶赶来救火。当大火被扑灭时，放在房间内的所有资料，已付之一炬，烧成灰烬。一场大火烧出很多疑问，群众议论纷纷，都说这场火灾来得突然，也来得怪异。早不来晚不来，偏偏在他们要求村委领导交出所有资料、镇里要下来调查的节骨眼儿上。

因为火灾没有造成多大的损失，村民也没有当场报警。至于村委领导当时或事后是否报案，我也不清楚。可想而知，因为没有相应的原始资料，镇里派下来的人，也查不出群众反映的一些问题。

群众既没有证据指证，也没有能力调查，更没有能人帮助他们，面临这样的结果，他们也不想再折腾了。他们还知道，村里的上万亩山林，每亩承包金仅十几二十块，已被人连续承包了几年。这里面肯定也有问题，可什么资料也没有，你即便再不断往各部门反映，始终也是空口无凭。

仍未承包前，山上早就长满了各种大树。这些树随便一卖出去，也不止这点租金啊。群众是这样说的，也是这样质疑的。

质疑是没有用的。我经历过这些事，当年在县城附近承租上千亩的荒地，旁边也有上百亩的树木，当时砍了拿去卖，也换了二三年的承租金。一时一事，若以当时的行情去估算几年前承包的情况，是不符合当时的承包语境的。

一样的道理，上万亩山林有人承包，承包金每亩这么少，明显偏低了。可当年是什么情况，我也希望群众加以考虑，那时商业行为仍未发达，市场意识也未全面复苏，是不能以多年后的市场价值去衡量那时的承包行为的。

很快，群众就理解我这一解释，但他们不太容易理解的是，上万亩的山林长满各种大树、杂树，一亩才十几二十块怎样说也都说不过去。即便砍下这些大树当柴卖，一亩地的木材也不止几十块吧。

没有村委领导愿意跟他们解释此事，而承包者也不想谈及其中的商业行为。

在我看来，承包者可能这样认为："签订了二三十年的承包合同，是合法有效的，跟你们这些群众有必要解释吗？你们若是不满，可以去法院告我啊。"

一场大火已经烧掉了所有的资料，村民想起诉承包者也是徒然的。人心还是个关键。这事到了今天，仍旧没有结果。既定的事实，谁也不想去探个究竟。村委干部都不愿意做这事，而群众在经历那么多事件后，觉得做的都是些"无用功"。再说，他们还知道这个道理，"贫不与富争，富不与官斗"，所以并不想再追究下去了。

无人体会我的痛苦。这种痛苦来自内心深处。对于公众之事，我可以说一不二，并投入全部精力。可对于个人的婚姻，我知道自己是失败的。

几年前，住在市区一女老乡来找我指导一些家事。年轻时，她在市区打工，认识郊区一青年，之后与他结婚。未结婚前，她反复劝着他戒掉赌博。他答应了。然而婚后，他仍然我行我素，继续赌博。此时的他们，已生育了一双儿女。

她劝阻不了他，最终只得离婚。此后，她做任何事情都不顺。她涉足商海，血本无归，而儿女也不思学业，一无所成。父母病重，无钱医治……此时，她对生活充满了绝望。她自认这辈子不知做了什么缺德事，世间所有的不幸之事，全让她摊上了。真是越穷越见鬼。

人的内心空虚后，在物质匮缺的同时，精神上也是无所依靠的。她经人介绍找到我后，我告诉她，她今生之所以经历这些苦痛，根源在于心，自己的生活要自己掌握，人生总不会一马平川。承受太多的痛苦，也是为此后享受更大的快乐而作准备。

每个人总是要承受悲痛的，有的人提前接受磨难，有的人是在中途，有的人是在年老时。如果年轻时经受了苦痛，年老后就会多些快乐；现在，你如果在年轻时就享受了快乐，年老后会更加麻烦、更加操心，到时更加锥心，更加肝肠寸断，更加悲痛欲绝。

这是人生经验的积累与总结，也是为人处世的基本常理，与你所说的唯物辩证思维是相似的。几经开导，她终于明白我在说什么了。走出困境后，她不时来拜访我，并帮我们做些事情。不久，她提出跟我厮守余生。

感情真是个复杂的东西。我原本不想接受这份感情的，自二十多年前与前妻离婚，我对女人怀有一种恐惧、怨恨心理。所以，我一直单身，一直不愿意寻找生命中的另一半。

可以想象得出，像我这样的人，也没有人愿意跟我过。这么多年来，世俗的眼光总是让人畏惧。我还知道，即便我富甲天下，愿意走进我内心并与我共度余生的人，也是个拜金女。

当她向我表露自己的心声时，我怦然心动了。我不知道她是不是拜金女，她的感情在最初时是真挚的、炽烈的。日久生情，我终于毫无抵御地接纳了她这份情感。

我跟她在一起生活了八年时间。在县城“安营扎寨”，大举和县拆迁征地办合作时，我给她开了一家粉店。显然，她并不善于经营，三年时间内，粉店亏了二十多万。那时，我还花六七万现金，以她的名义在县城附近买了一块宅基地，准备用于建房，与她共筑爱巢。

相处后，我发现她的城府有些深。正因如此，我一直保持清醒头脑。当她数次提出要跟我结婚，我一直未回应。不是我不想结婚，而是当我跟她相处一二年后发现，她的心并不在我的心上。在我们之间，心与心的交流，日益出现些微的变化。

我不反对她经常把挣到的钱送给她的儿女，儿女在父母的心目中永远是重要的，这点我还是觉得她做得很对。我也是有小孩的人，当年一人带着儿子熬日子，慢慢熬了过来，不容易，我很体会其中的艰辛。儿女需要母爱，她作为母亲也没有必要把儿女交给一个已是赌鬼的前夫管教。

我也不计较她在经营粉店时做了手脚，但我不能容忍她早就潜藏的心计。这也是我一直不愿意与她结婚终老的原因。我相信世间是有真情的，也相信夫妻可以白头偕老的，可我一旦对她的来意起疑，我就认为，我和她的感情是会走到尽头。

对你们记者来说，我这些话都是一面之词。按你们的调查采访流程，是要对她进行采访，核实一些细节。她是不是那样的人，你接触到她后，可能会有另一种想法。也许，我和她潸然分手，现在回头来想，估计与我的疑心过重有关。

这段时间，我在反复检视自己与她相处的八年时间。两人在一起八年，二千九百多个日日夜夜，我和她之间留下难忘的东西太多了。一个正常人日夜照顾一个残疾人，没非人的耐力与细心是做不到。而且，还得面对世俗的歧视。

我见她流过眼泪，知道她内心的苦涩与酸楚。当一个精力充沛的四十岁的女人，在深夜面对一个并不能尽力的残疾老男人时，她的精神何止是崩溃所能解释得了的？

该怎样来，就该怎样走。离开的那年春节前，她跟我说，她要回市区看望儿女，过几天就回来。那天，她的眼神有些怪异。隐约中，我感觉到她已经选择离开了我。果然，她一回市区后，就再也没有回来。

现在，她已与另一个男人结合了。听说她过得不错。衷心祝福她。也许，她跟我并不合衬。我一直希望她回来取走那块土地的材料。那块地是她的，这也是我对她的一片心意。

如果有来世，我宁愿选择做个正常人，过正常人的生活。“英雄暮年，壮心不已。”曹操这话我时刻记得，可我的暮年，是不是英雄，有没有壮心，都不重要了。

唉，像我这副病蔫蔫的身子，纵使有再多的钱财，纵使有再多的人来找我指点迷津，意义又有多大？

黄寿山讲述任何事情时，话语没有啰唆，思路还算清晰，表达能力尚可，只不过普通话稍带本地口音，发音并不怎样准确，容易被人误认成某个词汇。但劳记者发觉，黄寿山在涉及某些事情时，刻意隐瞒细节，欲言又止，或故弄玄虚……往往此时，劳记者都会暗自发笑。

然而，听得黄寿山提及自己和徐一鸣的恩怨时，劳记者却怎么也笑不起来。这话题太严肃了。实情是否如黄寿山所言，他需要调查核实才好做出判断。任何记者在采访时，都不会偏听偏信的。特别是调查记者，刨根问底，追寻真相，让真相水落石出，永远是他们的本色。

一个官员请大师指点如何规避一番“劫难”，就给大师几百万这样的事情，此前发生不少，媒体早有公开报道——那些贪官落马后，如实供出这些“传奇故事”，得知被有关部门调查他们的事情，为了求得平安无事，或为了更加飞黄腾达，他们通常动辄花巨款请大师“号脉”。

前几天，山西省长治市柳林县首富陈鸿志，因为涉黑被捕，涉案财物被扣押、查封、冻结。警方通报称，仅房产一项，办案人员就在北京、太原等地发现三百四十一处，数量惊人。涉案财物初步评估七十八亿多元。此案涉及一串官员，其中他的姐姐在邮电部门任公职，目前在逃。

最让人震惊的是，陈鸿志在老家建豪宅，占地几千平方米，他家门前不远就是黄河。但风水大师说，河道有可能挡他的财源，他便请人改修了它，真是胆大妄为。此间，他还强拆一些村民房子及农作物基地。坊间称，他给风水大师上百万的风水费。

至于徐一鸣是否给黄寿山如此之多的“指点酬劳”，劳记者是存疑的。不过，凡事皆有可能。当一个人对某个人完全信任，并认定对方所指点的东西对他是有所帮助的，他就觉得砸这笔巨款是值得的，也不是不可能。

然而，在与黄寿山接触时，或者说，在听他不知疲倦地讲述自己的故事时，劳记者还是觉得他的表述经常矞矛訾盾，不能两立。今天这样说，明天又那样讲。稍一判断，就知道他是在哗然取宠，以此证明自己本事超然。

从心理学上来说，越是声嘶力竭地咆哮的人，越是说明他内心空虚，气场乏力，表明他没有能力控制任何事态的发展。

劳记者认为，黄寿山只是一个普通的农民，一个略为成功的民营企业家，他这样“包装自己”，情非得已，目的不过是想给外人一种神秘感。一个在是非江湖行走、在苦难河流中浮沉、在并非主流圈子里挣扎的人，当他面对调查记者的提问时，有这样或那样的顾忌，无可非议。他自我保护，以“天师”自居，拒绝回归现实，也是可以理解的。

当年，“造神运动”兴起，一代伟人活得甚为疲累。“神话”结束后，继任者客观地评定一代伟人“是人不是神”，大家才回归理性。既然是人，自然就有人的感情，人的思想，人的血肉，以及人的七情六欲。

前来找黄寿山的人，见黄寿山不时冒出“天师”二字，可能还不太理解天师为何意，还以为天师非凡间人物，就是神仙、天人之类。其实，天师就是对有道者的尊称，即老师也。来的客人中，很多都是底层民众，文化并不高。

据古籍记载，天师原是道家始祖——轩辕黄帝对他的老师岐伯的尊称。《庄子·徐无鬼》一文内记载：“黄帝再拜稽首称天师而退。”实指尊敬之辞，天师之名，即源于此。后世被称为天师的，有东汉葛玄、东晋许逊、北魏寇谦之、南朝陆静修、唐代杜光庭和宋朝萨守坚等人。

以“天师”之号始称张道陵的，最早见于《晋书·郗超传》。在古代的小说中，天师通常有起死回生、治病救人之本事，深受百姓爱戴。小说就是小说，小说有虚构的成分，可以天马行空地杜撰；现实中的天师，一样害怕利器扎入肌肉，血流满地，呼吸枯竭，一命归西；一发子弹可击穿几厘米厚的钢板，血肉之躯，一样承受不了。

义和拳当年抗击八国联军，全身涂抹牲血，搭起戏台之类做起法事，又跳又叫又唱，以为身上有“法”，自己有了“神符”保护，刀枪不入，于是挥舞大刀长矛冲入敌阵。子弹不长眼，炮弹不留情。当洋枪洋炮顿然把他们击倒，有的惨烈而死，有的断手断脚，惨不忍睹，他们终于明白了，愚昧无知，科技落后，国家贫弱，民众积弱，终归是无法改写历史的。

当两枚原子弹可以把日本长崎、广岛两个重工业城市毁为废墟，上百万人死的死、伤的伤、残的残，核污染、核辐射，让人类灾难重重；当一个国家的政权在短短几个小时内被现代化武器摧毁，或被改朝换代，如阿富汗、科威特、伊拉克、南联盟；当智能时代悄然逼近，无人驾驶清洁车、刷脸系统开始应用，现代科技的日新月异，难道仍不足以让现实中的“大师”之流清醒吗？

如果法力无边，能够预测未来，为何不阻止美国的导弹像雨水一样倾泻到那些主权国家，或者也可以让美国毁于其法力之下。有人甚至这样调侃说：“你若有天大的本事，可以‘施法’让美国导弹在飞越的中途，突然改道再飞回发射基地，把基地炸毁，岂不是更好；或让导弹呼啸而回美国，让它们在美国本地爆炸啊。这些人吹牛皮，真是不用纳税！”

多年前那个蛊惑民众，说在万里之外可以用“气功”感应治疗病人的跳梁小丑，终究也是骗人的伎俩，其根本目的，无非是大肆敛财，满足其私欲。你既然有此神力，为何不让自己长命百岁，或让自己埋葬于地下的父母等人死而复生，或当起“世界银行行长”，钱财任你花，一不舒服，就可登上星球、月球或火星，在宇宙上俯视地球上的芸芸众生啊！

即便百姓再愚昧、再无知，有些官员或商人再唯心论，不知道“天师”的根本释义，但他们也都知道黄寿山是个有血有肉的人。他们来诉求的，是一种精神寄托，宁愿信其有，也不信其无——这就是人的一种极端矛盾心理。

在这些客户面前，黄寿山的自卑、自大、虚荣甚至狂妄之心理，有时候也会无意地显露出来。

三年前，劳记者第一次接触黄寿山时，对他的印象并不怎样。当时，劳记者见他“沉默寡言”，不管什么人来农庄，他都摆出一副高深莫测的神色。也许，他担心初次来农庄的劳记者是来“搅水”的，所以不太信任任何人。席间吃饭，他还用探索的眼神紧盯着劳记者几秒钟，似乎在研究对方的心理活动。

当劳记者回市里后，次日发出第一篇有关他大做公益之事的正面报道，他便对劳记者敞开心扉。再熟络后，他的真性情也就充分显现出来。

有一次提及“气功大师”王林时，劳记者发现黄寿山的表情有些诧异，他竟然不知王林何许人也。倒是他的助手对王林的事件知道得较为周详，说王林已经死了。显然，他对外界的信息特别是有关重大事件的案情获取，还是有些闭塞。之后，他上网查询发生在两年前的有关王林事件的新闻报道，并评论说，这是不符合逻辑的，王林胃口太大，违反天规，触犯国法，咎由自取，死有余辜。

当然，黄寿山对他们这一行当风起云涌的大师级人物，知之亦不多。其中，对当今的社会名流南怀瑾的故事，他更是孤陋寡闻。稍有国学知识或对易经有所了解及研究的人，无不知晓南怀瑾是个名震两岸三地的大师。当劳记者告诉他南怀瑾的一些传奇故事时，他肃然起敬。

精通儒、释、道等多种典籍的南怀瑾，是浙江省温州人，年轻时，他曾在福建省金门一带以小货船为生。国民党兵败如山倒，在撤到台湾前，便强行征用民船等，他和其他船运老板一夜间破产了。之后，他到处谋生，并到台湾混迹，结果一无所成。最后，潜心修炼易经等传统文化，苦读诗书。偶然机会，他遇到蒋家王朝一名高参，命运因此改写。不过，他花了六年时间才取得对方的信任，并由此接触到台湾当局各个高层。

文化不高的南怀瑾，在台湾一大学当起国学教授，成了大师。之后，他积极促进两岸的文化交流和对话，全身心致力于中国传统文化的建设与传播。去世时，他九十五岁。生前，他对来拜访他的人说，未来世界，随着科技的不断发展，人类的心理疾病会更加严重。

这几年，两岸三地风靡南怀瑾的著述。现时的微信朋友圈，还有好事者在集纳他的经典语录，广为传播。但也有人评价说，国学大师成不了南怀瑾，南怀瑾也成不了国学大师。这话就是说，国学大师与南怀瑾还是有分水岭的。

国学是对中国学术的简称。何谓国学大师，就是对在学问或艺术上有很深造诣者的尊称，指其学问在国学研究之范围内，属于出类拔萃者。

在他们看来，国学大师不光看其学问，还要看其道德，即人品、文品，看其文品与人品是否统一，即是否属于融人品与文品于一体的“道德文章”之流。以此衡量，近现代的国学大师，当首推唐文治、章太炎、陈寅恪、钱穆和钱钟书。

当然，冯友兰、王国维、蔡元培、鲁迅、傅斯年、蒙文通、启功、季羡林、梁漱溟等人，也是国学大师。所受的教育与学问之深厚，无人可比。有人把南怀瑾排于国学大师之外，可能认为他的教育根基不厚，起点不高。未接受过专门系统教育与专业训练的人，又如何成为业界翘楚？

他们根本就没有想过，如果一个人自学成才，顺利地通过大学等课程考试之类，是不是意味着也不会“入流”？

不管如何，就是南怀瑾这样的大师，黄寿山却鲜有耳闻。普通民众不知道南怀瑾的故事情有可原，但作为几乎以易经文化为生的黄寿山不知道南怀瑾，就有些说不过去了。

尽管如此，劳记者并没有与黄寿山谈论太多有关南怀瑾的思想学说，而是就采访黄寿山时遇到的一些疑问，请他正面回答。

劳记者问：“你一直解释说，在当年的‘拆迁征地风波’中，你一直没有串联群众，群众是自愿来你家的，而后你又为何指点群众拉十辆石头堵住采石场？”

黄寿山说：“此一时，彼一时。拆迁征地风波中，我确实没有策划和组织群众对抗政府。征地款不合理，群众跟我提起此事，我只是尽量帮忙。我是人大代表，有这个义务与责任。围堵采石场，与拆迁征地风波是完全不一样的性质。”

劳记者问：“涉及某些敏感事情时，你为何不愿意提及？你有何顾虑？”

黄寿山说：“很多事情已经过去这么久了，根本不值得一提了。”

谈及人与人之间的关系时，黄寿山认为“有时候就是一种利用关系”。此话，让劳记者震惊。这是不是商人特有的一种生存伎俩？人与人之间，难道除了“利用关系”和金钱关系，真的什么也没有了吗？

突然，劳记者的脑子闪过“企业利益共同体”七个字。这是一个国内老板提出的，经常游说他，要给他洗脑。他每次都笑笑。说穿了，“企业利益共同体”与某些传销相似，无非就是“利用关系体”，你利用我的资源，我利用你的关系，实现“共赢”。

然而，当彼此之间都被利用时，剩下的会是什么呢？到了最后，人性与亲情就会荡然无存。

劳记者没有认可黄寿山这番互相利用的“价值观”——这也许是黄寿山所从事的这门行当根本就没有进入传统主流文化行列的原因之一吧。这几年，伪民俗层出不穷，遭人诟病。也就是说，有些人以传统民俗文化之名义，把一些庸俗的商业文化与愚昧文化，布阵于各种学说中。

黄寿山的性格有双重性。与黄寿山有过交集的官员、商人告诉劳记者，黄寿山吃苦耐劳，勤勉拼搏，成功后，他反哺乡邻，造福百姓，热衷于公益事业，是当地一个大善人。其中，已经退休多年的官员郑之俊这样说，如果用十分来评价一个人，黄寿山“三分过，七分功”。

黄寿山的“三分过”是什么？郑之俊没有明说，但劳记者在接触黄寿山时也获知，他从事的易经文化系有偿服务，有“看菜下单”之嫌疑。

人有善恶两面。黄寿山善的一面，大放光彩，即收费之后，所得的钱款，多用于善事，甚至他自掏腰包、负债也要做。他承包的几百亩土地，租金是一亩一千五百，比其他老板给的价钱高出五百。他的理由是，他不能忘本，要照顾村民的生活。俗话说，树高千尺，落叶归根。他是从这里走出去的，要懂得报恩、感恩。

请人来果园做工时，黄寿山给的工钱也很高，做到“每日必清”，从未拖欠工人的一分工钱。很多工人都愿意帮他做工。他的助手万老师说，黄寿山对工人如此大方，也是他一贯的善。他的有偿服务收费所得的钱，远远不够这些善事的开支。目前，果园还在亏本。

“他为何这样做？跟随他二十多年，我们也搞不明白他的真实意图，这只有他自己才清楚。”万老师如是说。

对于黄寿山“恶”的一面，劳记者当然更加清楚了。他有时曲解了易经文化中的某些作用，稍加分析，就会发现，他有时候夸大其词，前言不搭后语，漏洞百出——这有可能跟他的文化底蕴不深，以及对历史知识的了解不多有关。

好在，大家都会理解他。每个人都有缺点，也有优点。作为一个在底层苦苦挣扎多年的农民，能坚持自学一些传统文化的书籍，已经难能可贵。而且大家来寻求的，都是一种心理平衡与精神安慰。再说，他一直放大了善，一直将所得的大部分酬劳用于公益，以此减弱了恶，所以他得到很多人的尊敬。

黄寿山对这一行当的喜爱，无人可比。因此，他经常感叹他们这一行当再这样下去，有可能濒临灭绝了。助手们不争气，儿子无所事事，不愿意与他沟通，孙子“阳奉阴违”，没人愿意学这门“谋生工具”，他肝胆俱裂，心急若焚。

一开始，黄寿山见劳记者对这一行当略有研究，特别是得知劳记者的爷爷等人做过道公、师公，他便建议劳记者跟他学习，并说：“以你的理论水平和文字功力，做这一行会悟得更快。”然而，当他得知劳记者没有兴趣，也无心钻研，便又说：“你还是不做这一行吧，这对你并不好。”劳记者笑而不语。

每次与劳记者闲聊，黄寿山总是哀叹自己生不如死、人不人鬼不鬼，活得何其辛苦，操碎了心……家事国事天下事，没钱吃饭是大事。他哪怕病痛缠身，快要死了，还得搏命地干，他不干还会有谁干，又如何维持农庄及其家庭的庞大开支？劳记者理解他的感受。

这是因为，黄寿山有正常人的七情六欲，喜怒哀乐，只不过他是个残疾人，行走不便。他事业有成，人前有光鲜的一面，人后也有诸多不快。迁坟师也罢，民营企业家也罢，屯长也罢，他始终活在现实的大地上，血肉之躯始终承受着各种病痛与精神压力的摧残。

其中十二岁的孙子黄富顺难以调教，最让他既愤怒又伤心。

黄少楠几乎不怎样过问黄富顺的事情，管教黄富顺的重担，自然就落到我的身上。黄少楠二十多岁结婚。2005年，我在县城招兵买马，协助政府迁移无主坟墓，并把他带到身边。当时，我在县城买了一套近百平方米的房子，但我呆在县城的三年时间，印象中，儿子只回家住过一次。

儿子那时爱上网，没事就往网吧里钻，玩游戏，抽烟、喝酒。好在他没有跟其他不良少年滋事生非。在网上，他认识一个在市里做保姆的姑娘。这个姑娘叫柳婷婷，跟我们是老乡，当时她帮她姐姐带小孩。空闲时，她喜欢到网吧上网。一来二往，从虚拟的网络再到现实的地面，他们开始同居了，最后结了婚。我尽己所能，为他们操办了婚事。

我苦熬这么多年，从某种层面来说，看着儿子成家，我很开心。因为，我也像天下的父母一样，终于完成了自己一生中的一个责任与义务了。人的一生，生儿育女，并让儿女成家立业，就是修成正果的表现之一。

在我看来，儿子只要成家了，就会担当一些责任。可不久后我发现，儿子还是原来的样子。是不是家里太富有的原因，不愁衣食的儿子，仍然“吊儿郎当”。儿媳妇也是如此。有一次我从县城回到老家，见到洗衣机内的衣服都没人晾晒，已有多天，衣服早就烂了。

我又气又恼。家里没有洗衣机时，儿子儿媳妇可能会说用手洗衣服会麻烦，当我给他们买了洗衣机，他们把衣服扔进洗衣机内，按了开关后就“忘记”还有衣服要晒。年轻人就是这样过日子的？

之后，我让自己的亲家过来“照顾”他们，还给亲家发放每月一定的工资报酬。亲家呆了一段时间，最终也呆不下去了。亲家对我说，唉，现在的年轻人，难伺候。他受不了，还是回家清静些。

亲家在我家“照顾”他们时，主要是做些家务活，但他发现黄少楠夫妻晚睡晚起，生活没有规律，甚至不能“自理”。他每次对他们说教，他们就非常不高兴。当时，我之所以让亲家过来“照顾”他们，主要是觉得亲家一家生活困难，顺便这样帮助他，让他也有一些收入，解决一些问题。

亲家离开后，儿子儿媳妇便到广东去打工。此前，儿子也去过广东打工，呆了一段时间也呆不下去了，只得回家。回来时，我见他一身邋遢，看了直让人心疼，就对他说：“人生不容易，我做父亲的也不容易，你之前根本就不相信我的话，也不体会我的艰辛，现在你终于理解了吧。”他沉默不语。

此后，他们又去广东谋生，我倒觉得他们也该出去走一走。自己的事情也该自己做了，自己承担了。他们出去，对他们来说，只会是好事。不然，他们老是呆在我身边，总认为有些东西来得太容易了。

儿子第一次到广东打工，最后垂头丧气地回来，我是不主张他再次出去的，不想让他再受那样的苦的。可自从他结婚后，还是那样子，我就觉得，他应该去独立生活，体会人生的艰难。谁知，他们外出后不久，还是回来了……

事后我发现，造成这一切的根源在于，黄少楠和他媳妇的生活之所以没有一点儿的压力感，整天只知道上网，是因为我的手头宽裕了。没钱花时，他就伸手问我。我不差钱，多数都会给。在一个目前并不缺钱的家庭，儿子竟然不知时令变化，何时要耕种。外面的世界到底发生什么，他们也全然不知。

我经常反思自己的言行，是不是我觉得自己年轻时亏欠儿子太多了，所以当我成功后便毫无节制地给予了他太多物质的东西，导致他不思上进？抑或我还在左右着这个家庭的经济，决策着这个家庭的各种重大事宜，儿子插不上话，所以他就习惯地按着既定的习惯方式生活，对任何事情不闻不问？莫非只有到我过世了，他才真正担当起来？

家里有钱并不一定是好事。因为富裕了，衣食无忧，小孩缺乏闯劲，不思读书，也不想拼搏、奋斗。我既当爹又当妈拉扯大儿子，错过他的童年和少年。

当我有一定的积攒时，他的性格已然形成。

唉，说起来也很无奈。当他们生下黄富顺后，这种情况更加糟糕。正如人们经常所说的那样，由网恋促成的婚姻都不会太长久。没有感情基础，也没有深入了解，就匆匆结合，会为日后的关系埋下隐患。因为经常争吵，也因为他们各自“在网吧度过”，不愿回归现实生活，他们最终离婚了。

我很悲伤，也很忧虑。黄富顺也像黄少楠一样，从小就这样失去母爱。我经常想，命中注定我的家庭也许经受这样的苦痛。人们经常说我是大师，我也有些飘飘然，但既为大师，对这些尘世之事，事前为何没有洞见它会发生呢？难怪徐一鸣有一次这样嘲讽我：“你既然是大师，为何不知道种沃柑是市场趋势，它迟早会得价钱吗？”

这，也许就是命吧。命中注定的一些事情，谁也逃避不了。我父亲离婚后又再婚，我的婚姻也很短暂，离婚后一直独身，到晚年时又与一女子同居八年，最终都没有修成正果。儿子的婚姻也是如此……这是不是符合了天地间某种特定的逻辑，也遵循了某种不可逾越的因果规律？

我经常给人们指点生活中的迷津，让他们走出生活的困境，可为何我不能指点儿子的生活、规划自己的人生呢？在很多人看来，我这不是自欺欺人吗？

离婚后的黄少楠，又与附近村子的一个姑娘结婚了。这姑娘比起他的前妻，不知道强多少倍。她手脚勤快，礼貌懂事，地里的活她样样能干。在她的督促和影响下，黄少楠也有所改变。正所谓“妇唱夫随”。目前，他们的事业正干得蒸蒸日上。

我对黄富顺也百般疼爱，很希望他听话，认真读书，健康成长。可他并不怎样用心，性格古怪。唉，对他我真是恨铁不成钢。我知道，打骂并不是解决问题的唯一办法，可对他的顽皮劣性，我也没有任何办法。

婚后不久，黄少楠夫妻生育了一个儿子。我这个小孙子特别调皮可爱，每天晚饭后，在离开农庄要回自己的家时，他都来到我的床前跟我道别，亲亲我的额头。柔嫩的声音，乖巧的表情与动作，让我感到别样的温暖和满足——这都是儿媳妇调教出来的结果。

我的公司设在农庄内，所以我吃住也在农庄。实际上，农庄就是我的一个大家庭。当年在此安家，目的就是远离哥哥一家以及其他村民。兄弟相邻而居，是好事，可以互相照顾，可时间一长，妯娌之间生出来的各种闲话和是非，会让人防不胜防。特别是一些爱嚼舌头的村民，见你家进进出出一些客人，迎来送往，迟早也会让他们眼红的，说些不着边际的话的。

在此安家，远离望月屯，在山坡建起四合大院，被满山遍野的果树包围，山高皇帝远，景色优美，不会再招惹谁，清静又安心，挺好。

目前，只有我儿子一家还住在屯内自己的家。如果没有什么事，他们一家几乎都在农庄跟我们吃晚饭什么的。吃完饭后，他们又回自己的家。说农庄是他们的“临时客栈”，我认为一点儿也不为过。

儿媳妇对黄富顺也视如己出，用心照顾他。但我始终觉得，黄富顺和他后妈之间似乎总是有一层隔阂，他总是不太愿意跟后妈交流什么东西。他早就知道现在照顾他的妈妈，并不是生下他的那个母亲。他也懂事，偶尔还跟生母联系。

也许过早失去母爱，黄富顺的性格有些反叛，当面唯唯诺诺，背后却一意孤行。我很忧伤也很忧虑，对他的管教，我是严格的。他一犯错，我就呵斥他，并用拐杖打他。他当面认错，并表示下回不再犯错了，可转身一离开，他又忘得一干二净，似乎是故意跟我们对着干。

客人来找我做事时，会把祭品及一些红包放于神龛前，黄富顺趁人不注意，就把红包拿走，拿去上网或买零售吃。对他这种行为，我们训斥他无数次。一开始，他总是老老实实承认错误，过后仍旧如此。他被骂过，也被打过，为何总是屡教不改呢？这到底是什么原因呢？我至今都弄不明白。

这也许跟他父亲黄少楠没有管教他有关吧。黄少楠一有空，或跟一些亲戚朋友喝酒，或打麻将度日。每次有客人来，他也没主动跟人打招呼，和客人共餐时，也是匆匆扒了一二口饭，就迅速离开，似乎很怕生。这种场景，我相信你是见过很多次了。

你还记得吗，那天你问黄富顺：“你父亲在做什么？”他想也不想，就说：“我父亲是个农民。”让人感觉他轻视自己的出身，因为出身卑微，所以他不愿意生于农民家庭。你于是解释说：“我是问你父亲现在在做什么？”他反应挺快，就说在打麻将。

我知道你想问他什么，你想通过他了解他父亲是个什么样的人。你也跟我说了，他父亲有一回到我的房间，二话没说，就挪来一张板凳，踩上去，打开靠近天花板上方的一个衣柜，旁若无人地取出里面放着的一条玉溪香烟。在你看来，他拿走我放在上面的香烟，是理所当然的。很多东西来得太容易了，他反倒忘记一种责任。

“老子英雄，儿子狗熊。”这话，我经常对别人说。我是个不怕扬家丑的人。对于儿子不思进取的状态，我已经看不惯了，忍无可忍了。

他几乎是不管教黄富顺的，是放任自流式的教育的。黄富顺小的时候，我就把他送到市区的一所贵族学校读书，一年学杂费是八万多。之后，他可能是跟不上其他同学的成绩，我们只有让他回到本地读书了。不管如何，贵族学校对他的影响是存在的，他现在的英语水平是不错的，每次考试都是九十分以上。

黄少楠虽说“收心”做事情了，可很多坏毛病还是没有改。再这样下去总是不行的，我要让他有所担当。所以自去年以来，我就专门划出一块几十亩的土地，让他们夫妻精心耕耘，种上各种果树，还给他们十万现金。

当时，我正色地告诉他：“你地租不用付，种子和化肥之类的费用也不用付，还拿了这笔钱，算是我支持你们创业，但我老实告诉你，所有的这些东西都不是你的。不管亏损或盈利，这笔钱你们都得还给我。”

我之所以这样做，只想给他一定的压力，让他夫妻俩承担一家之主的责任。我岁数已大，不知道能够活多少年。这些家业，在我离开人世时，我担心他不知道如何经营下去，会坐吃山空。

“富不过三代”这道理我懂，他也懂，所以我就特别着急，要尽快让他独立自主，处理一些事情。我不知道这样支持他们创业的方法是否奏效，也不知道那样“下死令”的方式是否妥当，但愿在我合上眼时，他能挑起他一家的重担。

他目前这种“事不关己、高高挂起”和“不知油盐酱醋”的生活状况，离担当还有一定的距离。目前，我只希望他多管教黄富顺，履行他做父亲的职责。再不严加管教，我都不知道黄富顺日后会变成什么人。

我经常告诉客人，我要问过“天师”才能确定各种事宜，其实天师就是对“得道者”的尊称，天师就是老师，就是我自己。从某种意义上来说，我只不过是这个行当的老师，可我也是人啊。

我既然是人，就有人的情感，就有对家庭、对事业、对社会的责任。因为我是吃人间烟火的，所以面对家庭中出现的一些困扰我的难题时，我压力陡增。没有办法，我不能不管，但我的精力毕竟是有限的。

我的几个助手也让我烦心。我早就给他们分工，一个负责管理公司的账目，一个负责打理我做“偏门生意”所得，可有些人却因为种种原因，经常闹矛盾，暗中较劲，互相抬杠，貌合神离。内耗如此严重，我苦闷不已。他们的收入都不差，每月基本工资四千五百，加上提成什么的，一个月下来，也有上万的收入。

让我想不通的是，这样的收入，他们居然还不满足，也不肯拼命跟我干。唉，如果以我的标准要求他们，他们根本就不合格；如果他们用心做事了，我也不会那样辛苦了。现在的我，经常亲力亲为，着实很苦，就像吃了猪胆一样。

现在，我只安排两个助手轮流值班，一个白班，一个夜班，主要是为了照顾我。我这样的模样，在晚上非常不方便。万一晚上有什么事情要处理，我就会找值夜班的徒弟。

扯这么多，最让我挂心的还是黄富顺，他经常搞些小聪明，让你哭笑不得。他一犯错，免不了被我一顿打骂，可不管用。他始终没改，就像水过鸭背，水过荷叶，依旧如此。

那天上午，他对我说："爷爷，学校要提前交下个学期的学费，一共要交四百块。"我让他拿钱去交。下午，有人就告诉我，学费并没有那么多，只是二百多一点。我暴怒了，喝问他为何撒谎。黄富顺认错了，掏出口袋里仅剩下的几十块。而另外的几十块，他已被用于上网和买零食了。

那一天，他后妈也教育他，我的几个助手也教育他，还有在暑假一直送他去县城武术馆健身的黄中华也严厉地劝导他。当时，你也看到了，他尽管当着大家的面承认错误，一脸悔恨之色，可他事后依然随心所欲，桀骜不驯，搞出很多让人心烦意乱的事情……

黄中华今年四十八岁，是我们房上宗亲的兄弟。按辈分来说，我还得叫他叔叔。当年他考上省税务学校，毕业后分配在县国税局工作。之后，他辞职下海，在市区开办实业。他的脑子好用，人际关系也不错。所以，他的生意做得很大。他最得意的时候，外界有人说他的身家有数千万。

这几年，黄中华的实业走下坡路，无以为继。得知他的情况，我让他回来帮我打理农庄的事务。人总有困难的时候，在他困难的时候，我要帮助他，让他能够振兴起来。他回到农庄后，他给我不少建议。这些建议都不错，其中让黄富顺去学跆拳道，就是他提出来的。

黄富顺不喜欢学习、也不喜欢读书，却喜欢武术。黄中华兴趣广泛，琴棋书画，样样通晓，但脾气急躁，容易冲动。他敢说敢管，于是我让他暂时管教黄富顺。

最初，黄富顺还是听从黄中华的，左一句小爷爷，右一句小爷爷，黄中华让他往东他不敢往西，可时间一久，他就阳一套、阴一套，说一套、做一套，不把黄中华的话当一回事。

唉，人生不如意十有八九，剩下的一二，是特别不如意。现在的我，真的是特别不如意，各种压力此起彼伏，如洪水泛滥而来，让人心神不宁。

第十二章 三只小猫被活活掐死

劳记者见过黄中华对黄富顺的无情责骂和叱咤，也见过黄中华对黄富顺不思进取的绝望。代管一个富家子弟，比登天还难。用黄中华的话来说，他宁愿诲人不倦地教育寒门子弟。寒门子弟再愚钝，但他们温俭谦恭，容易接受教导。

那天上午，黄中华开车把黄富顺送去县城武术馆。上车时，黄中华让黄富顺把衣服等东西放到车上。黄富顺答应了，可等黄中华习惯地启动车子并离开农庄。行驶几公里后，黄中华才发现，黄富顺没把衣服等东西带上来。

黄中华来了脾气，就拿起棍子抽着黄富顺。在他看来，黄富顺不是记性不好，而是故意这样“顶撞”他的。上课的时间都迟到了，他居然还这样“健忘”。“你今天没有心情不愿意上兴趣班，想呆在农庄偷懒或想去街上上网，你可以直说，可答应上兴趣班了，还是这样忘记拿东西，以示反抗，这不是故意找碴吗？”

被黄中华一通教训后，黄富顺似乎老实了，也承认了错误。可在下午回农庄时，一下车，他就对着墙壁大吼大叫，似乎表达对黄中华的不满。他那样子，十分吓人。黄中华又对他进行一番教育，他仍然面无表情。看得出，他的内心非常排斥任何人的管教。

晚餐后，黄中华喝了一点酒，又训斥黄富顺。“你小姑我都没这样送去学校过，而你却享受专车专送的待遇，还支支歪歪，说一套做一套。”黄中华嗓门特别粗，“你整天跟我搞些小聪明、小阴谋，再怎么说，也是一个暴发户！惹毛了我，我收拾你！”

黄中华有个女儿今年参加中考，成绩不太理想，但他对女儿没有特别要求，在教育方面，他们一家都很民主，女儿不想上高中，初中毕业后要上卫生类或师范类的中专学校，他们就由她。女儿很乖巧，也很懂事，他经常把女儿带到农庄。按辈分，黄富顺叫他女儿为姑姑。

对黄中华来说，他对女儿都没这么用心伺候，现在照顾这个“富三代”，真是让他焦头烂额，脾气变得越来越差。也许是酒精的作用，也许是这天他受够了黄富顺调皮捣蛋的折腾，也许是这段时间来他遇到了不顺心之事，他在席间不停地痛斥。

但他可能没有意识到，黄富顺已经进入一个叛逆期。越是要求他这样做或那样做，黄富顺表面是同意或执行一下，可他的内心却是反抗的。背后，黄富顺还是一意孤行。以打骂方式对待叛期的少年，并不是唯一的办法。

“你爷爷是农民，你父亲也是农民，你的血液里流的也是农民的，你再不试图改变，认真读书，奋发图强，你始终还是一个农民，只能呆在这地方！你到市区去看看，这个世界是个什么样子。你别以为呆在这个小天地，有了几毛钱，就了不起了？”

“请你记住这个逻辑，龙生龙，凤生凤，老鼠生儿会打洞……我在税局上过班，当过公务员。我父母也是公务员，都是有文化的人。你们现在都是‘啃老族’，都在靠着你爷爷的能力活着，叹世界。饭来张口，衣来伸手，根本就没有压力感和紧迫感。当你爷爷某一天突然倒下了，去见佛祖了，你们连喝西北风的机会都没有！”

黄富顺坐在黄中华对面，不动声色地听着。“每天叫你整理房间的衣物，你第一天照做了，第二天又搞得横七竖八，邋邋遢遢。这像样吗？骂你几句，你转身就拿起棍子拼命打着墙壁、打着树身，你在发泄对谁的不满？这个时代在发生巨变，你自己改变了没有？你还在玩什么低级游戏，我已跟上虚拟货币时代的步伐了。”

“现在你有几个钱，你就以为自己是老大了，不得了了。克勤于邦，克俭于家。俭节则昌，淫佚则亡。由俭入奢易，由奢入俭难。一个人想要变得富有，他只需要流血又流汗地拼搏就可以了，可当你家道衰落，一无所有，恐怕你消受不了了。因为你习惯于享受了荣华富贵，锦衣美食，玉液琼浆，某一天你突然贫困潦倒，饥寒交迫，可能无法面对那样的生活，从天堂跌落到地狱，那才是真正的灾难！”

“你再不努力，我六个月后离开这里，你连爬地摸泥巴都找不着门。你有什么了不起？你以为你们家永远是富贵的吗？你不读书，没有文化，纵有家财万千，也会被人瞧不起。你看那些明星什么的，很有钱，可始终也不过是个戏子。你看这个记者叔叔，有文化，走到哪里哪里都欢迎他，也受到大家尊重！”

劳记者顿觉惭愧了。黄中华这东一榔头西一榔头的话，以黄富顺这般年龄，恐怕也是难以消化的。随即，劳记者也顺着黄中华的意思，教育黄富顺，讲起孔子的学生曾子杀猪的故事。这样通俗易懂的故事，可能黄富顺更加容易接受些。

曾子的妻子要到集市，儿子哭闹着要跟去。她哄着儿子，让他回家，她回来后就杀猪给他吃。儿子不再哭闹了。然而，当她从集市回来，曾子动手要杀猪。她就告诉曾子，她不过是跟儿子开个玩笑。

曾子正色道，大人是不能跟小孩开玩笑的。因为，他还没有思考和判断能力，还等着父母教他做人做事的道理。现在欺骗了孩子，就是教他欺骗别人。母亲欺骗了孩子，孩子就不会相信他的母亲。不由分说，曾子就杀猪煮肉给儿子吃了。

黄富顺饶有兴趣地听着，显然从未有人给他讲过类似的经典故事。当劳记者问他，是否知道这个故事主要是告诉大家一个什么道理时，他一脸茫然。于是，劳记者总结式告诉他，人要讲信用。你每天既然答应了“小爷爷”要做一些事情，就要兑现承诺。如果你做任何事情都是敷衍了事，马虎应付，甚至阳奉阴违，长大后也会如此。

黄富顺似懂非懂。此时，黄中华又开火了：“要想得到别人尊重，就要学会尊重别人！你连我都不尊重，就是不尊重自己。一个连自己都不懂得尊重的人，能做什么大事？你们这些人，哪个会尊重别人？不用心读书，永远没有出路！你永远就是一个农民！”

黄富顺还是不吭声。劳记者觉得黄中华这番冒出来的毫无章法的话语，杀伤面太广了。三代以上，哪个不是农民出身？就算现在的省委书记，他的父辈肯定也是个农民。劳记者想，他自己本来就是出生于农民家庭，有农民的善良刚正血统，不可以忘本、忘根，所以他一直重视农民的呼声，为百姓鼓与呼。一个人若忘了本，就会像无水之泉，很快就会干涸。

细想，劳记者也觉得黄中华所言在理。有道是，诗书传家厚，耕读继世长。腹有诗书气自华。不是说当农民没有出息，行行出状元，可拥有一定的文化知识，总不会是坏事。明代大臣、文学家解缙有一副对联，说得就很直接：“墙上芦苇，头重脚轻根底浅；山间竹笋，嘴尖皮厚腹中空。”

身无一技之长，也无任何文化知识的人，浑浑噩噩于世，碌碌无为一生，活着是没有任何价值的——这也许是黄中华所表达的一个观点。

在农庄大院内，黄中华有一间办公室，里面的书架上摆着各种经典书籍，天文地理，历史文学，名人传记，他似乎都有所涉猎。在其中一个角落，还放着一把吉他。

黄中华要教黄富顺学吉他，在他的愿景里，兴趣广泛的小孩，是不会变坏的。与黄寿山的办公室不同，黄中华的没有易经、八卦之类的书籍。

他根本就没有心思往这方面研究，也不想有所钻研，这一行当离他太远了。一个对数字敏感的人，一个父母都在国家税务机关工作并被他们思想熏陶的人，一个曾在国有单位受过系统训练的人，他最务实的本质还是，创新实业与科学数据，以及经济增长指标。

黄中华告诉劳记者，他曾问及黄寿山所从事的行当源于何派何宗，黄寿山没有回答。又问他跟谁学了这门行当，黄寿山也没有说。黄中华常年不在老家居住，到市区读书直至回到县城工作，之后又到市区创办实业，只在县城蜗居了几年，他的生活圈子几乎没有老家的人。这些年，他也极少与黄寿山往来。虽说他家的老房子，就在黄寿山家的对面。

在黄中华的印象中，他一直不知道黄寿山在做这行当，直至这几年，他才稍为得知黄寿山是以此为生，且浸润它已久。他不佩服黄寿山在这行当的名气，而是佩服黄寿山对生活的积极态度和奋发图强的精神，以及黄寿山历经种种苦难，却没有轰然倒下的气魄与勇气。

因为，黄寿山比正常人承受的压力还要大，他的毅力和坚韧是正常人的数十倍。他在社会上摸爬滚打的生存本事无人可及。苦难出英才，炼狱出大师。也许，正是坎坷、曲折和磨难才造就了他。他所赢回来的一些人格尊严，也直接证明了“人残志不残”的真正定义。

在访问黄寿山前，劳记者曾见到有不少人问及他这门行当从何处学来的，他声称十二岁那年上山跟母亲种木薯时，饿昏后，不省人事，在梦境中“遇”到几个在一棵古树下下象棋的老人。其中有一老人可怜他，给他一个桃子吃，醒来后他就得到“真传”了。一旁的劳记者质疑这一荒谬的逻辑时，他又改口说是自学成材。

此后，黄寿山不知道是健忘了，还是故意显示自己天生就会讲故事的能力，又对来客讲述他的“神奇经历”：

那年跟母亲上山种木薯，在返回途中，他拖着一把铁耙，铁耙刮着地面，响声刺耳。母亲担心他这样拖着，会把铁耙搞烂，且也嫌响声烦人，就恶骂他，让他把铁耙扛到肩膀上。他没有理会，继续拖着铁耙。

在经过一个坡顶时，他的脚尖突然碰到一块石板，右脚一踏空，发现这块平整的青石板下面，埋着一个瓷罐。他一怒火，就用铁耙沿着青石板旁边开挖。他母亲又骂，说不能挖人家的坟墓。他不听，继续用力挖，要打烂里面的东西，以此泄愤。

当他母亲上前制止时，发现他挖出来的泥坑下，埋着一个瓷罐，就又开骂了，是不是把人家的骨瓮砸烂了？此时，早就有些破烂的骨瓮内，显露出一些东西。那些东西用特种纸包着，打开纸包，里面全是光洋，有几十枚之多。再把骨瓮挪开，下面还埋着不少这样的东西。

他母亲不再出声，就把这些东西偷偷拿回家。当时，他也不知道这些东西是否值钱。而且，他母亲意外拿到这些大洋后，一直守口如瓶。多年后，他父亲把他家那四间破烂不堪的泥瓦房全部倒掉，建起了四间砖瓦房。他家一直很穷，吃不饱、穿不暖、睡不香，父母能够建起这四间漂亮的房子，他怀疑他们用的就是那些大洋换钱建起来的。

几个不同版本的“离奇故事”，均自出黄寿山之口，这对于劳记者来说是不屑的。几经核实，劳记者才获知，当年在山坡上离家出走多月，他回来编造的故事，并对“天”胡言乱语，目的是自我保护，他担心父母会毒打他。

每次目睹俗不可耐的黄寿山对来客讲述各种版本的“神奇故事”，劳记者总是觉得他俗劣鄙陋，口风不正。要知道，有些来客的智商都不低，这种“神奇的故事”，小孩子听听也就罢了，对于成年人来说，那是一个不能自圆其说的谎言。

黄寿山这样随口说出这样自相矛盾的“传奇故事”，又如何能调教好自己的孙子黄富顺呢？大人对小孩要言传身教，因为大人的言行会对小孩起到潜移默化的作用。经常首尾乖互，自为矛盾地说些不靠谱的事情，一旁的小孩闻之，影响几何？

黄中华直言黄富顺难以管教，就如一株树苗，开始的时候没有好好施肥、浇水、扶正，当它长到一定程度，你再试图去扶正它，让它挺直，茁壮成长，是有些难了。因为黄寿山对他的信任，所以他对黄富顺是“步步为营”，时刻跟进，非常下苦功。

苦功是下了，可有效果吗？黄中华摇头叹息，苦笑。“你也看到了，这家伙盐油不进，好话不听，臭骂不从，棍棒伺候也不服。”劳记者理解黄中华的苦衷。私下，他曾与黄富顺沟通，黄富顺颇为自得地说：“我爷爷是富一代，我爸爸是富二代，我是富三代。”劳记者沉默了：小孩子都这么虚荣，显然与大人灌输的价值观是有问题的。

何谓富一代、富二代、富三代？富的标准是什么？今天富了，并不代表明天还会富，花儿灿烂，迎风而立，惹人爱怜，可它的艳态又能持续多久。时代巨变，潮起潮落，有些人、有些事往往是昙花一现，谁也不可能永远是王者。物质的富有，并不意味着精神的富足。如果让小孩过早地享受自我感知的富有的童话，活在并不真实的物质世界，他日后可能对这个世界就会无所适从。

范仲淹是北宋杰出的思想家、政治家、文学家，他在其名篇《岳阳楼记》中说，国家和个人往往是，“生于忧患，死于安乐”。劳记者认为，富二代、富三代如此坐享其成，再不进取，也会死于安乐。在常年的采访中，他发现很多富家子弟，早就蜕变得让人不敢想象，有的吸毒，有的纵欲，有的玩物丧志，他们醉生梦死，纸醉金迷，碌碌无为。

黄中华未雨绸缪，防患未然，对于黄富顺的健康生长来说，大有裨益。问题是，黄富顺愿意接受他的教育吗?

有一天，劳记者见黄富顺在玩手机，便跟他闲聊一些事情，探问他同学对他一家的评价。黄富顺说："他们都说我们家是富人家，我是富家子弟。"问及有没有出钱让同学帮做作业之类，他没有回答。然而，他的眼神却清楚地告诉劳记者，这种事情曾经存在。

当晚，劳记者在农庄饭堂吃饭，见黄富顺端起饭碗，吃了一口米饭，"夹"了一根青菜，又把饭碗放下，就悄然离开了。估计他此前吃了零食，肚子不饿。吃罢饭，劳记者转到黄寿山的办公室。黄寿山正在就餐。多年来，因为行走不便，家人及助手均是这样把饭菜送到他的办公室及卧室。

见黄富顺正在玩手机，黄寿山便让他去吃饭。黄富顺随口一说，他已经在饭堂吃了。此时，有人当场揭穿他的谎言，说他根本没有吃一口饭菜。黄寿山就大声呵斥，说黄富顺撒谎，做人不老实，经常欺骗他，是不是想造反、翻天了。黄富顺只得返回饭堂就餐。

此波刚停，一波又起。几天后的傍晚，劳记者和农庄所有的员工在饭堂吃晚饭。黄中华一走进饭堂，就对着跟他进来的黄富顺咆哮着。其他人也齐声指责黄富顺。在大家的怒斥声中，劳记者终于明白黄富顺又犯错了。

当天上午，呆在农庄的黄富顺跟一只小猫玩。可能是被小猫抓伤了，他一怒，就把两只小猫掐死。为了不让大家知道是他干的，他就把它们的尸体埋在农庄附近的果树下。有人见他手上有伤痕，就问他这到底是怎么回事。他不敢说实话，就撒了个谎，说不小心碰的。

当大家发现母猫带的三四只小猫少了两只，再联想到此前他曾经掐死过一只小猫，并把死猫扔在围墙外，就追问他是不是把那两只小猫也弄死了。如果是被小猫抓伤了，不打疫苗，日后会有狂犬症，危及生命，他才道出了实情。

得知此事，黄中华急忙将黄富顺送去县防疫站打了疫苗，花了六百多。花钱倒是小事，可他这样的暴力行为，却让大家震惊不小。黄中华把这一切的根源归于环境和大人的修养及内涵。他有意跟黄富顺谈及孟母三迁的故事。之后，他还跟劳记者谈了自己的一些看法。

有一次，黄中华的一个朋友从外地来农庄看望他。他朋友是国有单位一位有实权的局长。然而，当他把朋友引见给黄寿山时，黄寿山居然穿着裤衩端坐于卧室，神态有些冷淡，一副不尊重客人的神情。这种失礼的表现，很让他朋友狼狈。虽说朋友理解黄寿山腿脚不便的难处，可见到客人来访，在表示歉意后，黄寿山总是要穿上裤子吧？

类似的情况，劳记者就见到不少。很多人来找黄寿山时，黄寿山多数是在卧室内穿着裤衩与对方见面。熟识他的人、理解他的人倒没什么，可初次见面的客人，特别是一些女客人，难免要让人难堪了。若了解到他有多种疾病，只能躺在床上、斜靠在床头上休息，穿衣有些困难，多数客人还是表示理解。

当然，生病是个客观条件，但这样“光身示人”，就是主观行为有问题，待人接物的细节过于随意。从这点来看，黄寿山也不过是一个普通的农民，有着与生俱来的质朴的品质。他有时粗犷得如同一块裸露的山石，有时又粗鄙得宛若一块贫瘠的土地。如果对他要求太高，他就不是农民了，他就是知识分子了，就是公务员了，就是政客了。

也有人说，黄寿山在经营着一个五百亩的农庄，投资上千万，多少是个大中型企业，他就是民营企业家。既然是企业的掌舵人，他的言行举止以及着装，应该上一个档次。要知道，他的企业是对外的。再说，一个人若有家教，也都知道这些基本的礼仪。如此“光身示人”，不动声色对待客人，说明涵养仍未修炼到家。

父母是孩子的第一任老师，父母的言行会对孩子有潜移默化的作用。正因如此，黄中华认为如此环境，已让黄富顺受到根本影响。

“什么样的环境就造就什么的人。跟什么人奋斗，就有什么样的人生。小孩子在农庄这个环境里生长，在目前来说，还是不太适合。若有条件，可让他到市区的学校就读，慢慢改掉他所有的坏毛病。”

“这儿每天来人不断，形形色色的人接二连三出现，什么气息都隐藏其中。在这种环境下，对小孩有利也有弊。有利的是，让他很快认知社会，适应社会，有积极的作用；有弊的是，前来办事的人，目的各异，市侩而庸俗，他会耳濡目染的。”黄中华对劳记者说。

有一天，劳记者见到农庄来了两名妇女，其中一名妇女这样请教黄寿山：她的丈夫外遇了，是不是家里的祖坟出现了问题？彼时，黄富顺就在一旁听着。

与该妇女聊了又聊后，黄寿山大致知道她的一些家庭背景，以及她目前所遇到的窘境。她是市区一家银行的行长，五十多岁，事业正值鼎盛时期。其家庭属于“中产阶级”，中流砥柱式。按民间的说法，可列为社会精英一类。但她儿子并不怎样专心学业，也不愿意跟她交流，而她丈夫还有外遇。

劳记者注意到，该妇女气色不佳，形容消瘦，估计睡眠不足、心事过多、忧心忡忡、患得患失所致。在事业上有所成就的女强人，其家庭并不怎样完美。有道是，强即弱，弱即强。忙于事业，也就无暇相夫教子了；又想事业有成，又想家庭美满幸福，鱼与熊掌两者是很难兼顾的。

也许顾及还有其他不怎样熟悉的客人在场，该妇女并不太愿意提及自己的家事。看得出，她早在此前已经跟黄寿山聊了不少有关这方面的话题，而黄寿山对她的情况，早就了然于胸。

“几天后，你把儿子带来，我再给他指点一下。”黄寿山于是给该妇女指导一些如何平衡事业与家庭的思路，其中有些见解，倒也让劳记者觉得新鲜。

“女人太强势并不是好事，事事争强好胜，对于女人来说，有时候可能会产生更大的心理负担与压力。当欲望与期待达不到预期的目的时，本身就很脆弱的女人，就容易出现声嘶力竭、精神压力增加、到处猜疑别人、谁都跟她作对等情况……山有阳之南面，也有阴之北面，水有湍急之势，也有缓流之态，男人与女人一阳一阴，一动一静，和谐相处，互相信任，才会永恒到老。女人是水，阴柔而宁静，水为财；和为贵，家和万事兴……”

该妇女似乎有所顿悟。

黄寿山又说：“你儿子这样不成器，就是你们跟他沟通得太少有关。你溺爱儿子，在你看来，钱能解决一切。不管他问没问你们要钱，你们总是给了他很多钱，并认为这些钱对你们来说，只是一点点，于你们的家产来说，九牛一毛……偏偏就是这样的爱的方式，让他把习惯变成自然。你们整天争吵，在这种环境下，他能不对这个家庭产生冷漠之心吗？”

该妇女低下了头。不久，她又问黄寿山该给他多少利市。黄寿山让她打发他的儿子、孙子及徒弟等人，每人几十块表示一点意思即可，并说：“既然你的儿子认我为干爹，都是一家人，就不用客气什么了。”

她照办了。黄富顺等收下了“见面礼”。而此时，劳记者却想着，在这种场合，商业社会某种特性的东西已经入侵黄富顺的心灵，并让他理所当然地享受这种“便捷”，并不是好事。我们需要教育一个什么样的小孩？这是一个沉重而值得深思的课题。

有一回，劳记者在外地一户人家采访，突然有客人来拜访户主。因为两家是世交，客人带来了红包、水果等礼物。然而，当户主见到客人的礼物，便断然拒绝了。见户主不收，来人便又把红包塞给几个小孩，说是图个吉利，大吉大利。户主断然大喝，让小孩把红包退回，并板起脸孔让来人马上带着礼物离开。

互访酬谢乃人之常情，也是中国的传统习俗，若拒绝收下红包、礼物，也会让人难堪，面子放不下。户主说，水果之类的礼物可收，日后再回礼，中国人讲究“礼尚往来”。可涉及到红包之类的事情，就免了，这对小孩影响不好。

劳记者想，“大大咧咧”的黄寿山，为何不考虑到有个未成年人黄富顺在这种场合呢？黄寿山及他的儿子黄少楠要给黄富顺灌输什么样的人生价值观呢？

当天，跟随该妇女来的还有一个中年妇女。她似乎对黄寿山那座水塔抽上来的地下水很感兴趣，称要请人来投资优质矿泉水项目。与她接触后，劳记者发现，她的来意却是“占卦问吉”的：儿女为何总是不听她的话了呢？爱人为何对她那么冷淡了呢？他在外面是不是有了女人了呢？

现代生活节奏加快，人的感情变得异常复杂，就如天之云层，变幻莫测。来找黄寿山指点情感困惑的女人并不少。一个在婚姻方面并不成功的人，居然成了人们寻求解决婚姻家庭难题的导师，这是不是说明，这个社会在发展到某种程度后，物质富饶的人们，已经缺失了什么东西？

当时，黄富顺也在听着中年妇女的怨诉。“我们的价值观，以及我们下一代的价值观，又在哪里？”劳记者反复追问自己。

黄寿山到底有多少干儿子、干女儿，没人知道。但他及他的徒弟们说了，有上百人之多。这些人都是来找他指点迷津时，自愿认他为干爹的。逢年过节，他们均来农庄看望黄寿山，“大家庭”非常热闹。

呆在农庄多天，劳记者也见到一些喊黄寿山为干爹的成年男女进出，其中有不少是青少年。至于有无上百人，有待核实。

牛先生跟黄寿山是老乡，在市区做生意，涉及建材、地产等行业，并成为一个商会的会长。然而，这两年生意不好做，一落千丈，他于困境中找到黄寿山。黄寿山给他“把脉”后，开出一处“药方”，让他好好经营家庭。

劳记者从侧面获知，牛先生与前妻生育一儿一女，长子刻苦学习，上了大学，并到国外留学，回国后有了自己的家庭和事业；女儿也很争气，读完大学，在外地工作，并成家立业。这样幸福美满的家庭，不知羡慕多少人。

也许是自我感觉良好，且也有些钱了，牛先生开始偏离家庭的轨迹。他与一刚到县城一家医院工作的年轻女医生好上了。之后，他与妻子离婚，并与女医生结婚。婚后，他们生育一儿子。不知为何，儿子都不如同父异母的哥哥、姐姐那么优秀。妻子烦恼，牛先生也大为困惑。

经初步了解，劳记者获知，牛氏夫妻之所以让儿子认黄寿山为干爹，是有原因的。在今年的中考时，他们儿子成绩并不理想，要上县城一所重点中学根本就没门。牛氏希望儿子出息，并认为上名校方是唯一的出路。

得知黄寿山跟重点中学领导有往来，牛氏夫妻便让黄寿山牵线搭桥。初时接触，黄寿山就觉得牛先生有些傲慢，因为牛先生信佛，对佛教也有一定研究，经常反驳黄寿山一些观点。虽说如此，黄寿山并没有记恨于心，而是出面联系重点中学领导。

没得说，领导给了黄寿山足够的面子。见儿子如愿以偿进入重点中学，牛氏夫妻便带着儿子来认黄寿山为干爹，并塞上一个红包和两条高档香烟等礼物。

那时，劳记者就在现场，吃惊于他们竟然敢当着孩子的面做这些事情。此时，从外面练武回来的黄富顺闯进来，对黄寿山说“爷爷，我回来了”。见牛先生把一个大红包递给黄寿山时，黄富顺的表情与往常不一样。他是不是这样想，用不用心读书并不重要，重要的是有个有钱的家庭，什么样的学校都可以上？

不可否认，黄寿山对认他为干爹的牛氏夫妻的儿子，当面是百般教育的。做人的道理，学业的进取，以及环境的适应，黄寿山循循善诱，倾出所能，费尽口舌。

人要有“感恩之心”，对父母的养育之恩，要时刻牢记，并要以优秀学业予以回报。任何帮助我们的人，任何对我们有进步的人，哪怕曾经伤害过我们的人，我们都要感激他们，感恩他们让我们成长、进步。一个连感恩之心都没有的人，活着简直行尸走肉。

“有一人当年被很多同学凌辱，说他智商很低，不会考得上大学，也不会成功的。他不服气，努力上进，最终上了名牌大学，之后还成为国家干部。这人后来管理着他的很多同学，他没有打击报复他的那些同学，而是请他们吃饭，并让他们提出管理意见说：‘当年若没有你们那些不留情面的话，我也不会走到今天，感恩你们的帮助。’这人的风格多高，气度多非凡。我们要学习他的感恩之心……”

人要有敬畏之心，对天地、对父母、对师长、对兄弟、对姐妹、对法律、对法规、对传统民俗……我们都要心怀敬畏，天有天的高大，地有地的雄伟，父母也有父母的伟大，师长也有师长的威严。每个人都有自己的短处和长处，“说人之短乃护己之短，夸己之长乃忌人之长”。

因为我们人类没有敬畏大自然，滥采滥伐森林，大肆破坏环境，所以大自然对我们进行报复，温室效应，全球气温变暖，沙尘暴，冬天已经不像冬天，慢慢变成“夏天”，夏天已经没有原先夏天的东西。于是乎，天、地、人三者之间，就相应地失去了平衡。

人还要有廉耻之心，当今社会，出现很多奇怪的社会现象，金钱至上，拜金主义横行，贪婪成性，道德滑坡，社会风气出现了问题，如果连道德的底线都不坚守，连天规国法都不遵守，人何以为人，跟禽兽何异。廉生明，公生威。贪婪只会毁灭一个人，贪婪也会毁掉一个国家和民族。苏联就是一个明证。你知道我们国家现在为何严厉打击贪腐行为吗？就是执政者已经意识到再不惩治腐败，何以为国……这，就是符合历史发展的必然规律。

牛氏夫妻的儿子似懂非懂。随后，黄寿山就让他找个时间来农庄呆上一二天，学会独立生活。可能是感觉农庄的环境不太合适他，而且他也从来没有在外面单独居住或生活的习惯，他显得有些为难。黄寿山就提高声调，大吼一声，让他清醒。

事后，黄中华告诉劳记者说：“他（指牛氏夫妻的儿子）在农庄只呆了一天。当天，我让他搞卫生，擦几个办公室的桌椅。但我发现，他不太愿意干这活，看得出他心里有怨气，也有反抗情绪。显然，他在家里是养尊处优的，没有做过家务活。现在的富人家庭的孩子，通常都有这种毛病的。”

黄中华还谈及，一个家庭，如果父亲大肆敛财，贪污腐败，道德败坏，有情人、养情妇，而母亲如果行为也不端，管教也不严，在这种环境下，孩子的成长肯定受到影响。

对此，劳记者并没有表态。家庭就是一个小社会，从小家到大家，再从大家到国家，这是一种必然的逻辑过程。家教的重要性他非常认同，在他看来，要想让孩子在富裕的环境里健康成长，家教的灌输和文化的滋养缺一不可。

他也感叹，现在寒门已经出不了贵子。2018 年全国各地的高考状元，没有多少是来自贫困家庭的。考出 600 分的全国考生，有三十万多人，据网上的资料显示，这些考生都是来自公务员、知识分子和富商等家庭。

简言之，这些高分考生都是用钱砸出来的。他们不仅起点高，上培优班和兴趣班，家长还舍得花补课费。这就造成了现时的教育出现两极分化。有钱人家拼命追求名校，优质教育资源倾向于城市，倾向于富裕家庭，而底层民众的上升空间已经狭窄，甚至没有。

黄寿山及其儿子黄少楠难道不知道现在的教育状况吗？为何不把黄富顺送到好的学校就读？如果说他们信息封闭，但对于黄中华的建议为何视而不见呢？莫非，农庄的经济实力已经出现了问题？

我们需要教育出什么样的学生？劳记者认为，“德才兼备”才符合标准。德在前，才在后。可如今，他发现从农庄一个小天地、小社会影射出来的家教环境，不能不说，家庭教育、学校教育、社会教育和国家教育任重道远。

第十三章　人在做，天在看

这几天，黄寿山应邀到外地给人办事，来回奔波了几百公里，累得他骨头散架。对于助手们的表现，他极为不舒服。

上山时，他是被抬着上去，被折腾得非常难受。上山时，太阳猛烈，气温如火，他身体肥胖，一路上可谓上气不接下气，差点断气。下山时，又遇大雨。如果助手能够单独行事，并给主家指点一二，他也就没有必要如此劳神费力了。

回到农庄后，他几乎病倒了。他只得让助手给他全身按摩，吃了些药，总算缓过气来。想起劳记者还等着采访，他又与劳记者见面。劳记者的提问还未开始，胡图带着他曾经教过的几个学生风尘仆仆闯了进来。

见此情形，黄寿山只得歉意地对劳记者说："我暂时先应急，因为胡教授他们的路途远，还要赶回去。事前，他们没有预约，我先照顾他们，之后我们再好好谈谈。"

劳记者表示理解，并要回避，但黄寿山却让他留下来旁听，并表示"这对你的写作，是有所帮助的"。

此前，劳记者一直听得黄寿山提及胡图的名字，但对于胡图，他一直未见过。这会儿见到胡图，他不禁细细打量起来，只见他中等身材，脸型冷峻，肌肉结实，似乎他常年保持体育运动。

作为领队，胡图始终让自己保持是“配角”，而其中的“主角”，则是坐在他旁边的那个身材有些“发福”的年轻女子。从她的话语中知道，早在此前，她已经和胡图不知来找黄寿山多少次了。

与其说她是来“求助”，不如说是来向黄寿山倾诉。只见她一会儿嗔怒，一会儿哭叫，一会怨恨，一会儿叹气，情绪非常不稳定。胡图打着瞌睡，偶尔让她安静，不要打断黄寿山的话，这样很不礼貌。

忽然，年轻女子冒出一句话：“我这辈子不想结婚，只想独身。我活得太累了，真的太累了……”

胡图自带着年轻女子到黄寿山的卧室，就端坐于衣柜前的一个角落，一直缄默不语，并闭眼养神。看样子，他一个晚上都没有睡好。听到年轻女子大叫“我不想结婚”，他被惊醒了，但没有说话。瞬间，他又打起瞌睡。

黄寿山冷静地凝视着年轻女子，说：“我也知道你内心的痛苦，但这并不是你解脱痛苦的唯一办法。”

“你们都不理解我的痛苦，我经常失眠，还病了一段时间，现在稍微好些了。”年轻女子轻声低泣，“我不知道如何写自己心中的那本天书。天书是什么？天机真的不可泄露吗？”

“天书难写也难解。你自己心中的那本书，没有人会帮你写的。自己的书自己写，如何开头，如何谋篇，如何布局，又如何结尾，结尾是否精彩，都与自己的选择有关。”黄寿山注视着年轻女子，特意提高“选择”二字的声调。

“人生道路千万条，每一条都需要自己的慧眼去判断、去选择。昨天晚上，天师就告诉我，你对天骂、对地骂、对着别人骂，这就很可笑了。你这是在骂自己，因为你一开始，你就知道自己的选择意味着什么……”

年轻女子又饮泣了，还在喋喋不休地说：“我病了好长一段时间了，精神压力好大，有活不下去的感觉。每天凌晨四点起床，生意又不好，同行又跟我竞争，搞得我精疲力竭，一片迷惘。”

跟随胡图和她而来的那二女一男，可能对年轻女子的情况较为了解，只是平静地听着她自言自语地说话。

年轻女子说："我经常做梦，梦见有人对我东说西说，那人像魔鬼，又似妖怪……我发觉到处都是天罗地网，我挣扎不脱种种束缚，头疼欲裂，精神快要崩溃了！"

胡图睁开眼睛，见年轻女子不时打断黄寿山的说话，便让她暂时安静，不要说话，"你先听天师怎么说，天师会告诉你答案的"。

年轻女子不满地说："你闭嘴！"

坐在一旁的劳记者，一怔，她怎么这样对待自己的老师？此时的胡图，再也没有往下说话了，为了保持对黄寿山的敬重，他一直在洗耳恭听。不久，他又打起瞌睡。

在劳记者看来，胡图不过是一个"引路人"罢了：因为他熟悉黄寿山，也知道来农庄的路线，所以他把自己的几个学生带来了。对于学生们的这些烦恼事，也许他也不好太多干扰。

倘若用说话颠三倒四、神思恍惚形容年轻女子此时的状态，应该说是恰当的。隐约中，劳记者觉得她是个有故事的人，其间的故事并不简单。

她幽怨地说："大师，我一直找不到解脱的答案，你能告诉我吗？"

"我只有给你这个建议，天书也罢，心书也行，都是自己去写的。"黄寿山劝慰年轻女子几句后，又给一女子讲解"婚恋法则"。

得知该女子和男友已到谈婚论嫁的地步，他就对她说："你性格风风火火，非常泼辣，说话或骂人，冒出来的话就像连珠炮，对人毫不留情，他肯定受不了。忍一时风平浪静，退一步海阔天空。其实，大家也都知道，你是剪刀嘴、豆腐心。你人很善良，没有害人之心。关键的是，你要控制好自己的情绪，说话或做事，不要过于情绪化。"

女子终于承认自己一直以来看不起所有的男人，这是因为她觉得他们做任何事情都不如自己那样干脆利索。因此，她经常和男友发生争执。"江山易改，本性难移。你的性格天生如此，要想改变确实很难，但凡事让人三分，遇事冷静处理，不要急于发声，也不要急于下结论，没什么大不了的事情的。很多小事，都是因为你过于计较，过于苛刻，所以总是认为别人不如自己。拿得起，放得下，只要心态坦然，凡事让人一步，大事化小，小事化了……"

女子点头应允，一脸的感激之色。

黄寿山又给同行而来的一男一女阐述一些互相帮助、取长补短的人生经验。他们露出了满意的笑容。原来，他们就是一对恋人，只是彼此之间的感情仍未稳定，犹犹豫豫。因为他们虽为大学里的同班同学，可毕业后，各回各自的城市找工作或创业，往日只是在微信里联系。

当黄寿山对那女的说："如果他不喜欢你，怎么从外地跑到市区又陪着你来到这儿？这是一份真挚的感情……你没有什么可以值得怀疑的。"那男的不好意思了，认可这番说辞。黄寿山又对那女的说，他憨厚老实，胸怀宽广，只是不善于表达自己的情感而已。

劳记者留意到，除了年轻女子外，其他人均寻求到自己满意的答案，并高兴地给了黄寿山一个红包。临走时，年轻女子还要跟黄寿山诉说什么，但说来说去，还是那些内容，她很困惑，也很忧郁，不知道如何活下去。

胡图安慰着她："听大师刚才的一番劝慰，你还不明白自己要做什么吗？"年轻女子已经不像先前那样情绪化了，而是幽幽怨怨地说："明白了一些。"

当黄寿山写下几张字符，并告诉胡图他从事的这个"吉祥符"是有来龙去脉的。胡图心不在焉，虽说看着黄寿山用毛笔在几张有五行八卦图案上，写上"顺利"之类的汉字，并盖上黑色印章，可不知何故，他根本就听不到黄寿山在说什么。

黄寿山提高嗓门，又重复一次。胡图仍旧如此：心事重重，魂不守舍。

有人问胡图："她们受过高等教育，学过哲学，知道辩证唯物主义方法论……"

胡图快速地回应说："她们都知道这些，可因为现实已经解决不了一些问题，道德和法律也解决不了她们心里的困惑，只有来找大师指导了。没事来农庄干吗？"

确实如此。没事的人，是不会来农庄的。可是，来农庄的人，都是为了祈求黄寿山避凶趋吉吗？如果有人杀人越货，纵火贩毒，投毒害人，触犯国法，黄寿山也能让他们逃避法律责任？显然，这是不可能的。

黄寿山也说了，他没有那么大的本事，历朝历代的得道高僧或天师，也没有这么大的本事，他只是告诫每个来客，天、地、人三者之间，浑然一体，有规律可循，任何人违背了大自然的规律、国家法律和伦理道德，都会咎由自取，死有余辜。

劳记者突然想起一个故事，有个人和朋友合股到非洲加纳挖金，临行前，他对朋友斩钉截铁地说：“你对我非常信任，我也会善待你这笔钱。”然而，到了当地，他挖着挖着矿山，发现金子越来越多，就忘了初衷。每次通过微信向国内的朋友汇报时，他总是说，今天挖不到什么金子，或只挖到一点，入不敷出。

之后，他还让人焚烧一台几乎报废的挖掘机，并拍了图片发给朋友，说他们所在的矿区昨晚突然遭到黑人悍匪持枪洗劫了，悍匪还把工地的机器焚烧了。他们报警了，警察已经来处理了。这回合作创业，亏得连回国的机票钱也没有了。

朋友相信了，自认投资失败。几乎每个人都听过“不忘初心，方得始终”，却少有人知道下一句“初心易得，始终难守”。其实，人生就是一场修行，很少有人能忠于自己的承诺，因此善始者多，善终者少。

黄寿山达到一定修行了吗？这个答案，劳记者认为只有黄寿山自己才清楚。

道德说，“己所不欲，勿施于人”，而人性却“以彼之道还施彼身”。正如劳记者原先猜测的一样，胡图和年轻女子的背后有非同寻常的一段故事。

当晚九点，胡图带着他的学生离开农庄。临行时，黄寿山安排司机把他们送到镇上，让他们拦过路客车回市区。等到胡图等人离开后，黄寿山及助手就向劳记者讲述胡图和年轻女子之间的故事。

胡图在省城一家独立学院任教多年，专门传授中国民间文学。在瑰丽多彩的民间文学中，有很多东西涉及少数民族的传统民俗学，他有心要研究黄寿山这门目前已经有些冷僻的行当，所以他在三年前就与黄寿山接触。

因为黄寿山目前所从事的易经文化之“吉祥符”，存于民间并不多见，已面临濒危之境地，胡图计划申请课题立项研究。若有机会，可以申遗。

三年前，胡图一有空，就单独到农庄来搞调查。他一人从市区坐客车到镇里，之后再让黄寿山派车去接他。和大家混熟后，他说自己离异后又再婚。至于家庭的具体情况，他并未谈及，大家也没有问。

再后来，胡图带了一名年轻的女大学生来农庄。自从带来了女学生后，他不再让人去接了。他们一从市区坐客车到镇上，总是慢慢步行到农庄。

农庄离镇上有四五公里，步行进来，也没花多少时间。习惯步行并认为步行有益身体健康的人，一下客车，都会选择徒步到农庄，只要时间允许，事情也不特别急。

“胡图和女学生步行到农庄时，是手拉手进来的。”黄寿山说，事前，他并不知道这些细节，是他的助手万老师告诉他的。

最初见胡图和女学生每次都是徒步进农庄，黄寿山就责怪万老师为何不去接他们。万老师很委屈说，胡图不让他派车去接。而胡图对黄寿山的解释则是，步行有益身体健康，老是安排车子去接，也麻烦他们。

得知胡图和女学生徒步中的一些亲昵动作，黄寿山意识到：胡图与女学生结伴而来时，这样手拉着手，未免也太随意了吧。何况，胡图有一个叔伯就在农庄打工，他也应该考虑叔伯的感受呀。

“两年前，得知农庄需要一个清洁工，胡图便把他的叔伯介绍过来。开始，我给他叔伯一个月的工资是九百多，包吃包住。后来，我增加到一千一百多。干了蛮长一段时间，他叔伯才离开这儿。当时，女学生并没有找我寻求帮助。至于她当时为何跟胡图来农庄，我也说不清楚。后来，她才要求我解决她内心的苦闷……”

她出生于市郊一个农村，毕业离校已有一年，但她目前在学校附近的街道开店卖豆腐。

“每天凌晨四五时，她就得起床张罗买卖。早起晚睡，睡眠严重不足，她的精神状态欠佳。身体生病了，她就胡思乱想了。”黄寿山说。

夜深了，黄寿山又与劳记者倾诉自己的苦衷。讲述自己的故事前，他还是围绕着胡图的事情开始的。

俗话说，经师易得，人师难求。我有预感，在胡图身上，迟早会有天地崩塌的事情发生。此前，我曾多次规劝他，让他好自为之，他也表示接受我的建议，可他始终还是没有“刹车”。

唉，对于他这样的难题，我虽说贵为长辈，可也没有办法破解啊！遵循天规国法，是这门传统民俗学必须遵守的原则之一。不道德的行为，以及触犯法律的言行，我向来是不齿的，也不会纵容的。

目前，我所能做的，只有对寻求帮助者苦口婆心地予以心理劝导，让他们不要触犯道德和法律的红线。一意走钢丝绳，终会摔得粉身碎骨。玩火者必自焚。

此前，我也接待不少官员或商人来要求指导各种事宜的。有酬服务的同时，我说了些让他们慢慢深思的话：人在做，天在看。天地之间，所有的龌龊之事，所有的罪恶之源，所有的善良之泉，都会有个结局。这是因为，善有善报，恶有恶报，不是不报，时辰未到。

“种瓜得瓜，种豆得豆。”这话大家都知道，可真正明白它的含义是没有多少人的。

前段时间，我在网上看了一则有关宋朝名相范仲淹的故事。故事上说，范仲淹出身清寒，但他决心将来若能出人头地，一定要救济贫苦者。鸿鹄之志，燕雀安知。范仲淹年轻时立下的抱负，让人肃然起敬。

果然，他当了宰相后，就把俸禄拿出来购买田地，分给穷人耕种。不仅如此，他还给穷人提供衣食。谁家婚丧嫁娶，他拿钱补贴他们。他用自己的收入，养活了几百家的乡亲。

有一次，范仲淹在苏州买了一处住宅，一位风水先生夸奖这间房屋不错，后代必出大官。他立刻把宅子捐了出来，改作学堂。他想，让百姓的子孙都能出人头地，比起他一家独自享福，岂不更好？

看完这篇文章，我很感动。我知道范仲淹是个政治家、文学家和思想家，不过我不知道这则故事的真实性有多少，是不是后人杜撰的。范氏家族兴旺了八百年，他的四个儿子德才兼备，当了宰相和大官。甚至到了民国初年，范家一直兴旺不衰，秘诀可能就在于其后人不忘“先天下之忧而忧，后天下之乐而乐”和“积德行善”的祖训。

中国传统文化博大精深，闪耀光芒，充满智慧，福泽后人。“历览前贤国与家，成由勤俭破由奢。”我认为，荣华富贵不是争来的，是积德来的，也是由勤奋得来的。人有多少德，就有多少福；人有多勤，就有多富；无德不福，无勤不富，失德福散，懒惰贫穷。

自古以来，很多人都从事类似于我这一行当的“道公”、“仙婆”，特别是一些“易经大师”，假天公之道、天师之名，对来寻求帮助的人行坑蒙拐骗之实，结果他们都没有善终，并殃及其后代。

为何啰唆这些事情，我只想说明，很多人在日常生活中，口德很差，私德败坏，也不遵守公德，所以他们迟早会臭名昭著，声名狼藉，不得善终。

你曾问我，胡图隔三岔五到农庄来，难道仅仅是来做调研的？他跟我是什么关系。我如实相告，他要拜我为师，学些东西。目前，我只让他做些简单的工作。他经常带女学生来咨询我，让我帮助她走出困境。我劳心劳力，日夜不安。我很不想揽这桩麻烦事，可见他跟随我这么久了，又于心不忍。

胡图是旧州县人，当地有个火日寺，善男信女很多，香火不断。然而，这个寺庙却因管理和利益等原因，发生上千万“功德款”一夜间被人卷走的事情。胡图老家就住在火日寺附近，事发当时，我就让他去打听此事如何发生。

你可能会问我，我当时介入此事，事情真的这么简单吗？我是不是跟从火日寺的主持学艺的，主持出事了，我要去营救他。我明确地告诉你，我没在火日寺呆过。我到过很多名胜古刹，包括山东一个济公庙。当时，我还笑着对他们说，济公是吃狗肉的，而佛家是禁止的，这建成的寺庙，岂不是乱了逻辑。

我还去过北京的天坛，天坛的恢宏，让人震撼。古代劳动人民的智慧与结晶，得以完全地体现出来。当时，我还去瞻仰毛泽东的遗容。这是我多年前免费组织村民去北京旅游时的事情了。

说起这些，我还要给你讲一讲望月屯有些村干部的“轶闻”。二三年前，他们要组织村民去北京旅游，说要参观和坤的恭王府，他的四合院。我就强力反对，好的地方不参观，偏偏参观贪官的，像什么话。可能是我这么一说了，他们最终也没有去成。

有些扯远了。还是来说说火日寺的事情吧！

火日寺在旧州县很有名气，但我认为它成不了什么气候。因为这个以商业化运作的寺庙，管理太混乱了。至今，那儿的乱象仍旧存在。各卖各的香，价钱都不菲，有时候还互相争执动手。佛门净地被人搞得如此乌烟瘴气，谁都气愤不已。我准备让胡图再去摸底。

你也知道，火日寺离这儿有几百公里，跟明山县八竿子打不着，但我们为何热衷了解它的事态进展呢？这是因为，我爱管闲事，有些亲戚朋友的善款投到那儿，却不知去向。

这件事情，你当然也知道了。前些天，你对我说，旧州县宗教局一位局长曾向你反映此事。他因一承包火日寺的商人变相向他“行贿”，在他女儿上大学时送她二万块作人情，被追究刑事责任。他称事前不知道，并在法庭上辩论，但公诉机关却认为，商人之所以“曲线”行贿，其实就是看上他的权力，如果他不管辖火日寺，会有人送钱给他女儿吗？

此前，他指责有人在寺内违规建设，有意搞“寺中寺”，分成两派管理寺院，并让对方停工。随后，相关部门也介入调查，勒令对方拆除违法建筑物。因此，他得罪一些人。所以，就有人联合各有关部门对他打击报复，设套陷害他——背着他，给他女儿送人情费，事后再指控他滥用职权，变相收受贿赂。

他承认，建筑商曾上门来说情，要行贿他，但他拒绝了。之后建筑商就背着他给他女儿送钱。他并未指公诉机关所指的那样，事前是知情的。如果说事前知情，那么，就是他知道建筑商来找他，至于后面发生在他女儿身上的“红包事件”，他压根儿都不知道。他是冤枉的。

后来，他被免于追诉刑事责任。你说，他在来找你反映问题时，他还是有罪之身，仍被监视居住，定时向警方等部门报到，或汇报去向。他希望你这个资深调查记者深入调查，还他清白，也给众多善男信女一个交代。

对于火日寺的混乱，他当然比我清楚。你说，他来找你时，出示了很多有力的证据材料。并声称，上千万的“功德款”，是该县首富“八公”指使他人从山上抢走的。

他告诉你，事发当晚，各路人马都在山上抢夺封存好的上千万“功德款”。原来的主持及其他人要把钱卷走，遭到当地村民及俗家弟子阻拦。经宗教局调查，早些年，这个主持是从其他地方来的，是没有证照的俗家人物，行骗江湖。得知有关部门起底他的“案底”，他觉得呆不下去了，便要卷款潜逃。

好在当地村民及俗家弟子反应及时，便组织大量的村民上山围堵。这个主持发现事情败露，便溜之大吉。不久，“八公”的人便开着面包车来到山下，十几二十个人手持器械，偷偷从后山把那些“功德款”抬下山来，连夜用面包车运走。

当大家发现时，那些人早就消失得无踪无影。群众一面报警，一面通知各地的善男信女前来商量对策。此事惊动县里、市里及省里，领导指示从各地抽调公安民警和武警前来维持秩序。一连多天，前来火日寺的人越来越多，担心引发群体事件，领导只得前往现场做解释工作，并承诺要把抢走“功德款”的不法之徒绳之以法，并把假主持缉拿归案。

随后，警察介入此案。但据这个局长向你介绍，几天后，办案民警确实把从后山搬走“功德款”的人拿下了，可民警在清点钱款时，赃款只有几十万，与原来上千万的相差太大了。那些钱到底去了哪里了呢？

此后，那个局长多次要求各有关方面追查指挥歹徒抢走上千万“功德款”的幕后元凶，追缴余下的那些巨款，结果一直没有下文。于是，他向你报料了。

“八公”是个什么人，当地的官员和百姓没有不清楚他是做什么的。他开有采矿厂、自来水厂和KTV等，并创办很多实业，养有很多马仔。那个局长称自己曾被“八公”派来的人威胁过，让他不要再多管闲事，否则打断他的腿，放了他的血。

外界传言，“八公”是个混黑社会的。事实是否如此，我也不知道。反正，这些年来，“八公”从未被警方拘留或处理。所以说，指他涉黑，证据是不足的。法院都未给他定性，也未判他有罪，坊间的传言充其量也只是谣言，上不了台面。

不管怎样，在当地，遇到小孩子哭闹了，你只要说“八公”来了，就很管用，小孩子就会停止哭闹了；若在街头与人发生争执，你只要提及“我认识八公”，所有的矛盾就会化解，双方就会“干戈化为玉帛”。

据说，几个县的公安局领导均有“八公”的微信号；“八公”就在他们的朋友圈。你说，有一次，有一个县的公安局领导在市区跟朋友吃饭，当时你也在场。提及“八公”时，他说“八公”已经不像以前那么嚣张了。现在都是法治时代了，他若敢乱来，定然被拿下，送去坐牢，一直坐到他鼻孔生草为止。

也活该“八公”作恶多端，他去年出事了。据广东媒体报道，二十三年前，深圳市宝安区发生一起抢劫杀人案，被害人被四名男子手持砍刀抢走手提电话、价值七千港币的金项链等财物，在挣扎过程中，被其中一名嫌疑人切断颈动脉后死亡。

当时，警方抓获两名嫌疑人，另两名涉案嫌疑人在逃。案件审理后，一嫌疑人被判处无期徒刑，后减刑至十八年，但刑满释放后，又因贩毒被抓获；一嫌疑人被判处有期徒刑十五年，后刑满释放。

二十三年来，潜逃的两名嫌疑人始终未落网。宝安警方在着手清积案时，再次启动对该案的调查，走访嫌疑人老家旧州县，搜集证据，终于发现了重要线索——两名男子疑似当年潜逃的两名嫌疑犯。

就这样，旧州县“首富”八公被广东警方抓捕归案。谁也没有想到，在广东作案的“八公”躲藏外地多年后，又回到老家创业，成了首富。最让我不解的是，既然那个局长指证上千万“功德款”是被“八公”指派人抢走的，为何那么久了，都没有结果呢？

你跟我们提起，那位局长找你反映火日寺存在的七颠八倒情况后，你曾经从外围进行调查。结果，你也发现大量触目惊心的事实。但是，你的报道推出了没有？你为何把这篇调查报道放了几年都没有发表呢？

我明白了，你们有新闻纪律约束，也有种种考虑，可能考虑到涉及寺庙之类的事情，或考虑到“八公”是涉黑人物，担心遭到他报复或追杀，所以没有公开报道此事。在我看来，这跟宗教、寺庙没什么关系呀。

不对，前些天，你就跟我说过，你曾以身犯险，深入毒窝，和毒贩周旋，还与黑社会人物打交道，写了不少批评性、揭露性、监督性的报道，把很多官员及社会人渣送进牢房。有一个村委主任赌博，你采写的一篇批评性报道，就把他的前途中断了。他随后被警方拘留，受到法律制裁。

你曾经说过，这些年，你因写了不少揭露性报道，曾受到不少人的威胁。有一次，你持续一个月追踪边境猖獗的走私活动，被人拍下车子、车牌号以及身份证，你还被拍了照，被他们尾随回家。他们知道你的住址等信息，扬言要灭你全家。结果，你还是报道了此事。随后，涉案的多名官员及走私分子被法办……这些人被捕及被判刑的报道，你那天还特意从网上搜索出来给我看。

我见过你写的报道曾得到原国家总理朱镕基的批示，要严查各有关方面的当事人……这事扯远了。你说，现在的大学校园太不干净了，论文抄袭、性侵学生、师德败坏……从胡图身上就可以看出一些东西，为何我还收他为徒？

我只能这样跟你解释说，他在学校做什么事情跟我无关，但他到我农庄里来，就得听我指挥。可我发现他似乎有些不怎样上心，从三年前到此来调研，根本就没有全面了解这门行当的真谛是什么。说实话，他都没你悟性高。

还有，你爷爷等人曾从事“道公”这一行，写了不少劝人为善的书稿。“文革”时，他担心做这一行受到牵连，便让你父亲把几箩筐的书稿连夜埋在菜园，之后觉得还是不太安全，又让你父亲连夜挖出来，偷偷烧毁。之后，你爷爷因害怕“文革”疯狂之斗争迟早会牵涉到自己，不得不悬梁自杀。

跟你交谈，跟你接触，我觉得你有我们这一行当的天赋。只要稍为钻研一下，即可出师。其实，你不用笑，我知道你有这方面的才能，胡图无法跟你相比。你的逻辑思维和写作能力，我是知道的。

行吧，别笑了，你既然不愿意学，也就算了。我认为你学了，也对你不利。我不担心你会抢我的生意。你还是不学为妙。你问我为什么，我只能告诉你，你是走阳光路的，而我是活在灰色地带，两者风马牛不相及。不过，你若有时间，可以帮我们写些报告，让我能够申请到非物质文化遗产传承人的称号……

其实，在外界看来，我这个农庄，就是一个复杂而又令局外人感到神秘的地方。三教九流、形形色色的人进出于此，我不怕落人口实？竞争对手不会暗中向我发难吗？

不止一次有人跟我黄寿山提起，天天做这行当，香火不断，小心被人举报到政府各有关部门。我说，站得正，走得直，是不用害怕的。

此前，就有官员对我说，我再搞下去，就把我抓起来。我得罪过他，因为那是多年前的拆迁征地过程的宿怨。我对他说，你只要有了我的证据，就尽管冲我来吧。我做了二十多年，没有人说我坑过他的钱财。

嗯，你问我有没有竞争对手？我说，没有。在明山县，就我一人在做“吉祥符”。易经门派众多，大家各行其道，一直相安无事。如果我一个残疾人都成为他们的对手，他们也太没水平了。这样的道行，还想给他们的客户做事，客户会相信吗？

我的客户对我还是比较信任的，因为我用劝导的方式，实实在在地给他们做了一些事情。而且，我也从来没有狮子大开口，适可而止。得道之人，从来是普济天下的，“达则兼济天下，穷则独善其身”。我助人为乐，从善如流，能帮则帮，很少得罪别人。

你对现在出现的一些伪民俗也看不惯。每年除夕之夜，新旧交替之时，很多人都会到一些名山大川的寺庙“竞价”抢上头炷香，价钱从几万涨到几百万，大家都认为烧了头炷香可以让自己来年更加兴旺发达，事事如意。

你认为这是没有必要的。太商业化的东西，已经失去传统民俗文化的根本意义。只要心中有香，心中有善，心中有爱，埋头苦干，没有到名山大刹抢头炷香，也会散发出积极的能量，熠熠生辉。

那天，曾有客人问我，“宝地”有没有一个统一的尺度与标准？我还没有想好要怎样回答他，你就说，有。眼里看到的是鲜花、绿树、山脉，耳朵听到的是悦耳的声音；嘴里吃到的是香甜的食物，喝的是清甜的泉水；鼻子嗅到的是清新的空气；心情欢悦，所处的大环境没有战争，没有灾难，没有病痛，世界和谐，社会安定团结，而小环境中，家庭和睦，兄弟互相帮助，儿媳孝敬老人，儿孙孝顺……这就是绝美的居处。

说实话，你这番言论，也是我这门行当要求的最高境界。做我们这一行，有时候，还得“昧心”配合当事人“撒谎”。只要有利于其家人的心理健康，我还得和当事人一唱一和。

有一女士在县城开店卖美容产品。前些天，她带着母亲来向我寻求“解脱”之法。她父亲去世已有几年，今年以来，她那体弱多病的母亲，老是想念自己的老伴，茶饭不思，神思恍惚，形容憔悴。

该女士让母亲不要想那么多，并反复安慰母亲，结果无济于事。母亲老是觉得亏欠父亲什么，或顾虑儿女当初在给父亲下葬时，选的地方不对。她跟母亲解释说没问题，可母亲仍旧不信。于是，她只得带着母亲来找我“把脉”。

我和她母亲沟通后，便劝导她说，她的爱人早就入土为安了，因为她对他的感情笃深，难免日夜思念。他会让干女儿再迁移一下坟墓，就什么事也没有了。不过，当天迁坟时，她就不要出现了，以免“触物”伤情。

原来，该女士带着母亲来“把脉”前，已把大致情况跟我说了。我和她一合计，便上演这出“迁坟计”。坟墓肯定不会去迁的，但得做个样子，让老人安心。

心病还需从心里治。如果担心日后她母亲发现我们是假迁坟墓，也可以请人择个吉日，重新选个好的地方埋葬。每个人都需要心理上的安慰，若如她所愿，一切都会好起来——这跟风水宝地并无关系，是跟她的心理作用有关。

之所以不断有人来找我，与我乐于告诉别人积极入世、修身养性和积德行善的方法是有关的。我知道，如果整天搞些旁门左道、欺世盗名的事情，我的信誉就会被慢慢消费，直至没有。现在的人都很聪明，网络信息又发达，你做的事及所说的话一有问题，他们就会在网上“开战”。

我珍惜自己的声誉，就如鸟儿爱惜自己的羽毛一样。如果有人认为我的心理指导没有效果，我都会与他们心平气和地解决此事。

黄寿山所言不虚。前几天，劳记者就见到一妇女来找黄寿山指点她在生活中遇到的困境，给了他一千六百块的报酬。之后，她提出要求退款。按她的要求扣除自己购买的二百块的祭品等香火钱后，黄寿山让助手把一千四百块退给她。

类似这样的事情并不少，黄寿山并不计较。他说，得与失，他看得很开，也看得很淡。每个人都有要悲天悯人之心，爱国敬业之情。目前，这一行当“有行无市，有行无价”，不能强买强卖，若把它搞得变味了，就成了违背国家法律法规的罪证。

“善与恶，好与坏，美与丑，正义与邪恶，往往在一线之间、一念之间、一瞬之间。有些民间的传统习俗，有其糟粕之处，也有其优良之处。去其糟粕，取其精华，方可传承与弘扬下去。”黄寿山肯定地说。

坚持是成功的基础。正如万老师告诉劳记者，他们的师傅黄寿山之所以能说会道，很会开导陷入困境的客人，这是因为他能够把很多生活常识与哲理融合在一起，解决了很多人心中的难题。同时，也与坚持有关。真正的民间高人，就应像黄寿山一样，能够运用哲学方法论与辩证思维，看待宏观世界，并劝导悲观绝望的人向往美好的生活。

俗话说，闻道有先后，术业有专攻。劳记者忽然想起他看过的一篇新闻，香港有一市民叫曾灶财，自封为“九龙皇帝”。他十六岁定居香港，先后做过建筑工和垃圾工，不料在工作中压伤了腿，从此变得一瘸一拐。三十多岁时，他的房子被港英政府强拆。

曾灶财的房屋被港英政府拆了，很不服，就经常写材料投诉、反映，结果都没有得到处理。随后，他天天写材料，到街道上张贴，还在干净的地面上，用沾着水的毛笔写。他每天一起床，就坚持做这事，以纸和笔，在街道各处不断向世界各国的游客“喊冤”。

不管他如何散发材料，或把横幅到处张贴，都无人与他作对。顶多等他离开后，警察才过去把那些横幅或标语之类的东西拿走。谁也没有想到，他坚持如此写材料“喊冤”五十一年，直至病死的那天，他成了一个书法大家，字体自成一家，无不让人啧啧称奇。

黄寿山数十年来经常跟不同的人交谈，随时“见子打子”，或“见招拆招”，随机应变，口才也就慢慢练了出来。天长日久，他怎么不出口成章？俗话说，十年磨一剑，一朝露锋芒。很多人之所以能够在某个行业成为专家，成为顶级工匠，就是因为他几十年如一日坚持苦练，不懈努力，最终闻名于世。

万老师是望月屯人，高中毕业，在黄寿山的助手中，他的文化是最高的。现在的他，跟着妻子耕种农活，照顾小孩。他跟随黄寿山已有二十多年，是黄寿山几个助手中的兄长。但他承认，因为自己跟人交流太少，功力自然欠佳。

他觉得很遗憾，他们做的这一传统民俗行当，虽说名声在外，然而它一直未进入主流文化层面。前段时间，明山县宗教局和佛教协会来了人，认真核对他们所从事的丧葬民俗，发现它在全国几十种传统民俗文化中，是其中的一个。

“这给我们传递了一个积极的信号。人民有信仰，国家有力量，民族有希望。如何让它成为主流传统文化，是否申请非遗，也是我们目前考虑的一个方向。”万老师说，县里有个唱山歌的民间高人，尤其擅长丝琴，现在他已成为官方的座上宾，这是因为他的绝活申遗成功了，他成了传承人。

多年前，他们此行饱受非议，随时都成为政府相关部门查处和打击的目标。现在，随着传统民俗文化的不断兴起，它已经发生了些许的变化，汇集了民间的活力，“如果它是封建糟粕的东西，我们这么大的院宅，早就要被强制拆毁多次了”。

曾无数次到鱼生县采访的劳记者得知，鱼生县上下喜食鱼生，古已有之，名响全国，并形成一个传统的鱼生文化，之后衍生出旅游文化节之类。其中有一个老板，早在一二年前就申请非遗，并获得成功，成了传承人。现在，该老板用“鱼生王”做招牌，生意越做越大。前段时间，央视记者还专访他，记录他制作鱼生的全过程。

澄州县的淘金历史已有上千年，以盛产黄金闻名。世代在自家门前淘金的当地人，十多年前就北上闯荡，之后再转战非洲，并向几十个国家和地区扩散。淘金人数最多是在有“黄金海岸”之称的加纳，有数万人之多，形成巨大的影响力。两年前，有一返乡创业的淘金客创办淘金乐园，并申请非遗。

至于结果如何，目前未知。

其他县的民间骨科高人等，目前也想把传统医药文化推向一个高度，酝酿申请非遗。其中与澄州县相邻的宾州县，有一个经营多年的家族民营医院，烫伤烧伤等方面的医药，久负盛名，其负责人已成为市级和省级的非遗传承人。

省内有一地方的醋血鸭烹饪，也申报省级非遗，专做这一特色菜的老板，还获得传承人的称号。他把醋血鸭卖到全国各地，其中在全国各地高铁列车的餐桌上，受到热捧。

第十四章　双方开起“困局高峰论坛”

谁都以为，女学生已经走出了迷局。谁知，几天后，她又和胡图来到农庄，咨询黄寿山一些问题。万变不离其宗，她提及的问题，还是老生常谈的问题。不能不说，她的辩解能力尚可，几乎让黄寿山招架不住。

黄寿山竭尽平生所学，不厌其烦地告诉她一些做人、做事的道理，结果她总是“歪理”丛生，间或与黄寿山理论，并不认可他的某些观点。她这种“难缠”的内心苦闷与人生困局，劳记者又再次见证了。

他们讨论的重点是，豆腐店生意不好，无法与对手竞争，亏得很厉害，是关门大吉，另觅出路，还是苦撑下去，奋斗到底？

“这段时间，你总结自己遇到的事情了没有。”黄寿山继续诲人不倦地发问，声若洪钟。他一直没有在意她身边的胡图。胡图也没有充当主角，安静得如同一个局外人。

她回应说：“总结了。”

黄寿山说：“那你发现什么规律和逻辑了没有？”

她的话又开始出现答非所问的现象：“我都不知道自己卖豆腐能不能坚持下去。”

“你现在做生意，有这个惨败的结果，说明任何人做任何事情都不会顺利的，都需要交学费的。一开始就想成功，是不符合逻辑的。因为你还年轻，经验还不足。”黄寿山如是说。

她马上反驳说：“做生意为何不能马上成功？难道非得要交学费后走上成功之路，这才叫成功？你这是什么逻辑？”

黄寿山又提高声调告诉她，要自强、自立、拼搏，方能立于不败之地。她迅速回应，这些道理她知道，也明白，可她做出的纯正豆腐，为何总是卖不过竞争对手那些掺杂着香精、米浆的假豆腐呢？

“我一个本科生去卖豆腐，卖的是货真价实的东西，为何那么困难。这样亏本下去，我受不了……我知道，这个世道有些人是‘无奸不商’，可若让我去做假，违背良心，我做不到。良心货为何卖不出呢？”女学生感叹没有识货的顾客，也没有真正意义上的知心朋友。

“我需要那种没有互相利用、吃吃喝喝也能掏心掏肺说心里话的朋友，可目前我没有一个。”她自言自语地说着。胡图和她坐在黄寿山的面前，他的脸上掠过一丝惶惑。须臾，他站到窗边。不久，他又走到室外。

黄寿山说：“你怎么会没有朋友呢？你可以跟你的顾客交朋友……”

“可我是一个女的，跟顾客往来，不是引起人家妻子的猜疑吗？”

“照你这么说，女人都不需要跟异性交往了，也都不需要做生意了。既然如此，豆腐店还怎么运转？”

她说：“我也不知道该怎么办？老是亏本……难道真的要关闭豆腐店？”

黄寿山反问：“还能怎么样？对内不行，就对外啰。”她错愕，不明白黄寿山说什么。而此时胡图也回来了，赶紧插上话：“已经搞好对外工作，让她到一家单位上班，一个月四五千。目前先让她对外，以后再对内……”

黄寿山说：“该关门的还是关门，日后有机会再另图发展。”

她叹息道：“我想不通，也很郁闷，我一个本科生，长得也不错，为何弄成这样……”

当天，有很多客人进出。劳记者听到她反复提及“本科生”三个字，而且她对自己的容貌也比较欣赏，并见她先后两次来找黄寿山，所提及的都是同样的问题，就不耐烦地塞了她一句，满大街都是大学生，哪个不是活得好好的，关键的是积极的心态，健康向上的生活。

她怔住了，随即表示要与劳记者辩论口才，并质疑劳记者的逻辑思维有问题。劳记者懒得再回应她，心想，也真难为黄寿山了，经常当着很多客人的面，跟一个原本青春朝气现今却哀怨连天的年轻女子开“困局高峰论坛”，双方针锋相对，誓要一分高低，他自己不是也有些变傻了吗？迟早，黄寿山估计也会变成榆木疙瘩不开窍了。因为，劳记者瞬间想起网上流行的一个段子。

有两个人为了一个乘法口诀吵了一天，一人说三乘四得十二，一个人说三乘四得十四，双方相争不下，差点动手打起来，最后告到衙门。县官听罢，大怒：“把三乘四得十二的那个人拖出去打五十大板！”说三乘四得十二的人顿然大声喊冤，跪地痛哭：“明明是他蠢，如何打我？”县官用力拍着惊堂木，喝道：“跟三乘四得十四的人能吵上一天，还说你不蠢？不打你打谁？”

这个故事告诉我们，不要和不“讲理”的人较劲，因为最后受伤的可能是你，因为你的十张嘴，也说不过一张“胡说”的嘴。

冷暖自知，悲喜也自知。她是不是胡说，寻求黄寿山帮助的真正目的是什么，局外人当然无法知晓了。可她不惮其烦地提及自己的苦闷，再三来找黄寿山“求助”，而黄寿山则反复跟她辩解，并有所暗示解困的唯一办法，只有靠自己——“靠山山倒，靠水水流，靠石头石头翻跟斗”，靠天靠地不如靠自己，可她为何仍旧如此跟黄寿山开起“困局高峰论坛”呢？

过了一会儿，劳记者又觉得自己刚才有些“冲动”，不该无情地“喷”了她一句。她的故事是否如黄寿山等人所说，有待深入求证。

事实与真相之间，有时容易误导人。你看到的表面现象，并不代表就是事实的本质。透过现象看本质，才是修炼功力的最高境界。俗话说，耳听为虚，眼见为实。但在新闻行业中，这一句话却有得斟酌，眼见不一定为实。

如果你在视频上或街道上见到有几个人拼命地殴打一个人，下手之重，让人难以想象，而那人被迫跪着磕头求饶，捣头如蒜，你可能同情跪着的那人，有可能会出手制止，但如果告诉你真相是，那人曾在几分钟前，用铁管凶狠地打伤自己的孩子，导致孩子骨折，你又作何感想？你还会不会制止那些人，同情跪地的那个人？

具体到女学生开店之事宜，在真相仍未揭开之前，任何判断都有可能显得苍白，谁又知道她在此之前经历了什么。作为记者，暂时“冷眼旁观”事态的发展，也不失为一种最佳的办法。急于显露态度，并不明智。

人与人之间，可以近，也可以远，还可以中立；情与情之间，可以浓，也可以淡，还可以置身事外；事与事之间，可以繁，也可以简，还可以去繁就简。学会不在意，真诚善良，宽容别人，严以律己，其他一切随意就好。

“但愿我日后不会再发生类似的事情。”劳记者想。

这天是 2018 年 8 月 27 日。

当晚，黄寿山安排人开车送胡图和女学生到城乡大道坐过路车。不知为何，在公司大门口灯光下喝酒的黄中华突然牛气冲天，不让人开车送他们。理由是，胡图没尊重他，也没给他敬酒，太没礼貌了。

这一出从天而降的戏码，搞得大家甚为尴尬。其间，黄中华大喊大叫，发泄着对农庄以及其他人的不满，全是一派胡言乱语。他摔碗、摔啤酒瓶，说黄寿山的座驾不过是北京现代，他宝马什么的还没有开来呢。这个农庄哪里值上千万。

他抱怨说，黄寿山委托他管理公司，口头授权他，让他管理人，可他没有财权，就如同给了他一支没有子弹的驳壳枪，没有什么用的。而后他又说，他上千万、上亿都见过，也不在意什么了，他看淡得很……此时，他已经喝了一瓶白酒，把农庄的电动伸缩门关上，包括旁边一个侧门，不让任何人进出。

他对黄少楠的妻子说，这儿庭院深深……若看了由台湾著名作家琼瑶的同名小说改编而成的电影《庭院深深》，你就会明白什么了。有些人都是骗二哥的，吃闲饭的，他昨天在果园内到处查看，发现很多果树都生病了，居然没人处理。

“二哥让我管理这个公司，我一万个乐意。可如今，我真的呆不下去。我很委屈，没有领到一分钱。二哥经常骂我，我都接受，也不会顶撞和还嘴……”

此时，让人想起黄寿山和胡图的学生对话时，发生在大院内的一幕。原来，当天下午三点左右，黄中华开车载着黄富顺从外面回来，汽车音响放得特别大，响彻农庄大院，影响到黄寿山和客人谈话。一大早，他们在农庄附近的山坡运动后，就驱车去外地考察一些果园，行程有几百公里。

听到震天动地的音响，黄寿山当即如打雷般怒吼，让黄中华赶紧关掉音响。这不，在这么多人面前，黄中华觉得一个总经理的面子受挫了。

早在此前，黄中华就跟劳记者提及，他一直希望黄寿山等人把黄富顺送到市区好一点的学校读书，远离这种环境，但他们始终没有同意。黄寿山让他管教黄富顺，又没给他足够的自主权，他说了等于没说。他明明是负责公司的，却经常让他协助做这种与公司业务无关的事情，搞得他现在“公私不分”。他还直言公司存在的一些管理漏洞。

“堵门事件”前后，劳记者也被黄中华误伤。黄中华口无遮拦地说看不起劳记者之类文人，并称他老婆也是个文化人，总是喜欢绕圈子，没有单刀直入地把事情讲明白，说白了，就是爱面子……“你们说了一大堆道理有何用？我做事就很干脆，看不顺眼谁，或哪个欠我的钱，我不会跟他上法庭，就直接到他家去砸东西。”

他还声称，前两天，他就带着黄富顺去砸一户人家的大门和窗户。这户人家欠他的钱，催了多次，对方都没有归还之意。他让黄富顺看他砸对方的大门和窗户，并明确地告诉黄富顺，到社会上来混，就得狠，不然就会被人欺侮……

劳记者平静地看着黄中华发泄着内心的不满，自始至终，他只是笑笑，不发表一句评论，偶尔也逗一逗他，让他别想得那么复杂。见无法激怒劳记者，黄中华就让劳记者去陪他的朋友喝茶，“看到你这样子，我就烦”。

黄寿山闻讯赶出来怒斥黄中华，指责他太不懂人情冷暖了，哪能这样教育小孩的，哪能这样对待胡图等客人的。黄中华解释几句，悻悻地离开农庄，回到他的老家。看样子，这瓶白酒并没有让人酩酊大醉。他的思维还是很清晰的，步履并没有踉跄。显然，他内心积压已久的东西已经爆发出来了。

这一晚，有些是是非非、“公有公理，婆有婆理”的东西，便在农庄的各个角落飘游，如同一个个幽魂。黑夜中，农庄四周那些高大的树木便随风摇摆，发出阵阵叹息。此时的黄寿山坐在大院前的一张小桌子前，面无表情，几乎不想再说任何话。

俗话说，清官难判家务事。即便作为智者，黄寿山在面对隐藏于农庄内的家长里短、分配等诸多不公时，一样无法平衡各方诉求，更加难以做到一碗水端平。有人说，从猴子变成人需要亿万年，从人变回猴子只用一瓶酒。细想，这话不无道理。

黄寿山的痛苦是压抑于心的，这种痛苦是可以理解的。当一个老师都无法教育好自己的孩子，他的孩子成不了气候，成了“社会闲人”，他又如何去教育那么多的学生？别人又会怎样看待他？黄寿山此时的心情，也许正是如此。

最后，黄寿山只是喃喃自语地说了一句，“怎么会是这样呢”，难道“引蛇出洞”了？大家都不明白他在说什么，只见到他在一瞬间，似乎苍老了许多。

情势急转直下，谁都无法预料。在他的潜意识里，是不是有一种“请神容易送神难”的慨叹？

次日，黄中华又悄然回到农庄，并跟黄寿山解释当晚失态的原因，并表示痛改前非。

黄中华内心的苦没有人理会，仍旧唠叨着一些事情。对农庄存在的各种事情，他仍然那样敢于直言，并“放言”要“改朝换代”，否则农庄死水一潭，没有活力。用黄寿山助手的话来说，他有时候就像鲁迅笔下的祥林嫂，整天絮絮叨叨着一些事情。

但现实中的黄中华，并不是祥林嫂。祥林嫂早年守寡，因害怕被婆婆卖掉而跑到鲁四老爷家做帮佣，但还是被婆婆卖给了贺老六。不料贺老六病死，儿子也被狼吃掉，于是她又回到鲁四老爷家。她怕死后被阎王分尸，把一年工钱拿去捐了土地庙门槛……每天，她总是喋喋不休说着些事。

黄中华每天所说的话是有些多，率性而言，大致也欠简洁，但是他的话有条理，有内涵，不过有时候则显得不分场合、不分主次，容易被人误解。

当他的言语越来越“放肆”，甚至也不怕得罪黄寿山，居然“公开”跟黄寿山叫板，就让人觉得他是故意说给某些“爱搬弄是非”的人听的，也在测探黄寿山是否会判断一些是非，是不是“人云亦云”“听风就是雨”。

黄中华这种随意的性格，有黄寿山的风范。黄寿山笑笑，没有理会，心想：“这年头，能说真话的人并不多了，拐弯抹角说话的人越来越多，但黄中华如此‘血性’，是有草率，但我不计较，也会分析真假。”

黄寿山的几个助手说，这一二个月来，黄中华都是在农庄过夜，通常心神不宁。半夜时分，他总是起床把大院内各个角落的灯全部开着，似乎害怕有人来找他麻烦。他几乎晚上都不睡觉，多数情况下，都是在白天休息，生活没有规律。

在农庄大院前一个果园内暂时圈养的一些鸡鸭，不时被黄中华拿去送人；厨房内的花生油等物，也被黄中华拿走。事前，他并没有告诉黄寿山等人。黄寿山并没有计较这些，而是说，谁都不是活在真空中，都会有亲戚朋友，只要农庄里有多余的东西，他可以拿去做人情，但前提是，得跟管理人员说一声。

几天后，黄中华再也没有回农庄，并对其他人说，他不会再回这地方了。这地方太让他压抑了。随后，除了保留黄寿山的微信外，他把农庄里所有人的微信全部删除。

黄寿山理解黄中华的苦。他说：“三年前，黄中华一直呆在县城的家，几乎整天都不出门，并对我说：‘二哥，县城我呆不下去了。’我没有问他出了什么事情，但我隐约知道他遇到了困境。我对他说，把心态放宽，积极面对生活，克服困难，重新振作起来……”

“今年五六月左右，他对我说要到农庄来帮我做事。我想，每个人都会有困难的时候，他到这儿来也好，可以通过我这个平台，慢慢稳步发展，日后就会有翻身的机会。当他来到农庄后，我就反复告诫他，要他管好自己的嘴巴，不要大大咧咧，大放厥词，也不要酗酒，酒能乱性，也能伤身，结果他就是听不进去。”

“更加让我难以理解的是，他经常通过微信给我发来一些污七八糟的图片。我知道他内心很苦，生意场上有得或有失是一件很正常的事，可他看不开，从高空坠落地面，他接受不了。积压于心里的一些东西，天长日久，会爆发出来……唉，人啊，如果能够控制好自己的情绪，时刻自律，事情就不会那样恶化了。他到农庄来，前后也就两个多月的时间。”

劳记者忽然想起一件事，前些天，有个老板来到农庄，追问黄中华要三千多元的装修款。原来，黄中华在老家换了一个门，请市区一家装修公司来安装。装修完工后，他见有些地方还没有完善，就让对方修补。没想到，老板却找上门来要钱了。

黄中华说一会就给，却转身离开办公室，把老板晾在一边。劳记者隐约觉得，黄中华手头紧张，暂时陷于窘境。

几天后，清风村委及望月屯的领导干部包括黄立平和黄啸文等人都来看望黄寿山，明确地表达这样一个意思：望月屯的化粪池已经纳入建设之列，臭水泡村的问题，有望得到解决。按计划，国家投入百分之九十五，余下的百分之五由村里出资。现时，村委、屯里还有一定的集体资金，这余下的百分之五费用，就由屯里垫付。

他们还表示了歉意，说这么多年来，都没有来拜访黄寿山，向他讨教治村和走群众路线之经验。同时，他们也转达镇里领导的一些意思。在目前仍未物色到屯长的理想人选之前，暂时由黄寿山继续担任。

“当天，我们谈得很开心，也谈了很久。”黄寿山说，他在两年前就提出要辞掉屯长一职，主要是年龄大了，精力有限，但各方综合考虑后，让他推举人选再定。

两天后，刚刚当选的一个村民小组组长，也来拜访黄寿山，表示要下大气力把该组的经济搞上去。

“我也没有想到，媒体介入臭水泡村一事后，化粪池建设便如此顺利进入议事日程。此前，很多群众不断向上级部门反映，始终无果。这事也让我纳闷，中国的事情，为何总是等到媒体曝光后，才会着力解决呢？”

在黄中华离开农庄的前一天，胡图和女学生又来找黄寿山。像前几次一样，女学生的情绪还是那样激动，语无伦次，还啜泣起来。这次，黄寿山大为光火，差点拍着桌子骂她。最终，他还是压住从心底蹿上来的怒气，轻声地告诫她：“你也该清醒了！”

结果，她还是没有醒悟过来，虽说黄寿山口干舌燥地给她讲了很多做人及做事的道理。次日，胡图给黄寿山反馈说，他现在就跟她在一起，但她的情绪已经稳定了，答应出去找一份工作，暂时渡过难关。

“不敢面对现实的人，均无药可救。我已经提醒胡图多次，如果他再不刹车，并妥善处理一些感情，他酿的苦酒只有自己尝了，迟早会把自己搞得身败名裂……”黄寿山摇摇头，对劳记者长叹一声。

几天后，劳记者再到农庄核实一些细节，见到施工队在望月屯的东面开挖沟渠。稍一打听，他才得知，化粪池开始建设了，当地各有关部门已经动了起来，村民拍手称快。

这天是周六，黄富顺从外面回来，说和“小爷爷”黄中华相见的一些趣事。

他说，黄中华不会再回到农庄了，他现在满脸胡须，整个人有些变了。前段时间，他在黄中华的家，见到有人来追债，当时"小奶奶"和姑姑等人都在家。黄中华让那人缓一段时间，不要逼迫太甚。那人就离开了。

次日，黄中华带着黄富顺去"反击"那人的家，把那人家里的门窗等给砸了。黄富顺吓坏了。事后，他又教育黄富顺说，要好好读书，不要像他一样在世间瞎混。要想改变自己的农民身份，认真读书才是唯一的出路。万般皆下品，唯有读书高。

这天下午，黄寿山一家三代都在一起讨论这个事情。黄少楠说，每次喝酒，黄中华总是惹出事情，可想而知，他的内心太压抑了，并没有好好地调整自己的心态。其实，跌倒了是可以再爬起来的。"家家都有一本难念的经。当农民怎么啦？现在当农民一样有出息，有些读书人不一定明事理……"

黄寿山也这样说："中国是个农业大国，有大部分是农民。在城里当大官的人，其三代以内都是农民。认真读书不是坏事，读书可以改变人生，知识可以改变命运，但通过读书脱离农民本质并不是一个逻辑。农民诚实、善良、勤奋的本性，才是这个社会最诚挚、最宝贵的东西。大量的农民创造了这个社会，创造了这个世界，也创造了不一样的财富与价值，活得很精彩。"

这天，祖孙三代还在一起探讨教育的问题。黄寿山感叹，这些年，他们一家从未如此沟通过、交心过。窗外，飘过柚子的香味。很多工人正往一辆大卡车装刚刚采摘下来的柚子。此时，在他的桌面，也放着剖开的一只蜜柚。

黄少楠对小孩的教育主张"顺其自然"，能够做事做人做到位，就可以了，"期望越大，到时失望可能就会越大"。再不行，做个善良老实的农民也不是不可。假如黄富顺日后读了大学，回来后还是整天玩手机，爱上网，不思工作，只知做个"宅男"，还不是白读书了；而黄寿山则认为，要想让小树苗早日茁壮成长，不人为地"干扰"，给它施肥、浇水、除草，这可能吗？因材施教，方是关键，"顺其自然"和静等花开的教育方法，是不可取的。

参与他们的讨论时，劳记者也提出自己的一点看法。当寒门难出贵子，若有条件，可考虑选择更好的学校。无论是城里的小孩，还是乡下的学生，无论什么学校里的学子，每个人都有自己的花季：有的开得早，有的开得慢；有的在寒冬腊月盛开，有的在春寒料峭时绽放；有的艳丽夺目，有的默默无闻……花，总是要开，总是要满园春色，总是要馥郁芬芳，有没有人欣赏，已经不重要。

“黄富顺喜欢看书，就是一个很好的征兆。爱看书的小孩，不会变坏！”劳记者肯定地说。前些天，黄富顺让劳记者带些书给他，农庄里有些书他已经看过，他想阅读一些新的书籍。这天，劳记者从市里给他带了几本书籍，他很高兴。

这天，黄寿山最开心，也是他多年来最舒心的一天。多年来，儿子从未如此用心跟他交流，孙子也从未如此乖巧地与他互动。

“亲情融化早就开始了。今年以来，儿子变化最大。前两天，我儿子开始采摘他们果园里的蜜柚，有了六万多的收益。他主动跟我提及那十万的借款，他说：‘老爸，我们创业时借了外家三万块，这次柚子上市有了六万多进账，我得还外家这笔钱。余下的钱，我们还要用于投资。’我跟他说，只要有了这份心意，就说明你已经长大了……”

当劳记者与黄少楠求证此事时，他却不愿意说什么。他高大健硕，肤色黝黑，满脸胡子，一副成熟男人的味道。由此可知，他经常进出果园护理果树，风里来雨里去，从事体力劳动。当然，他喜爱钓鱼，顶着太阳暴晒，皮肤被晒黑也是原因之一。

每个人总是要长大的，在经历很多事情后，总会明白很多事理的——劳记者想。

又过几天，黄寿山出资五千元帮助附近乡镇一名三十一岁的陆姓男子。对于父亲这一善举，黄少楠非常支持，并慢慢地理解了父亲的一生。

原来，陆姓男子因癫痫病发作摔倒，导致脑出血，两次开颅手术，昏迷不醒。陆姓男子家庭困难，他的单亲父亲为供四个子女上学，已经欠下债务。

为给陆姓男子治病，陆家人已借了二万多块，仍无济于事。面对十几二十万的高昂治疗费用，陆家人没有办法，只好在网上发起众筹。与陆姓男子一家无亲无故的黄寿山，顿时动了恻隐之心，他先是让人送去五百块，之后又来到陆家，把五千块善款交给陆家人。当天，农庄的其他员工也踊跃捐款，陆姓男子的家属一下子就收到了六千多的善款。

市电视台也派出记者采访报道此事。有网民评论说，一个需要别人帮助的残疾人，却全力帮助一个困难家庭，这个新闻闪亮着不一样的价值。

劳记者忙里偷闲，写了一篇日记。日记上写着，媒体的报道，是否能够让大众参与到这场捐款活动，是否有人接力帮助这个贫困家庭，这已经不重要了。黄寿山用十年改变望月屯的精神风貌，而他此次捐款的本意，可能也是这样，让更多的人知道，助人为乐应该是人世间源源不断的动力。他只不过是通过媒体的报道，积极地传播善良，以净化人们的精神世界。

至于黄寿山的善举，黄少楠如是说，他能体会陆家人的困境，也能理解父亲作为企业家应承担的社会责任。以往，父亲做类似的慈善活动，他多有不解，一直认为是乱撒钱。可与父亲沟通后，他终于明白，每个人只要有了一点善念，这个世界将会不一样。

黄寿山对儿子的转变，乐在心里。三代人传承的中华传统美德，会薪火相传，生生不息。

就在望月屯的化粪池如火如荼地建设时，一起发生在村前三岔路口的惊天大案，让村民惊醒过来：如今的村风是不是出现了问题啦？该如何去整治呢？村干部在新的形势下，应该有所作为，不要让村民催着去做事情。

原来，望月屯有个叫黄芳芳的姑娘嫁到附近的村子，婚后育有一儿，至今儿子已有七八岁。前几年，她的丈夫因病去世了，她独自撑起一个家。孤儿寡母，相依为命，她的日子过得不是很好。

四天前，黄芳芳被人发现死于三岔路口。据见到现场的村民描述，她的裤子已被人褪到了大腿中部，露出了一条短裤。当时，县市的刑警来了很多，不仅对案发现场进行侦查，还走访了群众。此时，人们才知道，黄芳芳是在十天前回娘家居住的，此前她偶尔也这样回来小住。

这个突然发生的人命案，让一些村民有了茶余饭后的“谈资”。十天前，这个三岔路口就发生了一起交通事故，有一人死于非命。于是，有人认为那是个“三煞地”，煞天煞地煞人。如果不是“三煞地”，这路口怎么会接连出了两条人命呢？

至于黄芳芳是自杀还是他杀，外界的各种猜测不断。事后，警方对外宣布，这是一起自杀案，终于消除了村民的恐惧心理。

且说事发当时，有人还联想到几年前发生的多起性侵案，称当年的“幽魂”又出现了。现时的村风再不上个台阶，很多事情还会发生；现在的村干部不作为，所以才有这样的事情发生。

那些性侵案发生的时间，是在2015年。当年，种植韭菜非常得价钱，于是望月屯很多农户也跟着种了，凌晨四五时割了韭菜后，他们就挑到集市上去批发给客商。割韭菜或挑去卖的活儿，当时都是有了一定年数的妇女们干的。

每天凌晨四五时，上了年纪的妇女就打着手电，摸黑到地里割韭菜。谁也没有想到，有人趁着夜色居然性侵她们。因为凌晨天仍未放亮，四下漆黑，多名受害者被袭击时，惊惶失措，也看不清对方的脸孔。而且，这种事她们及其家属也觉得羞于报警或跟其他人提及，所以一直未报案。

得知此事，黄寿山赶紧安排人于凌晨时分巡逻，并专门出资补助巡逻人员。此事终于平静了一段时间。

有一天凌晨五点左右，天黑乎乎的，有妇女打着手电，蹲在地里，低头割韭菜，突然有个男人压到她身上，疯狂地摸弄着她的胸部。该妇女惊恐不已，大叫，却被那人捂住嘴巴，准备要把她打昏再施暴。她挣扎着，一瞬间看清了那人的脸孔。

那人见该妇女是相识的，吓得急忙逃跑。奔逃中，他慌不择路，竟摔到路边的壕沟，浑身是伤，嘴角被撞得爆裂了几厘米。他不敢到医院治疗，而是忍着剧痛逃回家，自己动手缝了起来。

当天，听得该妇女的陈述后，她的男人及其他兄弟便持刀追到那人家，本想把这畜牲砍了，可一见对方伤得那样惨，自己缝着嘴巴，惨不忍睹，又见自己家人没受到什么损害，就作罢了。他们只骂了对方一句，活该，就离开了。在他们看来，这人这样缝了伤口，不死也差不多了。

让他们想不通的是，这人已经有了妻子和小孩，已经五十多岁了，为何还样干呢？

也许是黄寿山从那时起就安排人员巡逻，也许是这人的犯罪行径被发现后，凌晨起来割韭菜或摘其他青菜的妇女，再也没有遇到任何意外了。从2015年起至2018年黄芳芳死于三岔路口前，望月屯均未发生过一起大案。这三年，正是黄寿山病重且也没过问村风的“真空期”。

于是，就有村民们认为，望月屯如今出现的一些问题，也该提到议事日程上了。当年有“禁赌队”，还有夜间“巡逻队”，村风很正，为何不继续发扬下去呢？

对此，黄寿山却这样认为，村风好坏，与火车头作用是有某些关联的。不敢管也不想管且更不愿做群众基础工作的一些村干部，当然会引起村民的反感了，村民自然也就想当然地把这个案子的某些“责任”推到他们身上了。

其实，此起刑事案件，与村干部是无关的，天灾人祸或杀人放火等恶性案件，谁敢保证不会发生？村民的看法是欠客观的，也缺乏公正。“但从某个侧面去看，村民的各种议论，还是有一定道理。”黄寿山告诉劳记者，如果他们多想些办法，创新地推进村风的建设，群众的满意度就会高些。

目前，望月屯的村风总体是良好的，但在新的形势下，不可能一成不变。对于屯里出现的一些新变化，不管是村干部还是村民，都要与时俱进地加以改进。其中，一个有魄力的屯长才是关键。

“村民被臭水泡了一年，人人喊苦，就是没人主动站出来处理此事。大家其实也知道，只要当时有人愿意牵头去做了，臭水之事就会迅速地得到解决，结果没人愿意做‘恶人’。直至我在忍无可忍的情况下跟媒体记者反映这事，现在的化粪池才得以顺利建设。反过来看，现在的村民包括一些村干部，怕管事，怕惹事，怕麻烦，怕得罪人……做村一级的干部，不仅要做硬汉，还会做群众思想工作，才能以理服人，取信于民。”

黄寿山年龄已大，疾病缠身，精力不支，早有辞掉屯长之职的决心，但各方仍未找出一个理想的人当屯长。此前，屯里、村里以及镇里等都希望他推荐一个，他把黄详的姓名与资料报了上去。

然而，当黄寿山跟黄详交谈多次时，黄详总是犹豫不决。黄详的理由是，自己资历浅，怕难以胜任。

早年，黄详一直跟随黄寿山在外面闯荡，是个敢作敢为敢闯、敢于担当、敢于承担责任的人。

黄寿山说，现在的黄详，年富力强，做事风风火火，不怕得罪人，而且也有创新思维，他有望能让望月屯走上一个新的台阶。

第十五章 如身之有影，善恶相随

当今社会，为何“寻仙问道”的人特别多？而且，有一定社会地位者以及高智商者占了不少的比例。对于这个问题，劳记者一直在思考。他三年前到农庄调查至今，也想从根本上查找原因。但三年来的跟踪结果，答案是什么呢？

“风水”一词源于中国古代，最早叫堪舆，被人称为相地术。择地而居，随遇而安，乃人之正常行为。有关风水的记载，源于晋代。唐宋为鼎盛时期，到了明清，则为泛滥时期，门派众多。“文革”时期，国家对风水、算命、占卦等活动予以限制，并定性为封建迷信，甚至被定罪。

改革开放后，随着学术氛围的宽松，研究环境的浓郁，有的出版社出版了一些书籍，一些大学也给学生讲解中国古代建筑中隐含的易经理论，有些机构还请研究者为民众讲解相关知识。外国也随之研究中国的易经。

于是，国人便以科学的方法重新审视这门古老的学术。处于高速发展的社会洪流中，在焦虑感日益加大的情况下，有人把所有难以解决的事情寄托于此门学说，让真正意义上的易经文化“变种”。

对于研究者来说，科学的态度必不可少。他们说，太极图又俗称太极鱼，是几千年前老子的思想体现，它蕴含了道家的终极哲理。

《道德经》第四十二章说，“道生一，一生二，二生三，三生万物”。“一”可以理解为太极，那么道即为无极，没有终点，广大无垠，没有边界。此“一”为天地未分、阴阳未判的混沌状态，而非道，乃道之子。

而这先天一炁又化生成阴阳二气，即“二”，演变为天地两极，清者上升为天，浊者下降为地，并生出有无虚实、善恶美丑、水火坎离等一系列，即相互对立而又辩证统一的事物。因此，“二”即指阴（包括寒冷、黑暗、下降、消极、丑恶等）与阳（包括温暖、光明、上升、积极、美好等）。

自然界中，阴阳还包括肉眼可见的阳物质与肉眼不可见的暗物质、暗能量，以及阴离子、阳离子，正电荷、负电荷等。这说明，阴阳学说和现实也是吻合的，是自然科学。古人的智慧，就在于此，并焕发出璀璨的思想光芒。

他们还指出，《道德经》反复讲，“有无相生，难易相成，长短相形，高下相倾”，说明事物都是阴阳的体现，这些事物都是相对的，不是绝对的，因为“天下皆知美之为美，斯恶矣。皆知善之为善，斯不善矣”。

换言之，如果世间没有美，丑也就不复存在了。如身有影，身者阳也，影者阴也。这些辩证的哲学命题，都体现在简单的一个太极图中。即，万物分阴阳，阴阳分四象，四象生八卦，八八六十四而成自然，道法自然。

目前，有些传统文化早就登堂入室，广为人知，国有相关单位还专门成立周易研究所、易经研究会等。但黄寿山所从事的此行，就如风水学说一样，并不属于主流传统文化，但它在民间较为活跃，追随者众。

如果说这就是答案，那么显而易见，“吉祥符”还上不了台面——劳记者想。

十多年前，在农村地区，只要家里有老人过世，其家属都会组织一些殡葬活动，并请民间的道公、师公吹吹打打，把死者的下葬活动办得颇为隆重。但这些民俗活动在当时，是被认定为封建迷信活动的。

十多年后，此类活动已经正常化，成了传统民俗文化的一部分，无人非议。劳记者常年在省内各地采访，偶尔还到国内其他省市采风，出国采访的机会就更多了。他发现省内或国内一些地方对此类殡葬活动颇为看重，甚至有人计划申请非遗传承人。

他认为，这一习俗的来源，少说也有上千年。春秋战国时期，墨家的创始人墨子说过，人死就是脱离苦难，要到极乐世界超度。因此，他的经典故事之一就是，当他母亲去世时，他没有悲伤，而是让人吹奏乐曲，予以喜庆气氛。

墨子主张兼爱、非攻等，即天下人应相爱互利，不应有亲疏贵贱之别。他的思想上有唯物主义倾向，但也有宗教迷信成分。墨子学说在当时的思想界影响巨大。

近年来，一度受到禁锢的一些传统民俗慢慢解禁，包括省内的一些民间殡葬活动，这说明国家对传统文化的推动已与时俱进，也从中反映了人民群众的呼声。但有些民俗能否成功申遗，各地都还在努力。

如劳记者见过的殡葬活动中的“过三关”，就有人计划申请非遗。这项传统习俗，就是家属于死者出殡前一晚请当地的道公或师公，在自家院子前吹拉弹唱，大做法事，超度死者亡灵。次日，家属择个时间再下葬，但在出殡时，道公、师公都会在送葬队伍经过的途中设下“关卡”，收些“买路钱”，以检查儿孙对死者是否尽孝。

此前的“A”字型的“关卡”，通常是由木条和竹竿搭成，但不怎样结实，现在的“A”字架，已经用铁管焊成。事前，道公之类的人员都会在铁架前放置一张桌子，上面点着香火，摆着“三牲”（鸡、肉、鱼）等祭品。送葬队伍被阻拦后，只得耐心听他们念唱一番。大意是，他们在问棺材里的死者，这些送葬的儿孙是否善待病重中的死者，往日是否如此。

几个道公敲锣打鼓，百般“刁难”送葬队伍中的死者家属。主家只得“花钱”通关，放三五十块的利市于祭台前。其间，有一中年人要翻越铁架三次，一个坎一个坎地攀登，即过“三关”，一关曰孝顺关，儿孙是否尽孝；一关曰贤惠关，儿媳妇、娌妯之间是否和睦相处，善待老人；一关曰天地关，亲戚朋友是否勤于耕作，是否敬畏天地。满足“道公团队”的需求后，他们才把“关卡”撤离，让送葬队伍顺利通过。

这一习俗由来已久，盛行不衰。这是因为，道公之类的人员“脸皮厚”，让他们设立“关卡”拷问，并当着无数人的面，假以与棺材里的死者“对话”，质问其家属在死者生前是否尽孝，以此警示后来者。所以，在某个地区的农民，在老人病重前都会悉心服侍他们，给他们养老送终。

因为这一传统历史悠久，有人认为值得推广其中的孝道文化，所以有意挖掘过“三关”中的非物质文化遗产中的高难运作“翻跟斗”。只有年富力强的中年人，才有能力以倒立的方式穿越高高的铁架。穿越铁架是有严格要求的，整个动作要一气呵成，中途不能停歇。

对于殡葬活动中的“过三关”习俗，劳记者也认为其中的孝道文化有闪亮之处，但他不知道当地是否顺利通过申遗传承人。在他看来，适合历史发展潮流的，都会得到官方认可。譬如，每逢清明节，回家祭祖只是民间文化，谁也没有想到，2008 年 4 月 4 日成为国家第一个法定传统节假日——这也说明，清明节在经历了不同的历史发展时期后，才成为主流传统文化的。

在网络上，有一篇没有署名的文章如是说，“在人的精神意识领域，也有民俗。许多生活中的禁忌就是如此：大年三十至初二，家中不许扫地，如果进行打扫，就会破坏来年的财运”。民俗文化的存在，自有它的合理与生存空间，与封建迷信之类搭不上边。

该文还指出，“民俗现象虽然千差万别，种类繁多，但是它并非无所不包。民俗，正如它的名字，它深植于集体，在时间上，人们一代代传承它。在空间上，它由一个地域向另一个地域扩散——压岁钱的风俗年年如此，而且各地盛行就是例证”。

黄寿山所从事的这个行当，日后能否成为传统民俗文化中的主流，或能否赋予时代的特色，至今无人可知。在农村地区，也并未只有他一人从事此行。但他告诉劳记者，他们此行现在已经没有多少从业者了，年长的已经老去，病重的老者也带着这门行当含怨而去，而年轻人又不愿意习研，再说它始终处于一个灰色边缘，名不正言不顺。

从本质上来说，它是古老的传统文化的一部分，也是少数民族地区一个独特的民俗文化现象之一，是可以挖掘的非遗传承人的空间的。如它当中的用红布剪成的四方的“吉祥符”，上面手写的易经八卦图案和各种汉字，别具一格，也是少见的。

趋利避害是人们普通的精神愿望与心理希求。有人祈求婚姻幸福时，他会在图案中间写上“婚姻”二字；有人希望出行平安时，他会在图案中间写上“平安”二字；有人开店做生意，希望财源广进，他便在图案中间写上“财源”二字；有人期望儿女升学顺利时，他则在图案中间写上“学业”字……

人们如此种种的愿望，饱含了民间的一种精神寄托。

除了“吉祥符”，黄寿山还涉足丧葬、看日子等活儿。他的主业原本专注于农庄果园，现在的“副业”却唱了主角。

“吉祥符”等传统民俗文化，一直“藏在深闺人未识”，并被人戴上神秘的面纱。如何正面理解它，以及它的收费现象，劳记者认为这需要社会学家、民俗学家的着力研究与正确引导。

现在，全国各地正兴起各种传统节日，传统民俗文化方兴未艾，这是恢复文化自信的重要措施之一。民族的，就是世界的；传统的，也是世界的。劳记者认为，“吉祥符”能否登上传统民俗文化的大雅之堂，尚需各方研究与探讨。

比如，有人专门给当事双方择良辰吉日嫁娶、下葬、动工、开工、奠基……所有的这些习俗与传统，如何收费，与现行的国家法律、法规有无抵触，在寻找相关资料时，劳记者找不到标准与依据。

国家很多重大项目、工程以及机关单位大楼等开工，都习惯于选个良辰吉日剪彩。从某种意义上来说，也是顺应中国民众的传统习俗：2008 年奥运会开幕的日子，时间定于 2008 年 8 月 8 日晚 8 时 8 分 8 秒……就是图个吉祥如意。

现在的广东人买手机或给车子上牌什么的，多数人不太喜欢选用“4”字，而对“8”“6”“9”等数字，却极力追捧，乐此不疲。“4”的谐音是“死”，“8”的谐音是“发”，“6”有六六大顺的寓意，“9”则有九九归一、永恒之意……所有的这些吉祥数字，对民众而言，无非图个吉利。其实，“4”只不过是个阿拉伯数字，并不代表什么。

民间传统文化应该是包容的，多元的。只要不是危害群众利益的，延续数千年的传统文化其中的某一支流，社会各界也该多些宽容；如果它危害了群众的利益，并触犯了国家现行的法律法规，与我们的主流价值观相违背，就应该予以打击与取缔。

有些传统民俗，目前是：糟粕与优良并存。但在物欲横流的社会，糟粕有占据上风之势。因为功利和欲望是人性的弱点，有人巧舌如簧，夸大某些传统民俗的本意，已隐含了某种不健康的精神文化，背离了科学的尺度。取其精华，去其糟粕，并为民众所用，未尝不可。

中国人过西方洋节，有人认为中国人数典忘祖，崇洋媚外，“灭我自信，扬人威风”。并称西方洋节，就是西方文化“入侵中国”的表现之一。但也有人指出不同的观点，洋人过中国人传统节日，是不是中国文化也入侵西方国家？

劳记者认为，文化的包容性、多元性，理应如花之艳丽，如木之秀美，如河之斑斓，纷呈异彩。

至于为何有些“社会精英”要找黄寿山“号脉”，劳记者认为从需求者的心理去分析，是可以发现一些端倪的。

当人们基本上满足了不同层次的物质需求后，对精神上的追求并不完整，甚至被忽略了。道德滑坡，一切向钱看，唯利是图，是人们疯狂地追求物质之后客观存在的社会问题，并产生了消极的负面效应。

即，有些人只注重物质的享乐，不愿意建设自己的精神家园，让它与物质财富同步推进，于是精神日益匮乏，无以寄托。有人说，拥有物质财富越多的人，其精神世界并不怎样丰富，对自己的失落感寄托于民间高人，让他们“解局”。在他们的“榜样作用”下，各个阶层的人群便蜂拥而来。

泰国有一民间高人，上至外国高官政要，下至明星富商，无不仰其鼻息，以与其合影、寻求他帮助解脱困境为荣；遭人唾弃的王林，也是如此。那些自诩能量极大的所谓高人，也在尝试王林的生财之道。有形的物质世界，无形的精神世界，均在互相冲击，谁与争锋？

用“此长彼消”来说明有些不入流的传统民俗文化生生息息，循环往复，也许更加有说服力。

当很多家庭都无法满足煤球作为生活的必需品时，柴火也会是人们的首选。当大家都疯狂地砍伐林木作为柴火，植物生态和自然环境因此受到破坏，失去平衡；人们的生活好起来的时候，燃气出现了，每个家庭都用上节能的环保燃气，自然环境好了起来，但燃气资源却越来越匮乏……此长彼消，彼消此长，如此而已。

再从“物极必反”去解释，当某一行业进入的人太多，准入门槛过低，管理秩序混乱，也没有相关部门或民间组织有效地引导，发展到一定程度，这一行业必然烂市。如有一年市郊外的一乡镇，各村各屯都在种植香蕉和西瓜等水果，由于信息不对称，也不知道周边乡镇也在种这些水果，更加不知道海南省有一品种上市的时间比他们的还早，越南的也会同时涌来，结果上市时价钱贱得比青菜还便宜，几毛钱一斤，最终烂在地里。

在研究黄寿山的客户时，劳记者还意外发现，来找黄寿山指点迷津的，或请他做丧葬习俗等法事的，以官员、商人和社会的中产阶层居多。这些社会精英，有的已在精神上迷失自己。他们之所以“寻仙问道”，是希望自己在违背道德、触犯律法之后，能够“逢凶化吉”，平安无事；或在晋升无望、仕途受挫、商海浮沉时，希望自己前程似锦，升官发财，财源滚滚。

除了这些人，有些是在工作、生活中遇到困顿的。感到无望的。生活成本增加，生活压力加大，心理素质脆弱，航行方向不定，让他们茫然不知所措。

可想而知，现代文明社会特有的失落感、焦虑感和痛苦感，已紧紧地包箍着每个人，浮躁的社会心理愈加严重。

再深入分析，这与某些人的信仰缺失是有关系的，也与他们的“三观尽毁”有关。一个人的人生观、价值观和世界观缺失了，他的精神领地必然寸草不生。

这天，劳记者看到《重庆日报》2018年9月19日在网络上的推文，题目为《重庆一博士官员被查：热衷占卜打卦 购买反动杂志刺探孙政才案情》。该文是这样描述的：

为谋求职务上的升迁，吴德华政治上搞攀附，丧失原则进行利益交换，为孙政才情妇刘凤洲谋取不正当利益，借此成为重庆市渝北区最年轻的区委常委。7月，孙政才案发后，怕自己牵连其中，吴德华专门托人从境外带回两本反动杂志，意图刺探孙政才案件相关信息。

……2018年5月26日一早，重庆市渝北区委原常委、因违反政治纪律和政治规矩受到党内严重警告处分并被免职的吴德华，到北碚区缙云寺烧香求前途，随后接到电话通知其回区委一趟。

后来，据吴德华交代，当时他以为是要被安排新的工作，心想“佛祖果然显灵了”。没想到走进区委，等待他的却是市纪委监委工作人员宣布对其审查调查的决定。

两个多月后，重庆市纪委监委发布消息：吴德华严重违纪违法被“双开”。

其中，通报中罕见地点出他丧失政治立场，购买、私存反动杂志，传播政治谣言，加入非法组织，企图自创歪理邪说，大搞封建迷信，热衷占卜打卦等问题，引发了极大的社会关注。

市纪委监委处分决定显示，吴德华身为党员领导干部，毫无理想信念，毫无“四个意识”，毫无党性原则，政治上反动、经济上贪婪、道德上堕落，是政治问题和经济问题交织，大德、公德、私德样样失守，党的十八大后不收敛、不收手的典型。

冰冻三尺非一日之寒，吴德华的蜕变从何时开始？……1998 年至 2003 年，吴德华到香港理工大学做访问学者，随后攻读博士研究生，接触并经常观看、阅读反动影片、杂志，认为这些反动内容才是言论自由的表现，理想信念开始发生动摇，政治上的“两面性”初现端倪。用他自己的话来说，“我丧失政治信仰，失去了政治灵魂和精神支柱”，党员意识消亡殆尽，已经到了自绝于党的危险地步，是个政治上彻头彻尾的“两面人”。

……这位拥有香港理工大学博士学位的党员领导干部，不信马列信鬼神，将占卜打卦那一套搬到工作、生活中，在信奉封建迷信的路上越走越远。

从 2009 年至案发，吴德华为祈求平安和仕途顺利，经常到山西、安徽及重庆等地寺庙烧香拜佛。长期在车上摆放佛像，在家中专门设置佛龛供奉，与前妻离婚分割财产时，仅将该尊佛龛带走供奉至租住房，坚持早晚上香礼拜。

其间，他加入非法组织，宣扬封建迷信思想，坚持每天打坐“修行”。并利用时任渝北区建委主任的职务之便，为修建封建迷信组织场所提供帮助。其后，吴德华试图将佛教、道教、基督教、伊斯兰教等宗教教义进行融合，自创歪理邪说。

2018 年 4 月，吴德华被免职后，他将其归咎于“风水不好”，专门请“风水大师”布置“风水阵”，按其要求重新租房、摆放家居陈设，并听从大师建议，买了 600 元活泥鳅用于放生。被留置前他前往缙云寺正是为了祈求佛祖保佑其能有一个好的工作安置。

可惜，行事不正，烧再多高香，也难逃党纪国法的严惩。

有一天，劳记者遇到一个路过农庄的杨先生。杨先生是个学有所成的文化人，此前他的家人请了一个易经师看祖坟，但在与此人交谈时，他发现，此人道行一般，信口开河，“看菜下单”，希望他家人出资数万给他们，他们会把他家的祖坟迁到他们选定的旺地。

杨先生极为藐视易经师，因为此人说不出个道道来。无论是从学识、修养与阅历，他都觉得此人无法与他相提并论，简直天壤之别。一个连中国传统文化与渊源几乎一无所知的人，一个连古文常识与民俗底蕴几乎都不修炼的人，一个连科学常识都不具备的人，一个连自己家庭、事业和社会关系都经营不好的人，你能让他在这一行业总结出什么东西？

“贪财爱钱”是人性的弱点，但君子爱财，取之有道，合法而正当地获得相应的劳动报酬，何错之有；若钱财来路不正，且是非法手段获得，那就是取之不义了，就该受到法律的严厉制裁。易经师信口雌黄，竟把祖坟的作用说得玄乎其玄，而忽略一个人在世间顽强拼命、勤奋进取的精神，未免太囿于俗套而肤浅了吧！

杨先生说：“就算再给你的祖坟选个好的宝地下葬，而你整天好逸恶劳，吹嫖诳赌，五毒俱全，不思进取，又何以为生？就凭那个葬下的祖坟，你就可以不劳而获，发家致富，你就可以当起大官，成就大事了？触犯天规国法，难道祖坟也可以让你逃避法律的制裁？这是不可能的事情！杀人偿命，欠债还钱；坏事做绝，种下恶果，自酿苦果，下场必然悲惨。有了好的祖坟，就可以胡作非为？笑话！这些所谓的易经师，连这点常识都不知道，还出来混，真是丢人现眼。”

劳记者也认可杨先生的说法，自古以来，大凡成就伟业者，无不与一个字有关：勤。

勤能补拙，天道酬勤。古人云，无利不早起；人生在勤，不索何获；业精于勤而荒于嬉，行成于思而毁于随；贵有恒何必三更眠五更起，最无益只怕一日曝十日寒；力学如力耕，勤惰尔自知；千淘万浪虽辛苦，吹尽黄沙始到金；盛年不再来，一日难再晨，及时当勉励，岁月不待人；不经一番寒彻骨，怎得梅花扑鼻香；天行健，君子以自强不息；流水不腐，户枢不蠹，民生在勤；千里之行，始于足下；锲而不舍，金石可镂……

一个用尽了勤劲的人，就算不发达、不富贵、不显赫，也不至于会被饿死。儿不如亲生，地不如亲耕。地都不耕种，哪里有收获？只要深入了解中国的传统文化，就会发现，它们无不弘扬和传播了勤劳、善良、正直、诚信、隐忍、拼搏、包容、感恩等思想。

富贵本无根，尽从勤里得。黄寿山能够协助当地政府搬迁无主坟墓，整天干着又脏又苦又累的活，并掘得人生的第一桶金，印证了他的一生，就是勤奋的一生，隐忍的一生，进取的一生，感恩的一生。

2018年7月29日初稿
2018年8月23日完稿
2018年9月1日修改
写于南宁市新闻眼文化传播工作室